I0556739

故事会

2004 · 2

（总第 314–317 期）

合订本

上海文艺出版社

图书在版编目(CIP)数据

《故事会》2004 年合订本.2/《故事会》编辑部编.

上海: 上海文艺出版社, 2004

ISBN 978-7-53212-692-7

Ⅰ.故... Ⅱ.故... Ⅲ.故事－作品集－中国－当代 Ⅳ.Ⅰ247.8

中国版本图书馆 CIP 数据核字(2004)第 030682 号

责任编辑: 鲍 放

封面设计: 李宝强

故事会 2004 年合订本 2

(总第 314-317 期)

《故事会》编辑部 编

上海文艺出版社出版

地址: 上海绍兴路 74 号

电子信箱: gushihui@263.net

网址: www.slcm.com

中国图书进出口上海公司发行

地址: 上海市广中路88号

电话:36357888

字数 280,000

ISBN 978-7-53212-692-7/Ⅰ·2095

笑话 15 则 ……………………… 董 丹等 4

点击网络故事

胖考官的印章 ……………………… 玲 慧 8

东方夜谈 一眼看穿你 ……………… 紫 雪 10

小白信箱 ……………………………… 12

情节 ABC

一阵穿堂风 ………………………… 陶立群 13

百姓话题

春运中的票 ……………………… 范大宇等 17

中国新传说

老姑娘约会 ………………………… 沈 宏 24

下跪 ……………………………… 晾 城 27

大年初一难送礼 …………………… 张记书 30

31双绣花鞋垫 ……………………… 游 子 32

十二级半台阶 ……………………… 王宝伦 44

传闻逸事

独秀山上的来客 …………………… 李 悦 35

民间故事金库 铜钟婆婆 ………… 杨阳阳 40

外国文学故事鉴赏

幽会之后 …………………………… 余 弋 46

哲理故事 郭罗锅种树 …………… 万斌生 51

快乐辞典 路考超级问答 ……………… 53

我的故事

起死回生 …………………………… 孙东辉 54

海外故事 危险关口 ……………… 李 健 57

谈古说今

天边有块风水宝地 ………………… 胡继明 60

阿 P 系列幽默故事

阿 P 醉酒 ………………………… 钱太玉 63

中篇故事

伸向民工的黑手 …………………… 方冠晴 65

情节聚焦 拍巴掌 ………………… 石 宏 82

3 分钟典藏故事 ………………………… 84

幽默世界

《钻夜壶》等 5 篇 ……………… 沈定顺等 86

漫画故事 ………………………………… 93

本刊信息传真

"掌上灵通杯优秀作品月月评"等 ……12、15、43

故事会

2004 年 3 月

上半月刊·红版

主 编：何承伟

副主编：吴 伦

社务委员会

何承伟 吴 伦 姚自豪
夏一鸣 冯 杰 张 凯

本期责任编辑：潇 白

美术编辑：李宝强

发稿编辑：

夏一鸣 姚自豪

鲍 放 梁宁宁

蔓 石 马 峡

主管：上海市新闻出版局

主办：上海文艺出版总社

（上海市绍兴路 74 号）

邮政编码：200020

电话：021-64375030

出版发行：《故事会》出版发行部

（上海市建国西路 384 弄 11 号甲）

邮政编码：200031

电话：021-64313938

广告总代理：上海文艺广告传播中心

上海市绍兴路 74 号（邮编：200020）

广告总监：张 淮

广告业务：021-34010383

广告投诉：021-64333738

广告经营许可证

沪工商广字 3101034000029 号

发行：中国图书进出口上海公司

封面图片由 Corbis／达志影像提供

本刊各栏目欢迎来稿。来稿寄上海市绍兴路74号《故事会》杂志社，邮编：200020，请在信封上注明"××栏目"收；本期责任编辑 E-mail 地址：xiaobaigsh@126.com

我真的很爱你

有一位男子给他的女朋友写了封情书。为了更强烈地表示爱意，他在信封的背面画了很多桃心，还用箭串着。可不幸的是，那女子在回信中写道——"信封后面的羊肉串是什么意思？" （董丹）

准确地说

医院里，一个伤员做完手术，他醒来后第一句就问："我怎么了？"医生回答说："您遇到了车祸，刚刚手术完，已经度过了危险期。"

"谢天谢地！"病人高兴地说，"那么我现在是在医院里，对吗？"

医生想了一会儿，说："准确地说，是您的大部分在医院里。" （王若）

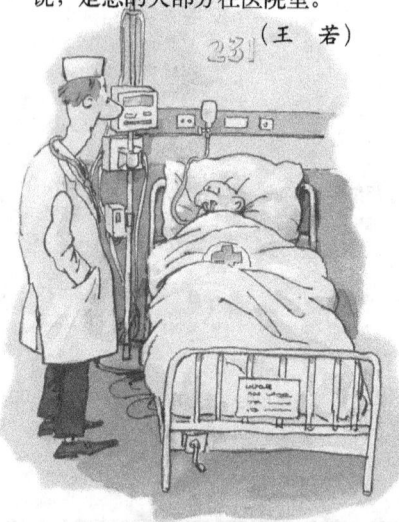

（本栏插图：李加）

标 志

我家的蚊香用完了，蚊子总是不停地从窗外飞进来。弟弟又气又急，于是急中生智。弟弟在一张纸上写道："房内点着蚊香"，然后把这六个大字挂在窗上。可是，蚊子还是不停地从窗口飞进来。"一群文盲！"弟弟感慨道。不过，他并没泄气，又拿来一张纸挂在窗口。只见上面画着一支点燃的蚊香，旁边还有几只死蚊子。 （唐鹏）

母亲的贺信

一位母亲写信给他儿子，祝贺他订婚："亲爱的儿子，我和你父亲听到这个消息非常高兴，感到很幸福。我们焦急地等待你们举行婚礼的日子，感谢上帝赐予你这美好的婚姻。"当这个儿子看到信时，他发现这张纸的最后用另一种笔迹写了几句话："你妈妈找邮票去了……不要干这蠢事，傻瓜。过单身汉生活吧！爸爸。" （海滨沙）

最快乐的事莫过于无拘无束。——培根

314 2004 SEMIMONTHLY 上半月刊 3月 STORIES

笑话 15 则 ············· 董 丹等 4

点击网络故事
胖考官的印章 ············· 玲 慧 8

东方夜谈 一眼看穿你 ············· 紫 雪 10

小白信箱 ············· 12

情节 ABC
一阵穿堂风 ············· 陶立群 13

百姓话题
春运中的票 ············· 范大宇等 17

中国新传说
老姑娘约会 ············· 沈 宏 24
下跪 ············· 晾 城 27
大年初一难送礼 ············· 张记书 30
31双绣花鞋垫 ············· 游 子 32
十二级半台阶 ············· 王宝伦 44

传闻逸事
独秀山上的来客 ············· 李 悦 35

民间故事金库 铜钟婆婆 ············· 杨阳阳 40

外国文学故事鉴赏
幽会之后 ············· 佘 弋 46

哲理故事 郭罗锅种树 ············· 万斌生 51

快乐辞典 路考超级问答 ············· 53

我的故事
起死回生 ············· 孙东辉 54

海外故事 危险关口 ············· 李 健 57

谈古说今
天边有块风水宝地 ············· 胡继明 60

阿 P 系列幽默故事
阿 P 醉酒 ············· 钱太玉 63

中篇故事
伸向民工的黑手 ············· 方冠晴 65

情节聚焦 拍巴掌 ············· 石 宏 82

3 分钟典藏故事 ············· 84

幽默世界
《钻夜壶》等5篇 ············· 沈定顺等 86

漫画故事 ············· 93

本刊信息传真
"掌上灵通杯优秀作品月月评"等 ······12、15、43

故事会

2004 年 3 月
上半月刊·红版

主 编：何承伟
副主编：吴 伦
社务委员会
何承伟 吴 伦 姚自豪
夏一鸣 冯 杰 张 凯
本期责任编辑：萧 白
美术编辑：李宝强
发稿编辑：
夏一鸣 姚自豪
鲍 放 梁宁宁
蔓 石 马 峡
主管：上海市新闻出版局
主办：上海文艺出版总社
（上海市绍兴路 74 号）
邮政编码：200020
电话：021-64375030
出版发行：《故事会》出版发行部
（上海市建国西路 384 弄 11 号甲）
邮政编码：200031
电话：021-64313938
广告总代理：上海文艺广告传播中心
上海市绍兴路 74 号（邮编：200020）
广告总监：张 淮
广告业务：021-34010383
广告投诉：021-64333738
广告经营许可证
沪工商广字 3101034000029 号
发行：中国图书进出口上海公司
封面图片由 Corbis／达志影像提供

本刊各栏目欢迎来稿。来稿寄上海市绍兴路74号《故事会》杂志社，邮编：200020，请在信封上注明"×
×栏目"收；本期责任编辑 E-mail 地址：xiaobaigsh@126.com

我真的很爱你

有一位男子给他的女朋友写了封情书。为了更强烈地表示爱意，他在信封的背面画了很多桃心，还用箭串着。可不幸的是，那女子在回信中写道——"信封后面的羊肉串是什么意思？"

（董 丹）

准确地说

医院里，一个伤员做完手术，他醒来后第一句就问："我怎么了？"医生回答说："您遇到了车祸，刚刚手术完，已经度过了危险期。"

"谢天谢地！"病人高兴地说，"那么我现在是在医院里，对吗？"

医生想了一会儿，说："准确地说，是您的大部分在医院里。"

（王 若）

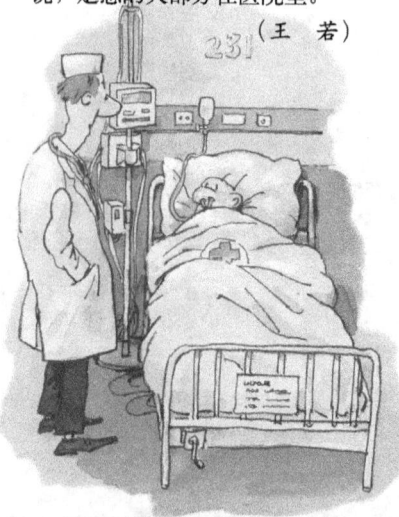

（本栏插图：李 加）

标 志

我家的蚊香用完了，蚊子总是不停地从窗外飞进来。弟弟又气又急，于是急中生智。弟弟在一张纸上写道："房内点着蚊香"，然后把这六个大字挂在窗上。可是，蚊子还是不停地从窗口飞进来。"一群文盲！"弟弟感慨道。不过，他并没泄气，又拿来一张纸挂在窗口。只见上面画着一支点燃的蚊香，旁边还有几只死蚊子。

（唐 鹏）

母亲的贺信

一位母亲写信给他儿子，祝贺他订婚："亲爱的儿子，我和你父亲听到这个消息非常高兴，感到很幸福。我们焦急地等待你们举行婚礼的日子，感谢上帝赐予你这美好的婚姻。"当这个儿子看到信时，他发现这张纸的最后用另一种笔迹写了几句话："你妈妈找邮票去了……不要干这蠢事，傻瓜。过单身汉生活吧！爸爸。"

（海滨沙）

爱的秘诀

在"五好家庭"的表彰会上，记者问得奖的家长：请问你们各家的夫妻为什么能相处得这么好？

施工员：基础稳固是最重要的。

电器工：时而有火花，但我们接了安全线。

旅馆老板：温暖的环境，愉悦的气氛，注重私秘性。

药剂师：爱是万灵药。

邮递员：勤于做好沟通工作。

会计师：必要时，千万得精打细算，保证收支平衡。

（黄丽娜）

维纳斯和宙斯

爱因斯坦参加一个美国家庭举办的宴会。

女主人想要展示她的博学，便引领科学家来到窗前，指着遥远的星星，说"这是维纳斯，我认出它来了。因为它总是像美丽的女人一样闪耀着光彩。"

"我很遗憾，"伟大的科学家回答道，"但您所指的那个行星是宙斯。"

"啊，亲爱的教授先生，您真是不一般呀！从那么遥远的距离您都能分辨出星星的性别来……"

（韦 山）

球 盲

一天，许多人围着看世界杯足球赛。有个姓张的老头闲得无聊，便也去凑凑热闹，尽管他对足球一窍不通。

看了一会儿，老张问身边的小王："嗨，穿白色上衣的是什么队呀？""英格兰队。"小王答道。

"那么穿蓝黑上衣的又是什么队呢？"老张又问。"阿根廷。"小王回答。

"还有一个穿黄色上衣，黑短裤的又是什么队呢？"原来老张看见那裁判也在场上跑来跑去。

小王一愣，知道老张完全是外行，便糊弄他说："中国队！"

"老听说中国队输球，这也难怪啊！这么多外国人打一个中国人，不输也难啊！"老张感叹道。

（谢 强）

水 蜜 桃

有一天，5岁的小海伦望着姑姑的脸说："姑姑，你的脸好像水蜜桃哟！"姑姑高兴地抱着她左亲右亲，并问："哪里像？"小侄女天真地回答："上面都有细细的毛。"

（王同翠）

童 言

姐夫荣升部门经理，公司为他配了个年轻漂亮的女秘书。姐姐听说后，满脸醋意地向姐夫求证。姐夫轻描淡写地说："她什么都不懂，就像个洋娃娃似的。"

小外甥女听到了，陡生兴趣，忙跑过来问："爸爸，你让那个洋娃娃躺下时，她会不会闭上眼睛？"

（周 天）

儿子与硬币

妈妈看见5岁的儿子把一枚硬币塞进嘴里，赶紧把他抱起来，叫他往外吐，不料从儿子嘴里吐出了两枚硬币。

她连忙把丈夫叫进来，说："你儿子吞进去一枚硬币，却吐出两枚，怎么回事？"

"继续喂他硬币！"爸爸断然说道。

（海滨沙）

虫子太傻

一位父亲正跟7岁的儿子讲睡懒觉的坏处。最后，他作结论说："记住，鸟儿只有起早，才能捉到虫子。"

儿子回答说："那么，虫子早起不就太傻了吗？"

（王同翠）

戒 指

有一对麻雀站在树上叽叽喳喳对话，一只小麻雀伤心地哭着，另一只小麻雀着急地解释道："亲爱的，别哭了，求求你，请听我解释。我脚上的环是动物保护协会给我戴上的，真的不是我的结婚戒指。"

（李茂恩）

快乐往往在你为着一个明确的目的忙得无暇顾及其他的时候突然来访。——苏格拉底

打 埋 伏

一个穿着时髦的大学生，走进一家收费昂贵的法国餐厅，将一张10美元的钞票塞给侍者。

"您要预定哪一张桌子？"满脸笑容的侍者问道。

"一张也不要。"大学生答道，"但是今晚当我带着女朋友来这里的时候，我想请你告诉我们，所有桌子都让人订完了。"　　　　　（陈　洁）

妹妹上护校

妹妹初入护士学校十分兴奋。头两个星期，家里很少没有人嘴里不含着温度计或是手臂上不包着血压布。朋友和邻居都很好心地供她实习，好让她取得实践经验。

可是到了第三个星期，我发现她的"生意"已大不如前。最后我问她到底出了什么事。她失望地说："不知道消息怎么会泄露了出去——这个星期我学打针。"　　　　（李　利）

清 洁 剂

一个8岁男孩来到杂货店要买一大桶清洁剂。店主问他，是不是有一大堆衣服要洗。"哦，不是的，我准备洗我的狗。""可你不能用这个给狗洗澡，它刺激性太强了，狗会生病的。事实上，它可能会弄死你的狗！"小男孩并不理会店主，还是买了就走。

一周后，男孩又到店里来买糖果。店主问他："你的狗怎么样了啊？""哦，它死了。"小男孩很伤心的样子。"我可告诉过你别用那清洁剂洗你的狗来着！""嗯，可我认为不是清洁剂害死它的。""那是怎么回事？""我想那是因为洗衣机转筒转得太快了吧！"　　　（艾　柏）

编者按：

读者朋友们，我是本期责任编辑，希望您会喜欢这期《故事会》。您对这些故事有什么具体意见和点评，欢迎写信或发 E－m a i l 给我。我的电子邮箱是 xiaobaigsh@126.com。来信请寄上海市绍兴路74号《故事会》编辑部潇白，我将选出"优秀点评"并给予奖励。

潇　白

胖考官的印章

□ 玲慧

李雨是个生活在美国的中国人，他打算去考个驾照。经过一番折腾，他考完了笔试，然后和管理局约好了路考的日子。

三个礼拜后，路考的时间到了。李雨从小害怕考试，虽然他以前在中国就会开车，可在异国他乡考驾照，还是有点忐忑不安。这天，他早早地来到了考试地点，一打听，知道自己的考官是个高高胖胖的白人，心里顿时凉了半截。李雨知道，有色人种在美国的地位其实并不高，尤其在加州，亚洲人特别多，往往会被白人穿小鞋。

路考开始前，那个白人胖考官用英语慢条斯理地问李雨："你愿意我说英语、西班牙语、中文还是日文？"

李雨吓了一大跳，想不到这个考官竟会4种语言！他脑袋瓜一转，心想：对自己来说，中文虽然比较方便，但跟白人考官打交道，最好还是说英文，好在自己的英文说得很纯正，和母语也差不多，没准可以减少被刁难的机会呢。

路考开始了，李雨战战兢兢地驾着车，在车水马龙的市中心绕了一圈又一圈，最后回到了车辆管理局，他自己感觉挺顺利。停下车，李雨扭过头，小心翼翼地问坐在身旁的胖考官："我通过考试了吗？"

胖考官摆摆手，要李雨等会儿，说他要算算成绩。

这下，李雨的心可悬了起来：明摆着自己得得挺好，还要算什么成绩呢？谁知道这个胖考官会算出什么结果来，这不是故意刁难又是什么！

在等胖考官算成绩的 5 分钟里，李雨是如坐针毡，心里七上八下。

突然，胖考官问："嗨，你是哪里人？"

李雨心想，他果然没听出我的口音，吃不准我是亚洲哪个国家的人吧。于是说："我是中国人。"胖考官又问："那你认不认识中文？"李雨把头点得跟鸡啄米似的："那当然！"他心里直纳闷，考官问这个问题干嘛呢。

胖考官从他身上不起眼的口袋里掏出一堆印章，放在厚厚的手掌心里，一个个地挑选着，他拿起一个，看看，放回口袋，再拿一个，又摇摇头，放回口袋，显然没找到他想要的。李雨偷眼一看，只见胖考官把一个上面刻着"Pass"的印章也收了回去——要知道，"Pass"就是通过呀！李雨的脑袋轰的一声，心想：死了死了，这

次没通过……

想到下一次路考要等几个礼拜，李雨的情绪糟透了。顿时，一股怨气冲了上来，他暗骂道：死白人、臭白人，有种你来中国开车……

就在这时，胖考官终于找出了他想要的印章，在李雨的路考测验纸上盖了下去。李雨定睛一看，几乎不相信自己的眼睛，只见上面是两个大大的汉字："成功"！

李雨以为自己花了眼，拿下墨镜，睁眼再看……还真是两个端端正正的楷体字，天呀！

刚才还绷着脸不发一语的白人考官，这时转过头，笑眯眯地对李雨说："这个印章不错吧？是我到西雅图旅游时带回来的，我还买了西班牙文和日文的哦！"

李雨愣在那里，不知是该为通过考试感到高兴好，还是该为自己刚才对胖考官的误会感到抱歉才好。

回到家，李雨一言不发地把证书拿给妻子看。妻子当场笑倒，说："你没考上，也别去刻个印章来安慰自己呀！"李雨费了半天劲，才让妻子相信这个图章是真的，他真的拿到了驾照。最后，李雨长长地出了一口气，说："美国人也有很可爱的一面呀！"

（本篇月月评短信代码：0501，详见 P43。欢迎来稿，本期责任编辑电子邮箱：xiaobaigsh@126.com）

（题图：安玉民）

一眼 看穿你

□ 紫 雪

周末，赵之去乡下河边钓鱼，突然乌云翻滚，电闪雷鸣，他抓起渔竿拼命往回跑，一声惊雷，将他击倒在地。他的衣服被烧烂，连头发都烧焦了。附近的农民以为他死定了，后来发现他竟然还有呼吸，好心人便把他送进了医院。

赵之昏迷了三天三夜，第四天一早竟奇迹般地醒了过来。医生怀疑他会有后遗症，但什么仪器都检查过了，啥毛病也没有。从雷公老爷手下捡回一条命，他乐滋滋地回到了家。

第二天，赵之乘公交车上班时，突然万般惊愕地发现，他的眼睛像X光一样，有透视功能，能看清人脑的构造。这还不算，更神奇的是，能看穿人的思维！他前面有一位戴鸭舌帽的青年，正在盘算如何偷走同座位乘客的皮夹。赵之走上前轻声道："千万别那么想。"那青年吓得面如土色，车刚一靠站，他就溜走了。

赵之来到厂里，发现大张一边猛抽烟，一边在想，怎么才能把工具箱里的一把新电钻带回家。他走上前去，拍了拍大张的肩膀，笑着说："一把电钻能值几个钱呢？"大张惊吓得半天说不出话来。此时，车间主任正苦思冥想着怎样才能和新分来的女孩搞婚外恋。他悄悄对主任说："你一厢

真相往往是粒难以下咽的苦药。——茨威格

情愿有什么用，人家又年轻又是大专生，你能搞定？"车间主任满脸通红，又觉得莫名其妙。

这下，车间里所有人见了赵之都害怕，想法躲着他，生怕被他看出些什么。谁没有自己的隐私呢，你自个儿在那里想着，一下子就被赵之给看穿了，这多可怕啊。

车间主任向上级反映，要求调走赵之，理由是赵之与人不睦。

副厂长听说赵之与大伙不和睦，就找他谈话。他教导赵之说，与同事相处一定要求大同存小异，讲团结讲大局嘛。赵之看着副厂长的额头，突然神色紧张起来："您千万不能用您刚才想的办法对付厂长。为了一个正副厂长之分，别把厂子弄砸了。"

"你……你胡说八道。"副厂长又惊愕又生气，顿时火冒三丈。

他撒手不管赵之的事了，其实是不敢再管了。

厂长亲自找赵之做思想工作。赵之接受了一番批评，临出门，小声地对厂长说："您刚才想得对，十万块钱放在家里的水表箱下面还是不安全，依我看，把它交上去最省心。"厂长吓得两腿酥软，眼睛发黑，扶住门框才没有摔倒。这番惊吓之后，厂长才揣摸到赵之与人不睦的真正原因。

厂长把赵之作为一名技术能手，推荐给一个老乡的单位，他老乡是那里的头头。三天以后，老乡带着赵之来到厂长办公室，老乡咬着牙压低声对厂长说："你太缺德了，真是老乡老乡，背后一枪。"

怎样才能让赵之名正言顺地离开工厂呢？厂长想出了一条妙计。他命人出了一份离奇古怪的考卷，规定成绩不及格者都要下岗。随即，厂长又给厂里所有人发了一份答案，唯独没给赵之。考试时，每人关在独立的房间里，谁也瞧不见谁。这下，赵之果然得了个零分。

赵之回到了家，并没太难过，他相信自己的能力，不可能弄不到一碗饭吃。没几天，他就被一家私人企业高薪聘用了。两天不到，他又回来了。那老板赌钱赌输了，想购进一批棉籽油掺到菜油里卖。赵之发现他的想法后，及时规劝他。老板当面笑着点头，第二天找个茬将他辞了。

他回到家，老婆讥讽道："你本事那么大，什么都知道，结果连工作也没了。"老婆气呼呼地说完，把头偏向一边不再理他。

过了半晌，赵之说："好吧，既然如此，明天我就去南方，不再回来了。"

"为什么？"老婆万分惊愕地问道。

"因为你正在想找个什么理由和我离婚。"

（本篇月月评短信代码：0502）

（题图：安玉民）

亲爱的读者们：大家好！

"小白信箱"开设以后，我收到了好多好多来信，差点快把我的邮箱给撑破了。谢谢大家那么信任小白，你们为《故事会》提出的许多意见和建议都非常好。虽然我每天很努力地回信，但还有太多的信我无法逐一回复，你们能理解并且原谅我吗？对于大家提得比较多的问题，我一定会选登出来，给大家一个明确的回复。

再次感谢大家！小白祝愿大家心情舒畅，身体健康！

小 白

来信选登

江苏连云港读者王斌： 我是一名教师。今年《故事会》改为半月刊，改得好。大家都爱《故事会》，过去每月才一期，太不过瘾了。如今总算遂了广大读者的心愿，而且在版式上更好看了。我特别喜欢"开门红"抽奖活动。自己已有手机了，要是不小心又抽中一部手机，送给爱人，岂不美哉？

小白： 谢谢王老师的夸奖！我们会继续努力，把《故事会》办得更好看，让您每月两期都嫌不过瘾。不过，也有些读者向小白反映说改刊后的《故事会》文字量比先前少了很多。小白在这里要澄清一下：由于彩版《故事会》取消了原先的黑白广告，文字量其实"膨胀"了不少。读者感觉文字量有所减少，可能是因为现在的版式已换成双栏，所以引起错觉了。哦，您不相信吗？如果闲着，您可以好好算算，小白不会让您失望的！

吉林长春读者申亮： 小白，为什么你们每期刊物的投稿邮箱都不一样呀？我只能将所有刊物上出现过的邮箱都发送了一次。请问能否将稿件直接发送到你的"小白信箱"呢？

小白： 那是因为我们每位责任编辑都有自己的邮箱。您可以自主选择将稿件寄给您喜欢的责任编辑。当然，如果您愿意，我也非常欢迎您将作品直接发送到我的这个邮箱（xiaobaixinxiang@126.com），不过，请在标题上注明"投稿"。

江西南昌读者（自署名"傻子"）： 小白，我用手机短信参加了贵刊举办的"掌上灵通杯"月月评活动，收到一条俏皮话后我立即取消了服务，但为什么还要收我四元钱？

小白： 这位自称"傻子"的仁兄，小白不想批评您，不过，您的确有点马大哈。我们的"月月评"在第一季度接收信息是完全免费的。至于"俏皮话"，您如果不喜欢，取消服务就是啦。您查询一下余额吧，一定没让您多掏那"四元钱"哟。

为广大故事作者提供免费进修的学习机会
本刊将举办第10期故事创作培训班

培养实力作者　创办强势刊物

为了培养故事创作的骨干力量，我刊自1996年起已成功举办了9期故事创作培训班，参加培训的350余名学员大都已成为故事界的成熟作者而被大众所瞩目。

我刊所举办的这类培训班带有明显的强化集训的性质，除由本刊编辑和有关专家集中授课外，编辑部还组织了富有针对性、实践性、实效性的考核、评比活动，大幅度地缩短了学员"入门"的时间，学员普遍反映良好。

为继续加强对骨干作者的培养，从而进一步提高改刊后《故事会》的内容质量，本刊决定今年5月在上海举办第10期故事创作培训班，以强化集训的形式缩短作者的成熟周期。所有费用均由本刊承担。

报名办法如下：1、提供本人创作简历一份，并提供至少一篇具有现实感、新鲜感且可读性较强的故事作品，篇幅长短不限；2、附通讯地址、单位、联系电话；3、来信寄上海绍兴路74号《故事会》杂志社（邮编：200020），信封上须注明"培训班报名"字样。即日起开始报名，至4月15日截止。4月底发录取通知，未录取者稿件一律不退，请自留底稿。欢迎广大作者踊跃报名参加。

一阵穿堂

□ 陶立群

肖彬是一家企业的主办会计，平时谨小慎微。他有睡午觉的习惯，这天中午，他在家里睡得正香，外面传来一阵咚咚咚的敲门声，肖彬被惊醒了，他极不情愿地起床把门打开。一看，原来是自己的同事，刚从商校分来不久的刘薇薇。

刘薇薇朝肖彬妩媚一笑，"肖会计，你好！"说着话就大大咧咧地进了屋。

肖彬觉得屋子里孤男寡女有些不便，就故意没关门。肖彬一边给刘薇薇倒了杯凉水，一边问："小刘，这么急找我有什么事？"

刘薇薇忙从挎包里拿出一个账本，挺认真地说："肖会计，我觉得这个月有两笔费用不应该纳入成本核算。这不符合财务制度，您再看一下吧。"

肖彬漫不经心地嗯了一声，却在心里说道，傻丫头，初来乍到就想捅一刀子。算她还机灵，没有把这个问题在单位里抖出来，不然得罪了头头就没好日子过了。看在同事的面上，肖彬准备点拨点拨她。

还没等说呢，忽然"砰"地一声炸响，把他俩吓了一大跳，好半天才缓过神来。定睛一看，原来是突如其来的一阵穿堂风把门重重关上了。

肖彬赶紧去开门，鬼了！怎么也开不开，想必是锁内的零件被震坏了。这是一种高级防盗锁，两道锁舌死死地钻在锁眼里。

肖彬觉得事态有些严重，慌忙抓起一把菜刀来撬门。"啪"的一声，菜刀断了。他又找来剪刀，一用力，剪刀又断成两半。瞧着肖彬那副狼狈的样子，刘薇薇在一旁忍不住捂着嘴笑出声来："咯咯咯，瞧您急的，您不能喊邻居送把螺丝刀或请个锁匠来?"

见刘薇薇一点不知深浅，肖彬心里叫苦不迭。见鬼! 现在哪能叫人，屋子里关着一男一女，能勾起多少人丰富多彩的联想啊。肖彬不敢怠慢，继续找东西撬门。

但是该试的都试过了，脚下堆起了一堆破烂，可该死的防盗门就是打不开! 肖彬急得直冒冷汗，他知道到一点半，妻子就要回来了。见了面会怎么说呢! 屋里藏着一个女人，而且是一个如此俊俏的女人。你就是有一千张嘴也说不清呀!

这时，肖彬猛然想到了阳台下面有个废弃的水泵房平台，人只要下到二楼平台上，就可以顺梯而下，安然脱险了，而且楼后是一片菜地，很少有人走动。对! 先将她转移出去。

谁知，当肖彬把自己的主意说出后，刘薇薇马上就拒绝服从："我又不是贼，从这儿下去干什么?"

干什么! 就要大祸临头啦! 无奈，肖彬只得说出隐情："我老婆就要回来啦，她妒嫉心极强，看到我们俩在屋里，还不炸开锅?"

刘薇薇有些紧张了，但她嘴里还坚持道："可是，我是来谈工作的呀。"

"谈工作干吗把门关上? 你说得清吗? 小刘，你就帮帮我吧! "肖彬几乎要跪下磕头了。刘薇薇犹豫了一会儿，最后终于点头答应了。

肖彬找到一根帆布带，一头绕在栏杆上，另一头左一道右一道地系在刘薇薇的蜂腰上。看到她满脸委屈地翻过阳台时，肖彬心里多了几分歉意。唉，谁叫她碰上了那阵可恶的穿堂风呢。

肖彬紧紧抓住帆布带，把刘薇薇轻轻往下放。眼看就要拨开乌云见太阳，欢呼胜利了，突然一个节外生枝的细节，把他们拖向无底的深渊。在下滑的过程中，一阵风吹来，刘薇薇身上的裙子不偏不倚正好挂在了水管道的铁丝上。裙子就要被扯下来了，刘薇薇本能地"啊呀!"一声尖叫起来。

这一声尖叫，地动山摇，让人毛骨悚然，无异于一阵响亮的紧急集合号声，顷刻之间，招来了一大群人，他们个个仰起脸，乐滋滋地看起了西洋景。刘薇薇成了最受欢迎的一流杂技演员。

嘻笑声，议论声，嗡嗡一片，像稻田里的蚂蚱。肖彬既不能收，也不能放，就这般呆立在那儿，像是等待哪位记者来拍照似的。

终于，肖彬的妻子出现了——

猜情节，赢奖品

开动脑筋，猜想正确的情节！请选择你认为正确的情节发展，将其短信代码发送到200056（中国移动）或900056（中国联通）。我们将在本月下半月的刊物上刊登这个故事的结尾，并从竞猜正确的读者中抽取优胜奖20名，赠送价值100元的纪念品；从参加竞猜的全部读者中抽取参与奖500名，赠送价值10元的纪念品。所有参与读者将另获赠精彩梦网信息服务。本期活动截止期为2004年3月5日。

参加全年"情节ABC"活动，并猜对全部情节的3名读者更将获得特等奖彩信手机一部！得奖读者在评选结果揭晓后将得到短信通知。本活动第一季度接收短信免费，第二季度起接收每条短信收取0.10元。

本期有奖竞猜的题目是：妻子的反应将是：A、提出离婚（短信代码CA）B、无动于衷（短信代码CB）　C、感情更好（短信代码CC）

（题图：安玉民）

鸟　奴（青春小说系列）

这是一部故事精彩可读性很强的动物小说；这是一部蕴含深刻哲理让人掩卷沉思的动物小说。动物行为学家"我"与藏族向导强巴在滇北高原日曲卡雪山进行野外科学考察时，意外地发现一对蛇雕与一对鹩哥把自己的窝筑在同一棵大青树上。从动物分类学上说，蛇雕属于食肉猛禽，鹩哥属于普通鸣禽，蛇雕是各种雀鸟的天敌，鹩哥被列入蛇雕的食谱。在大自然的食物链上，二者是猎手与猎物的关系，怎么可能共栖共存呢？"我"决心揭开这个谜。"我"埋伏在离大青树不远的石坑里，亲眼目睹蛇雕一家子是如何飞扬跋扈欺凌可怜的鹩哥的，也清楚地看到鹩哥一家子是如何谨小慎微忍气吞声在夹缝中求生存的。经过半年的观察研究，"我"排除了这家子蛇雕与这家子鹩哥之间传统的"共生共栖"、"单惠共栖"和"假性共栖"这几种大自然常见的共栖关系，而是属于非常罕见的主子与奴隶的共栖关系。动物界特殊的"兽际关系"，折射人类社会复杂的"人际关系"，具有强烈的震撼力量。作品语言流畅生动，对大自然的描写惟妙惟肖，值得一读。

沈石溪著

百姓故事
(1)
(2)

　　本书所列的百姓话题有三十个之多，诸如话说"当官的"、话说"发财"、话说"球迷"、话说"妻子"、话说"打工"等等，每一个话题都以一种朴实亲切的叙述方式，通过一则则情节性强、生动有趣的小故事揭示问题，形象地道出老百姓要说的心里话。都是老百姓自己讲述的故事，都是讲述老百姓自己的故事。

名作故事

　　汇集了经过精心修改包括美、英、法、德、日、俄等国名家大师的作品，其情节或紧张奇特，或真切动情，或谐趣幽默，或荒唐却耐人寻味，既简练明朗，又保持了原作之精华。

笑话故事

　　是从《故事会》十几年来的作品中遴选出来的笑话精品，共 600 余则，全方位地折射了社会、艺术和人生，作品趣味盎然，回味无穷。

谜案故事

　　收入的 90 则作品都是世界著名谜案故事，主人公除了名侦探福尔摩斯外，还有怪盗英雄、强悍警察、著名律师等等，他们八仙过海，各显神通，是一本谜案故事的精萃之作。

说大事、小事，普通人的身边事
讲闲话、实话，老百姓的心里话

春运中的票

一年一度的"春运"，那是一个万众瞩目的热门话题，是海、陆、空、河所有交通线的一次大颤栗，是人世间亲情、友情、人情的一次大融会，也是中国当代社会的一幅五彩缤纷、浓墨重彩的民俗大画卷。你看，从大江南北到长城内外，从东部沿海到西部内陆，从繁华都市的机场、港口到边陲城镇的小站、码头，到处是返乡的人流，潮水一般，滚滚不息！

今天，不说在外打工的儿女把一年挣来的辛苦钱放在内衣的口袋里，风尘仆仆地踏上回乡路，不说铁路上的员工、长途车上的司机、客轮上的船员为旅客安全返乡而日夜兼程，不说在滚滚的车流里，茫茫的人海中那一双双眼睛里透露的思乡之情，不说公安、武警战士在春运中为保一方平安而披星戴月、餐风宿露……今天要说的只是一个小小的话题：春运中的票。

第一个故事:

三张卧铺票　看谁有门道

　　春运时的火车票，就像是寒冬腊月的火炉，谁都想往前凑呀，特别是卧铺票，那简直就是香饽饽、金豆豆，金贵着呢!

　　腊月廿八的这天，从南方开往北京的一列火车在一个车站停靠时，上来了三个人，他们的座位是硬卧车厢6号的上、中、下三个铺位，下铺是个三十出头的少妇，中铺是个中年男子，而上铺则是一个胖胖的老太太。

　　老太太爬上去挺困难，一上去就躺下了，还累得直喘粗气。

　　5号下铺是一个瘦个子，他看着对面这三个新上车的旅客，显得很纳闷：这三个人都极普通，也不像什么当官的，他们有什么神通、什么来头，竟能在这春节前买到最最紧俏的卧铺票？要知道，他自己为了这个铺，十天前就托爷爷、求奶奶地走关系，不仅请人家吃了顿饭，还多花了一百块钱才弄上呀！为了打探打探搞卧铺票的门道，这个瘦个子就没话搭拉话，问了起来："这铺……你们花了不少钱吧？"

　　6号中铺的那男子笑了起来："不瞒你说，我儿子在读小学，和车站站长的儿子一个班，我儿子是班长，他听说我要买去北京的卧铺票，一拍胸脯，说这事儿包在他身上了。第二天上学的时候，我儿子把这事和站长的儿子一说，站长第二天就亲自把票送到了我家，还一个劲说'对不起'，说是卧铺票实在紧张，只能来张中铺对付了……"

　　下铺的那个少妇听了一个劲地撇嘴，好像在说：不就是一张中铺吗，牛什么牛！瘦个子一看来了兴趣，忙问："大姐，你的票……"

　　那少妇正等着瘦个子发问呢，于是立刻来了精神，"哗"地打开了话闸子："我的票？是我老公弄来的。"

　　"你先生是铁路上的领导？"

"不是，"少妇嚼着口香糖，"我老公是洗浴中心的。"

"洗浴中心？"瘦个子不相信，"洗浴中心和火车票有什么关系？"

"说有就有，说没有就没有……"

少妇说到这儿不说了，好像是在卖关子。众人不明白她说的什么事儿，便来了兴趣，其他铺位的旅客也挤了过来，想听个究竟。那少妇感到自己处在众人瞩目的中心地位，很得意，她嚼着口香糖，慢吞吞地说了起来："你们以为那站长是什么好鸟儿？整个一只腥猫！7月3日那天，他上洗浴中心来了，干什么来了？不光洗澡，还为的是找小姐，寻刺激。谁知他的'点儿'太背，正嫖得来劲时，警察来了，要是抓住，现行，得'双开'。'双开'知道吗？就是开除公职，开除党籍，那就一辈子完了！这站长常来洗浴中心，我老公和他很熟，我老公讲义气，够朋友，肯为哥们两肋插刀……话说到哪儿了？噢，警察就要进屋了，就在这千钧一发的时刻，我老公'刷'地脱下了自己的衣服，让那站长穿上了。站长成了洗浴中心的服务员，而我老公自己光着个屁股，被警察当嫖客抓住了……"

有旅客问："后来呢？"

少妇一笑"后来就是罚款，五千块……至于别的，能有什么？我老公本来就是一个临时工，'双开'也开不到他头上，能把他怎么样？"

瘦个子听得直咋舌："乖乖，五千，你老公得挣多长时间呀！"

少妇得意地一笑"傻冒儿，我们能干那赔本的买卖吗？站长出的钱，这还不说，还多给了我们一千块呢，说给我老公压压惊。你们说，我这趟去北京，要张卧铺票，那算什么屁事呀！"

大伙听了有的摇头，有的惊讶，这时，瘦个子将脑袋转向上铺，想听听那老太太和站长之间有什么奇妙的故事，一看，老太太正气咻咻地掏出手机打电话呢，一会儿电话就通了，只听老太太火气挺冲，张嘴就嚷"小梅，傻闺女，大愣上次不是说不小心丢了六千块钱吗？找着啦！什么呀，他根本就没丢，那王八羔子的，在他妈的什么洗浴中心玩女人被罚了……"

天，原来这老太太是站长的丈母娘啊！

第二个故事：

真票和假票　旅途情未了

大李远离家乡工作，只因性格腼腆，平时不善于和当地女孩交往，三十挂零还是个单身汉。这次春节前，他临时决定回家过年，路途遥远，火车要跑两天三夜，没有卧铺可吃不消，可眼下偏偏正是春运高峰，卧铺

票销售一空，他只好花高价买了一张"黄牛票"。

上了火车，找到卧铺，大李仍是忐忑不安，不知这张黄牛票是真是假。他往铺上一躺，火车就开动了，也就在这个时候，一个姑娘手里捏着一张卧铺票匆匆走来，她在大李的铺前站住了，指着这铺说："大哥，这是……我的卧铺。"

大李接过姑娘的车票一看，两张车票一模一样，根本分辨不出有什么区别，这一急呀，直急得大李满头大汗。

姑娘见大李一脸窘相，问明了缘由，一双大眼睛便紧紧盯着大李，说："我买的也是黄牛票，要不，你拿去给车长鉴定鉴定？"大李想想也好，于是就把车票拿去给车长看了。

不鉴定倒还好，一鉴定麻烦更大：一张真票，一张假票，而更棘手的是大李在手忙脚乱之中出了差错，把两张车票混在一起，鉴定完后竟然分不清哪一张真票是自己的、还是姑娘的！大李急得直挠头，差错是自己犯的，总不能把假票给姑娘吧？瞧瞧人家姑娘，细皮嫩肉，花骨朵一样，你忍心让她煎熬两天三夜啊？

大李怀着这样的心情，将那张真票给了姑娘，自己补了一张票，因为没有座位，只好在两节车厢的连接处铺一张报纸坐下，准备艰苦抗战。就

在这时，姑娘找来了，她看见大李缩在角落里，脸一红，说："大哥，我想看看你那张假票。"假票有什么好看？大李虽然纳闷，但也只得把那张票子递给了姑娘，姑娘接过假票闻了闻，立刻说道："真票是你的，假票是我的，不信你闻闻，假票上有一股香水味。你一个大男人，总不会也爱抹香水吧？"

大李一闻，果然假票上有一股淡淡的香水味。

大李真是好感动，想不到在回乡的路上，竟然会遇上一个心地这么善

我们之所以爱一个人，是由于我们认为那个人具有我们所尊重的品质。 ——卢梭

良的好姑娘！为这样的姑娘，别说是没有卧铺一路上吃苦受累，就是上刀山下火海，也在所不辞！想到这里，大李灵机一动，说："你猜对了，我平时干的是力气活，一天下来一身臭汗，我还真喜欢抹点香水呢。我一个大男人，路上受点累不算啥，女士优先，不管谁买了假票，卧铺都该归你！"两人争来争去，最后决定：卧铺轮换睡，大李白天睡，姑娘晚上睡。

第二天，大李在卧铺上美美地睡了一觉，嗅着姑娘留在被子里的淡淡的香水味，真是荡人心魂，妙不可言。他一觉醒来，吃完姑娘准备好的午餐，两人开始神侃瞎聊。平时不善言词的大李，这会儿却滔滔不绝，妙语连珠，连他自己都暗暗吃惊。聊着聊着，大李很快就知道那姑娘名叫彩云，两人不但是老乡，而且同在一座城市工作，这一来，他俩就更亲近了，本来难捱难熬的两天三夜，却轻松愉快、不知不觉地过去了……

春节过后，两人结伴返回，一路上越说越投机，下车时已经如同一对情侣了。出了站口，彩云主动邀请："怎么，不想到我宿舍坐坐？"大李求之不得，便跟着彩云走，彩云走进一间单身宿舍，大李一看墙上挂着铁路制服，大吃一惊"你……你在铁路局工作？"彩云一笑："是呀，而且——还是个售票员呢！"

大李一听，惊奇得眼珠都要掉下来了："那你……还买黄牛票？"

彩云早就羞红了脸："傻瓜！我……我早就注意上你了！"

其实彩云早就从老乡那里听说了大李这个人，也暗中观察过几次，看了觉得大李相貌不错。这次回家，想不到在车上遇上了大李，彩云的票当然不是黄牛票，但她一眼就认出大李的票是假的，于是故意把真票给了他，叫他去找车长鉴定，目的是想试试他的心。至于假票上的香水，是大李递票给她看时，她悄悄抹上去的……

大李听彩云说了这番缘故，不觉又惊又喜，乐不可支"一张黄牛票换一个好老婆，我赚大了！有了你呀，往后我再也不用买黄牛票啦，真该好好感谢春运！"

第三个故事：

有票和没票　谁的心肠好

刘海在广东打工，这次想回老家兰州过年，可车票实在太难搞了。有一趟下午两点多开往兰州的车，如果能坐上这车，到家还能赶上吃年夜饭呢。可早在一周前，这趟车的票子就售完了，就连那些在车站到处转悠的票贩子，听说刘海要兰州的票，也一个个摇头走开了，看来只有先想办法混上车再说。

刘海好不容易混上了车，发现车厢内挤得透不过气来，补票的地方在10号车厢，想挤过去根本不可能，他只好先把包放在车厢连接处，然后就坐在包上。和他挤在一块儿的还有好几人，其中有个五十多岁的老头，穿得很寒碜，一看就知道是那种本分的庄稼汉。后来刘海和那老头闲聊，才知道他也是甘肃人，因为有两个孩子在念书，想出门挣点钱，便在一个建筑工地干了大半年，谁知包工头到年关时躲了起来，结果一分钱也没要上。刘海听了，心里怪不是个滋味儿。

过了几站，刘海迷迷糊糊打起盹来，醒来后就去上厕所，没想到刚要蹲下，突然看见便盆旁有一张到兰州的车票，仔细一看，正是这趟车的，看来是哪个粗心鬼不小心弄丢了。刘海心中一喜，连忙捡起来，擦擦干净，装进了裤兜。他想自己运气真好，这一下就省了三百多块钱。

刘海出了厕所就没有声张，不久，查票的来了，老汉坐在靠过道的地方，最先被查的就是他。他有些紧张，往口袋里掏了好半天，也没掏出票来，嘴里嘀咕道："我的票呢？天哪，我的票不见了！"查票的是一男一女两个乘务员，男的态度不大好，他不耐烦地说："你这种人我们见多了，少磨蹭，补票！"

"我、我真的是弄丢了，我确实买了票。"老汉苦着脸，急得脸都白了，"我那点钱刚够买票，手里已经没钱了。"

乘务员可不管这些，他们要拉着老头去见车长，就在这时，刘海看见老汉的泪水淌了出来，心中不忍，于是站了起来，对乘务员说："他说的都是实话，他的票确实丢了。"说着就从裤兜里掏出那张在厕所里捡到的票，递给了老汉："你丢的就是这张吧？是我捡到的。"

老汉惊异地看了刘海老半天，结结巴巴地说："是、是的……谢谢你……"

乘务员看过这票，又问刘海"那你的票呢？"

刘海说："我到兰州，还没买票，一直想补，太挤，没法过去。"他说着就开始往西装口袋里掏钱包，可掏着掏着，手就僵住了：糟了，钱包不见了！那里面除了二千多元现金外，还有一张存折。那个女的乘务员一看他脸色不对劲，忙问："怎么，钱包丢了？"刘海点点头，他猛然想起，上车那会儿跑得挺急，还脱下过西装，是不是当时掉在站台上了？

这时，女乘务员说话了："怎么丢票丢包的全出在这块儿了？再好好找找！"

刘海找呀找，又从裤兜里找出了一些零钱，数数将近三百块，全交给了女乘务员，说"能到哪儿就给我补到哪，到时我再想办法吧。"乘务员给刘海补了一张到天水的票，还退了二十多块钱，说"兰州有朋友吗？到兰州后再补吧，这点钱留着路上吃饭。"刘海接过钱，心里热乎乎的。

查票的走后，那老汉就一直呆呆地坐在那儿，好像在想什么心事。车到郑州后，车厢里的人渐渐少了些，等刘海再一次从厕所出来时，老汉已

经不在了，他的那个蛇皮袋也提走了，刘海估计他可能在哪儿找到了座位。

列车到达兰州是早晨七点多钟，天气很冷，刘海刚走出车厢，突然看见那个老汉提着蛇皮袋从站台那头急匆匆地跑来，他跑到刘海跟前，打开蛇皮袋，从里面摸出一个钱包来，气喘吁吁地说："这是不是你的钱包？"

刘海一下愣住了，没错，这正是他的钱包，怎么落在老汉的手中？老汉垂下了头，说："这是我在站台上捡到的，我打算拿回去给孩子交学费……结果想了好久，觉得还是应该还给你。"

刘海把钱包拿在手上，竟有一种沉甸甸的感觉，这时他才明白那老汉为什么突然离开，那段时间也许是老汉最痛苦的时候。刘海想到这里，鼻子一酸，想说什么，结果只说出两个字来："谢谢……"

老汉抬起头，说："不，应该谢谢你，其实我根本没票子，没钱买，是你用你的车票给了我面子……"刘海这才知道厕所里的那张票压根儿不是老汉的，而是别人的！他愣在那儿，好久说不出话来……

"三张卧铺票，看谁有门道"作者：范大宇(本篇月月评短信代码：0503)；"真票和假票，旅途情未了"作者：吴天(本篇月月评短信代码：0504)；"有票和没票，谁的心肠好"作者：许申高(本篇月月评短信代码：0505)。

下期话题："傻瓜"不傻　　　　　　（题图、插图：王申生）

老姑娘约会

□ 沈 宏

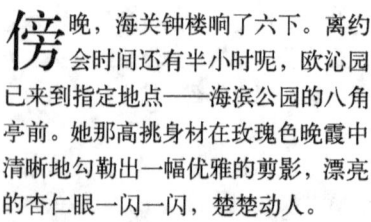

傍晚，海关钟楼响了六下。离约会时间还有半小时呢，欧沁园已来到指定地点——海滨公园的八角亭前。她那高挑身材在玫瑰色晚霞中清晰地勾勒出一幅优雅的剪影，漂亮的杏仁眼一闪一闪，楚楚动人。

一般来说，小伙子总是等姑娘的，何况又是第一次见面。然而，欧沁园却不这么认为，谁等谁还不一样？一个月前，姨妈拿了一张照片给欧沁园看，那小伙子挺帅，尤其是那双眼睛给她留下了深刻的印象。可照片不一定靠得住，照片毕竟有些艺术加工，欧沁园可不是那种容易轻信的姑娘，不过她同意见见面。本来是定

在半个月前的，可快到约定的日期，姨妈跑来说，那小伙子要出差，不能来了。欧沁园说没关系。于是就约了第二次，结果又没成。姨妈说那小伙子正忙着自学考试，又不能来了。欧沁园能理解！

晚霞渐渐隐去，八角亭上的灯在暮色中闪着柔和的光。一对对年轻的情侣手挽手经过，欧沁园有种温馨的感觉，两个相爱的人在一起多么美好啊！欧沁园抬手看看表，6点18分。心跳有些快，脸也有些发热。我这是怎么啦?还有12分钟呢……

欧沁园本是一家丝织厂的挡车女工，前些年因工厂倒闭，她也下了

一个人自己的心灵，还有她朋友们的感情——这是生活中最有魅力的东西。　　——奥斯卡·王尔德

岗。下岗后就意味着重新开始选择生活。以前在一块儿的小姐妹不是嫁了人就是忙于做生意……欧沁园却选择了自学这条路。是啊，这些年的奋斗，文凭是拿到了，还得了个硕士学位，在一家大公司任会计师，然而，欧沁园一次次的约会都错过了。当初曾有好多个小伙子追她，她也有过像现在这样心跳的感觉。但往后小伙子们觉得欧沁园是个一心钻在书本里的姑娘，一个个都泄气了。如今整整8年过去了，青春的年华即将逝去，快进入第35个年头，已是个地地道道的老姑娘了。想到这里，她心头不免掠过一丝苦涩。

欧沁园又看看表，六点半还差五分，心跳又加快了。欧沁园开始朝公园门口的方向张望。这时，一个身材高高的小伙子向她走来。"啊，是他。"欧沁园一眼就看到了那双和照片上一模一样的眼睛。她脸上又一阵发热，不由得低下了头。

"对不起，请问，你是欧沁园吗？"一个浑厚的男中音问道。

欧沁园抬头望了小伙子一眼，一双很有男子气的眼睛对视着她，眼神有力而坚定。欧沁园就喜欢这样的眼神，有一种绝对的可靠和安全感。欧沁园朝小伙子笑着点点头，并自顾转身朝公园里面走去。"哎，请你等等。"小伙子叫住欧沁园。欧沁园转过身，有些诧异。小伙子说："我想跟你谈谈。"欧沁园温和地说："我们边走边谈吧。"

"不，就在这儿谈吧，因为我的女朋友还在门外等着呢。"小伙子似乎有些抱歉但又很坚决。

欧沁园呆住了，顿时，突突的心跳震遍全身。欧沁园眉头紧皱，有一种被人捉弄的屈辱。同时，取而代之的是一种愤怒，泪水在眼窝里滚动，她强忍着不让泪掉下来。

"我很对不起你！"小伙子歉意地说。

"有什么对不起的，像你这种人根本不用说对不起。"欧沁园转身就走。

"哎，请你等等，我想求你帮忙！"小伙子又叫住欧沁园。

欧沁园停住了，回身以冷漠的口气问道："怎么，还想开玩笑？"

小伙子走近几步专注地望着欧沁园。欧沁园面对小伙子的目光，不知为什么有些慌乱。小伙子说："我不是跟你开玩笑，我确实需要你帮忙，因为这事是我父母和你姨妈安排的，开始我一点也不知道。"

"你父母也不知道你有女朋友？"欧沁园问道。

"知道，可他们不同意。"小伙子的眼神闪出一丝忧郁。

"为了什么？"

"她曾失过身，那是几年前的事了——那时她年轻，上了坏人的当，

就糊里糊涂失了身。我认识她后，觉得她是个非常善良、非常可爱的女孩子。她也很信任我！我们真诚地相爱了！"

欧沁园紧皱的眉头慢慢松开了。

小伙子继续说："我父母不同意我跟她来往，我们只有偷偷地相爱。跟你约会的事是我父母安排的。我母亲与你姨妈是同事，前两次我想法改掉约会，可这次不行了！"

欧沁园说："你就这么怕你的父母？"

小伙子摇摇头，说"我父亲已经70多岁了，又有严重的心脏病，不能

生气。我不想让父母担心，可我也不想失去现在的女朋友。"

怒气完全消失了。欧沁园的睫毛又开始一闪一闪的，并温和地望着小伙子问道："那么，你要我帮什么忙？"小伙子说："就跟你姨妈说，你没有看中我，谢谢了！"说完，他转身要走。

"哎，你等等！"这回是欧沁园叫住了小伙子。小伙子问道："还有事吗？"

欧沁园本想说几句安慰和鼓励他的话，可忽然又觉得这是多余的。她微笑着说："要是我说看中了你呢？"小伙子慌忙说："别，别这样，这怎么可能呢？大姐，你一定得帮我这个忙。"

欧沁园还是微笑着说："说实话，我真的看中了你，你是个好男人！可我知道，这种事得有缘分！我想咱们还可以成为好朋友，我真诚地愿你们幸福！"

小伙子感动了，说"我和女朋友都感激你！我们也祝福你！"说完，他匆匆走了。

晚风轻轻吹拂，夜幕下柔和的灯光闪闪烁烁。望着小伙子离去的背影，欧沁园心底升起一种柔情，同时又有一种莫名的惆怅。她默默地为他祝福！

（本篇月月评短信代码：0506）

（题图、插图：安玉民）

他的下跪是最深的忏悔，她的下跪是一份沉甸甸的承诺……

下跪

□ 晾　城

腊月二十五，人们都在热热闹闹地准备着过大年了，那天中午，一辆红旗轿车从县城开出来。漫天大雪中，轿车飞驰着。忽然，车轮打滑，一下栽进了路边大沟。这沟深3米，车翻下去，四轮朝天，车身都扁了。一家三口被车底盘挤压着，死活出不来。

凄惨的救命声招来了三里五村的村民，来了一群又一群，但他们一看是县长刘大光的车，不仅不肯动手相救，反而都忍不住地破口骂道："活该！"

刘大光原是这村子里的土娃子，乡亲们都认得他。当年他上县城读书还是乡亲们一起凑了钱，又送他上路

的哪。后来他在县城里做起了官老爷，步步高升之际，却越发露出忘恩薄情的劣性，又沾染上官场的那些腐败性子，不仅不为家乡父老们谋福，还想着各种法子搜刮民脂民膏。老百姓一怒之下去县城告状，结果刘大光竟下令把领头的几个汉子抓进了公安局。村民们私底下议论他比解放前的官老爷都狠，都咒他不得好死。今天，终于看到刘大光被压在车子里出不来，大伙都说，这真是恶有恶报啊！

此刻，刘大光在车里拼命挣扎着，心里急得直冒烟儿。他忍着痛，朝车外使劲大叫：快来救人，车里还有我老婆和孩子啊！喊着喊着，刘大光渐渐地平静了。他静静地盯着车窗玻璃，也许他看到了一个最精彩的片段，忽然醒过神来，满脸是泪。俗话说：不见棺材不掉泪，今天可真要让

他见一回棺材了。

孩子的哭叫声也越来越弱，黑压压的人群渐渐骚动了起来。人群中走出一个庄稼汉子，对大伙说："孩子毕竟没啥错呀，见死不救那也太绝了吧。"说着便爬下沟去，要去救人。这汉子姓牛，在村里特有威望，大伙都管他叫"老牛头"。农民毕竟是善良的，大家见"老牛头"起了头，也纷纷从斜坡上爬了下去。大伙齐心协力把小车翻过来，然后七手八脚地拽里头的女人和孩子。

就在这时，只听"哐啷"一声响，刘大光自个儿撞开了车门，人被摔出去老远，滚成了一堆雪泥，老半天才站起身子。他望着周围的人群，忽然

"扑通"一声跪倒在雪地里。一句话都没说，只是一脸的泪，又一头叩在地上。

人们把女人和孩子抱上公路后，就有人去拉刘大光，可他就是不动，山似地僵在那里。再猛一拽，他竟轰然倒地，仍然保持着那下跪叩首的姿势。

县长刘大光死了，没人觉得可惜，也没人为他伤心。这事转眼就过去了三十多年。

一年盛夏，一个年过七旬的老汉带着一群农民去市里告状，他们点名要见市委书记。就在他们和门卫僵持不下的时候，从楼里出来一位年轻的女同志，十分温和地问："有什么事吗？"门卫赶紧汇报道："这帮农民要告状，他们不去信访办，偏在这里闹着要见您。"原来这位年轻的女同志就是市委书记。女书记很严肃地说："百姓有苦要诉，不是闹，哪能把人拦在这儿？！"而后向十几位农民招招手，示意大伙都进院儿。

一群农民跟着书记进了市委大楼。他们有些激动，市委的楼比县委的楼高两层，高楼咋比低楼还容易进呢？女书记很亲切，一脸笑容地给每人让了座，又忙着倒茶。大伙屁股还没坐稳，就开始嚷嚷了。女书记递上茶水，说："大伙别急，慢慢说，有啥说啥。"

大伙儿一鼓作气把当地干部的所

作所为来了兜底翻。女书记久久不语地坐着，然后站起来，在房间里走了几步，转过身，目不转睛地注视着大伙，目光像利剑，寒气逼人。看着看着，女书记居然流起泪来。更让人想不到的是，突然她"啪"地给十几个前来告状的农民跪下了。

世世代代脸朝黄土背朝天的农民哪见过这样的阵势，一个个你看我，我看你，不知该咋办了。

女书记终于开口说话了，她说："你们都是我的父老乡亲，生了我，养了我，也救了我。你们也许还记得，35年前你们县的县长刘大光，他就是我的父亲。父亲死的时候我还小，不懂得父亲为什么要给你们跪下。现在我知道，那都是他欠下的呀。"

农民们都愣住了。领头的七旬老汉连忙去拉她，说："刘书记，您别这样，快起来，起来。"刘书记仍坚持跪着："牛大伯，您甭叫我书记，您就叫我小柯，我就是当年您亲手救下的刘小柯呀！"老汉顾不得自己的身份和年纪，双腿一软也跪下了，立时老泪纵横。刘书记说："大伯，你们放心，也让父老乡亲们放心，市委市政府一定会尽快给你们一个满意的答复！"大伙儿一听，"啪"全都跪了下去，激动得一时都说不出话来。

不久，各级部分领导都受到了不同程度的处分，各种乱摊派乱收费也去掉了十几项之多，情节最严重的柳店乡乡长被免职，乡亲们都知道，此人是刘书记的一个亲表兄啊。

春节即将到来，刘书记思乡情切，想回去给乡亲们拜个年。可是谁也没想到，在回乡途中，出了车祸，刘书记被送进医院，竟没抢救过来。临终前，她有一个遗愿，希望能为自己在家乡立一个下跪的像。她说活着要给乡亲下跪，死了还要给乡亲下跪，做父母官的世世代代都要以民为尊，扰民伤民就要为民下跪。

市里治丧委员会的领导带着两名石匠去了刘书记的家乡，没进村就被村民挡住了。"老牛头"挡在最前头，说："小柯是我们的女儿，小柯回家过年，这像得我们自己给她造。"事后，村民们自个儿出钱，请来了有名的石匠，说要赶在年三十前把事办妥，不能耽搁咱家女儿回来过年。"老牛头"说这话时，眼睛又湿润了。老汉还向市领导提出另一个要求，说小柯活着时候跪过，现在不能再跪，得让她坐下来，和大伙一起过年。

开工前，天空飘起了雪花。"老牛头"对石匠说："下雪了，给咱小柯穿件棉衣吧！"石匠就给刘书记添了一件棉衣。腊月二十九那天，刘书记回来了。刘书记身上披着件厚厚的棉衣，面带微笑地回家过年了。

（本篇月月评短信代码：0507）

（题图、插图：王申生）

大年初一难送礼

□ 张记书

这是发生在邻居家的一个真实故事。故事主人公叫甄美丽，名美，人也漂亮，命运却不尽人意。丈夫刚死了不到半年，她又下了岗。守着一个上中学的女儿，今后的日子可怎么过呀？这不，眼看春节就要到了，家家都在办年货，她们娘俩却只能面对面抹眼泪儿。

有人给美丽出主意，说趁过年儿，给"就业办"胡主任送份礼，说不定过罢年就会安排份工作呢！

光掉眼泪可不成，美丽觉得给胡主任送礼这办法可行。抹完眼泪，美丽就让女儿陪着，到超市看看，买点什么礼品送过去！

走过几家市场，看中的东西价钱太贵，但价钱便宜的东西又看不中。最后，女儿目光落在一盒乳猪上，说这东西稀罕些，价钱适中也拿得出手，二百五十元一盒。美丽就点了头。这二百多元钱，本是她们娘俩过年的全部费用，买了乳猪，过年就得另想办法了！

走出超市，女儿拎着乳猪，美丽看着盒子上的价钱标签，怎么看怎么不顺眼。"二百五"——这在当地是个骂人的字眼。美丽心里想，是自己"二百五"呢？还是把东西送给"二百

眼泪并不总是流在脸上的。 ——梅特林克

五"？！再说，上面的标价也不算高，听人说，如今给领导送礼，几百元的东西，根本不算什么。你送这点东西，是否会让人家说自己小气呢！于是，她一把扯下了标签。

女儿一惊，忙问："妈，你这是干什么？"美丽把她的想法告诉女儿，女儿仍摇头："你没看标签上还标着产品出厂日期吗？"经女儿这一提醒，美丽才意识到标签上除价钱外还有其他内容。这下可急了："那怎么办？"女儿说："再贴上。"美丽只好按女儿的意见办。可是，她费了半天劲儿，怎么也贴不好，标签只是凑合着连在盒上。母女俩左看右看，接缝的地方似乎特别显眼。

小年夜那天，美丽带着女儿把礼品送到了胡主任家。胡主任夫妻客气了一番，又是让座，又是倒水。然后，胡主任就谈起了他工作的难处，说下岗工人越来越多，工作岗位越来越少，他的日子不好过呢！不过，她的事，他心里已记下了！

美丽和女儿结结巴巴说了些客气话，就像做贼似的，急忙离开胡主任家。因走得慌，一出门，美丽就踩着了女儿的脚跟。女儿"哎呦"一声，忙蹲下来提鞋。

此刻，从门里传出对话声：

"哦，乳猪？"正是胡主任的声音。"好，正好春节尝个鲜。"过了一会儿，又听胡主任说"怎么标签是换

过的？"胡太太紧张兮兮的声音："该不是她们从哪儿捡来的过时东西吧！""那可不能随便吃，万一吃出个三长两短，就麻烦大啦！"……

美丽和女儿尴尬地对望着，听到门把仿佛有动静，大概胡主任要出来了，两人赶紧急急下了楼。刚走到底楼，就听到楼道垃圾箱里"咚"的一声响，吓了她们一跳。垃圾箱门也被撞开了，一看，正是她们刚送的礼品，盒子也摔破了。半个乳猪脑袋歪在外面，小眼珠黑油油地瞪着她们，似乎也带着嘲讽的意思。

美丽的脸立刻变成了一张白纸。女儿沉思片刻，说："看来，这乳猪只有我们自己享用啦！"美丽没有言语，已是泪流满面。

大年初一，家家鞭炮声响成一团，美丽家却冷冷清清，没有半点声响。女儿把做好的乳猪端上来，说："妈，吃吧。咱也过年哩！"美丽坐过来，夹起一块肉，放进女儿碗里，说："好赖都是年，唉！过年。"过年是应该吃饺子的，却吃起了乳猪。乳猪是穷人吃的吗？吃完乳猪，再吃什么，喝西北风！

美丽和女儿怎么也吃不下这乳猪，只是互相望着，静静地，泪水往心里淌。

（本篇月月评短信代码：0508）

（题图：安玉民）

·中国新传说·

31 双绣花鞋垫

□ 游　子

郑厅长到以前插过队的县里检查扶贫工作，半道上被泥石流阻断了去路，看情况，一时半会儿通不了车。郑厅长见路旁不远处有几户人家，就信步走了过去。

一个头发花白的农妇坐在家门口聚精会神地纳鞋垫，锥一针，就举到眼前端详一阵，比绣花还仔细。她一抬头，猛然看见郑厅长，浑身一抖，手里的鞋垫掉到地上。郑厅长忙说："老人家，不要怕，我不是坏人，我是省里的干部，前边路断了，我下车来走。老人家，你家里人呢？"

"都下地去啦。"农妇盯着他看了一阵，揉揉眼，幽幽地说，"别叫我'老人家'，我比你还小呢。"

农村人是显老，但要说眼前这个农妇比他还小，郑厅长难以相信。但他还是马上改口叫她"大姐"。农妇摇摇头："你也别叫我大姐，我真的比你还小。"

郑厅长有点好笑："那我就叫你大妹子，这样行吧？""这还差不多。"农妇有点羞涩地笑笑，说，"你们从省城来，还没吃饭吧？"

这一问，郑厅长才感到肚子真有些饿了，犹豫了一下，说："那就麻烦你给我们煮几个鸡蛋吧。"农妇说："你们大老远的赶来，光吃鸡蛋哪能行呢，我给你们做饭吧。"

郑厅长正想阻止她，秘书小王和司机小马找来了，说起码还要两小时才能通行，请示他怎么办。郑厅长看看表，无可奈何地说："大妹子，那就

感情在无论什么东西上面都能留下痕迹，并且能穿越时空。　——巴尔扎克

麻烦你给我们做点饭吧。随便一点。"

农妇高兴地应了一声，赶紧淘米架锅，切葱洗菜，忙得团团转。不多时，小方桌上就摆上了两菜一汤：香椿煎鸡蛋，油焖芋头，酸菜芸豆汤。农妇不好意思地说她不会杀鸡，家里能做的只有这些了。

可能是饿了的原因，郑厅长他们三个都觉得这顿农家饭的味道好极了。尤其是用沙罐焖的米饭，糯糯的有一种奇异的清香。一向讲究"饭吃七分饱"的郑厅长忍不住多吃了一小碗，还说要把这口神奇的沙罐带回去"研究研究"，惹得小王和小马直笑。

农妇看他们吃得很香，满足地笑了，抽着空又拿起鞋垫来做。小王先吃完，随手拿过农妇手中的鞋垫一看，失声叫道："哇，真美，简直是件工艺品！郑厅长，你看看。"

郑厅长接过鞋垫，用眼睛一瞥，心头就是一震。只见鞋垫用蓝布打底，金线锁边，脚掌部分用彩线绣着"鸳鸯戏水"，脚跟部分绣着"并蒂荷花"，做工精美，栩栩如生，分明是在哪里见过……

小王摇头叹道："这么好的东西，哪个会忍心踩在脚下？"

农妇脸红了："乡下人的玩意，让你们笑话了。这种鞋垫，我有一箱呢！"说着，她从里屋端出一只小木箱，开了锁，里边全是同一个式样的绣花鞋垫。小马忍不住问："这么多，你是做来卖的？多少钱一双？"农妇摇摇头："不是卖的，我是为一个人做的，我一年为他做一双。31年了，我为他做了31双鞋垫，可是他一双也没穿过。"小王笑了："这个人是谁啊，真有福气！"

农妇犹豫了一阵，说："几十年了，说来也不怕你们笑话。这个人是我们那个寨子的插队知青，他爸原来是县长，后来被打成'叛徒'关进了监狱，他妈就和他爸离婚了。他没吃过苦，连饭也做不熟，没人时就偷偷地哭。我那年才16岁，在家里已经顶个大人了。我有空就往他那里跑，帮他做饭，帮他洗衣服。有一次，他突

然搂住我，亲我的脸，说他喜欢我。我让他亲，心里却怕得要命。那以后，我就按我们那里的风俗，做了这样一双鞋垫送给他。我说，哥，你亲了我，我就是你的人了，我给哥做一辈子鞋垫。可没多久，他爸爸平反了，他也回了城，再没有音讯。过了两年，我就嫁到这里来了。人嫁了，心里头却总是记着他，时间越长，越是想念。我说过，要给他做一辈子鞋垫，就一年给他做一双，仔仔细细地做，不知不觉，已经31年了。"

想不到这鞋垫里头还藏着这样一个故事！小王和小马听得有些发愣。郑厅长朝小王努努嘴，小王掏出一张百元大钞递给农妇算作饭钱，农妇死活不要："你们吃得下我做的饭，我就高兴了，我哪能要你们的钱！"小王为难地望着郑厅长，郑厅长挥挥手，说："你和小马先去看看路通了没有，饭钱我来结。"

小王和小马走了。郑厅长把身上仅有的两千块钱全拿了出来，看着农妇说"对不起了，小慧。我们都老了，当年的事就不说了吧。这点钱，你留着用吧。"

农妇挡开他的手，含泪笑了："你还认得出我，我就满足了。我们穷点，还活得下去，这钱你自己用吧。我没想到，今生今世还能看你一眼。"农妇把她装鞋垫的小木箱递给郑厅长："我为你做了31双鞋垫，全在这里边了，你拿走吧，你只要能用一用，我就是死，也闭眼了。"

郑厅长犹豫了一下，接过箱子，又递过钱来："这算是我买的，行吗？"农妇伤心了："你再有钱，这世上总还有不卖的东西啊！"郑厅长忙说："好好，那我走了。要不，这两个小家伙又要追过来了。"

郑厅长抱着箱子慌慌地走了，农妇在门边看着郑厅长的背影暗自流泪。小木箱不重，可郑厅长觉得就像抱着一块沉甸甸的石头，紧张得有点喘不过气。来到公路上，郑厅长见左右没人，把箱子往路边的沟里一扔，快步向他的奥迪车走去。

小车开动了，郑厅长如释重负地喘出了一口长气。

（本篇月月评短信代码：0509，详见P43）（**题图、插图：王申生**）

独秀山上的
来客

□ 李　悦

明朝时，都城里有座名气很响的酒楼叫云霞楼。一天傍晚，有个胖胖的中年人来到云霞楼门口。只见那中年人拴好驴，小心翼翼地拿起一只长条形的石匣子夹在腋下，朝里边走来。小二很热情地迎上去，敏捷地在前引路，边走边问："您这是打哪儿来啊？"中年人微微一笑："南洲独秀山。"小二将中年人迎到二楼，又小声问道："听说那里可是神仙住的地方啊！您遇见过仙人吗？"中年人看了小二一眼，似是而非地答了句："凡人是不容易见到神仙的。"

小二下楼不久，一络腮胡子"噔噔噔"跑上楼，径直走到中年人桌前，施了一礼，粗声粗气地说道："我家老爷张大人有请。"中年人上下打量着络腮胡子，不解地问："张大人？哪个张大人？我不认识啊。"络腮胡子脸露不满之色："张大人是朝廷命官，平时最好仙人之术，听说您是从独秀山来的，所以想请您移驾过去一谈。"络

腮胡子说到这里，手有意无意地碰碰腰间的佩刀。中年人被逼无奈，只好随络腮胡子下楼。一队人马簇拥着中年人扬尘而去。

估摸走了半个时辰，仆人上前牵住了驴子。两个小童各打着一只红灯笼，引着中年人进了朱漆大门，左曲右拐地来到后院。有人高喊一声："张大人到！"一个长着稀稀拉拉鼠须，穿着大红绸袍的官员从屏风后面走出来，见到中年人，也不谦让，指指椅子让他落座。

喝过几口茶，这张大人才缓缓开口："书上说独秀山虽然远在南洲，却是连接乾坤的擎天一柱，历来都是仙家宝地。"中年人连连称是。张大人继续说："既然您是从独秀山来的，必然找到什么宝贝吧？"中年人起身，说："不敢欺瞒大人，我挖到了一支薯药。"

张大人像是一下子醒了过来，眼睛里射出两道金光："您说具体点。"中年人赶紧说下去："我曾吃过那么一小块，立刻变得耳聪目明，身轻如燕。"张大人更来了情绪，干咳了几声，客气地招呼道："坐，坐下说。"中年人一口气将盖碗里的茶全喝光，抹了抹嘴说了起来："一天，我在独秀山中采药，被绊了一跤，坐起来一瞧，脚边有一根块茎状的东西，于是就挖了起来，一直挖了几丈深，还没挖到头，不料地面突然塌陷，我坠入洞中。伸手碰到一支东西，也不知道是什么，后来我又累又饿，就掰下一小块吃了。不料刚吃下肚子，马上精神大振，一股暖气流遍全身上下筋脉，刚转了一个上去的念头，脚尖一踮，就呼地一声从洞里跃了出来。"

"原来是这样啊！"张大人使劲搓着两只手，迫切地追问道："你说的这宝贝就在石匣子里？"中年人答了一声："是。"张大人也不再多问一句，直接抱过匣子，来来回回抚摸了几遍，方才打开。匣子里的薯药光洁微红，照得满室生辉，一股芳香弥漫开来。张大人一脸喜色："快点摆上酒菜！"几个小童进进出出，顷刻摆满了一桌子大盆小碟。张大人挥挥手让左右退下，诚恳地对中年人说道："我上了年纪，身子是越来越虚弱，还要没日没夜为皇上分忧，为百姓解难。这薯药嘛，能否割爱让给我呢？好让我多活几年，也为天下百姓多尽一份绵薄之力！"中年人听后，毕恭毕敬地站起来，说："大人为民操劳，如果大人要，就算二百两……不，不，一百两黄金吧？"张大人兴奋地叫了起来，亲自替中年人满满斟上一杯酒，说道："那我们一言为定，请满饮此杯。"

中年人举起杯子一饮而尽，刚想道谢，却"哎哟"一声，捂着肚子倒在地上，双脚乱蹬，最后整个身体笔直地一挺，再也无法动弹。张大人阴沉着脸喝道："来人啊，把他拉到城外埋掉。"接着，他又传下话让人把驴子牵到堂前，用小手指甲从薯药上刮下薄薄的一小片，说道："和在水里，给驴子灌下去！"不一会，驴子喝下混着薯药的水后，显得十分欢快，在院子里绕着圈子撒腿小跑，最后竟然腾空而起，从院墙里轻飘飘地跳了出去。络腮胡子正要叫人去追，张大人满意地摆摆手："只是一头驴子，随它去吧。你马上去找王公公，让他先禀明皇上，我有珍奇宝贝薯药要献上。"

一个贪得无厌的人从本性上就从不考虑有什么后果。 ——印度《五卷书》

薯药弄到手，张大人心里高兴啊，他闭目安坐在朝房内，两只手紧紧按住盒盖，生怕有人夺去似的，心头是走马灯一样飞速旋转：一见皇上，我要把这说成是苍天的恩赐，是要让皇上千秋万代做皇上。皇上龙颜大悦，也许当场拜相封侯呐！哼哼，等我掌握了大权，黄金、宝玉、古董……都是应有尽有啊！何况宫里的王公公早就被我买通，等皇上传旨要煮薯药汁的时候，我让他偷偷留下一半，我和他再一分为二，到了那时，我们就都能长命千岁、还能永享荣华富贵啊……

上朝的时辰快到了，张大人还不放心，又打开锦盒瞧瞧，咦，怪事，怎么盒子里黑乎乎的，似乎空无一物？！张大人着急了，他把锦盒放在桌上，借着昏黄的烛光将头伸进盒子，想看个明白。不料，身子越弯越厉害，竟然一头栽进了盒子里，自个儿变成了一支薯药。

再说，那王公公是皇上身边的大红人，听络腮胡子说张大人有宝贝薯药要献给皇上，想着这是个邀功请赏的好机会，急忙跟着络腮胡子到了张府。

王公公在门外咳嗽两声，推门进屋，客气地说："我说张大人，时辰不早了，快请上朝吧！"张大人在锦盒里不断大嚷："王公公，我在这里啊，快来搭救我！" 王公公什么也没听

到，只是一个劲瞪大眼睛在房中左张右望，还自言自语道："奇了，怎么没人？"王公公看着没人，走近桌边捧起锦盒上上下下端详了好一阵工夫，又抬头小声试探地喊道："张大人？张大人？"仍然没有人回应，王公公心里打起了小算盘：这真是天赐良机，我把这薯药煮成汁喝下去，自个儿成仙自个儿快活，还等他做什么。于是，他一把抱起锦盒，夹在左手臂弯里，右手拿拂尘的银丝往盒上一掩，兴冲冲地出了朝房，还特意在宫里拐了几个弯，确信没有人跟着，最后才悄悄来到御膳房。

一进御膳房，王公公尖声喝道："皇上有旨，把这支薯药煮成汁。谁胆敢偷喝一小口，满门抄斩！"张大人听见了，急得大呼："且慢！且慢！王公公，这并非薯药，是我啊！"扑通一声，张大人顿时刺痒难忍，大声惨叫，屋顶在头上飞快地旋转，周围都是一个个大大的水泡，哎呀呀，自己肯定是被丢进锅子里当成薯药给煮了！张大人气得发抖，用足力气在锅子里一浮一沉，破口大骂："你这个阉贼，假借圣旨，居然把我给煮了！等我从这里脱身，一定要你……"水越来越烫，张大人的喉咙像是被灌进火红的铁水一般再也叫不出声，忽悠悠沉了下去。王公公倒是气定神闲地叉着两只手，一脸的皱纹像是菊花盛开般舒展开来。

王公公在灶台边等着，心里是越想越高兴：既然这支薯药是仙品，那自己喝了药汁之后，就不再是整天跟在皇上屁股后头的公公了，而是成为一个要什么有什么的仙人了！只要用法术施一阵风，把全国的农夫都卷来给我当苦力，让长安城五步一楼，十步一阁，每楼每阁都住满美人，年年朝歌夜舞，夜舞朝歌……

"嘶"地一声，王公公眨眨眼，回过神来，原来是自己的口水落到了滚烫的锅边，冒出一缕白烟。看那薯药快要煮好，王公公吩咐小太监："皇上命我把药汁亲自装在金杯里，此事大有仙家玄机，你们要是想保住小命的话就不许偷看，都出去吧。"众人唯唯诺诺地退了出去，王公公跟过去拍拍门，确实是关严实了，回头小碎步跑到锅子边，拿起一柄长勺在锅子里搅来搅去。咦？怎么薯药不见了，明明刚才还在，难道我一个来回，它就煮得化成水了吗？王公公踮起脚尖，不停地搅着。锅里一片沸腾，一滴药汁"啪"地溅在了他的眼睛里。王公公一疼，脚底下打滑，直直地翻进锅子里，烫得他龇牙咧嘴哇哇叫，使劲想把身子拔出来，但就是使不出一丝力气，人一点一点滑了进去。

众人在门口等过了五更天，王公公还是不出来，一个胆大的小太监推开了一条门缝，御膳房中空空荡荡并没有一个人。大家蹑手蹑脚地走进去，只有这一锅薯药煮得扑扑冒泡。众人捂牢鼻子，小太监小声嘀咕道："这是什么呀，骚得像是在煮一锅子尿！"

大伙分头去找王公公，却怎么也找不着。不过，王公公虽然找不到，但王公公宣过的口谕还是记得的。众人七手八脚地把药汁盛入金杯，放进食盒里，小太监拎起食盒就往后宫赶。

值日的太监们正在服侍皇上洗漱，见御膳房送来食盒，忙接过来，刚打开，都连忙捏住鼻子，后退几步压低声音怒骂小太监："大胆！这是什么东西？也敢拿来给皇上用！"可是皇上竟觉得这杯子里的东西真是奇香无比，又听小太监说这就是王公公昨日禀报的神奇宝贝，就忙不迭地喝了下去。

皇上喝了这宝贝，当时就不行了，腹泻不止。到了下午，每一个城门上都贴出一张大大的皇榜，大意是：凡能医好皇上腹泻者，赏黄金万两，良田千亩。

就在城里闹翻天的时候，一个胖胖的中年人，腋下夹着一石匣子，用力挤开人群，一伸手就揭下皇榜。

不一会儿，中年人被一座九人抬的大轿抬入后宫，隔着屏风替皇上搭了脉。他从石匣子里取出一支薯药，就地架设铜锅，煮起药汁。皇上坐在朱漆金龙的马桶上拉得直不起腰，气更是不打一处来。皇上心里还惦念着自己的"开疆大计"：朕要征服天下，让世上的百姓都向朕交税；凡是不服从朕的，朕就指挥百万大军踏平他们，叫他们家破人亡、鸡犬不留……

皇上正想着，中年人端着玉碗轻声唤道："皇上，药已经好了，只是请皇上在喝之前，能够静心默祷一番，方才有效。"于是，皇上口中念念有词，无非就是刚才想的那些"宏图大略"。祷告完了，举起碗正要喝，中年人不知什么时候已站在他背后，往他肩膀上一推，咕咚一声，皇上整个人被碗吸了进去，消失得无影无踪。

胖胖的中年人接过碗，顺势往马桶里一倒，长长地叹息道："没想到，此番出山探察世情，却见这么一群丑恶嘴脸。身为天下父母的，却谋害天下子民！实在不配立足于世间！如果我不是仙界之人，也早被他们谋了命去哦……"

原来，胖胖的中年人是个来自独秀山的神仙，他此次下凡来的目的就是要考察当官的。眼见明朝做官的如此腐败，不由得边感慨着，边搁下碗，从袖子里摸出一张巴掌大的黑驴模样的剪纸，拎在手里左右摇了摇，往地上一扔。

一阵清烟过后，一匹驴子站了起来，摇头晃尾。神仙面对驴子说道："不得已，还是让你替他们辛苦一阵吧！"说完，他向驴子身上吹了口气，驴子在地上打了几个滚，摇身一变成了当今皇上。"你好自为之，"神仙拍拍驴子皇上的脑袋，说道，"不用太聪明，万事以民为先就足够了。等到天下百姓吃饱穿暖之际，你再回来，我还是在独秀山的洞中等你。"说完往石匣子里一钻，立刻连人带匣都不见了。

那驴子皇上面朝独秀山方向深深施了一礼，转身步出殿，威严地宣布："升朝！让所有的文武百官都来见朕，朕有话要讲！"

(本篇月月评短信代码：0510)

(题图、插图：安玉民)

铜钟婆婆

□ 杨阳阳

正定古城紧靠着滹沱河。在很早的时候，有一次发大水，浑浊的河水翻滚着大浪头，冲来了檩条、柜箱和椽子，连几丈高的带根大树也裹在水里打滚。后来河水慢慢退了，河滩上留下了很多人畜的尸体。

在一个月色朦胧的夜晚，人们看到河滩上有一个东西在发光，月亮明，它也明，月亮暗，它也暗。大家议论着、猜测着，都害怕了，是不是鬼出现了？

第二天，几个胆大的人凑到一起，决定去看个明白。他们壮着胆子走近一看，嗨，原来是一口大铜钟！这口铜钟高过人头，三四个人抱不过来，黄灿灿的，耀得人睁不开眼。

这消息立时在正定城内传开了。知府派了几十个精壮民工，将大钟拉到了开元寺。和尚们非常高兴，募来

民工，为这口大铜钟修了一座钟楼，吊在楼顶。老法师在楼前焚过香，派一名胖和尚撞钟。那胖和尚撞了一下，大铜钟的响声又短又哑。又撞了几下，还是那样。老法师好不扫兴，马上找来当地的工匠察看。工匠摸了半天，最终也没说出个缘由来。

老法师无可奈何，只得呈报知府。知府不相信，又出了告示：谁能修好正定城开元寺里的大钟，赏银一百两。告示贴出后，许多能工巧匠先后来到开元寺，但没有一个能修好大铜钟的。

一晃三年过去了。有一年冬天，正定南关的一个乡民赶着毛驴车进城卖菜，快到南门时，见道旁站着一个老婆婆，满头银发，飘然若仙，两眉间那颗红痣特别引人注目。她向乡民问了安，请求搭车进城。乡民问她进

城干什么，她说："我去找丈夫。坐你的车，一定给你捎脚钱。"

老婆婆坐着车到了开元寺门口，对乡民说："如果我不出来，就到钟楼上找我。我若不在，你就撞钟，一撞钟我就出来了。"

老婆婆进寺去了。乡民在门外等呀等呀，等得不耐烦了，便进寺到钟楼上找，可连老婆婆的影子都没有。他便用力撞起了铜钟。这一撞不要紧，大铜钟"嗡嗡——当当——"如滚滚惊雷，直震得古柏上的浓霜哗哗落地，直惊得乌鸦呱呱盘飞。老法师瞪圆了眼，知府翘起了须，百姓们走上街头互相询问声响的由来。连正定城四关八村的乡民都停止了劳作，惊奇不已。层层砖塔角上的小铜钟被震得摇摆起来，和着大铜钟的余音，响遍正定古城。

三年不响的大铜钟今天忽然响了。人们好不惊奇，男女老少，和尚衙役，赛跑似的奔向钟楼，只见那个卖菜的乡民仍然张大嘴，两眼直勾勾地愣在铜钟前头。他完全惊呆了，见人盘问，才如梦初醒，恢复了常态。他把敲钟的前前后后说了一遍。老法师马上命和尚找老婆婆，可是和尚们寻遍了整个寺院，连老婆婆的影子也没找到。

这件事当天就传遍了正定城。那几天正是庙会，有一个卖皮货的山民听了，说道："你们说的这个老婆婆，面容、年纪都像我们家乡那位白发铜钟婆婆。三年前她被水淹死了，死后常常在当地显灵。"听的人都甚感奇怪，问这问那，卖皮货的山民索性从头讲起来——

我家住在滹沱河上游的一个山坳里，每年闹水灾，人们吃了不少苦。这里住着两位铁匠，一位姓张，一位姓李。为了拦阻洪水，两人组织民众修筑了大河堤。有一次，突然来了山洪，把河堤冲了个大缺口，当时人手少，堵不住，他俩忙派人到各山沟敲锣喊人，大家齐心协力，总算把缺口堵住了。两位铁匠想，决了口再到处喊人，总不是好办法。于是，便发动当地山民献铜，然后两人各铸了一口大铜钟。他俩在河堤上支了两个架子，一个在西，一个在东，相距十几丈远。两口大铜钟就吊在架子上。张铁匠对人们说："一口钟响，大家赶紧加高河堤；两口钟一齐响，大家马上集合堵决口。"这办法真顶用，自从安了大钟，我们山坳没有挨过大水淹。

张铁匠有个儿子，生得膀宽腰圆，红红的方脸，方方的下巴，下巴上有一颗黑痣，笑声像铜钟响。为了铸大铜钟，他把自己心爱的练功铜槌都献上了。李铁匠有个女儿，生得圆肩细腰，白白的脸蛋，两道黑黑的眉间长着一颗红痣，笑声像银铃响。为了铸大铜钟，她把自己心爱的铜手镯都献上了。这两人打小跟父亲摸惯了

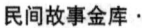

铁锤、铁钳，是父亲打铁的好帮手。两人又是青梅竹马，长大后便结了姻缘。后来，两位铁匠相继去世，小夫妻继承了双亲的家业，又承担了敲钟报警的差事。夫妻俩为了及时报警，将家搬到河堤边。他俩升起红红的炉火，为庄户人家打镐头、镰刀、粪叉，有了空闲，便跑上大堤擦拭铜钟，你擦一个，我擦一个，有时两口子合擦一个，姑娘擦着擦着就唱起歌来：

月儿亮光光，大河流水长，菜畦绿呀柿子红，铁锤响叮当。滹沱滚滚浪，浪飞蓝天上，大堤高高铜钟亮，大灶红呀金谷香。

妻子欢快地唱着，丈夫幸福地听着。我们山里人都爱听她的歌，那时我们叫他俩铜钟大哥、铜钟大姐。

一年又一年过去了，铜钟大哥成了铜钟公公，铜钟大姐成了铜钟婆婆。几十年里，两人为百姓报了多少次警啊！人们都打心底里感激他俩。那两口大铜钟也怪，别人要偷偷去撞，声音又哑又短，他俩要是去撞，就特别响亮。有人听见过，他俩在钟边叙话时，铜钟还嗡嗡作响呢。人们都说几十年的擦拭抚摩，他俩的心都熔到铜钟里了。

三年前，老天爷下起了阴雨。铜钟婆婆生了病，铜钟公公细心服侍她。那天早晨，铜钟公公听到河里的涨水声，急奔大堤。铜钟婆婆挣扎着起床，随后跟出门外。铜钟公公刚奔到铜钟下面，一座小山似的浪头铺天盖地而来，他和那口大钟一下子被恶浪卷走了！铜钟婆婆披散着白发拼命地朝另一口铜钟跑去，一边跑，一边喊"老头子——撞钟！"她还没跑到跟前，那钟就自己嗡嗡地响起来了。她跌跌撞撞跑上大堤，钟声更响了。

铜钟的响声震动了所有山民。铜钟婆婆披着湿漉漉的白发，望着滚滚咆哮的河水，扬起手，拖着长声喊丈夫，大铜钟也当当当地响着……忽然，她看见丈夫抱着大铜钟浮上了水面，向她挥了挥手，马上就沉下去了。大铜钟不响了，铜钟婆婆不喊了，只

神圣的工作在每个人的日常事务里，理想的前途在于一点一滴做起。 ——谢觉哉

"掌上灵通杯"《故事会》优秀作品月月评

《故事会》与上海掌上灵通咨询有限公司联合举办"掌上灵通杯"《故事会》优秀作品月月评活动，全年共设价值48万元的奖金和奖品。参加方式如下：

1. 请选出本期你最喜欢的一篇作品，将其篇尾的月月评短信代码（如0501，没有短信代码的作品不参加评选）发送到200056（中国移动）或900056（中国联通）。每次限选一篇，可多次投票。

篇名与短信代码

代码	篇名	代码	篇名	代码	篇名
0501	胖考官的印章	0510	独秀山上的来客	0519	伸向民工的黑手
0502	一眼看穿你	0511	铜钟婆婆	0520	拍巴掌
0503	三张卧铺票　看谁有门道	0512	十二级半台阶	0521	钻夜壶
0504	真票和假票　旅途情未了	0513	幽会之后	0522	难不倒我
0505	有票和没票　谁的心肠好	0514	郭罗锅种树	0523	您认认吧
0506	老姑娘约会	0515	起死回生	0524	吃野味的理由
0507	下跪	0516	危险关口	0525	疯马丁来了
0508	大年初一难送礼	0517	天边有块风水宝地		
0509	31双绣花鞋垫	0518	阿P醉酒		

2. 凡选中故事在得票数前三名的读者均可参加抽奖。每期共设：一等奖3名，奖金各500元；二等奖10名，奖金各300元；三等奖20名，奖金各100元；阅读奖500名，各获价值15元的纪念品一份。所有参与读者将另获赠精彩梦网信息服务。

3. 本期活动截止期为：2004年3月5日。得奖读者在评选结果揭晓后将得到短信通知。

听到哗哗的雨声和呼啸的潮水声。人们跑到大堤上，看见铜钟婆婆和大铜钟神奇地飞向河中，箭一般地追赶铜钟公公去了。

山民先后赶到。人们有的堵决口，有的沿河追救两位老人。决口很快被堵住了，可人们再没找到两位老人。夜深人静的时候，大堤上常传来铜钟婆婆隐隐约约的叫喊声："老头子——撞钟！老头子——撞钟！"人们都为她伤心落泪，她一定还没有追上自己心爱的丈夫。

卖皮货的山民继续伤心地说："这个老婆婆说是来找丈夫的，我看她准是我们的铜钟婆婆。她托那卖菜人敲响大钟，是在呼唤她的丈夫啊。哎，但愿他们两口子现在能团聚啊。"

在场的人都被那美丽而又凄惨的故事打动了，大家一致决定把那口大铜钟叫作"婆婆钟"。

（本篇月月评短信代码：0511）

（题图、插图：黄全昌）

十二级半

台阶

□ 王宝伦

有个人叫胡一民。这一年，他所在的局班子调整，一名正局、四名副局五个位子，要经过三次考试合格后才能任职，第一次考民意测验，这是基础 第二次考业务知识，这是重中之重；第三次面试，上级领导当面提问题。

胡一民过五关斩六将，现在只剩最后一次面试了。面试这天，胡一民和其他九个参加面试的先后来到了考场，过了一会儿，只听上级派来的主考官大声宣布："这最后的一次面试，

只出一个问题，你们当中谁能回答出这个问题，就能获得高分。"

胡一民和其他面试者都盼望着主考官快点出题，考场上鸦雀无声，只听主考官说："我现在出题了，请问，你们机关大楼一到二楼的台阶一共是多少级，请回答。"

考场内一下子沉默了，十个面试者你看看我，我看看你，都大眼瞪小眼了。这时，主考官说："这个问题看似轻松，其实沉重；看似简单，其实复杂 看似刁钻古怪，其实非常朴实，

你们在这个局工作少说也有十年了，连这个简单的问题都答不出，说明你们太粗心了，一个人心不细，怎么能看出工作中的细微问题？发现不了问题，怎么能解决问题？不解决问题，那么你的工作做好了吗？做不好工作，你能胜任局长职位吗？"

主考官这么一说，参加面试的人硬着头皮开始回答了，有人说是八级，有人说是十级，还有人说九级，这些答案都被主考官否定了，于是会场又静默了。这时，有人说："主考官，你这个问题只有咱们局的清洁工才能回答，我们这些人天天考虑工作，哪有心思放在数楼梯台阶上？"

主考官听了，笑了笑说："那好，咱们就请清洁工上台来回答。"工作人员叫来了清洁工，那清洁工上台后面红耳赤地说："我说实话，我干了这么些年清洁工，可……可还真说不上这楼里的台阶到底有多少级……"

主考官让那个窘迫的清洁工离开了考场，他说："她这个清洁工答不上这个问题没关系，因为这不影响她的清洁工作，但是你们当干部的说不上这个答案，这就和你们的工作有关了！现在我再最后问一遍，你们当中有没有能回答这个问题的？如果没有，今天的考试就结束了！"

主考官话音刚落，胡一民站了起来，他说："我能回答，从一楼到二楼的台阶一共是十二级半。"

怎么会是十二级半呢？

大家都不相信，半截台阶是从哪里冒出来的呀？主考官马上派人去验证，果真分毫不差，的确有个外观看起来不太明显的半截台阶！会场上顿时响起了热烈的掌声，接着，有人问胡一民是怎么记住这个台阶数字的，胡一民说，有一年大年三十，大家都回家过年了，他见清洁工还在楼梯上忙活，就让她回家，他帮着把楼梯擦完，就是那天，他才发现局里一到二楼的台阶是十二级半。

胡一民讲完，会场里又响起了热烈的掌声，看来，局长的位子一定是胡一民的了。不料，过了几天，到了正式宣布的时候，当局长的却不是胡一民，而是另外一个人，胡一民百思不得其解，于是就想去找上级领导问问情况。到了市里，进了机关大楼一打听，才知道上次来主持考试的主考官已经被双规了。

胡一民垂头丧气地走回家中，妻子安慰他说："今年没选上，明年再考，没什么大不了的！"

胡一民苦笑着说："我的傻老婆子呀，为了这次考试，我给主考官送了12万元人民币，他这才帮我，出了这么个怪题，连那个清洁工我还给了她五千，她才帮我在考场上演戏。十二级半台阶，一个台阶一万元呀！"

（本篇月月评短信代码：0512）

（题图：安玉民）

根据日本小说家夏树静子的小说
《毁灭，在悄悄地潜入》改编

□ 余弋 改编

会后

幽会之

———个星期六的下午，由子走出医院。今年刚过40岁的她，已是东京这所著名医院的院长，也是电视台的医学顾问和报纸上经常出现的名人。不过，现在她却不是去电视台或报社，她要到近郊一个旅馆，去和一个叫寿田的男子幽会。

她正准备过马路，忽然看见对面百货大楼门口的人群中，有一个短发的女人，那一双狐狸似的小眼睛正在东张西望。她认识那是寿田的妻子稻田芳子，虽然稻田芳子并不认识她，

但她还是很紧张，心在怦怦乱跳，头上冷汗涔涔，她急忙钻进了路边的一辆出租车。

坐进车厢，由子才舒了一口气。车在马路上急驰，窗外吹来金秋的凉风，使她乱跳的心稍稍平静了些。她是东京社会有地位的名人，但她也是个有血有肉的女人，丈夫去世以后，孤寂的生活日夜折磨着她的心灵，她同样期待着男人的爱抚，她需要一个心地善良又有教养的男人。

寿田早就在旅馆等候她了，她一

不准吃的果子是甜的。　——英国谚语

进门，寿田就紧紧地拥抱着她说："一个多星期没见，我想你都要想疯了！"在寿田的怀抱里，霎时一股幸福的暖流涌遍了她的全身。

他俩互相拥抱着，相依在窗前，看着窗外迷人的秋景。这时，忽然在对面一座高层公寓的阳台上，出现了一个长发披肩的少女。那少女异常醒目，一下吸引了寿田和由子的目光。突然，那少女竟然翻过阳台的栏杆，一头从阳台上跳了下去。由子惊得"啊"地叫出声来，赶紧把头伸出窗外，瞪大眼睛向下看。这时，对面那阳台上又出现了一个男青年，他慌张地向阳台下拼命地叫着什么。

这惊心动魄的场面，使由子雅兴全无，她拉着寿田的手说："赶快离开这里吧！"

这时正是下午四点钟。

走出旅馆，由子独自叫了出租车回家。在车上，她总算松了一口气，心想幸亏是自杀，如果是他杀，自己就必须出庭作证。现在一切都过去了，尽快忘掉它吧！

回到家，已经是暮色浓浓、华灯初上了。她的独生女儿正在家里焦急地等她，一见她回来就一头扑在她怀里，带着哭腔，万分委屈地埋怨："妈妈！你到哪里去了呀？哪里都找不到你，真急死人了！"

丈夫去世以后，女儿成了她的精神支柱，成了她的一切，过分地娇生惯养，使女儿变得异常任性，但她无法改变这些，也不想去改变这些。

当她听女儿说她的那辆丰田小轿车丢了，她忙用轻松的口气安慰女儿说："那有什么，妈妈再给你买一辆更好的。"但女儿却十分不安地说："那偷车人在下午四点钟时，用我的车撞人以后逃跑了，电视里刚刚转播过……"

由子一听，立刻紧张起来，这就是说，女儿作为车主，将会被警署第一个怀疑。她心头一阵颤抖，急急地问女儿："今天下午，你在家吗？只你一个人吗？有没有人给你打过电话？……"女儿只是带着哭腔一个劲点头。

女儿忽然泪流满面地叫起来："妈妈！我怕极了！救救我，如果警察问，你一定要说从下午三点开始就和我在一起！妈妈……"看见女儿这样，由子的心碎了，她一把搂住女儿，好像怕被人抢走似的，眼泪大颗大颗地滴在女儿的秀发上。

由子陪女儿来到了警察署，并为女儿做了假证，说女儿下午放学后发现汽车被人偷了，正准备报案，后来从电视里知道肇事汽车与女儿的车相似，就赶快来警署报案，整个下午我们母女俩都在家中。

一个年轻警官认真地做了笔录，并很客气地叫她们安心回去，她们正

要离去，警署的电话响了，年轻警官接电话后对她们说："肇事汽车在一个旧车库里找到了，显然偷车人肇事后把车藏在那里然后溜掉了，你们先回去等候通知吧！"

回到家里，女儿的脸色好看多了，很快就安然睡去。由子无法入睡，一种说不出的不安和恐惧袭击着她。为了驱赶紧张的情绪，她扭开了电视机。电视里正在播送当天的新闻，屏幕上忽然出现了旅馆对面那座高层公寓。由子的神经猛地紧抽起来。

解说员正在解说那个少女跳楼的原因，据警方调查，那青年叫筒口清一，曾与那少女订婚，但近来关系破裂，因此那青年有谋杀少女的嫌疑。警方已经将这青年逮捕审查。

由子突然感觉头脑里嗡嗡在叫，她多想喊一声，那青年是冤枉的！但她终于没有喊出来。她匆忙关了电视，一头扑倒在床上。翻来覆去，却怎么也无法入眠。她想那青年是无罪的，自己有责任出面作证，只有自己才能证明他的无辜。然而，她不能这样做，她不能让人知道一个有地位、有名望的女医生正在旅馆里与一个有妇之夫幽会。

这时，电话突然响了。她吓了一跳，从床上蹦起来，抓起话筒。话筒里传来寿田低沉不安的声音："喂，你看了今晚的电视新闻了吗？……"

"看过了。"

"那……我们可以不去作证吗？我们是现场目击者。"

"这个……"由子感到自己在发抖，好半天才挤出一句话"这不大妥当吧，我们也有许多不便呢。"她慢慢放下了电话。

星期一的早晨，医院里病人不多，由子在办公室里正心神不定地翻着书，忽然走进来一个体态玲珑的女子，她很有礼貌地自我介绍："对不起，打搅您了，我是筒口清一的妹妹……"一听到"筒口清一"，由子立刻感到一阵惶恐。那女子接着说"我哥哥的事，我想您是知道的，我恳求您出来为我哥哥作证！"

由子有些慌乱，她不敢正视这女子热切的目光，她强作镇静地说："你，你太荒唐了，这件事我一点也不知道！"

"不，我哥哥说那姑娘跳楼时，您正站在对面旅馆的窗前。您是名人，我们都认识您。这一点，哥哥已向警察说了……"这女子的话，好像给了由子当头一棒。那女子又说："不过警察不信我哥哥的话，我只好求求您，一定要为我哥哥作证啊！"

由子心想，警察看来还是相信我为女儿做的伪证，心里又镇静了下来，她冷冷地说："你哥哥可能看错人了，毕竟，他那时候也很慌乱。小姐，实在抱歉，我无法去作什么证！"说完就向门外走去，再也不去理睬那女子的哀求。

然而这一整天，那女子还是接二连三地打电话来，求由子为她的哥哥作证，由子听都不听就把电话挂断了。为了医院和个人的名誉，为了保护女儿，她决不能去作证！

晚上到家，邮递员上门，递给由子一封信，并且抱歉地说，他在上星期六下午四点多钟就送来过，因为由子家里没有人，才拖到今天。

由子心里一惊，星期六下午四点多，女儿不是说她在家吗？难道女儿在扯谎？她拖着沉重的脚步走进屋里，也没有力气开灯，就在黑暗中躺下了。

也不知隔了多久，屋里灯亮了，是女儿回来了。她嘴里喷着酒气，撒娇地叫着妈妈，把滚烫的脸贴了上来。由子拿出那封信，问她星期六下午究竟在哪里，女儿任性地别过脸说："就是在家嘛！根本没有什么送信的老头，根本没有！""对妈妈应该讲真话！"由子一脸严肃，女儿忽然一头扑在沙发上大哭了起来，这孩子从小就是这样，从来不肯认错，一旦被揭破就撒泼大哭。由子身体一阵颤抖，胸口撕心裂肺般的疼痛，她知道女儿真的犯罪了。

女儿哭累了，便沉沉地睡去。由子的心很痛，她轻轻为女儿盖上了毯子，看着女儿那张布满泪痕的稚嫩面孔，再也忍不住自己的眼泪，她在心里说：妈妈拼死也要保护女儿呀！

九点多，电话铃又响了，还是那个女人的声音："我再次求你为我哥哥作证，如果我哥哥死了，我就杀死你和你的女儿！"说完，对方就重重地挂断了电话。电话里传来嘟嘟声，由子还呆呆地拿着话筒。

一个小时过去了，由子再也坐不住了。她从电话簿上找到了筒口清一妹妹的家，并按地址找到了那个扬言要杀死她的女子的家门口。门紧锁着，窗里漆黑一团。由子不知道自己

究竟为什么要来找这女子：求饶吗？威吓吗？她说不清楚，只是狠命地敲门。可是，屋里没有动静。这时，她突然看到那大门口挂着一个蓝色的乳品箱，脑海里立即跳出一个罪恶的念头……

第二天一早，由子上班迟到了，刚走进办公室就接到了警察署的电话："那个开车撞了人的男学生，已由家长陪着来自首了，当时您的女儿正坐在车上，肇事后又和同学弃车逃走，现在您的女儿已经被我们请来了！"

由子恍恍惚惚，也不知道自己是怎么来到警察署的。在大门口的石阶上，一个熟人向她打招呼，那是一个处理刑事案件的律师。由子从他口里知道，那跳楼的少女已确定是自杀，因为筒口清一的妹妹昨天发现了那少女留下的遗书，晚上送到了警察署。

由子感到一阵天旋地转，几乎跌倒在地，筒口清一的妹妹昨晚在警察署！"请问他妹妹是昨晚几点到警察署的？"由子急切地问。那律师想了想："大概七八点吧。"天！筒口清一的妹妹七八点就到了警察署，那个晚上九点多打电话来威胁要杀死我的女人又是谁呢？！由子靠着墙，努力回忆那个在办公室恳求她的女子，短短的头发、小巧的个子，也是那狐狸一样细细的眼睛……啊，是她！一定是她！

由子立即跑进路边的电话亭，拨通了寿田家的电话。接电话的不是寿田，而是寿田的妻子：稻田芳子。由子一听那声音，就明白那打电话的女人就是她。于是，由子忿忿地问："你就是那个要杀死我的人吗？""那你就是那位院长喽！你在哪儿打电话？""警察署门口！""呵呵，您到底去作证了，开始尝到苦果了吧？"那女人在电话里放声大笑："我就是要报复你，是你抢走了我丈夫的心，破坏了我和睦的家庭，我想到死，幸亏我妹妹劝阻了我……"那女人歇了口气，又接着说："是老天给了我机会，你不知道寿田是个胆小怕事的人吧？上星期六晚上，他看过新闻后便惶恐不安，我一追问，他就都说了。于是我就和妹妹商量好，她去医院恳求你，我就连夜三番五次地给你打电话……"

由子不等她说完，就慌忙丢下话筒，失魂落魄地跑到街上找出租车，她要尽快去筒口清一妹妹的家，因为今天清晨，她用两瓶有毒药的牛奶换下了她家门口乳品箱里的鲜奶，她必须立刻去取回来。

汽车在飞快地奔驰，由子浑身都在颤抖，仿佛整个世界都在旋转，她觉得自己的身体正在向一个毁灭的深渊沉下去、沉下去……

（本篇月月评短信代码：0513）

（题图、插图：箭　中）

路是脚踏出来的，历史是人写出来的，人的每一步行动都在书写自己的历史。 ——吉鸿昌

郭罗锅种树

□ 万斌生

唐代，有个善于种树的农夫，名叫郭罗锅。

郭罗锅的祖父、父亲都喜欢种树。郭罗锅本来腰不弯、背不驼，因为他从小跟着爷爷、爸爸栽树，弯腰多了，背就有点驼。虽然驼得不太厉害，可人们还是叫他"郭罗锅"。

郭罗锅栽了很多树，栽的树都长得很好，树叶青翠茂盛，树干又粗又直。他的房前屋后都栽满了树，田头地角也栽满了树，河边沙滩上还有一大片林子，也是他栽活育成的。

郭罗锅栽树出了名，许多人纷纷向他请教，有学得好的，也有学得不好的。他有个邻居，向他学栽树，反复问他，栽树有什么秘诀?郭罗锅对他说："栽树不难，一要方法恰当，二要顺其自然。栽的时候，坑挖深一点，让树苗的根伸直；填土以后踩实，浇点水；以后就让它自己长，不要老去动它，也不要经常浇水；发现有虫害，再想法治一治。就这样，哪里有什么秘诀!"

邻居按照郭罗锅的指点栽下树苗，可总是长得不好，有的又黄又矮，还有的死掉了。挖开死树一看，根都烂掉了。原来，邻居非常性急，总希望自己栽下的树长得越快越好。树苗栽下后，他今天去看看，摸摸树枝，明天去看看，摸摸树叶；他生怕树苗干渴，经常浇水。郭罗锅对他说："树栽下以后，别老去碰它：水也别浇得太

多，浇得太多树根会烂掉的。除非特别干旱，一般来说，有天上的雨水也就差不多了。"邻居按照郭罗锅的话去做，果然成活的树多了起来，树也比原来的长得好些，不过比郭罗锅栽的树还是差得远。

郭罗锅栽树的名声越来越大，传到了县城里。县官姓金，长得头细、腿短、肚子大，平日迷信风水命运。一位看相先生对他说："大人姓金，又是酉时出生的，而且天生雄鸡之相。按五行学说，金生水，金又克木，而酉时属鸡，雄鸡喜欢站在高坡上，威风凛凛地报晓，呼唤日出。大人必须改建县衙，多用木料，建得高一些，后园挖一个放生池，以应金生水，一定会高升发达、财源广进。"

金县令听了看相先生的话，坚信不疑，立即大兴土木。为把县衙建好，他派人在全县搜罗最好的木材，结果看中了郭罗锅沙滩上的那片树林。金县令带人找到郭罗锅，丢下几贯铜钱，不由分说，便将沙滩上的树砍得光光。郭罗锅呼天抢地，心痛不已。

许多人都为郭罗锅鸣不平。可也有人暗暗发笑，说风凉话："栽树栽得好有什么用，白白给官老爷栽！还不如我栽得不好，树还是我自己的。"那位栽树栽得不好的邻居，也是讲风凉话的一个。

可是没过多久，那位金县令因为贪赃枉法，被人参倒，丢了乌纱，成了囚犯，发配到远方去服苦役了。朝廷又派来了一位新县官。这位新县官姓侯，长得四肢长、躯干短、瘦不拉叽，也相信风水命运。看相先生对他说："大人姓侯，侯者，猴也，难怪大人天生猴相。猴生于林，性喜爬树、攀高。大人必须广栽树木，封山育林，才能步步高升，封侯拜相。"

侯县令听了看相先生的话，高兴坏了，立即下令全县封山育林、广栽树木。他闻听郭罗锅善于栽树，急忙派人把郭罗锅请到县衙，封了个"栽树师爷"的头衔，专管全县栽树，每月给予俸禄。郭罗锅本来就喜欢栽树，现在专做自己喜欢的事，每月还有银子，何乐而不为？他欢天喜地地干了起来。

这一来，许多人都为郭罗锅庆幸，说："郭罗锅栽树栽得好，还是有好报，看人家现在当了栽树师爷，管全县的栽树，又风光，又实惠。我们还是学学郭罗锅，把树栽得好好的。"那位栽树栽得不好的邻居，也连声称是。

郭罗锅当了几年栽树师爷，全县的森林越长越好，树越栽越多。郭罗锅的名声传到京城，皇帝决定将他召到京城来管理御花园的花草树木。侯县令把这个消息告诉郭罗锅，郭罗锅说："我一大把年纪了，不能离开本乡本土；再说我又是个驼背，到京城去，还不把别人笑死！"硬是坚决不肯去。

路考超级问答

学车时，大家都经历了数月辛苦训练，直到最后路考的时候，个个都是摩拳擦掌，紧张异常。面对着穿着官衣儿、戴着大檐帽的交警就更像老鼠见着猫，所以常常都会因为紧张过度而错上加错，笑话百出——

◇ 路考前，考生应该在上车前站在驾驶座前报告——"报告考官，学员某某请求上车。"考官应回答："准许上车。"结果一个不幸的女生由于紧张过度，竟说成："报告考官，学员张小敏请求上床。"小货大货考车大多是整组学员和教练同行，当时众考生皆笑成一团。更要命的是考官一听乐了，回道："准许上床。你看哪合适？"

◇ 一考生顺利上车后，坐在驾驶座上检查完仪表，然后，看似冷静地对考官说："报告考官，各仪表检查正常，请求起飞。"考官听后沉稳的回答："准许起飞，注意前方高压电。"

◇ 考试途中，考官会提出一些要求让考生去做，比如前方路口左转弯，变车道，单边双边什么的。考生应该回答"明白"来确认明白了考官的问题。考场有个特殊的环岛叫做王八岛。一个考官要求说："前方王八岛左转。"考生回答道："王八明白。"

◇ 终于快结束考试了，考官说："前方停车。"结果不料前面人行道旁有一个消火栓。按规定，有消火栓的地方不能停车。学员一下想起这规定，就很惊恐地回道："报告消火栓，前方不能停车。"

（欢迎读者为本栏目推荐新鲜有趣的幽默格言、俏皮话和顺口溜，来稿请寄：上海市绍兴路74号《故事会》杂志社，邮编：200020。请写明姓名和联系方法，并请在信封上注明"快乐辞典"字样。电子邮件请发 xiaobaigsh@126.com）

侯县令没有办法，只好上奏皇帝，说郭罗锅年老多病，无法到京城供职。皇帝也不勉强，这事便不了了之。

有人又笑话郭罗锅有官不会当、有福不会享，那位邻居还说："他天生就是个受穷的命。"郭罗锅听了，也不生气，笑一笑就算了。

不久，就爆发了"安史之乱"。叛军攻破潼关，占领了京城长安，皇帝和大官都逃到四川去了。叛军首领安禄山在长安称帝，让他的儿子率领"禁卫军"驻扎在御花园里。这些"禁卫军"异常残暴，将御花园养花栽树的男人杀得光光，将宫娥彩女抓去当老婆和女仆，满园的树木花草，更是糟蹋得不成样子……

消息传到郭罗锅的家乡，人们都称赞郭罗锅有先见之明，郭罗锅说："什么先见之明！人生在世，也和我种树一样，是福，是祸，谁知道呢！"

（本篇月月评短信代码：0514）

（题图：黄全昌）

起死回生

□ 孙东辉

在我的老家豫东平原，乡下的白事都要请唢呐班大吹大擂一通。请唢呐花费并不多，除去事毕送给领班的几条烟、几瓶酒之外，最多花上几千块钱便能租一班人马吹吹打打、歌舞升平。乡下人又都爱热闹，于是唢呐班在我们那儿很受欢迎。

我小学毕业那年，因为家里穷，爸妈把我送进了一个很有名气的唢呐班。经历了一段"闭气"修炼，能吹出几个调调之后，师傅就带上我正儿八经地行走江湖了。那是我第一次以学徒身份参加喜丧。

死者是位老太太，来"请孝"的儿子说已经八十三岁了，死得很安详，并无任何先兆。准备在明天午后下葬。于是我们在前一天晚上来到了死者的村庄。尽管有见多识广的师傅引路，走在漆黑一片的乡村小路上，想着我们要如此主动地去接近死人，我还是心惊胆战，毛骨悚然。

我们由一群穿白色孝服的人引进院子里，偌大的院子中间搭起了一个大棚，吊着一盏很亮的汽灯，灯影里

生与死是每时每刻的决斗。 ——罗曼·罗兰

晃动着表情各异的脸，棚下支起了几口地锅，是为明天中午的丧宴准备的。在堂屋的正前方摆着一张八仙桌，上面放了拆了口的香烟，冒着热气的清茶。我知道这是我们应该就位的地方。

堂屋正中间，一口用柏油涂得乌黑锃亮的棺材横在那里，棺材后面的方桌上，是老太太模糊的画像。所有这一切在摇晃的烛光里更显诡异神秘。

师傅面对棺材在八仙桌旁稳稳坐下，取出唢呐在茶水里沾了哨，用嘴吮干水，便声调凄惨地吹了起来。我只好壮起胆紧挨师傅坐下，拿起比师傅小一号的唢呐随着他"呜哩哇啦"起来。

师傅眯起眼，吹得很陶醉，我紧追慢赶地顺着他的调，生怕吹错了调，在众人面前丢脸。可是，我的心拼命打鼓，拿着唢呐的手不住颤抖，因为我生怕那口棺材里的老太太突然爬出来，猛地抓住我的手。我不时地瞥一眼面前那口乌黑的棺材……

唢呐声招引了村里许多男女老少，满满地站了一院子，无形中给我壮了不少胆。在听到几声喝彩之后，我开始得意起来，渐渐地，喝彩声多了，我也开始得意忘形，竟逐渐忘记了恐惧。

一曲"怀娘"过后，我们要歇息几分钟再吹下一段。师傅点了烟，悠悠地抽着和身边的老头唠起嗑来。人们有条不紊地忙碌着，对他们来说，这一切已司空见惯。我又把目光投到堂屋那口棺材上，心想人死了就这样一个归宿，多少有些凄凉。

正在发呆，我突然听到棺材里发出"嗵"的一声，很沉闷。我的头发根都竖了起来。是自己听错了吧？要不就是幻觉，可能是自己太恐惧了，我安慰着自己。可是，我紧接着又听到了更响亮的一声"嗵"！我一下从长凳上蹿起，全身的汗毛把衣服都支了起来。

这个猛然间的动作险些让盘腿而坐的师傅从板凳上摔下来。他气愤地训斥我："小孩子老实点！一惊一乍的！"

我结巴着对师傅说："师傅，棺材里面……有……人！"

"屁话！里面肯定有人！"师傅不屑地一撇嘴。

"不……不……，是有人在里面敲……"看到我脸色煞白，师傅疑惑地朝前探了探头，就在这时，棺材里发出了更为骇人的第三声"嗵！"像有人愤怒到了极点，用脚猛踢总也打不开的门。

师傅从板凳上毫不犹豫地掉了下去。"咣当"一声把满院子的人吸引了过来。师傅用手指着棺材喃喃自语"活了……活了……"，人们一下子停

止了吵闹，目光都落在那口棺材上。整个院子静极了，只听到树叶的"沙沙"声。

"哼……哟……"呻吟声从未盖严的棺材里破空而来。人们惊恐地朝后退去，几个妇女高声尖叫着夺门而去。人群像炸了窝的蜂。

"快拿寿杠来!"清醒过来的师傅恢复了常态，向人们喊道。人群中几个粗壮汉子在迟疑中操起寿杠却不敢朝屋里迈步。呻吟声不断从棺材里传出，每个人的心都在哆嗦! 师傅一下跳进屋里，敏捷地爬上棺材，叉开两腿骑到上头去了! 见有人挑头，几个汉子也蹿进堂屋，两人一起把寿杠压在棺材首尾牢牢按住。可是，呻吟声并没消失，反而越来越大，一声声执拗地钻出来。

"孝子呢?过来!"师傅大声喊道。一个五十多岁的老头被推到屋里，惊恐地望着师傅。"是你娘的声音吗?"师傅问。"是……""问你娘有什么话要说!"老头无奈地把脸慢慢贴近棺材，颤抖着说："娘，您……您想说啥?"众人的心都提到了嗓子眼，屏住呼吸盯着棺材。

"三儿呀，是你吗? 你怎么把娘关在这里面……"像是地狱传出的召唤，人们的五脏六腑都被勾了出来。人群四散逃窜。

"不要怕!"师傅大吼一声，稳住阵式，让几个汉子取下寿杠，退出屋子。他纵身从棺材上跳下，用力把棺材盖板推出了一道缝，大声喊道"大娘，您这是鬼还是刚睡醒呀?"

"嗯，我想起来……"

"扶你娘起来!"师傅朝不停筛糠的老头喊道。老头无助地望着师傅，不敢动作。这时，一只干枯苍老的手从棺材里伸出，摸索着抓住了边沿。

"娘!您到底是人是鬼?不要吓唬我呀!"老头带着哭腔喊。

"我睡了一会儿，快扶我起来吧!三儿……"老太太清楚地说。

老头儿终于鼓起勇气靠近棺材抓住了那只手。一会儿工夫，穿着一身黑的老太太就从棺材里被拽出来了。

"我想吃点饭……"老太太像是赶了很远的路，人群中有胆大的人小跑着给老太太端饭去了。我早已吓傻，愣愣地盯着眼前的一切，像是在做一个噩梦。"吓坏了吧?"师傅抚着我的头说。我一下钻进他怀里，竟忍不住呜呜地哭了。

这件事后，我好像忽然长大了许多，"死亡"不再是个遥远而可怕的概念了。每次跟着师傅出去吹喜丧，我总会习惯性地盯着那口棺材，这下，我希望里头的人能真的活过来，也像那老太太一样，出来再好好地活着。可是，这种奇事再也没有发生过。

（本篇月月评短信代码：0515）

（题图：安玉民）

我死的时候，不过死了一个过去。 ——博尔赫斯

□ 李健

危险关口

蒙娜是个年轻的单身妈妈，带着不满一岁的女儿生活。她不愿意好好工作，成天想着怎么来钱又快又容易，结果钱没赚到多少，日子却过得一天不如一天。

一个偶然的机会，蒙娜听说贩卖毒品可以赚大钱，当然，弄得不好会掉脑袋。可她打算赌一把，如果成功的话，下半辈子就不愁了。经人介绍，她搭上了一个从事毒品交易的地下团体，他们批发毒品，买主只要想办法把毒品带到国外卖掉，就能赚到十几倍的利润。

蒙娜咬咬牙，拿出自己所有的存款，把房子抵押出去，又向朋友借了一些钱，买了整整一公斤毒品。她把一切都计划好了：把毒品藏在女儿的纸尿裤里，然后带着她坐飞机，混出国去，这个小国家的海关检查不是很严格的。

行动的这天到了。一大早，蒙娜像往常一样，到门口拿回当天的牛奶喝了，又吃了一块金枪鱼三明治。吃完早饭，她去和邻居告别，请他们帮助照看房子和每天代她取牛奶，然后抱着女儿，坐出租车到了机场。毕竟是第一次干这事儿，蒙娜心里很紧张，来到候机大厅的时候，她的额头

已经冒出一层汗珠，更要命的是，她感到肚子在隐隐作痛。难道是早上的金枪鱼不新鲜？蒙娜在心里悄悄嘀咕着。可登机的时间快到了，她来不及细想，强忍着疼痛，往安检处走去。

可是，蒙娜的肚子越来越痛，她的脸色也变得惨白，豆大的汗珠直往下掉，连手里的女儿都快抱不住了。蒙娜没有办法，只好找了把椅子先坐下来，想歇一下再走。就在此时，一个胖胖的女警察走过她的身边，瞟了她一眼，突然停下了脚步："小姐，你的脸色很难看，没有什么事吧？"蒙娜听了这话，下意识地站起来说："不，没、没事，我要登机了。"胖女警又说："哦，登机口挺远的，我送你过去吧，把你的孩子给我，我帮你抱。"

蒙娜顿时紧张起来，紧紧抱住女儿，说："不用不用，我自己可以去。"话是这么说，她的肚子却不争气，又是一阵绞痛，痛得她脸都歪了。

胖女警的脸色严肃起来："小姐，你一定是哪里不舒服，这样上飞机会有危险的。"

蒙娜还想争辩，胖女警却不容分说，一把架住她："小姐，这可不是开玩笑的事，我们要对乘客的安全负责，我陪你去检查一下。你不用担心机票，我可以帮你签到下一个航班。"

说完，胖女警带着蒙娜从侧门走

出了机场，上了一辆警车："我知道离这里最近的一家私人诊所，我们就去那里吧！"

蒙娜无力地点了点头，而她的手却始终把孩子抱得紧紧的。

很快，他们到了那家诊所，胖女警扶着蒙娜走了进去。

胖女警说："你去检查，把孩子给我吧，要知道我也是一个母亲。"说着，伸手就过来抱孩子。"不，不，不。我还是自己来吧！"蒙娜一听到胖女警要抱孩子，心就"怦怦"乱跳。

胖女警的眼神里闪出一丝怀疑的神色，说："你总不能带着孩子去看病吧？"蒙娜犹豫了片刻，觉得如果自己再坚持，会引起对方更大的怀疑，只得不情愿地把孩子交给胖女警。

医生给蒙娜做了一下检查，安慰她说："不用担心，我给你打一针就好了。"蒙娜还没反应过来，胳膊上就挨了一针，紧接着，她的神智就渐渐地模糊了，隐约听见女儿在门外的哭声，然后什么也不知道了……

不知过了多久，蒙娜醒了过来，发现自己还躺在病床上，那个胖女警抱着她女儿，笑眯眯地站在床边。蒙娜觉得自己好多了，就从床上下来，抱起孩子，试探地问："真是不知该怎样感谢您！"

胖女警的脸上始终挂着微笑："这没什么，谁都会这样做的！"

蒙娜被感动了，她甚至觉得自己

无地自容，不过，她还是必须把这包毒品带出去，不然自己与女儿今后就要沦落街头了。想到那袋毒品，蒙娜的手不由摸了摸孩子的脸色一下子变得非常难看，老天，那个纸尿裤竟然不在孩子的身上！

胖女警似乎看出了蒙娜的疑惑，一伸手拿出了那包东西在蒙娜眼前摇晃着说："你是在找这个吗？你为什么把奶粉装到孩子纸尿裤里啊？"

奶粉？蒙娜听了这话，身子不由得打了一个激灵，这明明是一包毒品，现在怎么会变成一袋奶粉了呢？一定是交易的当时，有人趁她不注意掉了包！她知道，自己的房子和借来的钱已经血本无归了！不过，性命好歹是保住了，连牢也不用坐，这到底是幸运呢，还是不幸？想到这里，蒙娜抬起了头，茫然地问："您说这是一袋奶粉？您肯定吗？"

胖女警笑了："你放心，我已经尝过了，味道还真不错，不信你自己尝尝？看你现在似乎已经没什么大碍了，我先走了。再见吧，祝您好运！"说完，胖女警转身就走出了大门。

蒙娜抱起孩子跟着也走了出去，目送那辆警车驶上了公路。

可是蒙娜没有看到车里的情况，胖女警解开领口的扣子，掏出手机，拨了个号码，兴高采烈地说："喂！老板！那批货已经顺利回收，不过这次与往常不同，费了好大劲儿才搞定。以前他们都是把货藏在身上，或者干脆吞进肚子里，可这次我们的医生没有在病人身上发现货物，而是在她女儿的尿布里发现的，哈哈……对了，我们已经物色到了下一个想发财的人，完全符合我们的条件，他也有早晨喝牛奶的习惯。通知送牛奶的，这次要往牛奶里多放一些药，否则，他一过海关咱们就麻烦了。"

（本篇月月评短信代码：0516）

（题图：箭　中）

《故事会》金栏目·中篇系列丛书出版

为庆祝《故事会》创刊40周年，本刊隆重推出"《故事会》金栏目·中篇系列丛书"。本丛书一套共6册，每册共收中篇故事8则。其中有描写官场权力之争的《秘访曲家屯》，有反映男女情爱的《妻子要跳交谊舞》，有与歹徒、罪犯展开殊死搏斗的《私人侦探第一案》，有为财富而拼得头破血流的《"黑色"人物在行动》，有展示人的道德、原则、气质的《高原守护神》，还有传奇色彩极浓的《政府大院养老虎》。所有作品故事性极强，具有鲜明的口头文学特点。

天边有块风水宝地

□ 胡继明

话说明朝四川忠州有一个姓万的财主，他有一个儿子叫万山，年纪二十，连年参加科举，可连一个秀才都没考上。万财主觉得万家之所以不能兴盛，定是祖坟不好。要是能找到一处风水宝地，死后葬在那儿，后代一定能够做官享福，家道兴盛，可到哪里去找风水宝地呢？

这一天，万财主对儿子说："万山啊！你多次参加考试，可连秀才都没考上，这一定是咱祖坟没选好。我想，那四书五经八成对你没什么用，你就改行学看风水吧！等学会了看风水，为咱家找一块绝好的风水宝地，等我死后你把我葬在那儿。咱万家后代的

子孙就能升官发财，我也有脸去见地下的先人。"

万山听了父亲的话，就到处拜访名师，没几年就成为当地有名望的风水先生。他一边帮人家看风水来挣些收入，一边处处观察，要为自家找一块风水宝地。但几年过去了，也没找到一块真正的风水宝地。万山想，好风水要靠山靠水，忠州面临长江，我得顺江走一走。

明朝洪武四年，万山从忠州出

一切利己的生活，都是非理性的、动物的生活。 ——列夫·托尔斯泰

发，沿江东下。两岸风光秀丽，多大山，有许多天造地设的好风水。一日，雨过天晴，万山从船篷中走出，他愣住了，这不是自己正要找的风水宝地吗？一座山峰插入天空，像天神。雨后的彩虹五光十色，正簇拥着它，像它的披挂。半山腰有一个石洞正在向外冒白云，这就是所谓的"山开口""龙出山"的宝地啊！

船到了码头，万山急忙上岸，去看那"山开口""龙出山"。到了那儿，他发现这山特别陡，刀削一般，人根本上不去。万山有些失望，他仔细看了看山岩，发现上面有一个个新凿的小坎坎，刚好放脚，还钉了一些钢钎，万山试了试，还是上不去。万山不甘心，他找到附近一户人家，他对那家男人说："大哥，我是挖药材的，对面江边那山崖上，有些好药材，可我上不去，你能帮个忙吗？我给钱。"那人说："这位大哥，这忙我可帮不了，一个月前有一个看风水的先生说山崖上有一个'龙出山'的绝好去处，他想上去看个究竟，叫我帮忙，还给了我不少钱，我就在山崖上凿了些坎坎，还钉了些钢钎。他那天去爬崖的时候，眼看着快要到洞口，不知怎的，突然听见他'啊'的一声，就从上面滚下来摔死了。他家人收尸的时候，还找我扯皮，我只好退还了钱，好不容易才摆脱干系。"万山听得一愣一愣的。他想，这是风水宝地错不了，看

来，不先把这地方占着，说不定就有人抢了先。

第二天一早，万山就打道回府了。到家后，万山对万财主说："父亲，我看到一处绝好的风水宝地。我想，我家要是有那样的祖坟，一定会出王侯将相。可……"万山不敢说，他怕父亲说他不孝。

那天晚上，万财主喝了一晚上的酒，到了后半夜，才熄灯睡觉。第二天早上，万山去喊父亲吃饭，看到父亲已经吊死在他房间的梁上。万山没有哭，他觉得父亲是万古最英明最伟大的人，也是最勇敢的人，他决不能辜负了老父的一片苦心。万山忙准备好船资，带着父亲的遗体，又匆匆上路了。

行了一日，就到了"龙出山"，小船靠了岸，万山按事先想好的办法，先去那位农民大哥处借了砍刀和弓箭，然后他把父亲剁成一块块的，用箭射进了半山腰的"龙出山"。最后他向半山腰磕了几个响头，说："父亲，儿没有辜负您的心意，把您葬在了'龙出山'，咱们家今后如能大富大贵，子孙们一定世世代代不忘您的大恩。"万山说完很得意，心想他占了这样的好地，绝对是祖宗八代修来的福。

25年匆匆而过，此时万山家的财产比他父亲时多了好多倍，他成了当地真正的大财主。他的儿子万年二十

岁那年考上了举人，当地人羡慕得不得了，都说万家的祖宗供得高，祖坟好。

万家出了县令，又有多年的产业，没有几年可以说富比王侯。万山早不给人家看风水了，家里有丫鬟、仆人们伺候着，很是逍遥自在。

天有不测风云。到了洪武皇帝三十一年，万年长期和他父亲勾结，官盐私买、囤积居奇的事暴露了，州里的太守查得太急，把万山逼得没有办法，他就跟儿子说，"儿啦，是不是咱家祖坟出了问题?我们得去看看。"万年说："我老梦到一个老人孤单地坐在江边，天天吹江风，是不是爷爷没有归位呀。"

第二天，万山和万年乘船到了"龙出山"，靠岸到了山脚下。一看，吓一跳，你猜怎么着?先前的那些坎坎大多了，钢钎也密多了，肯定有人上去了! 万山急得话也说不清："儿啦，咱家的祖坟被人占了，这怎么办，这怎么办? "

万年恶狠狠地说："不，我要把它占回来!"听儿子说话的语气，再看儿子眼里凶巴巴的光，万山知道事情有些不妙，回头就想走，心一慌，一个趔趄倒在地上，他还没来得及爬起来，一块大石头就砸过来，万山当场毙命。

万年砸死了父亲，在他面前磕了两个响头，说："父亲啊，爷爷为了咱家后代，上吊自杀了，您看人人都念他的好。今天我也成全您，把您葬在咱家的祖坟里，让您为后代积点阴德。望您保佑儿子躲过这一劫，平平安安的。"说完，万年找了些葛藤，把父亲捆在自己的后背上，他要把父亲稳稳当当地葬在祖坟里。

上山的路真不好走，万年咬紧牙关，踩稳坎坎，抓住钢钎，好不容易到了"龙出山"，刚一抬头，看到一条大蛇，正吐着信子，向他扑过来，万年吓得"啊"地一声，一松手，重重地摔在了山脚下，再也进不了"龙出山"了。

（本篇月月评短信代码：0517）

（题图、插图：黄全昌）

君子喻于义，小人喻于利。——孔丘

阿P

醉酒

□ 钱太玉

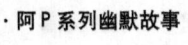

阿P下海成了基建工地的包工头，这头笔交易就是汤老板单位的扩建工程。汤老板见阿P人好摆弄，就指点迷津，把包工程说成是挖金娃娃。阿P禁不住汤老板一再劝说，最后就糊里糊涂地借债上了船。

开工前，阿P就送汤老板一个红包，又预付一半酬金。这叫"喂食"，阿P明白，逮鸡还带把米呢！只要工程进展顺利，到收工时大家都可以弄个"双赢"。阿P招兵买马，摆开了大干的架式。岂料，天有不测风云，就在这节骨眼上，汤老板出事了，被检察机关弄了进去。

阿P闻讯，当时就傻眼了，这工程像升起的吊车停了电，上不得上，下不得下，没法子，只得重打锣鼓重开台。为减少损失，阿P就去找新上任的领导。

新领导叫郑金，年纪轻轻的，衣着鲜亮，人也英俊，戴一副眼镜，文质彬彬，说起话来，一套一套的。阿P仔细琢磨后，决定投石问路，探探深浅。

一天，阿P见办公室没其他人，把一只牛皮信封推到郑金面前，笑嘻嘻地说："郑老板，咱们一回生二回熟，交道慢慢打，这是我的一点小意思，买盒烟抽。"郑金用手在信封上按了按，又推回来，脸上笑眯眯，但是话说得很重："这是干什么？党中央成天喊反腐倡廉，你这不是把我往当铺里送嘛！有困难，慢慢来，千万不能做犯

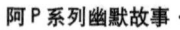

法的事呀。"阿P闹了个大红脸，血喷的一样，心里说这家伙还真正经，刀枪不入哩。

阿P夹着钱包，一路胡思乱想，还没到家，手机响了。原来是郑金打来的，说来了几个朋友，晚上想聚聚，叫他也去聊聊，地点在醉仙楼。阿P一时吃不准对方是什么路数，但是新领导这么看得起自己，心里还是很得意，天还没黑，就颠颠地跑去了。

等了大概有两个小时，才见郑金陪着一帮人大摇大摆地进了包厢。郑金一见阿P仿佛就像见到了老朋友，又是握手，又是拍肩，嘴里还不闲着："这是我的哥们阿P，听说你们来了，今晚他一定要做东。大家别拘束，酒，拣好的，菜，挑贵的，小姐找漂亮的，谁也不许装熊！"众人脸上都露出了喜色，齐声叫好。

阿P虽然心痛钱，但为了博得新领导的好感，只能乌龟垫桌脚——硬撑一记。他故作轻松地说："放开玩，放开玩！"包厢里，郑金仿佛换了个人，打情骂俏，粗话连篇，与一作陪小姐甚是亲密。

大家推杯换盏，一来二往，不觉几瓶好酒亮底，郑金脸色灿烂，如红烧肉闪光，话也刹不住了："他老汤蠢得像头猪，到处向人要钱，要那么多钱干吗？放着看啊！老子才不像他那么傻，一分钱不贪，但玩得开心……""高，高，郑哥就是有办法，来、来，

及时行乐……喝，干杯！"

阿P从没喝过这么多的酒，只觉得肚中翻江倒海。他见那帮"朋友们"花钱像流水，不禁想着这桌酒的昂贵代价和遥遥无期的工程欠款，他只觉头痛欲裂，苦不堪言。终于，醉倒在沙发上。

不知过了多久，阿P慢慢地醒过来，举目一望，包厢里已只剩下他一个人。他下意识去摸钱包，一惊，钱包不见了，莫非有人顺手牵羊？阿P大声叫起来。小姐进来一问，不由咯咯地笑了，"你难道真喝多了，你不是亲手把钱包交给郑哥，叫他埋单的吗？"阿P拍拍脑袋，好像记得，又好像不记得，想起自己的钱包，忙不迭地问："那剩的钱呢？"小姐不耐烦了："郑哥带人去桑拿城了，还得继续花呢。"

想起今晚的开销比送礼的钱还多，阿P忍不住怒骂道："狗日的假正经，他娘的活土匪！"他酒气怨气一起往上涌，顿觉天晃地转，头重脚轻，一头栽倒在吧台旁，又吐又呕，污物溅了小姐一身。

第二天，阿P醒过来，想起昨天的事，心里痛得像刀尖在剜。走出醉仙楼，太阳暖洋洋地照在身上，阿P心情才慢慢地有些好转，"罢了，这钱就算给孙子用了！"

（本篇月月评短信代码：0518）

（题图：安玉民）

用人命来赚钱，这世上竟有如此令人发指的事……

伸向民工的

黑手

□ 方冠晴

1. 难兄难弟

李东华是个心好、老实、长相也不赖的小伙子，今年已经27岁了，还打着光棍，这都是穷给闹的。为了摆脱穷，他听说在深圳当个建筑民工一年都能挣万把块钱，于是便东借西借，借了盘缠，来到深圳，在一个叫"顺发"的建筑队落下了脚。

李东华干了一个月，去同建筑队的王包工头结账时，才发现其他民工每天都领30元工钱，只有他和一个叫刘灿波的，每天才20元。李东华心里就不舒服了，心想我活儿干得不比别

人差不比别人少，凭啥工钱低？他就找包工头同他说道说道。谁知他开口还没说上三句话，王包工头就两眼一瞪，骂起娘来："说道个球?! 我就只给你这么多，你又咋的？你愿干就干，不愿干走人！"

李东华人虽老实，但也受不了人家这样拿捏呀，一气之下，背上被卷儿就走。

李东华出了工棚，来到大街上，开始犯愁了，没活儿干了，现在该往哪里去呢？他正犯愁时，肩膀突然被人拍了一下，他回头一看，就见刘灿

波背着行李卷儿正站在身后。

李东华诧异地问："你也不干了？"刘灿波哼了一声，气呼呼地说："蠢蛋才替他干呢！大家都干一样活儿，凭啥咱俩的工钱就少？这不明摆着欺负我俩么？"这一说，勾起了李东华满肚子的怨气，两个人站在大街上发开了牢骚。

发了一通牢骚后，李东华问刘灿波，现在没工作了，该往哪里去？刘灿波说："我早就不想在这儿干了，大前天，我碰到一个姓魏的老同事，他说他那儿正缺人，他让我去，也是干建筑，50块钱一天。"

李东华一听，惊讶地叫起来："50块钱一天？有这么高的工钱？"刘灿波这才告诉他，他原来和这位姓魏的

一起干过活，姓魏的很欣赏他的手艺，如今他发了，自己当上了老板，所以他准口给他开的工钱比一般的民工高些。一听这话，李东华忙央求他帮忙，将他也带过去。刘灿波犹豫了片刻，说："行是行，只是，他信得过我，才给我开50块钱的工钱，一般的民工，一天只有30块。""30块就30块吧，已经不低了，我俩在姓王的手下做事，一天才20呢。"

一提姓王的，刘灿波又气恼地说："要说，咱俩都是遭姓王的欺负的人，可以称得上难兄难弟。咱俩应该互相帮忙。我一天拿50块，怎么能让你一天拿30块？唉，你我要是亲兄弟就好了，魏老板是个重感情、讲义气的人，说不定看在我面子上就……"刘灿波突然打住话儿，双眼放光，兴奋地说："有了！我有办法让你也拿50块钱！我就说你是我亲哥哥，凭我和魏老板的交情，要说你是我亲哥哥，保不准他也给你开50块钱的工钱。"

"这样行吗？"李东华疑惑地说，"你

是四川人，我是湖北人，咱俩说话口音都不一样。再说，你姓刘，我姓李，哪有这样的亲兄弟，老板这样好糊弄？"刘灿波抓了抓头，想了想，笑起来，说："我有办法。口音不一样，见到老板，你少开口，一切由我来说。姓嘛，这好办。现在这年头，办假身份证的多得是，我去帮你办个假身份证，我叫刘灿波，你嘛，干脆叫刘东波，这样，谁都不会怀疑咱俩是亲兄弟。"李东华虽然觉得这事儿挺玄乎，但在每天50元工钱的诱惑下，心里还是挺乐意的。

2. 差点送命

刘灿波的确有能耐，他拿着李东华的身份证出去转了不到一个钟头，就拿来一张李东华变成刘东波的身份证，得意地说："拿上这张身份证，说你是我亲哥，老板准信。"

两个人乘车去了蛇口，来到一个建筑工地，见了魏老板。魏老板模样随和，矮矮胖胖的。魏老板见了刘灿波，笑呵呵地说："你小子真的来了？"刘灿波笑吟吟地回答："我还给你带个人来呢，这是我的亲哥哥，叫刘东波。"老板看看李东华，点了点头。李东华也向老板点点头，笑着咧咧嘴，没说话。

刘灿波忙向魏老板解释，说："我哥哥有个毛病，不爱说话，只爱下力气干活。"魏老板哈哈一笑，说："这

怎么叫毛病？这叫优点，我喜欢。"他拍了拍李东华的肩，说，"小伙子，好好干，到时我亏待不了你。"

两个人去了工棚，刘灿波向大家介绍，说李东华是他哥哥，叫刘东波。接着他找了两个紧挨着的铺位，放下被卷儿后，就说："哥，你在这里先忙着，我去跟老板谈谈工钱的事。"他那一口一个哥，他那说话的亲热劲，真比亲兄弟还亲。

刘灿波说着话儿就出去了，一会儿，喜形于色地回来，将李东华拉到一边，轻声说："我跟老板说了，老板答应也每天给你50块钱工钱。"李东华听了，高兴得直搓手，激动得连声说："这太好了，太、太……"刘灿波"嘘"了一声，说，"这话你可不能跟别的民工说，别的民工都是30块钱一天，你要让他们知道了，他们非反了不可。"李东华忙捂住嘴，连连点头。

这一宿，李东华兴奋得翻来覆去，大半夜都没睡着。

第二天开工，李东华和刘灿波被分在一块儿。两个人的任务是在七楼砌外墙，在高高的脚手架上，李东华从东往西砌，刘灿波从西往东砌，两个人干得都挺卖劲。魏老板亲自来看过两次，对他俩的手艺都挺满意。

吃过午饭，两个人重新爬上脚手架，仍是李东华在东，刘灿波在西。随着砌墙的进度，李东华的脚步也自然

而然地向前移动着，突然，感觉脚下的跳板晃动起来，他大吃一惊，刚想收回跨出去的脚，已经来不及了，那块跳板"哗啦啦"整个地掉了下去，他人也随着跳板直落下去。

李东华心里清楚，这是七楼，掉下去必定粉身碎骨，他本能地大喊一声："救命！"双手拼命四处乱抓，慌乱中，他感觉到右手抓住了脚手架的一根横杆，但只是顿了一顿，身体下坠的力量很快又使他的右手从横杆上滑脱了，整个人笔直地掉了下去。他绝望地暗叫了一声："完了！"眼前一黑，就什么都不知道了。

李东华苏醒过来，已经是第二天的晚上。他躺在医院的病床上，护士告诉他，他已经昏迷了一天一夜了。他动一动，就感到浑身疼痛，而且他的右腿毫无知觉，他艰难地抬起头，见自己的右腿已经上了夹板，显然是骨头折了。李东华心里不由一阵悲哀，这出来打工本来是想挣点钱的，现在钱没挣到，腿却断了，这住院治疗得花多少钱呀！这钱，魏老板会出吗？

一整夜，李东华都在想这个问题，好不容易挨到天亮，刘灿波来看他了。刘灿波见他清醒着，意外地睁大了眼睛，接着，奔过来双手抓住李东华的手，动情地说："哥，你醒了？真是吓死我了。你是怎么搞的，好端端的怎么就从七楼掉了下来？"

怎么掉了下来？李东华自己也说不清楚，也不想再想它。现在他关心的，是住院治疗的钱从哪里着落。他急忙问刘灿波，他这样摔下来，算不算工伤，老板会不会给他钱疗伤？

刘灿波连连点头说："这当然算工伤！你放心，魏老板已经答应给钱了。"李东华这才长长地吁了口气。刘灿波想了想，说："哥，我跟魏老板已经谈过了，关于你住院的事，他有两种意见，一种是，你在这里住院治疗，所有的费用由他出。另一种是，他给你三万块钱，治伤的事你自己负责。你看，你愿意选择哪一种？"

三万块钱？治个腿伤要三万块钱？李东华发愣了，他问是不是他的腿伤得特别严重？刘灿波说："不是你的腿伤得特别严重，是魏老板嫌麻烦，他想一次性赔你三万块，就将事了结。我看这方法行，你拿了钱，回到家乡去治，我估摸着，你花个万把块一定能治好，还能省下两万呢。"

李东华一盘算，觉得刘灿波的话在理，于是，他决定选择第二种意见。他将自己的意思告诉了刘灿波，刘灿波便说："那好，我去给老板说去，争取要老板多赔一点。"

到下午，刘灿波陪着魏老板来了。魏老板简单询问了李东华的伤势之后，便拿出两份打印好的赔偿协议。李东华接过一看，见协议上写着：刘东波因工负伤，鑫昌建筑公司一次性赔偿刘东波住院费、医药费、营养费、误工费等，合计人民币四万元，以后，治疗的相关费用都由刘东波本人承担，鑫昌公司概不负责。

魏老板见李东华看过了协议书，就说："本来，我只打算赔你三万块，你的伤不算太重，赔三万就算不错了，但你弟弟成天缠着我，缠得人快烦死了，四万就四万吧。你自己考虑一下，同意这个协议，你就在这上面签上名字按上手印，等一会儿让你弟弟跟我去公司拿钱。不同意呢，就不用签，你仍在这医院住着，我一定将你的腿治好。"

听了魏老板的话，李东华感激地看看刘灿波，他想，我和他这兄弟是假的，想不到感情是真的。他感激地对刘灿波说："兄弟，多亏你了！"

刘灿波一瞪眼："哥，咱是兄弟俩，怎么说这样见外的话？你还是想想，签不签吧？"李东华忙说："签，签，当然签！"他边说边拿过笔，刚写了一横，刘灿波忙在旁边小声提醒："哥，在这里你要写上你的名字：刘东波。"李东华只得写了"刘东波"，又按了手印。

两份协议，李东华和魏老板各执一份。手续办好了，魏老板便让刘灿波跟他回公司去拿钱。临出门，刘灿波再三叮嘱李东华，好好养伤，别担心，他领到钱后立马送到医院来。李东华目送着刘灿波渐渐远去，心里感动地说：人家都说在家靠父母，出外靠朋友，这话不假呀！

3. 身陷困境

李东华躺在医院里等刘灿波送钱来，一直等到傍晚，还没见刘灿波的人影。他有点放心不下，就求护士给鑫昌建筑公司的魏老板打了个电话。魏老板在电话里说，早在四个小时前，刘灿波就在公司里领了四万块钱走了，临走时，他将他的被卷行李都背走了，说是要住到医院来，好照顾李东华。

李东华一听傻了眼，都四个小时过去了，怎么还不见人？是在路上出了意外还是……李东华心里"咯噔"一下，莫不是刘灿波揣着那四万块钱跑了？这么一想，顿觉头皮发麻，他慌忙挣扎着又打电话给魏老板，魏老板一听笑起来："他是你弟弟呀，他能跑哪里去？"李东华被噎得说不出话。

一整夜，李东华的心都悬着，直到第二天早晨，仍不见刘灿波露面，他才确信，刘灿波是拿了钱跑了。正不知如何是好的时候，护士对他说，入院时，魏老板垫付的钱已经花完了，让他赶快交钱，否则医院就要停止用药。

李东华慌了，他哪有钱呀？忙央求护士打电话给魏老板，让魏老板无论如何来一趟。

一个小时后，魏老板来了，一进门就气呼呼地说："你这人烦不烦？我们不是签过协议了吗？怎么还让我来帮你交钱？"李东华哭丧着脸说："刘灿波没将钱给我呀。"魏老板不耐烦地说："那是你们兄弟间的事，我管不着。"李东华急得用手直敲床沿，一迭声地说："他不是我弟弟呀，他是四川人，我是湖北人，我俩根本不是一家人！"一听这话，魏老板也傻了眼。李东华带着哭腔，将自己怎么认识刘灿波，怎么假扮兄弟到这里来的情况说了一遍。

魏老板静静地听完后，先骂了刘灿波缺德，又冲李东华吼起来："你这叫活该！为了多拿一点工钱，你居然信他的鬼话，跟他假扮兄弟？假扮兄弟我就会多给你工钱？告诉你，我这里的民工都是30块钱一天，谁也不例外。别说你是他哥哥，你就是他爷爷也不行！他刘灿波，我开的工价也是30块钱一天。你就这样好骗？"

李东华嗫嚅着说："刘灿波说你

选择朋友一定要谨慎！地道的自私自利，会戴上友谊的假面具，却又设好陷阱来坑你。——克雷洛夫

以前和他共过事，交情很深，所以，所以我就，我就信了。"

魏老板气得直摇头说："全是胡说八道！我根本不认识他！前两天，他来找过我，问我这里要不要建筑民工，我正缺人手，就答应让他来，当时说好了，工钱30块一天。"

李东华终于明白，刘灿波一开始就在骗他，但他怎么会早就知道我要出事，老板会赔钱给我，他好拿上钱逃走？他猛地想到那块平白无故松动的跳板。哎呀！这是他早已设计好的阴谋！这样一想，李东华额头不由渗出了冷汗。

魏老板要走，李东华一把拉住了他的袖子，央求说："老板，你可不能走呀，我现在没有医药费了，咋办？"魏老板说："钱我已经给过了，我才不管这破事！"说着，就出了病房走了。

魏老板走了，此时的李东华几乎陷入了举目无亲、身无分文又不能动弹的绝境。就在他不知如何是好时，魏老板又回来了，还带来了一个民工。他对李东华说："小伙子，我碰到你这个倒霉鬼我也倒霉。本来，我手里有你按手印的协议，你的事我可以不再管了。但我想想，你也是受害者，也可怜。这样吧，我带你去公安局报个案，看能不能逮住那个刘灿波，帮你要回那四万块钱。至于你疗伤的事，大城市里住院费贵，我看你就别住了。我给你3000块钱，让民工小王

送你回家去，你就在家乡的医院治吧。"说着，掏出一沓钱，给了李东华。李东华接过钱，一时不知道说什么好，只是眼泪汪汪地紧紧地攥着魏老板的手。

三个人一起去了公安局，报了案。李东华当夜在鑫昌建筑公司的工棚住了一夜，魏老板告诉他，说那天他摔下楼的原因已经查明，那块跳板之所以无缘无故地松动，是有人将固定跳板的螺丝卸掉造成的。李东华一听，恨得咬碎了钢牙。他恨不得立即逮住刘灿波这狼心狗肺的混蛋，扒了他的皮！

第二天，魏老板派民工小王将李东华送回了家。他父母见儿子出门时是个健壮的小伙子，如今折了一条腿回来，心痛得不得了，抱住他直落泪。

李东华在县城的医院住了两个半月，花了一万多块钱，总算将腿基本治好了。李东华的腿一好，他就不顾父母的反对，重返深圳。他发誓，一定要找到刘灿波，报仇雪恨。

4. 立誓寻仇

李东华一到深圳，就直奔顺发建筑队，那里是他与刘灿波最初相识的地方，他想也许在那里能发现刘灿波的蛛丝马迹。

李东华来到顺发建筑队，悄悄溜进民工们的工棚，向认识的民工们说了自己的遭遇，然后打听刘灿波的情

况。民工们听了他的遭遇，都非常同情，他们告诉他，刘灿波是去年来顺发建筑队打工的，但干了不到一个月，就跟一个贵州来的民工离开了。两个月后，他又回来在队里做了五六天，又和一个湖南小矮子离开了。一个月后，他又回来，做了半个月又带走了一个民工。最后一次就是三个月前跟李东华一起离开的，但这次离开后，他再也没回来过。而且，李东华从民工们的交谈中了解到，刘灿波每次都是一个人回来，而被他带走的民工再也没见他们的人影儿。

李东华想了解更详细的情况，但民工们说，除了知道他叫刘灿波，是四川人外，其他的情况都不清楚。有个叫陈杰的民工出主意说："你去问问王包工头吧，我看刘灿波与王包工

头关系不错。"李东华问："你怎么知道他与王包工头的关系不错？"陈杰"嘿嘿"笑道："这，明眼人都可以看出来嘛。刘灿波要走就走，要来就来，如果他同王包工头关系不好，他走了几次，再回来，人家王包工头会收留他？"

这话说得在理！李东华立即去找王包工头。他来到王包工头住的单间工棚，刚说明来意，王包工头便蹦了起来，叉腰瞪眼冲李东华吼道："姓刘的骗了你的钱，你来找我要是不是？"李东华忙连连摆手，说："我不是这意思。"王包工头手指点着李东华的鼻子，骂道："你小子不来找我，我还要去找你呢。你跑到公安局报案，让公安局来盘查我！姓刘的骗了你关我屁事，你给我滚！"他见李东华不走，怒吼道："你他妈的还敢赖着，老子今天打死你这狗日的！"他一边吼着，一边操起一把椅子，就要往李东华的头上砸。

李东华吓得转身就跑。跑出老远，王包工头还在那里破口大骂："你他妈的找死！你要是再敢踏进我的建筑队一步，老子就废了你！"

李东华不敢再去建

筑队了，但就这样离开，他又不甘心。民工们说，刘灿波每隔一段时间就要回一趟顺发建筑队，兴许过不了多少时间，他又会来，于是他决定守在建筑队门外，来个守株待兔！

李东华在离建筑队大门百来米的一个靠墙的地方蹲着，到了晚上，干脆打开行李卷，铺在地上过夜，就这样，守了三天，也没见到刘灿波的人影，倒是晚上在露天过夜，受了寒，受伤的腿又隐隐地痛起来。他不由对这种方法动摇起来。就在这时候，那个叫陈杰的民工悄悄跑来告诉他，刘灿波的老婆刚刚拿着刘灿波的照片，到工棚里找她的丈夫。李东华一听，立马背起行李卷，跟着陈杰就往工棚跑。

到了工棚，就见一个女人，二十五六岁的光景，虽然皮肤黑点，模样倒很标致。李东华急火火地上前就问："你就是刘灿波的老婆？"那女人愣了一下，摇了摇头，说："我男人叫刘阳。"李东华先是一愣，但他很快就反应过来，粗着嗓子说："管他叫什么，你将他的照片给我看看。"

那女人将照片给了李东华，李东华仔细一瞧，双眼就瞪圆了，千真万确，照片上的人就是害他受伤骗走他四万块钱的刘灿波！他顿时激动起来，一把抓住女人的手，大叫起来："就是他，就是他害了我，骗走了我四万块钱！你是他老婆，这钱我得管你

要！"

·社会长廊　生活广角·

民工们见那女人被李东华吓得傻愣着，就上前将前前后后的情况都说了。那女人听得发了一阵愣，后来就说："我丈夫叫刘阳，你们说的是刘灿波，这不是一个人呀。"李东华气得跳起来："这照片上的人就是刘灿波！"女人说："兴许是你看走眼了呢，天底下相貌相像的人多的是。"李东华又急又气，紧紧攥着女人的手，吼叫起来："你就是将他烧成灰我都会认识，百分之百不会认错！"

吵闹声惊动了王包工头，他走来一见李东华，就骂娘揎袖子，要李东华滚。那女人听说他是包工头，忙将照片递了过去，说"老板，我叫方英，是刘阳的老婆，我听我的老乡说，他在你的建筑队里做过事，你帮我认一下，看是不是他？"王包工头连照片看都不看，就冲方英吼了起来："我是负责帮你找人的？滚！滚！滚！我们这里没这个人！"方英还要再说什么，王包工头指着方英的鼻子吼起来："你滚不滚？"说罢，他抓过方英的行李，扔出了工棚。

李东华和方英被王包工头撵了出来。方英走到哪里，李东华就跟到哪里。就连方英去上厕所，他都在厕所门口守着。他想现在找不到刘灿波，就只有找方英了，如果让方英跑了，他那四万块钱也就泡汤了。

方英被李东华跟烦了，没好气地

故事会2004年3月上半月刊·红版 **73**

问李东华："你这样跟着我，到底要干什么？"李东华面无表情地说："我要要回我那四万块钱。"方英哭笑不得："你这不是无赖吗，骗你钱的人到底是不是我丈夫还不能确定呢。"一听无赖这个词，老实巴交的李东华发作了，他歇斯底里，暴跳如雷，大喊大叫："谁是无赖？你丈夫骗了我的钱才是无赖！你赖账不还才是无赖！"

他这一发脾气，方英倒没言语了。等到李东华发泄够了，方英才低着头诚恳地说："李大哥，你也不用发脾气了。其实，我心里明镜似的。你说是我丈夫害了你骗走了你的钱，我相信，我丈夫是个什么东西，我心里有底。但是，你要我赔钱，我哪有钱呀？这样吧，你先回去，留个地址给我，等我找到刘阳，要真有这事，我让他拿钱给你汇过去。"

方英说得诚恳，李东华的怒气也就消了一半。但让他就这样离开，那是万万不能的。他说："那不行，我怎么知道你是不是也在骗我？"方英没辙了，问："那么你到底要怎么样？"李东华："反正没要到钱我不会让你走掉。"方英想了半天，叹一口气，说："好吧。反正我这次到深圳来，就下定了决心，找不到刘阳，我不会回去。你信不过我，就跟我一起找吧，我们就一个工地一个工地地找，边打工边找。"李东华怀疑地看看方英，问：

"要是你趁我不注意溜了呢？"方英生气地瞪了李东华一眼，问："你这人怎么这样不相信人？"想了想，她掏出自己的身份证，递给了李东华，说"我将身份证押你这儿，你现在总可以放心了吧。"李东华接过身份证，左瞧右瞧，确认不像是假的，心里这才踏实了些。

两个人开始到一些建筑队，边打工边打听刘阳的下落。这样过去了两个月，他们一连换了五六个建筑队，也没打听到关于刘阳的丁点儿消息。

李东华开始沉不住气了。他想自己不能跟着方英这样拖下去，得想个办法，快刀斩乱麻。

怎么快刀斩乱麻呢？李东华把脑袋都想痛了，也没想出个好办法，无意间，他看到方英的身份证，脑子里便灵光一闪：他刘灿波能用歹毒的方法害了我骗我的钱，我怎么就不能以牙还牙，从他老婆身上将钱拿回来？

这个念头一冒出来，李东华自己都吓了一跳，他想自己如果这样做，实在是太卑鄙了。但是，又一想，如果自己不卑鄙，能要回自己的钱么？这也是他刘灿波卑鄙在前，我卑鄙在后呀。李东华经过一阵激烈的思想斗争，最后还是一咬牙：别人不仁，我也不义！干！

他学着当初刘灿波的做法，向建筑队请了一天假，然后出去四处转悠，悄悄向人打听，只花了半天的时间，就找到做假身份证的人，花了两百块钱，为自己办了个假身份证，名字叫方东华，家庭住址什么的，都同方英身份证上的一模一样。

假身份证办好了，李东华就回来与方英商量，说想换个地方。方英也正有换个地方打听的想法，就同意了。李东华心里有鬼，低着头，嘟嘟哝哝地说："我，我想，我俩非亲非故的，却总在一块儿，难免人家瞎猜测，说闲话，我想，我想我还是改个姓，也姓方……"没等他把话说完，方英好像明白了他的意思，笑着说："这主意不错，到下一个建筑队，我干脆叫你哥哥，这样，亲兄妹在一起，就没人说闲话了。"

两人到新的建筑队时，就以兄妹相称了。在建筑队，他们干的是装修活儿，给外墙贴钢砖。方英不会做这活儿，就给李东华当小工。两个人整天在一起干活，这倒给李东华实施计划带来了方便。

但是，每到要给跳板做手脚的时候，李东华就犹豫了，起先在八楼，他想，要是让方英从八楼摔下来，她必死无疑，自己只要她的钱，可不是要她的命呀，不行，不行，得等等。

等到贴到四楼的时候，李东华觉得高度差不多了，他趁大家下班的时候，偷偷地将一块跳板松动了，然后从脚手架上爬下来。可是下来后，他抬头望望，觉得四楼还太高，摔下来，

弄不好也会出人命的，看来还不行！他心神不定地在楼底下走来走去，走了一阵，又爬上脚手架，将螺丝重新拧紧了。钢砖贴到了三楼，眼看再不干就没机会了，李东华狠狠心，趁中午吃饭的时候，爬上脚手架，将一块跳板弄松动。下来后，他想了想，觉得还不够稳妥，又将地面上的石块碎砖、钢管什么的硬东西都挪到了一边，他想，方英摔下来摔在泥土上，应该不会出人命。

吃完饭，李东华忐忑不安地等方

英来干活，可是一等方英没来，两等方英没来，李东华又担心起来，莫不是方英看出什么不对，偷偷跑掉了？他从脚手架上爬下来，去找方英，还没走到工棚，只见方英像雀儿似的又笑又叫地迎面走来。李东华心中有鬼，结结巴巴地问："你去哪了？"方英晃了晃手中的一个袋子，说："我看你这两天走路有点晃悠，估摸你那腿伤又犯了，我去帮你买了点中药。"一听这话，李东华的心像被针扎了一下，难过地低下了头。

方英将中药交到李东华手里，就来到工地，开始向脚手架上爬。李东华看着方英一点一点地向那块松动的跳板靠近，心里在骂自己：人家对你这么好，给你买中药，可你却想暗害人家，你还是人吗？就在李东华心里骂自己的时候，眼看方英就要踏上那块松动了的跳板，他的心猛跳起来。他终于忍不住，发疯似的冲过去，大叫起来："方英，你等一下！"方英愕然地回过头来，问："怎么了？"

"那块跳板松动了，危险！"李东华一边说着，一边"噌噌噌"快速爬上去，将那块跳板重新拧上了螺丝。方英看着他做完这一切，冲他甜甜一笑，说："哥，你真好！"

5. 张网捕狼

李东华的计划虽说泡汤了，但他

由此想明白了一个道理：害自己骗自己的是刘灿波，不是方英，因此，自己不能将仇报在方英身上。这么一想，他决定不再跟着方英。他对方英说，他打算回家。

方英诧异地看着他，问他，你不打算要回你那四万块钱了？李东华叹一口气，说："想当然想。但是，世间的事，哪由着我想呀。"方英低着头半天没吱声，后来就说："只要你想，我就有办法。昨天我拿着我丈夫的照片向工地上的民工打听，有个民工说，就在前几天，他去另一个工地看老乡时见过这人。"李东华一听，来了劲："那我们去那里找呀。"方英摇了摇头，说："其实，他也知道我们在找他，所以他一直躲着我们。我们在明处，他在暗处，找，白费劲。我想到了一个主意，可以引他现身。"李东华迫切地问："什么主意？"方英苦笑笑"什么主意你就别管了，你只要记住，万一我出了什么事，你千万别离开我。只要你不离开我，你一定能看到刘阳，到时你抓住他就行了。"

方英的口气和神态使李东华产生了一种不祥的预感，所以他再三追问方英是什么主意，可方英却死活不说。

这天，像往常一样，他俩在二楼贴外墙钢砖，正在干活的李东华突然看到站在离他不远的方英一阵晃悠，接着，人就直直地从二楼的脚手架上摔了下去。

李东华吓得魂都飞了，他连奔带爬地从脚手架上滑下来，只见方英直挺挺地躺在地上，脑袋上流着鲜血。整个工地上的民工都慌乱地喊叫起来。李东华抱起方英，就往医院跑。

方英在医院里一直处于昏迷状态。李东华急得不断地问医生，碍不碍事？医生说，方英因为头部撞击太重，造成了脑震荡，幸好是从二楼摔下来，要是从再高一点的地方摔下来，就会没命了。现在应该没有生命危险，但，脑震荡是很麻烦的，就怕留下什么后遗症。李东华听了直发呆，一旁的建筑工地老板也皱起了眉头，他将李东华拉到一边，谈赔偿的事，说他愿意一次了断，给李东华一笔钱，让李东华将方英接回家去疗伤。

老板这个意思是过去李东华梦寐以求的，但现在，他想都不愿想。李东华人老实但不笨，他想到出事前方英同他说的话，方英说，不管她出了什么事，只要他不离开她，就能抓住刘灿波。难道这是方英故意摔下来的：这就是她说的主意？如果真是这样，这主意的代价也太惨重了。

这么一想，李东华又难受又感动，方英为了他，竟然使出这样的苦肉计。他望着头上缠满纱布的方英，心疼得热泪滚滚。他记着方英的话，守在方英的病床前寸步不离。

方英在医院里一躺就是三天，一直没苏醒过来，李东华急得不吃不睡，建筑工地老板更是慌了神，三天两头往医院跑，找李东华，要一次性赔偿。李东华铁了心不答应，他反反复复就一句话："我不要什么一次性赔偿，我要我妹子活过来！"

第三天的傍晚，建筑工地老板又来了，还是要与李东华谈一次性赔偿的事，李东华还是那句话"我不要什么一次性赔偿，我只要我妹子活过来！"

双方正僵持着，一个光头，小胡子，戴着墨镜的瘦高个男子走进病房，打听方英在哪。李东华见他身材、脸型和声音都像刘灿波，就上前高声叫道："刘灿波，你小子终于来了？"谁知对方一点也不慌神，一副并不认识李东华的表情，淡淡地说："谁是刘灿波，你认错人了。我叫刘阳，我是方英的丈夫。"

李东华那问话本来就是试探性的，现在见对方若无其事的样子，更加吃不准了，只好站在一旁，怔怔地上上下下打量着对方。自称刘阳的瘦高个再不理会李东华，自顾从口袋里掏出身份证和结婚证，递到建筑工地老板面前，说："你是老板吧，我是方英的丈夫。我刚刚听说了我妻子受伤的事，所以我赶来了，咱们能不能就赔偿的事谈谈？"

老板巴不得马上把一次性赔偿的事解决了。他看了看刘阳递过去的证件，不住地点头。

就在这时，一直处于昏迷状态的方英突然从病床上坐了起来，冲李东华喊起来："李大哥，快将门堵起来，别让这畜生逃掉！"

李东华猛地一愣，但他反应还算迅速，一下子冲到门口，将病房的门关上了。

刘阳也呆了一呆，转身就往门口冲，但已经迟了，门已经关上了。他用力推李东华，想夺门逃跑。李东华奋力阻挡，二人你推我搡，刘灿波的墨镜被扒下了。李东华一看，果真是刘灿波，这真是仇人相见，分外眼红，这许多天积聚在心头的怨气仇恨顿时暴发了。好个李东华，犹如发怒的雄狮，猛扑上去，一拳砸在刘灿波那光头上，砸得这家伙头昏眼花，摇摇晃晃，瘫倒在地上。

一旁的建筑工地老板不知道发生了什么事，他傻乎乎地看着瘫在地上的刘灿波，又傻乎乎地问方英："你，你原来没有昏迷呀？"方英冷笑了一声，说："我要不假装昏迷，这畜生敢来吗？他就是怕我认出他，找他算账呀。但我了解他是个贪得无厌的人，他听说我出了事，准会来捞一笔钱的。他以为我昏迷了，看不到他，他欺李大哥老实，好糊弄，所以他来了。但他错了，我所做的这一切，就是张开了专等他来钻的网！"

李东华听了，喉头像有什么东西堵着，说不出话来，待了好半天，他走到方英面前，哽咽地说："只是苦了你了，伤成这样！"

6. 艳阳高照

方英让建筑工地老板拨了110，不一会儿，警察来了，将瘫在地上的刘灿波带走了。李东华不解地问方英"刘灿波既然是你丈夫，你咋忍心让公安局将他抓起来？"方英痛苦地

对于那些连自家人都要陷害的人，必须特别警惕。 ——伊索

长叹了一口气，说了事情的原委。

两年前，方英的父亲到深圳来打工，一次不明不白地从脚手架上摔下来，死了。方英的父亲出事的那天，刚好有个方英的老乡看见了，立即打电话告诉方英。在方英匆匆赶来处理父亲的后事时，认识了刘阳。刘阳自称是方英父亲的儿子，当时方英也心存疑惑，不知刘阳这样做到底是为了什么。刘阳解释说，一个人死了，如果没个亲属在身边，老板往往会对死者草草了事。他这么做是为了替她父亲争取利益。刘阳这样说，方英也没产生怀疑。后来，在向老板索赔的过程中，由于刘阳的帮忙，硬是让老板赔了五万块钱。这让方英心里对刘阳充满了感激。

接着刘阳又以了为了方英的安全为由，坚持要亲自送她回家，一路上对她体贴入微，使方英大为感动，两个人在频繁的交往中产生了感情，不久就登记结婚了。

结婚后，方英觉得既是夫妻就应坦诚相见，所以那五万块钱存折的密码她也没瞒着刘阳。婚后不久，刘阳便提出到深圳打工，当方英送走刘阳后不久，她发现那张父亲用生命换来的存折不见了，到银行一查，钱已经被刘阳取走了。

刘阳一走就是两年，再无音信。后来方英听老乡说，在顺发建筑队见过刘阳，于是她才来到了深圳找刘阳。当她听了李东华的遭遇，再对照父亲的死，方英这才恍然大悟，很有可能，父亲也是被刘阳害死的，而他与自己结婚，就是冲着那五万块钱，所以她发誓要找到刘阳，为父报仇！

李东华听完方英的叙述，感慨地说："想不到你同我一样，也是受害者，而我，还曾经对你……我，我真不该……"

方英看看李东华，笑道："你是说你想让我掉下脚手架的事？"李东华惊愕地睁大眼睛："你知道？"方英缓缓地说："其实，你那天要与我兄妹相称，我就知道你想干什么。这方法就

是刘阳对付你和对付我爹的方法呀。我知道，你想学刘阳的方法拿回你的四万块钱。所以，我就时时注意你，你每一次将跳板松动，我都看到了。但是，你每一次又将松动的跳板拧紧了。"李东华惭愧地低下了头，说："你是不是觉得我很卑鄙？"

方英一把抓住李东华的手，动情地说："不，你不卑鄙。你是个好人。你有这个想法是正常的，但你最终没做这样的事！我知道，你为了治伤，家里欠下了一屁股债。其实，在我假装昏迷的时候，你完全可以从老板那里拿上钱走路，但你没这样做，而是反反复复说，你只要妹子活过来，我听了，直想哭。从我爹死后，你是唯一对我这么好的人。你真的是好人，好人！"方英说着动情地嘤嘤哭了。

几天后，公安局来人，通知李东华去拿回被刘阳骗走的那四万块钱。方英陪着李东华到了公安局才知道，顺发建筑队那姓王的包工头也被抓了起来。

原来，刘阳和王包工头合伙，一直在干一种罪恶的勾当。他们专找一些各地单独出来打工的民工，先以降低工钱的手法逼这些民工辞职，然后再由刘阳出面，像哄骗李东华一样，与这些民工结为兄弟或父子相称，然后一同到一个陌生的建筑队打工，利用松动跳板等方法，造成意外事故。

民工遇难后，刘阳就以死者亲属的名义向建筑公司索要赔偿。每次都能获得几万元的赔偿。他们称这种歹毒的方法叫"赚命钱"。两年中，他们共害死了十一位民工，获得了五六十万元。他们是吞噬民工的恶狼！他们是伸向民工的黑手！

公安人员还说，据刘阳交代，当他从王包工头那儿得知李东华和方英在找他，他就悄悄跟踪他们，注视两人的行动。当他得知方英出事，这个利令智昏的家伙，等了三天见方英仍昏迷不醒，就乔装打扮一番想来捞一票了。但他做梦也没想到会钻进了方英布下的罗网。

这真是法网恢恢，疏而不漏。两头恶狼终于被擒并将得到严惩！当李东华和方英从公安局出来时，天空中，艳阳高照。两个人并肩走了一段路后，李东华关心地问方英："妹子，你打算去哪里？"方英看看李东华，轻声说："我现在孤身一人，能去哪里？"李东华咬咬牙，猛地一把紧紧抓住方英的手，结结巴巴地说："要是妹子不嫌弃，就跟我去我家吧，我一定会让你幸福的。"方英红着脸笑了，说："我相信。你是个好人，跟你在一起，我一定会幸福的。"接着，两个人互相依偎，沐浴在阳光中，脸上露出了幸福的笑容……

（本篇月月评短信代码：0519）

（题图、插图：杨宏富）

当代传奇故事

优秀的传奇故事能给人以悲喜、惊恐、神秘等强烈而多变的阅读快感。本书每则故事无不以"奇"作为情节的核心，让人读来欲罢不能。作为"故事会爱好者丛书"中的一种，本集子相当具有代表性，故事的特点，《故事会》的风格，从此书可窥一斑。

发财故事

发财，自古以来人皆往之，因此发财故事也就在民间绵延不绝。本集36则发财故事分六大类：因财起祸、生财之道、天落横财、发财恶梦、飘忽财运、钱难通神等。故事生动，通俗可读。

旅途故事

46则旅途故事，让人在应接不暇的情节、人物中体验生活、体验社会、体验人生，从而拥抱生活，拥抱明天。作品充分运用了故事艺术的诸种表现手法：悬念、对比、误会、包袱……情节跌宕起伏，引人入胜。

喝酒故事

酒这东西，自古以来人们就对它褒贬不一，毁誉参半。本集古今中外64则喝酒故事，或喜或悲，或辛或酸，或啼笑皆非，按内容分为"因酒生事、借酒陈言、醉酒出丑、酒水糊涂、酗酒丧身、荒唐赛酒"等六类。

拍巴掌

□石 宏 推荐

这天中午，李老汉从地里干完活回来，走进院子便看见屋门的锁被撬掉了，扔在地上，心里猛一惊是不是来贼了？想到枕头底下放着自己的1000块钱，老汉就立即往屋里跑，刚撞开门，屋里忽然有人咳嗽了一声，他一愣怔，知道是撞上了贼贼，还在屋里头呢！

老汉急忙止住了脚步，也咳嗽了一声。他这咳嗽，其实是给屋里的那位回个信，意思是说我知道你在屋里头了。对方沉默了片刻后，又咳嗽了一声，老汉不知道这一声咳嗽是啥意思，着急了，便说："屋里的'高客'，你别害怕，有话你就说，别打哑语好不好？"

屋里的那人还是不说话，又咳嗽了一声，老汉这下明白了：贼是本村人，怕说了话后被李老汉听出是谁，以

后见面为难，于是就说："是村里的爷们吧？要是的话，你……你就拍一下巴掌吧。"

话音刚落，"啪"，一声巴掌响从屋里传了出来，老汉心里有了底，说话也客气了不少："喔，是村里的爷们，有啥事开开尊口就行，你是不是想走？"

又一声巴掌响，老汉知道自己猜准了，就说："要走你就大胆地走，我绝不拦你的道！"

那贼听了老汉的话，一点表示也没有，老汉长长地叹了口气："看来你还是不相信我，要不我把眼睛蒙上，

这下你该放心了吧？"说完，他就拽下搭在脖子上的毛巾，把眼睛蒙住了，接着又说："'高客'，你从门缝里向外看看，我真的蒙上了，这回你信了吧，信了你就拍一下巴掌。"

屋里没有声音，看来那贼警惕性还很高，对老汉的话还不敢轻易相信，老汉着急："你还不信我？你怕我这个七十多岁的老头干啥？喔，我知道了，你是怕我在你走出屋时把毛巾扯下来？"

这话一说，那贼就拍了一下巴掌，老汉实在想不出什么好办法了，无奈地说："'高客'，你要真怕我骗你，你就等到天黑再出来吧，到时我想看你也看不清楚了。"

贼听了老汉的话，"啪"地又拍了一下巴掌。

老汉看了看天，才刚过午呢，只好等了，等了一会儿，他就觉得肚子"叽哩咕噜"地乱叫，才想起还没吃午饭呢。饭就在屋里，却不能进去拿，老汉苦笑一下，紧了紧裤腰带，只好先忍着……

这时，屋里的贼一个劲地拍巴掌，老汉不知他要干啥，只好猜，猜了十几次，终于猜出贼也是饿了，老汉就说："饿了你就吃吧，只是俺日子过得紧巴，没啥可口的，橱里有两个干馒头，橱顶上有一个纸包，包里有咸豆子，你将就着吃吧。"

接着就听见了那贼开橱门找东西的声音，又听见了贼的咀嚼声和喝水声……

等贼吃完了饭，老汉猛然想起了什么，"哎呀"一声，说："不好了，'高客'，你刚才吃的咸豆子，那是俺老伴走闺女家前，调拌的专门麻醉家雀的药，都怨我老糊涂了，一时吓忘了！"老汉这话一说，屋里便"乒乒乓乓"一阵响，像是摔东西的声音，老汉知道那贼听说自己吃了麻醉药，恼火了，在摔东西报复他，便说："'高客'，你别着急，俺有办法破解呢，橱底下有一个白瓶儿，里面有拌了解药的酒……"

接着就听见找东西、喝解酒的声音，大约过了一顿饭的工夫，屋里响起了呼噜声，老汉一猫腰蹿进了屋里，见贼正在炕上躺着，他抓起枕头一看，1000块钱没了，口里骂道："奶奶的！"骂完了，他又从贼的身上翻出了钱，数了数，一张没少！

老汉看看躺在炕上呼呼大睡的窃贼，哈哈大笑，嘴里自言自语道："这钱是政府给俺的'见义勇为奖'，你想拿走，哼，真是癞蛤蟆推小车——不自量力！告诉你，活该你小子倒霉，你喝了这玩意，还得睡上半天！"

其实，那咸豆子也不是什么麻醉家雀的药，只是给仔猪调食用的，所谓的解药其实是度数很高的老白干！

（本篇月月评短信代码：0520）

（题图：安玉民）

爱之声

有一个姑娘到一家裁缝店缝制婚纱。婚纱做得很漂亮，她穿起来也很合身，可她总是一副欲言又止的模样。裁缝就问她："小姐，您觉得少了点什么吗？"

姑娘从衣兜里掏出一枚精致的铃铛，小心翼翼地问道："您可以帮我把它缝到婚纱上去吗？"

看着大家疑惑不解的目光，她补充道："我未婚夫双目失明了，我要让他在听到铃铛声的时候知道，'我的

新娘来了'。"

生活常常是这样，只要你仔细聆听，就一定能发现那一丝爱的声音。

（推荐者：马德金）

（题图：箭 中）

母 与 子

有个孩子，对一个问题一直想不通。为什么他的同桌想考第一，一下子就考了个第一；而他想考第一，才考了全班第二十一名？于是，他回家问母亲"妈妈，我是不是比别人笨？同桌和我一样听老师的话，一样认真做作业，可是，为什么我总比他落后？"母亲不知该怎样回答。

又是一次考试。这一次，孩子考了第十七名，而他的同桌还是第一名。儿子又问了同样的问题。妈妈真想说，人的智力确实有三六九等，考第一的人，脑子就是比一般人的灵。但她知道，如果说了，孩子也许就此认为自己是个愚笨的人。

儿子小学毕业了，虽然仍没赶上他的同桌，但他的成绩一直在提高。母亲为此带他去看了一次大海。就是在这次旅行中，这位母亲回答了儿子的问题。

很多年后，儿子以全校第一的成绩考入了清华大学。母校请他给同学们及家长们做一个报告。其中他讲了

爱情是人生的盐，借助于它，人们才体味得出人间情趣。 ——欧文·斯通

小时候的一段经历："我和母亲坐在沙滩上，她指着前面对我说，你看那些在海边争食的鸟儿，当海浪打来的时候，小灰雀总能迅速地飞，它们拍两三下翅膀就能升入天空，而海鸥总显得非常笨拙，它们从沙滩上飞入天空总要很长时间，然而，真正能飞越大海横过大洋的还是它们。"

这个报告使很多母亲流下了泪，其中包括他的母亲。

（作者：刘燕敏　推荐者：邓卫华）

心愿

保罗的哥哥送他一辆新车作为圣诞礼物。

圣诞节当天，保罗离开办公室时，一个陌生的小男孩绕着那辆闪闪发亮的新车，十分赞叹地问："先生，这是您的车？"

保罗点点头："这是我哥哥送给我的圣诞节礼物。"小男孩满脸惊讶，支支吾吾地说："您是说这是您哥哥送的礼物，没花您一分钱？天哪，我真希望也能……"

保罗当然知道小男孩真希望什么——他希望能有一个也送他轿车的哥哥。但是小男孩接下来说的话却完全出乎保罗意料。

"我希望自己也能成为送车给弟弟的哥哥。"小男孩继续说。

保罗惊愕地看着那小男孩，脱口而出说："你要不要坐我的车去兜风？"

"哦，当然好啦，我太想坐了！"

车开了一小段路后，那孩子转过头来，眼睛亮亮的，对保罗说："先生，你能不能把车子开到我家门前？"

保罗微笑，他知道孩子想干什么。那小男孩必定是想向邻居炫耀，让大家知道他坐了一部大轿车回家。但是，这次保罗又猜错了。

"你能不能把车子停在那两个台阶前？"小男孩要求道。

保罗将车停好，小男孩赶忙钻出车子，一溜烟跑上了阶梯。过了一会儿，保罗看到他回来了。小男孩身上背着一个更小一点的男孩，走得很艰难，但他的声音仍然像先前那样清脆又兴奋："你看，这就是我刚才在楼上对你说的那辆新车。这是保罗他哥哥送给他的哦！将来我也会送给你一辆像这样的车，到那时候，你就能自己去看那些在圣诞节时挂在窗口上的漂亮饰品了，就像我告诉你的那样。"

保罗走下车子，把那下身瘫痪的小男孩抱到车子的前座。兴奋得满眼放光的哥哥也爬上车子，坐在弟弟的身旁。就这样，他们三人开始了一次令人难忘的假日兜风。

那个圣诞夜，保罗才真正体会到"施比受更有福"的道理。

（推荐者：毛　妤）

钻夜壶

□ 沈定顺

夜壶，现在城里的年轻人多不知是什么东西，几十年前却是家家必备的器物：陶瓷烧就，口小，肚大，背驼，像只望月的蛤蟆，常置于床下，供人方便之用。俗话说：水火不留情。尿胀了，憋起恼火，急需释放。提出夜壶，泄入其中，全身轻松，喜上眉头。因此，四川、重庆有的地方又称夜壶为"夜喜"。

话说那天黄桷树下来了个四十多岁的汉子。此人长得五大三粗，赤裸着上身，皮肤黑得发亮。他放下手中的蛇皮口袋，摸出支粉笔，在地上画了个大圆圈。然后站在圆圈中，昂起脑壳"嘿嘿嘿嘿"一阵高吼，声音如雷贯耳！又双手握拳在身上播鼓般打得"咚咚"响，引得不少人驻足观看。

一番折腾后，汉子找出根布带捆在腰间，一抱拳说："各位，在家靠父母，出门靠朋友，鄙人初到贵地，望各位多多捧场，有钱的给点钱，无钱的就鼓鼓掌，谢谢了！"汉子说完，磨拳擦掌开始练功。随着身子摆动，浑身骨节"咔咔"有声，块块凸起的肌肉硬硬邦邦。一会儿，汉子将气运至腹部，肚皮上鼓起拳头大一个包！他拿出把雪亮的菜刀对大家说："哪位出来配合一下，用这把刀往我这包上砍，有多大劲儿就使多大劲儿！"看的人直往后退，谁都不敢下手。他见了仰天大笑"你们怕砍伤了我，是不是？告诉各位，我已炼成金刚之躯，刀枪不入！牛皮不是吹的，火车不是推的，不信你们看！"说完，他便自己挥刀猛砍，那刀如同砍在皮球上，"砰砰"直响，肚皮却秋毫未伤！观众齐声喝彩，有人向圈内丢了些零币。

汉子收了钱，又从蛇皮口袋中提出个夜壶来，"咚"的一声放在地上，说"鄙人有两项绝技，一项是我能将身体缩小，一下子钻进夜壶去；还有一项是用指头钻砖头。不知各位想看哪一项？"观众哗然"夜壶口难伸进个拳头，这么大的汉子怎么钻得进去？"大家齐声吼："要看表演钻夜壶！"汉子向众人拱拱手："各位，实话实说，这项表演危险性太大，钻进容易出来难！上个月我有个徒弟表演这个节目的时候，就憋死在夜壶里了！各位既然要看，丑话说在前头，得先给点辛苦费！"

听说要钱，观众都没了声音。汉子笑着甩脑袋："你看你看，这年头，一说到钱就不亲热了！"有人说："我们给了钱，你钻不进去怎么说？"汉子拍拍胸脯道："没得金刚钻，敢揽瓷器活儿？堂堂男子汉宁愿丢人头不愿丢码头！钻不进，我一分钱不少如数退还！"

实际上大家真的想看这千古绝技，有人便开始扔钱，你三块我五块，有个中年男人没零钱，递了张50元大钞给汉子："格老子我人活几十岁还没开过这样的眼界呢！把钱接好，丑话说在前头，你钻进去了这钱归你；钻不进去的话，别怪我不客气！"汉子点头哈腰，满脸是笑："大哥放心，鄙人走南闯北，全靠真功夫混饭吃！做人讲诚信，这点儿规矩我还是懂的！钻不进，我加倍退还各位的钱：给5块的我退10块；给50块的我退100块！"有的人本想看便宜，听了这话，也掏出钱递给汉子。一会儿，他就收了一大把钱！

汉子把钱塞进裤兜，压了压，然后掏出个皱巴巴的信封，向众人拱拱手，一脸悲壮地对大家说："表演前，鄙人要拜托一件事，万一我钻进夜壶出不来，憋死在里面，信封内有我家的电话号码，你们挂个电话，叫我家人来连同夜壶把我提回去！不知哪位仁兄肯帮这个忙？"刚才给了50元钱的中年男人说："放心，万一出不来，我们把夜壶打碎不就行了！"汉子连连摆手："千万使不得！千万使不得！我一钻进去，人和夜壶融为一体！夜壶即我，我即夜壶！你们打碎夜壶，我的小命也完了！如果我出不来，你们先别慌，因为我知道该怎样运功逃脱险境！假如10分钟后夜壶里没有响动，夜壶口冒出白气的话，说明我命已休矣，再给我家人打电话不迟！"中年男人可能有事，等得不耐烦了："好好好，这事儿交给我！你快点儿表演！"汉子听了，双手把信封递给他，单腿跪地，非常激动地说："好大哥，谢谢你，小弟拜托了！"说完起身从兜里掏出一块红砖，退后一步开始提气，只见他半蹲马步，双手如鹰爪一般，颤抖着用力向前伸，然后紧握拳头迅速收回，右脚一跺，震得地皮都在抖！忽然，他一个倒踢，身子灵巧地在空中翻了一圈，双脚稳稳地落在他掏出的那块砖上，"啪"的一声，砖碎成了几块！掌声"哗哗"地响起来！汉子长嘘一口气，闭目静立，运

功完毕。好一会儿他才睁开眼，双手抱拳："各位，请闪开一点儿，我钻进去那一瞬间力量大得很，怕运功不当夜壶炸了伤人！"大家往后退了些，既兴奋又紧张，一个个伸长颈子鼓起眼睛看他怎么钻进去！

汉子双眼睁得铜铃般大紧盯夜壶。人们屏息凝视，场上静得掉根针都听得见！他神情庄重地朝前走几步蹲下身去，大家以为他要往里钻，都踮起脚看。但汉子没钻，只是把夜壶挪了挪位置，让壶口正对他。观众一片唏嘘："哎呀，散劲儿得很……"汉子说："别急别急，精彩的时刻就要到了！"他站起身，盯着夜壶后退几步，躬起身，摆了架势，随即又摇了摇头，好像不太满意，又后退几步，重复了刚才的动作，却又叹了口气，似乎仍不满意，再后退几步，此时已在人圈外。大伙以为他要借助跑的惯性一下钻进夜壶，都自动退开，为他让出一条道来。只见他躬着身子，双手抱在胸前，一声高吼："哦——"

大家都屏住呼吸，几十双眼睛齐刷刷盯着他。那声"哦——"吼得可真是气贯长虹啊！许多人还在这余音缭绕中紧张期待着，谁知那汉子已猛一转身，箭步如飞地跑了！

夜壶像个癞蛤蟆蹲在地上。人们面面相觑，半天说不出一句话来！

哈哈！到底是谁钻进了夜壶？

（本篇月月评短信代码：0521）

细米（青春系列小说）

　　少年细米生来就是一个爱脸红的男孩儿，他与表妹红藕两小无猜，一同长大，日子如清水一般自然流淌。然而，有那么一天，大河上飘来一叶巨大的白帆，白帆下飘来了一群仿佛来自天国的女孩儿。这些从苏州城里来这里插队的女知青，给平静的乡村带来了一股新鲜而迷人的气息，而其中的梅纹姑娘以她纯净刚温柔的情感与精神力量，使细米这个桀骜不驯的乡野之子步入新的成长历程。他们初次相见时，彼此就有了一种奇异的感觉。在后来苦难而温馨的岁月中，细米一边在梅纹的引领下走向前方，一边开始暗恋着她的声音、她的举止以及她身上所有的一切，而她在那段孤独无助的时光里，似乎更深刻地陷入了一种对于细米的不可名状的眷恋。一种非恋情的恋情，在一个到处是河流与芦苇的水乡世界中令人感动地展开着，处处风采飘逸，处处诗意流动。

　　小说深谙人的情感的微妙，写就了一段天地之间可以与日月同在的情感故事，以优雅的笔调完成了一个少年的心灵雕塑。安宁的村落、寂静的麦田、旋转的风车、河里的小船、各色的鸽子、雪白的芦花、袅袅的炊烟，与四季优美的乡村风景一道，参加了这个东方少年的现实世界的加冕礼。

　　曹文轩著

难不倒我

□ 邹 进

老王昨天烧鱼的时候，错把盐当作白糖，结果好好的一盘鱼咸得难以下咽，气得老伴连摔了三只碗，大骂他是一个睁眼瞎子。老王只有苦笑，谁让他高度近视呢!

第二天，老伴二话没说扯着老王上街配眼镜。验光师指着墙上的视力表说："我们先测视力，我每指一个符号，您就用手指做一个上下左右的动作。"老王瞧了一下视力表，成竹在胸地笑道："哈哈，这玩意儿可难不倒我!"

验光师指了最上面一行左边的一个符号，老王飞快地用手指做了一个朝上的动作。验光师点了点头，又指了第三行中间的一个符号，老王依旧很迅速地做了一个朝左的动作。验光师又点了点头，接着指了第五行右边的一个符号，老王仍然很轻松地做了一个朝右的动作。验光师"咦"了一声，脸上露出惊讶之色，他干脆把手指滑到第八行，指了左边一个符号，老王再次不费吹灰之力地做了一个朝下的动作。验光师几乎不敢相信自己的眼睛，猛一咬牙，指了最下面一行中间的一个符号，老王还是不假思索地做了一个朝上的动作。

这时，验光师的脸色一下子"晴转多云"，冷冰冰地责问道："老大爷，你是不是吃饱了撑的到我这儿来寻开心呢?"

老王是个"牛"脾气，口气也粗了起来："喂，谁寻开心了?你这是什么服务态度?!"

验光师气呼呼地说道："老头，你连视力表最下面的一行也能一目了然，来配什么眼镜?"

"哦，我明白啦!"站在一旁半天没吱声的老伴恍然大悟道："师傅，你别生气，他确实是高度近视，你知道我老伴以前是干什么的吗?告诉你，他是印刷厂的老工人，你贴在墙上的这张表他不知印刷了几千几万张呢，早就记得滚瓜烂熟了!你说，能难倒他吗?"

(本篇月月评短信代码: 0522)

您认认吧

□ 周易尘

某大学举行生物学期末考试，内容是飞禽辨认。这门课的教授以严厉著称，期末考试尤其如此。

考试当天，学生们发现，教室的讲台上放着几个小小的布袋，几只鸟爪从袋子下面露出来，每个袋子旁竖着一个记号牌。考试铃声过后，教授发话了："你们知道，今天的期末考试要占本学期成绩的大部分，但是考试要求很简单。你们只需认出讲台上的几种鸟，写下它们的编号、拉丁学名和通用名字就可以了。"

教室里非常安静。这时，一个学生站起来发问："教授先生，您是否可以把那几个袋子移开？这样好让我们看清那几只鸟的模样。"

"不行，这些鸟爪才是考试的重点。如果这学期你认真听过课，现在你就能凭着这几只爪子认出它们。我在课堂上已经反复强调过爪子这个部位了，难道你还不能认出它们？！"教授说得有板有眼。

学生有点吃惊"您的意思是，您认为我们仅仅通过这些鸟爪子就能认

出它们来？这太不可思议了。"

"我很抱歉，这考试恐怕有点为难你了。不过，好好回忆一下吧，也许情况没那么糟。"教授显然有些不耐烦了。

"不，这考试太荒唐了。我要退出这考试。这让人无法忍受。我要走了。"这学生开始收拾东西。

教授蹭下讲台，走到学生跟前，说"如果你要走，请把你的名字告诉我，这样我可以不记你的分数。"

学生怒不可遏，紧紧盯住教授，大步走出教室，然后从门外伸进一只脚，理直气壮地说："您认认吧！"

（本篇月月评短信代码：0523）

只要看鸟是怎样飞法，就知道它是只什么样的鸟。 ——马明·西比利亚克

吃野味的理由

□ 贾一斌

梅老师是著名的作家，有一次，他应邀到南方讲学，那里风景如画，珍奇无数，真是一个引人入胜的地方。

主人好客，请梅老师品尝野味。席间，主人指着一道菜说："梅老师，这是红烧猫头鹰，味道不错，您尝尝。"梅老师一惊，脸色微变，随即正色道："这可是受国家二级保护动物啊！"主人连忙回答："梅老师您放心，这可不是猎杀的，是它晚上太累，自己没休息好，从树上掉下来摔死的。"梅老师听后眉头稍展，微微一笑，举起筷子夹了一块。

稍后，又上一道菜，主人凑过身来，悄声细语地说："梅老师，这是金线蟒蛇肉丝，吃了清脑明目，是蛇肉之极品，很难得的。"梅老师一震，眉头紧皱："这可是国家一级保护动物，捕杀是要犯法的！""不要紧的，梅老师您放心，这条蛇是乡民用炸药开山路时，被震死的。绝对不是捕杀的。"梅老师脸部肌肉放松了一点，夹起一块尝了。

中途，又一道菜端了过来，主人突然两眼发光，热情地指着端上来的盘子说："梅老师，这可是红焖穿山甲，现场活杀的，很难得的，一般人根本吃不到！"梅老师闻言大惊，连连摇头，"这可是国家重点保护动物，活杀滥食是要负法律责任的！"一边说着，梅老师从椅子上猛地站起来，一副要愤然离席的样子。主人忙不迭伸手请梅老师坐下，仍然笑眯眯地说："不要紧的，梅老师您请放心，它不是我国的，不受我国法律保护，它是自己从越南打洞流窜过来的。"

（本篇月月评短信代码：0524）

疯马丁来了

□艾 柏

从前，有个家伙叫弗雷德。有一天他觉得自己够壮够野了，就决定去西部碰碰运气。

弗雷德来到西部边陲的一个小镇，在一个最野蛮的酒吧里当起了招待。很快，他就证明了自己确实强悍非凡。老板欣喜地发现，弗雷德不仅常常制止频繁的殴斗，酒吧的欠单也大大减少了。他告诉弗雷德，说他干得不赖，但老板还是反复提醒弗雷德

得牢记一件事——"如果听说疯马丁要来镇上了，千万要马上收拾好东西，在吧台上放一瓶'红眼睛'酒，然后立马离开，越快越好！"

弗雷德对此好不纳闷，一心想弄懂为什么。他询问了镇上的住户，没想到人人闻之色变，许多人一听到"疯马丁"这三个字就哆嗦得再也说不出话来。只有一个胆子稍大的庄稼汉向弗雷德介绍了疯马丁的来历。

原来，疯马丁是一个住在山里的老家伙，他每年都会到镇上来两次。他可是所有人平生仅见的最危险的家伙，很少有人能在见他之后活着回来。弗雷德竖着耳朵听完后，并没被吓住，他很快就把这事忘得一干二净了。

几个月后的一天，一个牛仔朝镇上飞奔而来，一边高声叫道："马丁来啦！从山上下来啦！"这一下可是非同小可：小镇上的人都立刻从家里飞奔出来，跳上马背就落荒而逃。一转眼工夫，热闹的小镇就变得冷冷清清，不见了人影。只有弗雷德纹丝不动。他不信这个邪，就是要看看马丁是否真这么厉害。于是，弗雷德就放了瓶"红眼睛"在吧台上，然后躲到柜台后，静静等着。

他没等多久。很快，街面上就响起了一阵嘈杂声。弗雷德从墙洞里望出去，只见一个身形魁伟，模样卑劣的家伙骑着一头大野牛隆隆而来。那

彻底的恐惧就是乐观主义的基础。——奥斯卡·王尔德

老婆的指甲（文：程 亮；图：枫 叶）

1. 张三是出了名的怕老婆。这天，失妻俩又吵架了，没吵几句，老婆就张牙舞爪地动手了。

2. 张三敌不过老婆，三十六计走为上，他拔腿逃出家门。

3. 老婆把张三的脸抓得鲜血淋漓，张三捂着脸去找好友李四商量治老婆的办法。

4. 李四伸出手指头，说："这有啥难的？你每隔两天给她剪一次指甲。"

牛真是好一头庞然大物，弗雷德见所未见，把眼睛瞪得滚圆。转眼那家伙来到酒吧门口，他跳下牛背，对准牛头就是一拳，打得那畜生一下跪倒在地。他拍拍牛脑袋，大吼一声："老实趴着，我就回来！"随后转身踏上门口的梯子。弗雷德这时才看清，这家伙身后还拖着一对豹子。他把它们在门柱上拴好，一脚踢上去，吼道："你们这对猫咪好好待着！"两只豹子无奈地瞅他一眼，马上乖乖地坐下了。

那家伙声势如雷地闯进酒吧，一路上把门打得粉碎。不过两步路工夫，他就来到吧台前抓起那瓶"红眼睛"，一口咬掉瓶盖，一仰脖就喝得精光。可怜的弗雷德这时完全吓坏了，他哆嗦着想逃跑，却因为过于紧张而一头撞在吧台脚上，弄出了声响。那家伙俯身看到弗雷德，一下掀翻吧台，对着缩成一团的弗雷德怒吼道："嘿，混蛋！你以为你在看什么？！"

弗雷德费劲地嗫嚅着，"没……没事，先生，您还想来一杯吗？"

那家伙鼻子里哼哼着，气咻咻地说："见鬼！我可没时间！我得马上走人，疯马丁来了！！"

（本篇月月评短信代码：0525）

（本栏题图：李 加）

警匪故事

本书汇集五则中篇故事精品，描写公安人员深入虎穴，与潜伏的敌特土匪斗志斗勇，最后使之落入天罗地网。故事情节曲折复杂，悬念性特别强，敌我之间关系扑朔迷离，错综复杂，人物命运特别牵动人心。

红色间谍故事

7则中篇故事，描写一群置生死于度外，出生入死在敌巢魔窟中，机智勇敢地与敌特匪首周旋，进行地下斗争的革命者。故事情节曲折，人物形象鲜明，具有震撼人心的艺术魅力。

捣蛋鬼故事

本书收入的"捣蛋鬼"，是一批头上长角的油子、儒夫、贪者、莽夫、偷儿、怪徒，他们大多性格怪异，但在激变的环境中却展现出了人们意想不到的美丽人生。书中也描写了另一类罪错者，故事往往以轻喜剧的风格来处理人物之间的矛盾冲突，让你饱览社会生活的丰富多采。

怕老婆故事

怕老婆现象古今中外均不同程度存在，汇集出书这是第一本。作者均取材于实际生活，有古代代表性作品，更多的是描写当代人的这类夫妻关系。他们怕老婆的行为，离奇古怪；怕老婆的动机，五花八门。

315

2004
SEMIMONTHLY
下半月刊

3月

STORIES

笑话18则	洪一舟等	4
我的故事		
这个美眉不太冷	邓云涛	8
我的女友是"新人类"	陶柏军	12
漫画故事		11
快乐辞典		15
16岁故事		
神奇药物	刘留	17
中国新传说		
花样翻"旧"	马 强	20
山里有黄金	白 驰	23
引爹入室	吴相阳	28
玩一回灵感	袁 翼	32
非常跟踪	李清林	36
买辆摩托等你偷	何洪金	38
妹子你好刁钻	胡立秋	41
对症下药	平 之	43
东方夜谈		
伸缩小人	范芝果	45
民间故事金库		
神偷	王前锋	49
传闻逸事		
变脸	吴永胜	53
外国文学故事鉴赏		
防不胜防	李 萍	58
情节聚焦		
作弊的噩梦	徐兆年	62
3分钟典藏故事		65
中篇故事		
声色陷阱	柴兴志	66
情节ABC		80
悬念故事		
旧病复发	刘 坤	82
幽默世界		
《不重名》等7篇	赵一蔓等	85
本刊信息传真		
"掌上灵通杯优秀作品月月评"等		19、22、52、80、91

故事会

2004年3月
下半月刊·绿版

主 编：何承伟

副主编：吴 伦

社务委员会

何承伟 吴 伦 姚自豪
夏一鸣 冯 杰 张 凯

本期责任编辑：梁宁宁

美术编辑：李宝强

发稿编辑：

夏一鸣 蔓 石
马 峡 鲍 放
潇 白 姚自豪

主管：上海市新闻出版局

主办：上海文艺出版总社

（上海市绍兴路74号）

邮政编码：200020

电话：021-64375030

出版发行：《故事会》出版发行部

（上海市建国西路384弄11号甲）

邮政编码：200031

电话：021-64313938

广告总代理：上海文艺广告传播中心

上海市绍兴路74号（邮编：200020）

广告总监：张 淮

广告业务：021-34010383

广告投诉：021-64333738

广告经营许可证

沪工商广字3101034000029号

发行：中国图书进出口上海公司

封面图片由红叶图片有限公司提供

本刊各栏目欢迎来稿。来稿寄上海市绍兴路74号《故事会》杂志社，邮编：200020；本刊绿版电子信箱：gushihui@263.net；本期责任编辑电子信箱：liangningning@hotmail.com

·笑话·

翻身唱歌

学生宿舍里，一个学生在床上唱歌,唱着唱着突然翻了个身,趴在枕头上继续唱。

另一个学生问道:"唱就唱吧,翻身干吗?"唱歌的学生开玩笑说:"傻瓜! A面唱完唱B面,你连这都不知道!" （洪一舟）

马 拉 松

在一次马拉松长跑比赛后,跑在倒数第二的那个家伙非常讨厌,他嘲笑倒数第一的选手说:"哥们,倒数第一的滋味怎么样啊?"

倒数第一的选手反唇相讥道:"要是我刚才申请退出比赛的话,你就知道了。" （马 超）

（本栏插图：李 加）

人选

一个身材瘦弱的男子去应聘做门卫。老板打量了他一会儿,说"我们需要一个以小人之心度君子之腹的家伙。他要有强烈的疑心病、锐利的目光、高度的警觉心、机警过人的听觉,还要有健壮的身材、杀气腾腾的个性和易怒残忍的脾气,谁惹了他,他会马上变成恶魔般的人物。你觉得自己符合吗?"

男子小声地说:"我恐怕不行,不过可以让我老婆来试试。"

（蝴 蝶）

玩 鸟

一个男人走进一家宠物店,店门口的鹦鹉叫道"欢迎光临。"男子觉得好奇,便退出店门,再一次走进店里,鹦鹉果然又叫:"欢迎光临。"男子觉得还没过瘾,便又进出店门几次。当男子又一次要跨进门的时候,忽然听到鹦鹉回头叫道:"老板,有人在玩你的鸟!" （凌 悠）

你输了多少

一个女人常和朋友打麻将，三更半夜回到家里，总是会把丈夫惊醒，她觉得很抱歉。

一天晚上，女人从外面回来，决定不再吵醒丈夫，于是在客厅就脱光了衣服，光着脚丫蹑手蹑脚地走进卧室。谁知道，她的丈夫正坐在床上看报纸，见她这副样子，大怒道："你这个笨女人！是不是把衣服都输光了？"

（龙红岸）

出 租 车

一天，一位小姐打电话叫出租车。

小姐：你好，我在新华路口，想要搭出租车。

司机：那你穿什么衣服呢？

小姐：我穿蓝色上衣，白色裙子。

司机：到哪里？

小姐：到膝盖……

（王 慧）

感冒被抓

牢房里，两个犯人在聊天。

"你是怎么被抓进来的？"

"因为感冒。"

"怎么回事？"

"很简单，我偷东西时打了一个喷嚏，保安就醒了。"

（映 月）

短 处

雇主问求职的年轻人："你吸烟吗？"年轻人坚决地回答："不！""饮酒吗？""不！""好赌吗？""不！""爱玩吗？""不！""那么你一点短处也没有吗？"雇主惊奇地问。"嗯，有的。我惟一的短处就是很喜欢撒谎。"

（江 景）

失眠新疗法

病人：医生，我整夜整夜地睡不着，只是每天上班乘地铁时，拉着杠子才能迷糊那么十几分钟，能给我一点安眠药吗？

医生：不用吃药，你只要在床头装上一根杠子，晚上躺在床上拉着它就行了。

（王 明）

和鸡跳舞

顾客："服务员，这只烤鸡怎么会是一只腿长一只腿短呢？"

服务员："那有什么关系？您难道想和它跳舞吗？"　（小　叶）

外 交 官

在一次外交官的晚宴上，一位刚到美国的外交官有点局促不安，因为每个人都要站起来讲几句话，但是他的英语实在不行。先有贵宾说："我们来敬东半球的女性一杯。"后来又有人敬西半球的女性一杯。轮到那位新外交官讲话时，他站起来，紧张地说："各位，让我们为女性的两个半球干杯吧。"

（小　颖）

勇敢与谨慎

晚饭后，杰克和妻子坐在长沙发上悠闲地交谈着。

"亲爱的，勇敢和谨慎的区别是什么呢？"妻子问。

杰克想了一会，说："让我举一个例子来说明吧，一个人在饭店用餐后不给侍者任何小费，这就是勇敢。"

"我明白了，那么什么是谨慎呢？"

"第二天换另一家饭店就是谨慎！"

（东　东）

身材很美

一位年轻的太太每天都被一个陌生男子骚扰。

陌生男子常常敲开她的门，很有礼貌地问一个相同的问题："太太，听说你的身材很美？"年轻的太太每次都赶紧把门关上。

这天，她丈夫刚好在家。陌生男子说完同样的话以后，她勇敢地反问道："身材很美又怎么样？"

"如果是这样的话，"陌生男子答道，"请你转告你的先生，要他多多利用你那美丽的身材，请他不要再整天跟在我太太的屁股后面。"

（郭　云）

特殊情况

有个女人来找医生，说她丈夫爱说梦话。

医生说："我可以给您开一方药，让他不再说梦话。"

"不，大夫，"女人立刻表示反对，"您给我开这样一种药，让他把话说得更清楚些。"　　（叶　丹）

好消息与坏消息

这天，老板询问收款员货款的情况。

老板：我让你带大猩猩出去帮你催款，这主意怎么样，有效果吗？

收款员：有好消息也有坏消息。今天收的款比我平时一个星期收的还要多。

老板：那么还有坏消息呢？

收款员：钱还在大猩猩手里，我要不回来了。　　（封　风）

模范丈夫

一男子来到一家浴室，问售票的小姐："女浴室里面人多吗？"那小姐白了他一眼，没理他。他以为小姐没听清楚，又问了一遍。那小姐狠狠地瞪了他一眼，骂了句："流氓！"那男子听到后，很委屈地说道"我说不问，我老婆非要我问问。"

（吴龙贵）

主动服务

两位老友在酒吧喝酒，其中一个抱怨道："作为大男人，我最讨厌女人在家里对我指手画脚，叫我干这干那的。"

"不会吧？听说你经常主动要求为嫂夫人洗头吹发的。"另一个不解地问。

"那是唯一的例外。要知道，只有那时候，她才会向我低头，并且任我摆布。"　　（谢　波）

电　梯

高层楼房的电梯旁贴了张告示：电梯已坏，最近的电梯在旁边那栋楼。　　（段晓伟）

这个美眉不太冷

□ 邓云涛

几个月前，公司策划部来了一位刚从大学毕业的小女生，着实让全公司的单身兄弟们精神为之一振。这美眉皮肤白皙，身材高挑，是公认的美女。不少男同事想碰碰运气，使出浑身解数只为讨得美眉欢心，可惜人家丝毫不动心，岿然不动的拒绝姿态，让大家心灰意冷地感到"这个美眉有点冷"。我当然也很动心，可是因为不在一个部门，平时没什么机会接触，所以不敢贸然行动。

一天，美眉的电脑出了问题，开机后系统总是提示找不到硬盘。她胡乱地敲打键盘，一遍又一遍地重新启动，直急得满头大汗，可电脑就是不能正常工作。策划部的一帮同事围在一旁出谋划策，各显神通，可谁也没想出解决问题的办法。美眉更加着急了，她眼睛红红的，带着哭腔说，电脑里储存了她忙了近一个月才完成的

一份策划书，如果弄丢了，只好一切重来了。更要命的是，很多原始数据现在根本无法再去收集。美眉越说越伤心，眼看就要"梨花一枝春带雨"了。这时，有人提议说："还是请'电脑高手'来看看吧。"

"电脑高手"是兄弟们对我的称呼。为美眉做事，我是一呼即应。因为曾经遇到过类似的电脑故障，所以我熟门熟路，三下五除二就让系统恢复正常了。可问题解决之后，我仍然面色凝重地坐在美眉的椅子上，煞有介事地敲打着键盘，偶尔还做出深思熟虑状。我可不想这么快就离开，美

眉近在咫尺，还为我倒水拿零食，我一定要多享受一会儿。美眉不知其中玄机，站在我旁边，大气不敢出，一副紧张兮兮的样子，惹得我心里直发笑。我正在考虑该怎样拖延时间的时候，突然灵机一动，为什么不给她的电脑里装一个程序呢？这样以后就可以监控她的电脑。我假装要装杀毒软件，顺利地把监控程序装了进去。

第二天中午，我的监控程序向我报告美眉正在上网聊天。于是，我轻易地获得了她的QQ号，呵呵，美眉用的是一只可爱的狐狸头像，网名叫"聪明的狐狸"。我立刻把自己的网名改为"笨狐狸"，头像也改成狐狸，然后假装偶遇似的上去搭讪。

"'笨狐狸'能有缘结识'聪明的狐狸'小姐吗？"我发出交友请求。

很快，美眉回给我一个微笑的符号，并把我加为好友。

于是，两只"狐狸"很快便在网上聊得火热，聊到开心处，竟大有相识恨晚之感。

可想而知，由于对美眉的工作环境非常熟悉，在聊天中，我总是能投其所好地找出一些她感兴趣的话题。有时美眉在工作上遇到困难或者不开心的事，我也能恰到好处地为她排忧解难。另外，为避免露出马脚，我还经常用一些"我觉得"、"我以为"等猜测性的词语来"猜测"她的情况，还煞有介事地讲出自己的推测过程。自

然，我的这些"猜测"都能对号入座，这使她大为惊讶，然后我就不失时机地告诉她："相信吗？这就叫做'心有灵犀一点通'！"

在网上聊天中，我了解到美眉在大学时曾有过一段刻骨铭心的初恋，可惜男孩子最终却为了前程弃她而去，于是美眉开始对爱情心灰意冷。尽管此后不乏追求者，但美眉总认为那些人过于轻浮和不可信，不过是看重她的美貌。她说如果再有机会选择的话，她希望找到一位稳重可靠、真心真意疼爱她的男子。

想不到美眉小小年纪，居然已经在爱情的时空里经历了一番沧海桑田的变化，我在同情之余，爱怜之心也油然而起，对她又多了一分喜爱。这时候的美眉已经不再单单是我倾心的对象了，倒像是一位无所不谈的知心朋友。

没想到当我不再刻意去发展我和美眉之间关系的时候，事情却突然有了进展。

一次聊天的时候，美眉突然告诉我她爱上了一个人。看到这话，我的心顿时提了上来，感觉如醉酒般沉重和迷糊。我忙问那人是谁，美眉却死活也不肯说，还逗我说："你的直觉不是挺厉害吗？你猜呀！"

我一急，差点就在电脑上写道："是不是我这只'笨狐狸'呀？我可是

·我的故事·

暗恋你很久了呢！"可害怕被拒绝的心理又一次让我欲言又止。我担心自己万一不是她的意中人，岂不是弄得很难堪？今后连朋友也没得做了。尽管我平时在网上和她无所不谈、嘻嘻哈哈的，但本质上我是一个非常谨慎的人，也非常要面子，没有把握的事，我是不会去做的。

我胡乱猜了几种类型的男人，都被她一一否决了。我能够感觉到她的回答和我的猜测同样心不在焉。在一阵拉锯战之后，她终于告诉我，她爱上了一个同事，那个同事是她们公司技术部门的，她感觉他很稳重，也很

有风度。她还说那个同事经常帮助她解决一些电脑方面的难题，她和他很谈得来，也觉察到他对她有好感，但不敢确定是否代表喜欢，因为那个男同事从没有主动约请过她或者表示过什么，他俩之间更像是好朋友的关系。

我长长地舒了一口气，美眉说的那个"同事"不就是我吗？那一刻，我心里就像是夏日里喝了一杯甘泉水一样，舒坦无比，我感觉自己幸福得快要晕倒了。我真想立刻在电脑上向她表白，可又觉得自己这点诡计还是慢慢再告诉她比较稳妥一点。

第二天下午，我冒着被老板扣薪水的危险提前下班，风风火火地到花店买了一大把红玫瑰，又风风火火地跑回公司，把花递到美眉面前。

同事们都被我的举动惊呆了，不知道一向矜持的我怎么有这么大的魄力，更不相信这位"冷美眉"会当众接受我，只有我是一副虔诚又胸有成竹的样子。美眉看到玫瑰花，脸上立刻呈现出一道绚丽的彩霞，她小心地接过玫瑰，嗔怪道："干吗这么浪费啊。"

在同事们诧异和羡慕的目光中，我和美眉一起走出了公司。

晚上，我带美眉去看电影，她靠在我肩膀上，羞涩地问："我要是不让你主动一点，你还要等到什么时候才向我表白呢？"

10 女人是用耳朵恋爱的，而男人却是用眼睛来恋爱。——王尔德

剥洋葱 （文: 小 霆; 图: 枫 叶）

1. 妻子想给懒惰的丈夫一点教训，于是对他说："你帮我剥几个洋葱吧。"

2. 丈夫觉得这事儿简单，满口答应了，可刚动手就发现上当了，洋葱的汁弄得他鼻涕眼泪一起流。

3. 母亲看到儿子被这样捉弄，就走到他身边，悄悄地说："你在水里剥就没事了。"

4. 一会儿，儿子对母亲说："这方法可真不赖啊！不过美中不足的是，我需要经常浮出水面来换气，好累人喔"

"什么？"我愣住了，"你什么时候让我主动一点了？"

"嘻嘻，别装了，你不就是那只傻得掉渣的'笨狐狸'吗？我开始还真不知道是你，后来发现你的QQ上面的IP地址是咱公司的，难怪你对我的心事总是猜得那么准！"

我心里一惊，明白了，我真是自作聪明啊，我电脑上面的QQ是老版本，而我给她重装系统时，装的是能显示对方IP地址的新版本，这就难怪她能通过我的IP地址猜出"笨狐狸"就是我了。那么，她希望那个"同事"

能更主动一点，岂不就是暗示我要主动出击？呵呵，看来我把美眉想得太简单了，其实，美眉的鬼点子还不少呢。一激动，我差点把自己监控她电脑的经过也说了出来，可话到嘴边又忍住了。哼，让美眉暗自得意吧，我哪里是"傻得掉渣的'笨狐狸'"，我比她还鬼呢。

哦，对了，我不该再叫她"美眉"了，这是对小女生的泛称，现在应该改口称"女朋友"才对。

（本篇月月评短信代码：0601，详情请见P19）（题图、插图：安玉民）

我的女友是 "新人类"

□ 陶柏军

我 追小丽已经半年多了，但一直没有实质性的进展。小丽是个时尚的女孩，不仅穿着打扮很有个性，举止言行也一直特立独行，就连考虑问题的思路也常常出人意料。因此，大伙都称她为"新人类"。小丽挺喜欢大家这么叫她的，她说这代表着"前卫"。

对于我的追求，小丽既不答应也不拒绝，同时，她和公司里其他几个男同事也保持着若即若离的关系，我知道，又是她的"新人类"做派在作怪。我心里总有点酸酸的，但也没办法，谁叫我喜欢她呢？

不过，最近事情有了转机。

也许女孩子年龄大了，对爱情总是会慎重考虑的，这段时间，小丽和我之间的关系越来越密切。我心里暗自得意起来，还对其他哥们吹牛说："我早说过，再时尚、再另类的女孩，她也得嫁人吧。"

一天晚上，我和小丽去看一部凄美动人的爱情片，从电影院出来，两个人都还很动情地沉浸在刚才的情节里。我把她送到家门口，告别的时候，小丽突然抬起头来对我说："弄套房子吧，用不着太大，七八十平米就行，做婚房足够了。"听了这话，我简直不敢相信自己的耳朵。以前我总是兜着圈子向她暗示，可一提到结婚，她就特别敏感，或者避而不谈，或者敷衍说现在这样不是挺好的嘛。后来我对此感到沮丧了，不再提了，没想到她居然主动提出来了。高兴之余，我也没忘了在心里嘲笑小丽的所谓"新人类"理论，女孩嘛，总是希望有稳定的生活和疼爱她的人。

可冷静下来，我又开始犯愁了。像我这样的小职员上哪儿弄这么一套房子呢？我比其他追小丽的哥们长得帅，人也多才多艺，可论到经济基础，大家都是纯粹的无产阶级，就现在这房价，我连首付都付不起。不过小丽有这样的要求，我心里还是挺踏实的，毕竟她的思路回归了传统。

我开始更加拼命地工作，节省开支，不过存下的钱离买房子还是差得太远太远。就在我焦急万分的时候，好运居然从天而降。一天早晨，当企业家的表哥大壮把我叫到他刚刚装修好的100余平米的新宅，认真地说："老弟，我把公司转让了，现在准备去南方发展。这套房子我也不想卖了，就给你住吧，我到这里出差的时候你可要让我借住呀。"听完表哥的话，我惊得张着嘴巴说不出话来。表哥拍拍我的肩膀，塞给我一串钥匙，说还有急事要办，就匆匆地走了。

表哥走后，我独自一个人坐在沙发上，看看四周又掐掐自己的大腿，确信自己不是在做梦。我拿着那串钥匙挨个房间试了试，确信没有问题，才兴奋地跳到电话边，给小丽打电话。也许是虚荣心在作祟，鬼使神差地，我竟然说："我买了套房子，你来看看。"小丽火速赶来，一见新居，高兴得乱蹦乱跳，涨红了脸问我"你哪来的钱买房子？"我故弄玄虚地咳嗽了两下，其实是在编词儿，然后就给她编起故事来："你知道鑫淼集团吧？那个总经理叫何大壮，其实这个企业是我俩搞的，他负责经营，但股份是我们俩一人一半的。"没想到我编的这番漏洞百出的鬼话居然没有引起小丽的怀疑，确切地说，她似乎并不在意我的钱是哪里来的，刚才这么问，只是因为太惊喜了。她靠在我怀里嗲嗲地说："今晚我就住这里了，咱俩去买床吧。"我高兴得不知所措，小丽这种"新人类"的做派，我是大大欢迎、来者不拒的。买房子我没钱，但买床的钱我还是有的。

两个月后，我俩开始筹备结婚。我打电话给民政部门的一个朋友，向他咨询结婚登记的事情。朋友说："现在程序简单了，下周一带着户口簿和身份证来吧。"

然而，天有不测风云，厄运和好运来得一样突然。星期六的早晨，检察院的一帮人查封了我的住宅。到这时候我才知道，表哥根本不是去南方发展了，而是带着从银行骗来的1000多万元贷款逃跑了。走的时候，他不想造成人去楼空的局面，才请我到这里来住，免得人家怀疑。我说他怎么能那么慷慨，把价值几十万的房子白白送给我住。当初我替表哥想了很多理由，可就没想到他会犯了事。

当天晚上，电视新闻里报道了表哥房子被查封的事情，我也被拍到了镜头里。正所谓坏事传千里，我想下周一上班，周围的人肯定都知道了。

星期一早晨，我耷拉着脑袋来到公司。果然，同事们都用怪怪的眼神看着我。舆论压力我倒是不怕，又不是我犯了事儿，我最担心的还是小丽的看法。不管怎么说，我欺骗了她呀，况且，房子也没了，结婚恐怕是不可能了。

没想到的是，小丽一见我，就大大方方地对我说："我已经和领导请好假了，咱们走吧。"我一愣，问她："干什么去？"她把眼睛一瞪，说"登记去呀，你怎么忘了？"我低声说："出事情了，你不知道吗？"小丽说："知道呀，是你表哥犯事，又不是你。"我怯怯地问："房子被没收了，你还愿意和我登记？"小丽轻描淡写地说："那当然，嫁给你，又不是嫁给你的房子。"小丽这番话，让我又惊又喜，那一刻，我觉得她哪里是什么"新人类"，完全就是个善良宽容的传统女性。

虽然我有些不相信自己的耳朵，但还是不失时机地拉起她的手，直奔民政局。现在的结婚手续果然简单，当天上午，我们就领了结婚证。

回到我先前住的那间又小又破的房子，我问小丽："我现在什么都没有了，你怎么还会嫁给我呢？"

小丽笑着对我说："你怎么还瞒着我呀，想考验我？可现在我们都是夫妻了，我的表现你也看见了，还有什么不能对我说的呢？我猜想啊，那个何大壮逃跑肯定和你有关，你们不是一人一半股份吗？是不是你把他杀啦，把责任统统推到他身上，然后留下了从银行骗来的1000万元？""啊？"我瞪大了双眼，差点晕过去，结结巴巴地说，"你怎么会这么想？"

小丽小嘴一撇，说："杀就杀了，有什么了不起。我想啊，那套小房子不过是放给公安的烟雾弹，你还真有心计呢。不过，以前你防备我也是可以理解的，毕竟不是一家人，可现在证都领了，快告诉我，那1000万元你藏在什么地方了呀？"

看着小丽认真的样子，我终于明白什么是"新人类"了。小丽"新人类"的思维方式着实把我吓住了。我感觉浑身发冷，"杀了就杀了"的话真让我害怕，会不会我对她说我确实身无分文，她一生气，也把我给杀了呢？我越想越害怕，于是找了个借口让小丽先走，说有什么事情以后再谈。小丽不解地出了门，我一转身把房门关紧，赶紧给民政局的那位朋友打电话，战战兢兢地问："哥们，离婚手续怎么办啊？"

（本篇月月评短信代码：0602）

（题图：安玉民）

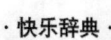

读者推荐：值得关注的流行语

◇ 荷兰一家旅行社的广告 请飞往北极度蜜月吧，当地夜长24小时。

◇ 法国一酒店广告：本店素来出售掺水10%的陈香老酒 如有不愿掺水者，请预先说明，但痛饮后醉倒与本店无关。

◇ 英国一牛奶店广告 只要你接连1200个月能每天喝一杯牛奶，你就能活到100岁。

◇ 美国一家报纸登了这样一则广告 招聘女秘书，长相像妙龄少女，思考像成年男子，处事像成熟的女工，工作起来像一头老牛。

◇ 澳大利亚一眼药水广告: 滴此眼药水后，将眼睛转动几下，可使药水遍布全球。

◇ 比利时一个儿童商店广告: 恋爱与失恋，比为8岁小孩买鞋子好对付得多。

◇ 日本某酸奶饮料广告: 甜而酸的酸奶有初恋的味道。

◇ 法国一家瓷器制造厂针对有些家庭夫妻为琐事争吵而砸碗摔碟的现象，别出心裁地在推销产品的广告上宣传 为了您家庭的和睦，使劲摔吧! 切莫因小失大。

经典图书《话说中国》出版了

　　世界品牌期刊在编好刊物的同时，几乎每年都推出能代表自己文化追求的品牌图书，以回报长期关心、支持刊物的读者。他们能做到，《故事会》为什么不能?

　　历经6年，这本大型故事体的历史百科全书《话说中国》终于和读者见面了，这不仅是《故事会》的骄傲，也是《故事会》读者的骄傲! 世界大刊美国《读者文摘》抢在其他同行之前，买下海外版权。该书的魅力究竟何在?

　　故事文本的感性冲击和知识短文的理性概括互相弥补; 文字和图片互相交融,图书、杂志、网络等全新的编辑手法超常而融洽地汇集一体，使这本大书既可以从头看起，又可以从任何一页读起。在中国，目前还没有这样一部既有价值和品位、又充满现代编辑手法、适合大众阅读的历史百科全书。

　　每一个中国人都为中国拥有5000年的文明史而感到骄傲，我们深信，读过历史的人和没有读过历史的人是不一样的。可喜的是这本书创造了一个让中国大众尤其是青年学生轻松愉快地走进历史文化大门的机会。

外国悬念故事

该书汇集的是《故事会》"外国文学故事鉴赏"专栏中的35则精品，其中包括美、英、法、意、俄、日等国的当代有影响的作家的作品，尤以美、日居多，按内容分为"机智过人、如此情爱、自食其果、历尽惊险、光怪陆离、荒唐滑稽"等六类。

历险故事

36则历险故事场面刺激，气氛紧张，情节惊心动魄，人物性格鲜明，叙述过程常常给人以身临其境的感觉。作品通过对主人公聪明才智的展示和坚韧不拔精神的刻划，形象地展现了历险故事特有的魅力。

荒诞故事

50余则故事用啼笑皆非的荒诞手法来鞭挞生活中的假恶丑，用荒诞不经的人物形象来呼唤人世间的真善美，在荒诞的外衣下，包藏着极为深刻的社会内容，长久以来一直活跃在人们中间，口耳相传，历久不衰。

诙谐故事

本书汇集外国诙谐故事精品100则，按内容分为"莫名其妙、洋相百出、针锋相对、随机应变、难言之隐、弄巧成拙、井底之蛙、强词夺理"等八大类，每大类前均有短小幽默引言，从不同角度折射社会面貌。

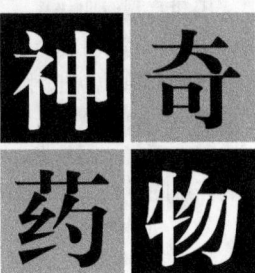

神奇药物

□刘 留

田甜是个柔弱的小姑娘，虽然已经上初中了，可看上去还像个小学生似的。她胆子特别小，邻居家那些比她高大的男孩子总是要戏弄她，用毛毛虫之类的东西来吓唬她，每次她都只会哭，一点办法都没有。

在整条街道上，田甜的好朋友就只有一位老爷爷，人家都叫他大脑袋王教授，田甜最喜欢到王爷爷的实验室去玩。这天，田甜又到王爷爷家去，看到他正在专心致志地埋头做着实验，不一会儿，就听到他高兴地嘟哝道："啊！终于完成了。我要再检验一下，看它的效果如何。"

王教授随手抱起脚边的一只猫，往墙角的狗笼走去。笼子里强悍凶猛的狗一见着猫就狂吠起来，那只猫吓得浑身颤抖，拼命想要挣脱着。

田甜在边上看着，觉得那只猫就像自己一样可怜，可王教授只想着他的实验，他把刚刚制成的药涂抹在那只猫的头部，然后把它塞进了狗笼里。

奇迹发生了，那只凶猛的狗不但没有像田甜害怕的那样，扑上去把猫给撕得粉碎，反而温顺极了，目光柔柔地看着小猫，一副驯服的样子。

王教授心满意足地点了点他那硕

大的脑袋，高兴地说："这下好了，我完全成功了！"

田甜真是佩服极了，高兴地跳起来，叫道："这药可真的了不起！居然能够这么简单地就把对方给吓住了，再柔弱也不会被欺负了。"

就在田甜两眼放光、极为羡慕地看着药瓶的时候，王教授突然想起了有件重要的事情要办，于是对田甜说："我要出去一下，你先在这里玩，等我回来还有更有趣的实验要做给你看呢。"

田甜心不在焉地点点头，等王教授刚把门关上，她一下子跳起来，她要趁王教授不在，试试这神奇药物。

田甜心里真开心啊，受了这么长时间的欺负，现在她要翻身了，她一把抓起放在桌上的瓶子，就往头上涂起来。可涂了以后，她觉得有点失望，因为她并没有觉得自己变得强壮了，又看了看镜子，真的一点变化也没有。不过刚才她可是亲眼看到那只凶猛的狗那么听话，而且她闻到药瓶里面有着一股非常清香的味儿，好闻极了。她想，大概就是这种气味把对方给吓住的吧？

于是，田甜便出门上街，她已经好久没有在街上这么悠闲地走了，平时她怕碰上麻烦，总是低着头一溜烟地往家里奔。正巧，她看到平时总爱欺负她的小明正在路边玩足球，于是鼓足勇气走上去说："喂，你以前老是

欺负我的吧？"

小明听到她的声音一转身，非常吃惊地看着她，但马上就显得害怕极了，脸色苍白，颤抖着说道："以前是我不好，我向你道歉，以后我再也不会这样了。"

成功了！田甜高兴极了，连平时总是称王称霸的伙伴，现在都一反常态变得这么老实，其他男孩子肯定都不敢了。有了神奇药物壮胆，田甜可不肯轻易罢休，又说："我凭什么相信你，下次你如果再犯怎么样？"

"对不起，以后我再也不会了，你放过我吧！"

那男孩似乎真的很害怕，眼泪都要出来了，看田甜没说什么，掉转头飞快地逃走了。田甜这下心里甭提有多快活了。

她一边唱着歌，一边兜马路，连小弄堂也不放过，一旦瞧见原来欺负过自己的孩子，就凶巴巴地大声喊："过来，你们平时不就喜欢欺负我吗？怎么现在不来了！"

"我……我已经不再欺负人了，就饶了我吧！"

"我也不会再欺负你了！"

孩子们个个都认错，有的还吓得掉头就跑，就连大人里面，也有许多人小心让道的。

田甜痛快极了，看天色不早了，就高高兴兴地回到家里。

正当她刚刚跨进门槛，回过头伸

"掌上灵通杯"《故事会》优秀作品月月评

《故事会》与上海掌上灵通咨询有限公司联合举办"掌上灵通杯"《故事会》优秀作品月月评活动，全年共设价值48万元的奖金和奖品。参加方式如下：

1. 请选出本期你最喜欢的一篇作品，将其篇尾的月月评短信代码（如0501，没有短信代码的作品不参加评选）发送到200056（中国移动）或900056（中国联通）。每次限选一篇，可多次投票。

篇名与短信代码

代码	篇名	代码	篇名	代码	篇名
0601	这个美眉不太冷	0610	妹子你好"刁钻"	0619	不重名
0602	我的女友是"新人类"	0611	对症下药	0620	虫棒虎鸡
0603	神奇药物	0612	伸缩小人	0621	七色鹦鹉
0604	花样翻"旧"	0613	神偷	0622	老式的爱情
0605	山里有黄金	0614	变脸	0623	北纬三十度
0606	引爹入室	0615	防不胜防	0624	猛鬼电话
0607	玩一回灵感	0616	作弊的噩梦	0625	门神
0608	非常跟踪	0617	声色陷阱		
0609	买辆摩托等你偷	0618	旧病复发		

2. 凡选中故事在得票数前三名的读者均可参加抽奖。本期共设：一等奖3名，奖金各500元；二等奖10名，奖金各300元；三等奖20名，奖金各100元；阅读奖500名，各获价值15元的纪念品一份。所有参与读者将另获赠精彩梦网信息服务。

3. 本期活动截止期为：2004年3月20日。得奖读者在评选结果揭晓后将得到短信通知。客户服务电话：021-53854588。

手想关门时，突然大吃了一惊，只见许许多多的狗一只接一只地跟在后面。她吓得尖叫起来。

听到尖叫，王教授马上从隔壁实验室里走了出来，看见面前的情景不禁一愣，随即哈哈大笑起来。

"田甜，你偷用了我的神奇药水吧？"

田甜这会儿可不敢说假话，赶紧点了点头，把她用药吓唬小伙伴的事都说了出来。

王教授笑着说："这药并不是用来吓唬对手的，它只是靠着一种特殊的气味产生镇静的作用，狗闻了这个味道就会跟在你后面，非常驯服。所以，那些孩子怕的不是你，是你身后的狗。"

田甜笑了，打那天以后，没有人再敢来欺负田甜了。

（本篇月月评短信代码：0603）

（题图：安玉民）

花样翻"旧"

□ 马　强

老余的洗车手艺在县城里可谓首屈一指，不仅动作麻利，活也相当漂亮，全县的司机们有句口禅，说是"小姨子的屁股，情人的手，老余洗车贼滑溜"。

这天早上，下了好几天的雨终于停了，老余刚把店门打开，就来了桩生意。一个小伙子推着一辆进口越野摩托，摘下头盔就说："嗨，老板，能不能给我这车整个'花脸'？"老余一听犯了晕，从来都是将花脸车洗成白脸车，哪有颠倒过来的事，敢情今儿开门就遇上个神经病？看着老余异样的眼神，小伙子笑着说："是这么回事儿，我们要拍部警匪电影，今天刚好有段刑警进山抓毒贩的戏，你说这车上要是不溅点黄泥浆什么的，是不是也太假了点？"小伙子怕老余拒绝，又说："您洗车手艺好，啥样的花脸车没见过，这活儿还非得您来干。"

老余觉得小伙子的话也在理，于是从花盆里挖了些土，用水管一冲，和了一大盆黏糊糊的泥浆，便朝车上甩了起来。边甩老余心里边笑：嘿！洗了几十年车，今天这事还真是大姑娘上轿头一回。

刚甩了几刷子，一辆墨绿色的丰田小轿车开了过来，老余连忙放下手里的刷子，过去招呼道："老板，洗车啊？"谁知司机探出头说："把我这车也像他那样搞，整个花脸出来。"老余简直不敢相信自己的耳朵，今儿早上这是咋了，没人洗车，都净喜欢整花脸？司机又喊："喂！快点，急着呢。"老余想着上门的生意也没有不做的道理，可能又是要拍什么戏吧。

老余不愧是老江湖，不但洗车干得漂亮，整花脸这活也做得地道，刷子几甩，抹布几抹，仿佛画家在搞泼墨大写意，立马整得跟真的似的。

越野摩托和丰田车开走以后，老余捏着人民币，越想越乐：整花脸这生意还真不赖，既挣钱，又省水，一天来上十个八个才好哩！

要说也怪，老余今天的生意还真出奇的好，虽然再没有整花脸车的，但洗车的却是接二连三，一直忙到下午，老余才记起来该给住院的老伴送饭了。

刚到医院门口，老余忽然看见早上那个整花脸摩托车的小伙子，他将那辆"溅"满泥浆的摩托停好后，过来搀了一个老头，朝住院部走去。上台阶的时候，老余在后边听见老头说："小林，那事到底办了没有？你咋跑得这么快？""爸，您甭整天操心，放心住院吧，事情我都办好了。我那是进口摩托车，您瞧，跑得太快了，溅

得到处都是泥浆。"

老余总算整明白了：小伙子整花脸车，不是拍什么电影，敢情是糊弄老爷子什么事来着。

过了一会儿，老余正在病房给老伴削苹果，护士领着那老头和小伙子走进对面病房。老余看了一眼小伙子，小伙子显得很不自然，对老头说："爸，您好好躺着，我回家再取点东西。"说着，走了出去。

小伙子一走，老余就跑过去和老头搭上了话："老哥，您儿子上哪去呢？咋把车溅了那么多泥浆？回头上我的洗车店去洗洗。"老头说："我让他跑了趟铜羊岭，山里的路就那样。"老余一下来了好奇心，又故意问："啥事那么急？等路面干了再去嘛！"听老余这么一问，老头叹了口气说："等路面干了可不成……"

原来，老头是铜羊岭小学的校长，干了几十年山区教育工作。最近他胃疼得厉害，不得已才回到城里。走前，他忘了将一间空教室的钥匙留下，那里面放着山里娃娃们采挖的许多中药材。学校很破，几天来大雨下个不停，他担心空教室漏雨，把那些晒干的药材淋湿了，所以才急着让儿子骑摩托车去送钥匙。

老头边说边叹气："唉！山里娃娃上学不容易啊……"

老余听着听着，眉头也皱了起来，心里直骂那小伙子：真是个浑小

子！不想去就不去嘛，还整个花脸车糊弄人。

这时，小伙子提着一大包东西进来了，老余一见他那样就来气，便帮老头打开了电视，提着饭盒上楼道洗刷去了。

洗完饭盒回来，刚走到病房门口，却听见老头大骂小伙子："你这混小子，去不了就不去，给我说一声就成，干吗哄我说钥匙送去了？"

老余感到好奇，扒在窗缝上一看，原来电视上正在直播新闻，屏幕上，一座被冲毁的大桥边，许多人都在泥地里肩挑手推地忙碌着。紧接着，出现了一名女记者，手拿话筒说："各位观众，连日来大雨冲毁了通往

铜羊岭的观音河大桥，给山区经济造成了巨大损失。"

说到这里，画面一转，只见县委王书记穿了一件抗洪抢险专用的军用雨衣，站在一辆满是泥浆的丰田车前，画外音说道："县委王书记高度重视此次抗洪救灾工作，亲临现场指挥，带领大家日夜奋战，争取把灾情降到最低点……"

忽然，老余明白了，王书记根本就没去过抗洪现场，电视上的镜头肯定是拼起来的，因为他看清楚了：王书记坐的那辆车，正是早上被自己整成花脸的墨绿色丰田。

（本篇月月评短信代码：0604）

（题图：张 恢）

· 本刊信息传真 ·

2003年《故事会》优秀作品大奖赛评选揭晓

经评委会讨论、投票，2003年《故事会》优秀作品已产生，现公布如下：

中篇故事：一等奖：《高原守护神》（刘春山、张喻翔），奖金4000元；二等奖：《模仿天才》（李滋民）、《山里的吊脚楼》（许申高），奖金各2000元；三等奖：《江南重案》（傅昌尧）、《失踪的县长》（刘金涛）、《都是电脑惹的祸》（李滋民）。奖金各1000元。

短篇故事：一等奖：《秘密押解》（范大宇），奖金2000元；二等奖：《倩倩的果篮》（徐洋）、《墙上有个洞》（吴天）、《一个都不许死》（天夫）、《你的软肋在那里》（吴相阳），奖金各1200元；三等奖：《石破天惊的邮包》（杨小海）、《给乡长一巴掌》（叶林生）、《最后的相约》（赵欣）、《网吧里的中年女人》（刘建良）、《不是冤家不聚头》（孙剑文）、《遭遇陷阱》（王松波）、《孩子他爸》（芦宏伟）、《绝杀》（安昌河）、《街头歌手》（芦宏伟）。奖金各800元。

超短篇故事：一等奖：《神手卖鼠皮》（王道庄）、《资深时代》（张东兴），奖金各800元；二等奖：《真是急死人》（芦宏伟）、《艺术马桶》（吴雄强）、《灵魂的重量》（于文君）、《金屋藏娇》（胡立秋）、《慰问金》（晨雨）、《聪明的狗》（龙红岸）、《市长开车》（段海斌）、《最恶毒的》（邓耀华）。奖金各500元。

百姓话题：一等奖：《咱老百姓一身正气》（尹全生）奖金800元；二等奖：《媳妇的温柔陷阱》（许申高）、《楼上的脚步声叩击一颗绝望的心》（崔新三）、《张老汉护犊》（李清林）、《我欠乞丐一块钱》（芦宏伟）、《上司作难啥事都难》（尧荣刚）、《出门在外风雨中我和你相依为伴》（张长公）、《一个实心实肠的石秤砣》（张国心）、《一张半身照片》（于东、范大宇）。奖金各500元。

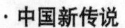

山里有黄金

□ 白驰

钱三做生意攒了上百万，想投资办企业，可四处打探，也没找着合适的项目，急得猴跳。

这天，钱三在一家小酒馆里吃饭，见邻桌有一高一矮两胖子，正聊着投资的事儿，巧的是那高个胖子左脸和自己一样，有一道一指多长的刀疤，钱三便多留了点意。一会儿，钱三注意到那刀疤脸扭头看看四周，凑到矮胖子耳边，压低声音说："老弟，我给你支个发大财的招，金山县银山乡铜山村那儿出铜矿，当地人真是傻蛋，不晓得好多矿石里面都含金子。有个叫什么熊二虎的开的矿，地上的废石渣我捡去一化验，呵，含金量高

得很！唉，可惜兄弟我本钱不够，要是有个百把万砸进去，早发得走不动路了！"

矮胖子听得两眼探照灯似的发亮，问："开矿这事儿挺难弄吧？"刀疤脸一拍大腿："简单！当地人开矿个个在行，又老实本分，虽然有人见钱眼红出来敲竹杠，可只要你在当地人中找个厉害的做靠山，给他一点小股份，什么事都会帮你摆平，你只管躺着点票子就行了！不瞒老弟，我正想法子凑钱，准备把熊二虎那个矿口盘下来……"两人说话声音越来越小，渐渐听不清楚了。

钱三看着那两个人眼睛放光的样

子，心里也痒痒的。发财靠果断，他决定立即去考察。

两天后的傍晚，钱三风尘仆仆赶到银山乡。一下车，路旁停放的一辆三轮车上走下一个黑脸汉子，傻笑着凑上来，盯着钱三边打量边问："老板去哪？""去铜山村，多少钱？"黑脸汉子不情愿地说："那地方路难走得很！"钱三看出他是想多收点钱，于是笑着说："兄弟，你平时收多少钱，我给你加倍，可以了吧？"黑脸汉子这才有了好脸色。

到了铜山村，钱三下车后要付车费，黑脸汉子又试探着问："你到这儿，是来投亲的？"钱三眼珠一转说是来山里拍风景的。汉子说："那晚上你住哪？这儿小穷村可没有旅馆酒店哟。若不嫌弃就到我家将就住下，钱不会多收你的！"钱三一望着四周黑沉沉的大山，想想也没有别的办法，只好让黑脸汉子多赚一点了。

钱三让黑脸汉子晚上弄点好吃的，钱算在住宿费里，汉子一听乐了，让老婆杀鸡宰鹅，想想还不合算，又把三个弟兄叫来一起陪客。钱三起初有点不开心，可吃饭的时候一聊，乐了，他真没想到自己运气这么好。原来，这黑脸汉子竟是刀疤脸说的那个熊二虎，其余三人分别是三虎、四虎、五虎，只缺出门在外的熊大虎。钱三心里暗想，这几个人那么爱贪小便

宜，应该不难对付。不过他也暗暗提醒自己，人心难测，投资开矿是大事，一定要谨慎。

第二天早上，钱三晃一晃手中那个没装胶卷的照相机，对二虎说要上山去拍风景，独自打听情况去了。接下来的几天，他一直假装在山上拍照，把这一带开矿的情况摸得一清二楚。钱三暗下决心，决定开矿，至于要找的本地"靠山"，最合适的人选就是村里无人不知、个个都怕的熊家"五虎"，剩下的问题就是选定矿口。

这里的村民对开矿很有经验，他们根据地表的一种"铜矿草"和风化的矿化带，就能判断哪里地下有矿，只是矿藏有深有浅，品位有高有低，矿量有多有少，发财亏本全凭运气。很多地方别人已经取得开采权，想开个新井口不容易。钱三暗地里打听到二虎那个井口位置，这天悄悄抓回一小塑料袋石渣，藏在床底下，第二天偷偷送去乡化验室一化验，含金量居然相当高。钱三按捺不住狂喜，他知道很多人开了铜矿一看没铜就废弃了，其实里面有肉眼看不见的金子。回来的路上，他边走边做着发财梦，一不留神踩进了田沟里，崴了脚，只好忍着钻心的疼痛跛进村医疗室。

医疗室里，一个衣衫破旧的干瘦小老头正同医生在磨嘴皮。原来这个小老头发高烧，因为欠医生不少钱，那医生横眉竖眼死活不给他打针。钱

24 根据美好的推理所得的结论，常常是会欺骗人的。——俗语

三脚痛得受不了，又觉得老头可怜，看不过去，便掏出一张百元票子递给医生，医生才嘟哝着给老头打针。等钱三治完脚伤准备出门的时候，老头叫住钱三，问："敢问恩人尊姓大名，明儿我去哪还你钱呀？"钱三连连摆手，说："不用还，不用还！我叫钱三……"老头子一听，愣住了，追问道："你就是住在二虎家的那个钱三？"钱三"嗯"了一声出门走了。

晚上，钱三和二虎摊牌说，想投资开矿。二虎惊得一跳三尺高："不行，绝对不行！这开矿要投资许多钱的，还要担风险，我劝你还是摄你的'影'……"二虎老婆头摇得像拨浪鼓"使不得，万万使不得！我家二虎去年开了一个矿口，一两铜屎没看

到，把家里的钱全打了水漂，矿口呢，到现在还瘫在那里……"两个人你一言我一语，口干舌燥劝了大半夜，也劝不住，二虎无可奈何："那明儿我带你去山上跑跑，看能不能找到矿口。""甭跑了，就定在嫂子刚才说的你那个老矿口吧。"二虎一脸为难，欲言又止。

钱三赶紧把话挑明："我知道你和你弟兄合伙开了二十多米，按照每米三百元开采价格，共六千元，我付给你们一万元。至于你的股份，按规矩是占二成，我给你三成，行不？"二虎推辞半天，只得答应了，然后很内行地建议说："明天准备准备，造造声势，订好合同，后天正好是吉日，把工开起来，然后你去把发电机、空压

机、卷扬机等设备买回来。"

事情办得很顺利。第三天，钱三一大早就跟二虎和几个采矿的来到半山腰井口。放过炮仗，祭过山神，二虎领头钻进斜井，猛然见到一个黑乎乎的身影坐在井口地面上，一动不动像佛一般，吓得二虎朝后一跳："谁？！"

"我，黄跛子。"里面传来苍老浑浊的声音。

"哎呀，原来是您老人家呦！"二虎不知来头，赔着笑脸凑上去说："请您出去坐坐，中午去我家喝杯开工酒……"

"别过来！"不料老头"呼啦"一下拉开褂子，厉声喝道，"看看，我这身上捆的炸药可是吃素的？不把事儿说好，甭想开工！"说完，还"啪啪"按了几下打火机，吓得二虎连退几步。

钱三定睛一看，原来这黄跛子正是前天晚上在医疗室里碰到的那个老头子，暗自庆幸那天帮助了他，心想说不定老头会卖他一个人情，就满脸堆笑地说："老人家，我是那个搞摄影的，叫钱三……"

"去，去，去！我管你是'摄影'的还是'摄魂'的，关我屁事！"黄跛子怒气冲冲嚷起来，"熊二虎，你这矿一开，石渣子毁了我下面的茶园，让我这个孤老头子还靠什么活？"

二虎一听，气得一跳，头撞得井顶"咚"地一响，痛得他直咧嘴，争辩道："去年不是说好了，用我对面的茶地跟你换嘛！""屁话，咱俩订了合同吗？拿出来看看！"黄跛子明摆着是要赖账，钱三想想说："不行的话，我们把石渣拉到山下去。"黄跛子脖子一硬："哼，想得美！你们开矿的炸药水流进我的茶地，一污染，我那茶叶卖给鬼去？"

这不是胡搅蛮缠嘛！二虎瞪着灯笼眼，提着拳头直喘气。钱三也急得抓头挠腮，问黄跛子："那您说怎么办？""买断，一次性买断！十万元，少一个子儿免谈！什么时候交钱，什么时候开工！"

黄跛子瞟了二虎一眼，接着说："哪个龟儿子敢硬来，老子跟他同归于尽！"

钱三傻了眼，没料到这黄跛子如此忘恩负义，狮子大开口，巴掌大一块茶园，竟要敲一大笔！可看他那样子也不像说着玩的，赶紧拉二虎到一旁商量。

一支烟工夫，钱三气得青着个脸进来了，说："就按您说的办。不过，我这次出门没带这么多钱，明天一早得赶回去取钱，回来后，我们交钱开工，您可要说话算数！"

"绝不食言！"

第二天一早，下了一夜的雨停了，二虎亲自开着三轮把钱三送到乡车站，一直等到客车开动了，才恋恋不舍地挥手告别。钱三到县城车站下车后正准备转车，忽然看见那个刁蛮的黄跛子，浑身落汤鸡似的，沾满黄泥，笑嘻嘻地朝自己走来！钱三一头雾水：这黄跛子昨天傍晚还守在二虎矿井里，自己刚才搭的是银山到县城的第一班车，黄跛子不在车上，莫非他是飞来的？

"哈哈，钱老板，老头子是昨晚翻山抄小路赶来的，走了80多里呢，"黄跛子似乎看出了钱三的心思，挺开心地说，"你还在气我这个老头子恩将仇报吧？可要不是我这个老头子，你恐怕倾家荡产还蒙在鼓里呢！"

钱三大惊："怎么回事？"

黄老头把钱三拉到一个没人的地方，说出了一个秘密……

原来，二虎在马岭开的那个矿口根本没有矿！他真正要开采的矿口在马岭山的南边，但山高路险，矿石全凭人力挑运，运费高得怕人，不划算。二虎弟兄几个想从马岭北边打口斜井，打通马岭山，再用机器把南边的矿石运过来，可费用大概要百万元左右，他们没钱，就计划骗人来投资，等你掏空腰包光屁股一走，他们可就要暴发了！

钱三听得脑袋"嗡嗡"直响，仍将信将疑："可我化验过那矿石，确实含金啊！"黄跛子哈哈大笑："你捡回去的矿石，事先被他偷偷加了金粉，

不含金才怪呢！你好好拍你的风景，咋想到要开矿呢？"

钱三老实地说出那天酒店里发生的事儿，黄跛子皱皱眉，问："那人左脸上是不是有条刀疤？"钱三又一惊："您怎么会知道？"黄跛子一跺脚，骂道："这家伙就是熊大虎！他们家就数他最会出鬼点子！"

钱三张大嘴巴，一身冷汗，这才明白自己一开始就钻进了熊大虎的圈套，难怪那天一下车就遇到熊二虎，这小子还假装想赚钱让自己放松警惕，自己却硬是没看出来，真是被发财梦冲昏了头。

"您怎么不早告诉我呢？"钱三嘘了口气，不解地问。

"我也是前几天无意中听二虎和他老婆在嘀咕。再说，我要是早早给你点破，二虎不敲你几万块，会放你走？他能让你白吃、白住，为你白忙乎？他弟兄几个又把你盯得死紧，我得想法子逼你走，还不能让他们怀疑，所以就演了昨天那场戏。我怕二虎今早送你上车，只好赶到这里截住你……"黄跛子说完从贴胸口袋摸出一张百元票子，硬塞进呆若木鸡的钱三手里，说"这是还你的钱，钱老板，你是个好心人，山里人怎么能害你啊！"

（本篇月月评短信代码：0605）

（**题图、插图**：张　恢）

引爹入室

□ 吴相阳

华容局长一整天都坐立不安，为啥？他接到了乡下老爹打来的电话，老爹在电话里气哼哼地说明天要到城里来，让华容把自己那些个破事做个了断，不然非拧烂他的耳朵，然后在单位里大闹一场不可。

华局长闹不清是谁把他养小蜜的事讲给了住在两百公里外的乡下老爹听。华局长打小就怕他爹，长大当了官，在外头净骂别人，一回家就蔫了，用他媳妇的话说，就是小时候被骂得落下了毛病。他爹偏又是个爱管闲事的倔老头，有一副火爆爆的牛脾气，眼睛里容不下一粒沙子。华局长愁啊，他爹要是真的到城里闹腾起来，把他的事抖出来，那可如何是好？

华局长思来想去，决定以出差为名，唱一出空城计。眼下正是农忙时节，老家伙在城里肯定熬不了几天就得打道回府，等他气消了也就没事了。可细细思量，华局长又觉得这计划不是很完美。按华老爹的脾性，见不到他，一急就要乱说话。这小蜜的事儿，不管是让单位知道了还是让老婆知道了，都难收场。最好是能想个办法堵住他的口，从此太平。华局长眉头一皱，计上心来，急忙叫来心腹秘书小许，如此这般交待了一番。

第二天天快擦黑的时候，一个瘦瘦的老头闯进了单位。小许早有准备，他笑脸迎上前，说道："华老爹吧？快请上车，我送您去吃顿便饭，安排您歇息歇息。"老头一愣，看着小许说："你是谁？"小许笑着说："华局长知道您老要来，特意让我来接待您的。"老头想了想，一脸不高兴地说："华容那小子呢？上次说的那个……"小许怕他在单位里乱说话，忙解释说："实在不凑巧，华局长今天要到省里开个紧急工作会议，他委托我来接待您。"老头似乎不买小许的账："既然是紧急公事，他走了也就罢了，不用你陪，我自己上他家等他去。"小许一听这话急了，忙说："您先跟我去吃饭，吃过饭我用车把您送到华局长家，您看成吗？"

老头听他这么说，也不客气，跟着小许出了门。吃过晚饭，小许用车把老头送到市郊一处幽静的别墅。老头疑惑地问："小伙子，你把我领到这里做什么？我要到华容家里等他！"小许忙说"华老爹，这是华局长新买的房子，也是他的新家，华夫人这两天带着您的小孙子住在娘家。这里安静宽敞，您老在乡下操劳，到这里要好好歇歇。"小许带老头参观了一下，老头看了以后不但不感激，反而狠狠地骂道："华容这贼小子，哪来这么多钱烧包，买这么大的房子又不住人。我早觉得他有问题，现在可让我给逮着了。"小许事先听华局长讲了华老爹的脾气，只好讪讪笑道："老爹，华局长买下这么大的房子，其实是想让您将来到城里住着方便，您老应该高兴才对，好了，您老早点歇息。这是一杯泡好的龙井茶，听华局长说您好这口，茶是好东西，消

食养胃，不过别喝得太多，会睡不好觉的。"小许把那杯茶递给老头，老头也不客气，"咕嘟咕嘟"喝个干净。小许说了几句客气话就退了出来。

出了大门，小许站在门口招了招手，立刻有一位妙龄女子从暗处走了出来，溜进别墅。小许钻进小车，耐心地等候。果然不出所料，十分钟以后，别墅里的灯全部熄灭了，小许终于舒了一口气。第二天早上，小许把单位的事料理好，准备去市郊的别墅看看，现在他心里有底了，他料定过了这一夜，那华老爹即便是天大的牛脾气也不好意思再提华局长的事，更不好意思在城里呆下去了。

可谁知小许刚走出大门，那老头就迎面气冲冲地奔了过来，还带着那位妙龄女子。小许吓坏了，赶紧把他拉到僻静没人的地方。老头不容小许开口，骂道："小王八蛋，你耍的哪门子把戏？想把老子拉下水，亏你想得出这样的馊主意！"小许慌了神儿，忙说："老爹，您消消气，有话小声点说，这里人多嘴杂。"老头可不顾这些，自顾自地说："哼，快把华容那小子的电话拨通，老子倒要问问，这是不是他支的鬼招儿？"小许听了更加慌张，生怕局长嫌自己办事不力，忙说"老爹，求求您，您别再追问下去了，错都是我的。我知道，华局长打小就没了娘，您一直也没再娶，又当爹又

当娘，屎一把尿一把把华局长拉扯大，多不容易！华局长每次提到这些，一个大男人常常是满眼泪花呢。"可任凭小许说得多动情，老头就是不理他的茬，追问道："我问你，你是不是在那杯茶里使了坏？"小许埋下了头，一个字都不敢分辩。

老头不依不饶，接着说"我这个乡下老头黄土快埋上头了，却要留个坏名声，还害了人家姑娘。我没脸活了，我要死给你看！"话没说完，就用头去撞小许。小许没料到会是这样的结果，他急得冷汗直冒，央求道："老爹，千错万错都是我的错，求您看在华局长的面子上，千万别想不开呀。事情都到了这地步，您说怎么办就怎么办吧？"小许说得声泪俱下，

就差没给老头跪下了。

老头无奈地说"既然是这样，你得保证：这事除了你和华容以外，不能让第三个人知道，能做到吗？"小许鸡啄米似的直点头。老头又说"另外，那姑娘既然是我老汉的人了，我得对人家负责，我想带她走，你看合适不？"

小许心想，那姑娘本不是什么正经人，多给她些钱，叫华老爹带走就是了。日后让她随便找个机会开溜不就得了。想到这，小许又点点头。

"还有，要带走这姑娘，往后的开销可不是一笔小数目，所以，得给我一笔钱。"小许忙问："多少？"老汉轻描淡写地说："先给五万。"小许一愣，没想到乡下老头也会狮子大开口，心里暗骂："真是装正经，到最后不还是要钱！"可嘴上却为难地说："五万可不是个小数字，一下子恐怕拿不出那么多。"

老头拉着女郎掉头就往局里走，小王忙答应道："五万就五万。"老头这才顺了口气，补充了一句："小伙子，我老汉这样做也是想教训教训你们这些耍歪心眼的人！"

小许有些窝火，觉得这老头挺过分，玩了女人要了钱，还要骂别人，得理似的，真是假正经！不过老头始终没提华局长养小蜜的事，自己也算是为华局长分了忧。

小许当即从单位的小金库里提取

了五万元现金，交给老汉，并送他们上了车，看着车子一溜烟开走了。做完这一切，小许赶紧给华局长打电话，一五一十汇报了情况。华局长听后虽然觉得老爹做事有些过分，但总算"以丑制丑"摆平了自己的"花事"，也就不露声色地从他和小蜜呆的另一处别墅赶过来。

谁知他的屁股在老板椅上还没坐热，华老爹就闯进了办公室。华局长见到爹，惊得张大了嘴巴，结结巴巴地说："爹，爹，你咋又回、回来了？"

"啥'又回来了'，我才刚到城里，就直奔你这儿来了。我倒要问你，这两天蹿到哪去了？"华老爹拍拍身上的灰尘，"咕咚"喝了一口放在华局长桌上的热茶，接着说，"你工作忙，可出外开会，总不能把手机传呼都关了，也总得给老婆孩子说一声，他们把电话都打到老家了，问你是不是回家为我做寿去了，你怎么能撒谎骗媳妇呢？这次我忙着赶进城里，就是想让你听我说一句乡下话：老婆孩子热炕头，掰不开的窝窝头。听完以后你也得给我个态度。"

华局长有些摸不着头脑，不过有了他爹和妙龄女郎的事情，他心里似乎有了法宝，提醒道："爹，您不是昨天就进城吗？昨晚还在我的别墅住了一宿呀，还习惯吗？"华老爹气呼呼地说："屁话，我刚刚进城，昨晚下了雪，我还在乡下大炕上享福呢。"

华局长愣住了，他知道爹是从不讲假话的，更不会装傻。他忙打电话叫小许过来一趟，小许推开门，对华老爹看都不看一眼，恭敬地问华局长："局长，您找我什么事？"局长指了指华老爹，问："昨天是你带我爹去家里休息的吧？"小许听了这话，抬头看了一眼，立刻傻了眼，可他还是抱着一线希望，战战兢兢地问："您，您就这一个爹吗？"华局长明白了：肯定是哪个对他有意见的王八蛋，昨天碰巧过来找他，小许性子急，没问清楚。那人就顺势冒充了他爹，骗财劫色。

华局长对着小许叫道："让你办这点小事，你就上了大当！快，快去报警。"小许知道自己犯了大错，转身就去报警。可华局长似乎又想起了什么，喊道："不能报警!快去看城郊别墅里丢了东西没有？"

小许慌慌张张地用车拉着华局长赶到市郊别墅，进门一看就傻眼了，别说贵重的金银首饰，就连几样能搬得动的家具都不见了踪影。这些倒都无关大碍，最叫华局长胸闷气短的是，藏在壁橱里的一大摞和小蜜鬼混的"纪念照"也全都"拜拜"了。华局长冷汗刷刷地流下来，他的这招"引爹入室"恐怕要把反贪局给引来了。

（本篇月月评短信代码：0606）

（题图、插图：王申生）

一回灵感

玩

□ 袁翼

马乡长点子多，人称"马灵感"，他喜欢新鲜刺激，又常能急中生智，化险为夷。

这天傍晚，马乡长和小情人田飘飘说好了在玉女山下幽会。要说这乡长去哪儿鬼混不好，为啥一定要到荒郊野外，这就是马乡长的灵感了。在宾馆里面开房容易被抓，像这样"打游击"是安全又刺激。

马乡长出了乡政府，被养猪场的李老汉堵了个正着。李老汉还是说他的猪被偷了的事儿，小偷连续得手，派出所却一直破不了案，李老汉就来找马乡长了。马乡长这会哪有工夫和他瞎掺和，三言两语把他打发了。

到了玉女山下，田飘飘已经在那儿等他了，还带了条红毛毯。两人寻块茂密的树丛，钻了进去。

半夜里，马乡长惊醒过来，知道再不回家，老婆又要闹翻天了。他推开怀里睡得正香的田飘飘，钻出毛毯准备穿衣服，他往四周一看，惊出了一身冷汗。草地上空空一片，两个人的衣服不翼而飞，放在衣服上的手机也无影无踪！马乡长吓得眼珠都不转了，寻思着：这要是小偷干的，破财消灾罢了；可要是对头干的，说不定已经回去喊人来抓现行了。马乡长知道，此地不可久留，但光着屁股往回跑，被人撞见，岂不笑掉全乡人的大

行一件好事，心中泰然；行一件歹事，衾影抱愧。 ——神涵光

牙！要说怎么叫"马灵感"呢，他忽然瞥见裹在田飘飘身上的毛毯，脑子一激灵，有了主意。

只见马乡长马步弓腰，背起身材娇小的田飘飘，田飘飘抱紧他的水桶脖子，他扯起毛毯，反手披在田飘飘的后背，罩住两人白花花的身子，起身往回跑。

退路有两条，一条路宽道平，但人多危险；另一条路窄坑多，林密人稀。马乡长毫不犹豫，朝那羊肠小道疾奔。可该着马乡长背运，没跑多远，忽见前面立着一个蒙面汉子，怪里怪气地小声喝道："站住！要从这里过，钞票交上来！"马乡长魂飞魄散，来了个急刹车，掉转屁股硬着头皮朝那大道跑，心想：今晚上真他妈的出鬼了！他知道自己跑不过强盗，就边跑边假装大声打电话报警："派出所，有人在玉女山下抢劫！快来抓！……"要说这一招还真管用，跑了一会儿，扭头一看，强盗吓跑了！

刚才还跑得飞快的马乡长这会儿有些吃不消了，说来也够难为他的，一身肥肉，平时皮包都是别人提，刚才运动量这么大，这会儿早已大汗淋漓，人都快虚脱了。看看四周静悄悄的没人，他放下田飘飘，打算喘口气。

可事情就这么巧，马乡长刚蹲下身，倒霉事又撞上了。

一个赌鬼输光了钱回家，从后面走了过来，嘴里还骂骂咧咧地咒着那个赢钱的。走到跟前时，那赌鬼盯着马乡长直看，马乡长担心自己的样子惹他怀疑，低头一翻眼，又冒出了灵感。他小声嘟哝着："叫你别喝那么多，你非逞能，醉得死猪似的……明儿醒来，看老子不好好教训你！"那赌鬼真以为是儿子醉酒睡着了，老子怕他着凉用毛毯披着背他回家，就头也不回地赶路了。马乡长松了口气，抬头见不远处就是李老汉的养猪场，过了养猪场就是乡政府。他咬紧牙关，再也不敢停步。

突然，前面又传来了人声，还有手电筒的光在远处晃来晃去。

原来，乡派出所接到报案，说小偷又在偷李老汉家的老母猪！报案人还举报了小偷的作案手段：小偷在猪食中拌酒，把猪喂醉后，不声不响地背起来，披上毯子，装成背醉酒人的样子，大摇大摆地把猪偷走。派出所胡所长正为查不出偷猪贼而着急，一听这话，恍然大悟：好狡猾的小偷！难怪作案的时候一点动静都没有，他立即带上三名干警飞快赶来，恰巧遇到了那个赌鬼。胡所长问："你在路上遇到什么可疑的人吗？"赌鬼把刚才遇见马乡长的情形一说，与举报人说的分毫不差，胡所长果断地对三名干警一挥手，喊道："追！"没跑几步，果然远远看到有人背着东西迎面跑来，胡所长立刻大叫："偷猪贼，快站住，我们是派出所的！站住！"

马乡长听出了胡所长的声音，两条腿筛糠似的抖个不停，恨得咬牙切齿，暗骂道："龟儿子，脓包！抓小偷抓到老子头上来了！看明儿我怎么整你！"看来调头硬跑肯定跑不掉，马乡长瞅瞅左右，脑瓜子飞快地转着：左边是芋地，藏不住人；右边是块稻田，齐腰深的稻禾正好藏身，但稻田必然是搜查重点；再抬头一看，一丈开外就是李老汉的养猪场，四周是一米多高的围墙。马乡长灵感的火花又一闪：他们绝对想不到偷猪贼竟敢往养猪场里藏！对，最危险的地方也是最安全的地方！等那几个傻蛋搜完稻田，我马

灵感早翻过东墙，从乡政府后门溜回去了……马乡长当机立断，一头钻进养猪场。

胡所长果然上了当，他让人围住稻田准备搜查。可就在这时，胡所长的手机又响了，还是那个举报人的声音："笨蛋！小偷溜进了养猪场！赶快包围，关门逮狗！"胡所长将信将疑，但想想举报人前面提供的线索都准确无误，还是马上下令："包围养猪场，我守院门这一方，你们三个各一方，看他小毛贼还往哪里逃！"

情况突变，正要爬围墙翻出养猪场的马乡长只得缩回身。看看院内，除了李老汉的一间场棚外，光溜溜的地面无处可藏，马乡长走投无路，狠狠心背着田飘飘钻进一个猪圈。

不凑巧，这猪圈里正好关着一头老母猪，老母猪卧在地上，呼呼大睡。猪圈里遍地烂泥巴，气味呛得人直想吐。这时，院门口传来胡所长的喊话声："小毛贼，赶快出来自首，争取宽大处理……"见没动静，又喊道："李大爷，我是派出所胡所长，正在围捕偷猪贼！我们人手不够，你快起来配合一下，看看猪圈里有没有人？"

马乡长急得像热锅上的蚂蚁，恨不得一头钻进那老母猪的肚子里。正绝望的时候，他忽然想起李老汉视力极差，如果蒙过了李老头，胡所长肯定会带人掉头去搜稻田，逃跑的机会就来了。马乡长决定碰碰运气！他放

下田飘飘，把那红毛毯往猪圈地上一铺，将自己白白胖胖的身子紧挨着老母猪，缩手缩脚卧下，顺手一拉田飘飘，田飘飘一看就明白了，马乡长是让她也趴下装猪啊！

两个人刚躺好，就听见李老汉"咚咚咚"跑了过来。李老汉依次查看了几个猪栏，月光下空荡荡的什么也没有，最后，他来到马乡长藏身的那个猪圈，伸头细看，模模糊糊看到地上卧着三条白影，并不见人，就转身对胡所长喊道："我这猪圈里没小偷啊！""你看仔细了？"胡所长不死心地问道。李老汉又伸头一看，说："确实没有！"胡所长说："怪了！那我们到稻田看看！"

马乡长一听，心里那个乐呀！他悄悄伸出大手轻拍田飘飘的小屁股，意思是说"我这一手怎么样？"田飘飘也伸出小手拍拍马乡长的大胖脸，意思是"真有你的！"两个人正暗自高兴，只听李老汉又叫起来："胡所长，我那头老母猪还在猪圈里，小偷的确没来，不过，你不能走啊……"马乡长刚放进肚子里的心，又蹦到嗓子眼里。

"有事吗？"胡所长问。

"有，有，我这猪圈里还多了两头猪呢，一头大，一头小，我估猜是前几天丢的那一公一母两头猪又跑回来了！看样子是到了发情期，野了性子跑出去的，这回可不能再让它们跑

了！"

胡所长有点不耐烦："那您看紧点不就行了！"

"不行，不行，"李老汉是急性子，接着说，"你得帮我把这两头猪捉住捆起来，我才放心。"

马乡长脑袋"嗡"地一声差点爆炸，这回他再也找不着灵感了！

胡所长倒是热心人，二话没说就招呼几个干警进了院子……

马乡长死也不明白，这次玩灵感到底栽在谁的手里！其实，他正是栽在那个偷猪贼手里。这会儿，那小偷躲在暗处，肠子差点笑断了。

那小偷晚上藏在玉女山上，想等夜深了，伺机偷李老汉那头老母猪，却正好撞见了马乡长和田飘飘的好事。小偷本来想趁他们睡着后，捞点意外之财，可想想又觉得心中不平：我凭技术吃饭，尚且如此艰难辛苦，你凭啥这样风流快活？于是决定和马乡长玩一回灵感，捞走乡长的衣服，出出乡长的洋相。那蒙面强盗就是小偷装的，本想吓吓他，可乡长假装打电话给派出所报警反而启发了他的灵感，让他当上了无所不知的举报人。

要说最纳闷的还是李老汉，他怎么也想不明白，乡长是答应说一定把小偷抓住，可也用不着半夜三更装成猪埋伏在猪圈里呀！

（本篇月月评短信代码：0607）

（题图、插图：王申生）

非常跟踪

□ 李清林

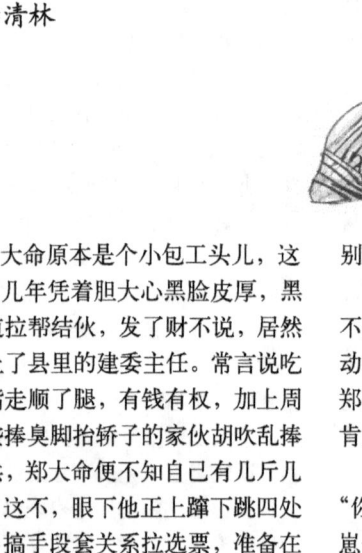

郑大命原本是个小包工头儿，这几年凭着胆大心黑脸皮厚，黑白两道拉帮结伙，发了财不说，居然还当上了县里的建委主任。常言说吃惯了嘴走顺了腿，有钱有权，加上周围一些捧臭脚抬轿子的家伙胡吹乱捧瞎起哄，郑大命便不知自己有几斤几两了。这不，眼下他正上蹿下跳四处活动，搞手段套关系拉选票，准备在本届人代会上竞选副县长。

可最近郑大命发现这段时间自己被人盯了梢。这让他又气又恼又心惊，喝酒赌钱泡桑拿都不敢去了，更别说偷偷去会小情人。

在这节骨眼儿上有人捣这个乱，不是什么好兆头，但他也不敢轻举妄动，生怕有什么把柄落在对头手中。郑大命心里琢磨着：跟踪自己的人，肯定是政敌派来的。

郑大命悄悄地吩咐打手"猴子"："你抓紧去查查，是哪个不知死的兔崽子胆大包天，敢找老子的麻烦！不过，现在是竞选的非常阶段，不要让其他弟兄知道，免得把事情搞砸了。"

"你放心，大哥，要是抓住了，我当场做了他。"这个叫猴子的家伙脖子

德行的实现是由行为，不是由文字。——夸美纽斯

后有撮白毛，心狠手辣，是郑大命的心腹。

郑大命一挥手，训斥道"不许擅自胡来，干事不看火候，查到了先带回来问问明白再说。"

猴子办事果然利落，当天晚上，就把那个跟踪者用麻袋装了回来。

郑大命一看那人的样子就笑了，心里想着这是谁啊，找办事的也不找个得力的，弄这么个白面书生，一点用都没有。那年轻人开始还和郑大命他们讲大道理，说什么绑架是犯罪，差点没把郑大命笑呛着，他使了个眼色，猴子几个耳光扇过去，又把刀子往他脖子上一架，那白面书生立刻蔫了，吓得倒在地上直抖。

"你叫什么？是干什么的？"郑大命问。

"赵军，没职业。"

"你为什么跟踪我？"

"我……我没跟踪……"

"什么？"猴子厉吼一声，手上微微一用力，刀尖处渗出血来。赵军尖叫一声，喊道："跟了，跟了。"

"是谁指使你来的？"郑大命暗笑对手派这么个草包来。

看样子赵军这会儿是不敢说假话了，他带着哭腔说："是一个业余作家，这个人经常在报刊上发表文章，在圈内挺有名的，真名不清楚，笔名叫'准星'。"郑大命一听愣了：不可能吧？这"准星"可是自己的御用

文人之一，帮自己写过不少歌功颂德的文章。可这小子看上去吓呆了，也不像说谎的样。

"那你说说，他让你跟踪我想干什么？"

赵军又是一阵支支吾吾。猴子急了，比画着要剁他手指头，他才吐出了真情，说："如今纪实稿儿很值钱，可就是缺好素材。准星说根据社会上人们的议论，加上他多年的经验，判断你肯定快玩儿完了，他想用你垮台这事件，写一篇重磅文章，出名带赚钱。他雇我帮他收集你的材料，是想先把稿子写成型，等你倒台时加上审判结果就可以发表了。"

"胡说！"郑大命大吼一声，"'准星'是我铁哥们儿，我登报纸、上封面，出名露脸都是他帮的忙，谁不知道！"

"这我也知道，可准星跟我说，那叫人工栽植摇钱树，阳面阴面都挂果，自捧自摔双丰收。吹时有收益，垮时收益更大。因为抬得越高，掉下来越响，红人落马反差大，才更有轰动效应，更有新闻价值。他还说，这精心培育的成果如果让别人抢去，他可就白费心血，亏大了。"

郑大命愣在那里，他万万没想到，自己一辈子算计别人，到头来竟被一个文人给算计了。

（本篇月月评短信代码：0608）

（题图：安玉民）

买辆摩托等你偷

□ 何洪金

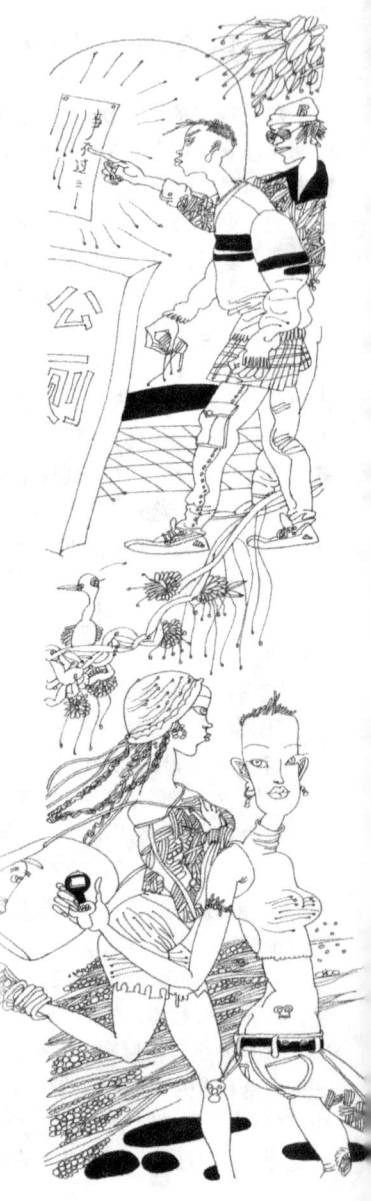

有两个街头小混混，一个叫二狗，一个叫中熊，最近他们俩看了一部关于反间谍的小说，别的没记住什么，小说里写到的一种用定位仪和跟踪器窃取情报的方法，倒让他们想入非非，想用这个现代化的玩意儿，开发一条新的生财之道。

这定位仪并不难买，价格也不贵，而且小巧玲珑，安装非常方便。可光有定位仪还不行，得与跟踪器配套使用才有用。他们买齐后，又不惜重金去买了一部特别惹眼的、崭新的250型摩托车，这才是花大钱的地方，二狗说他是穷鬼，家里也没有钱，只能鞍前马后跑腿出力了，最后分钱的时候，他愿意少拿。中熊也不计较，回家拿了三万块出来，一辆崭新的摩托就推了回来。道具都齐了，事不宜迟，他们觉得该马上动手。

这天晚上，两人将摩托车停到一条行人稀少的马路上，然后假装忘了上锁的样子，大大方方地走了。

阴谋陷害别人的人，自己会首先遭到不幸。——伊索不多一会儿，他们通过跟踪器发现，摩托车已经开始飞快地移动了。哈哈，真没想到这么快就有鱼上钩了。大概过了四十多分钟，跟踪器上的红点停在一个地方不动了。说明偷车贼已经回到了窝点，二狗和中熊很快查出地址，立刻行动。他们骑上备用摩托，在跟踪器的指引下，很快就找到了自己的摩托车。人赃俱获，那小偷除了束手就擒外，别无他法。

二狗踢了小偷一脚，说道"这事兄弟也不想搞大，你看是去派出所呢，还是私了？"小偷一听派出所吓得直哆嗦，战战兢兢地说："怎么个私了法？""算了，看你也不像是老手，我们也只是想给你个教训，你就交一千块钱吧！"小偷看二狗凶神恶煞的样子，从枕头底下翻出了一个信封，很不情愿地抽出了十张。

一出门，二狗就把六张票子塞到了中熊手里，中熊这下子是服了二狗，自己出钱，二狗出力，也算公平，再说，那本间谍书还是人家二狗推荐的呢，这么想着，就又把其中一张还给了二狗，二狗也不多推辞。

趁热打铁，第二天中午，两人又将车停到了一家电影院外面，还是故意没上锁，两人进里面欣赏美国大片去了。两小时后出来，打开跟踪器一看，哈哈，真是巧了，又是上次那个小偷偷回去了，车子竟又停在老地方。

两人赶紧打的赶去，那小偷没想到这两人犹如神兵天降，又出现在了他的面前。小偷一副迷惑的样子，像做梦似的。因为这次是再犯，二狗和中熊就把罚款金额涨到了两千。两人拿了钱就骑上摩托走了，把个小偷傻呆呆地扔在了屋中……

却说二狗和中熊再次得手后，更是高兴得不得了，当即去了一家娱乐城，叫上两个小姐，娱乐起来。等他们云里雾里之后再出来时，那辆根本就没装锁的摩托车自然又丢了。

两人赶紧从身上拿出跟踪器，发现这次是一个新小偷，摩托车竟然藏在离这儿不到三公里的地方。两人相视一笑，又有笨蛋上钩了。

当两人在跟踪器的指引下找到藏车地点时，愣住了，竟是一家公共厕所！这个笨蛋小偷，居然也学会动脑筋了，想到了这么一处藏车点，可惜，要找你的是高科技，你就是藏到地洞里，也是白费。

两人走进公厕，哪有摩托车的影子，他们只在角落里找到了安装在250摩托车上的定位仪，旁边墙上还贴着一张匆匆草就的纸条，上面写着：事不过三！两位大哥，摩托车我收下了，你们的定位仪也还给你们，欢迎再去选购新车。落款是：三盗250的小偷。两人面面相觑，赶紧去小偷住的地方，自然，别说摩托车，连小

偷的影子也见不着了。二狗捶胸顿足，大骂那该死的小偷，可最苦的是中熊，他花三万块钱买来的摩托车，折腾来折腾去，结果相当于三千块就卖了，这事又不能报警，只能打掉牙往肚子里吞。

几天以后，在一家酒店的包间内，二狗和那个小偷称兄道弟，喝得醉醺醺的。只听二狗说："牛丁，你的演技还真不赖嘛。"牛丁得意地说："二狗哥，那辆车我已经卖了，扣除成本，这是你的一万块，你数数看。"二狗接过钱，也不数，大大咧咧地像塞一块小砖头一样把那扎票子塞进了口袋，爽气地说："来，牛丁，为我们的

旗开得胜干杯。""干杯！"牛丁一口吞下一大杯五粮液，用袖子擦了一把嘴后，说："二狗哥，我这个主意不错吧，中熊那小子有没有怀疑过你？"二狗不屑一顾地说："就他那破智商，一辈子也想不到我这儿来，你放心吧。"

牛丁点点头说："太好了，眼下，你再去物色一个家里有钱的混混，把那本间谍书再推荐给他，然后嘛……接下来的事情我来搞定。""好，没问题！"两人哈哈大笑，又端起了杯子……

（本篇月月评短信代码：0609）

（题图：安玉民）

漂来的狗儿（青春系列小说）

七十年代是一个奇特的年代，灰暗沉闷的生活禁锢了成年人的灵魂，却无法遏制孩子们自由奔放的性情。在"梧桐院"的小小天地里，一群中学教师的孩子和一个邻家女孩狗儿结成玩伴，玩得上天入地，花样百出，趣味无穷。聪明的小爱、博学的方明亮、高贵的小兔子、调皮的小山和小水、精灵般的小妹、心比天高命比纸薄的狗儿……这些可爱又可敬的孩子，是凡俗土地上开出来的摇曳的花朵，每一片花瓣都涂抹着温情和理想，闪耀出那个奇特年代的人性之光。因为他们"教师子女"的独特身份，每个人都在书香的氤氲中出生长大，相比于同时代的同龄孩子，他们的知识面更广，见识更多，胆子更大，脑子更灵，更能够创造乐趣，让童年的每一天都过得精彩纷呈。

这是一部讲述成长的小说，趣味盎然的小说，快乐而忧伤的小说。书中的背景和人物仿佛一段封存已久的电影，作者架起放映机，银幕亮起，胶带走片发出"沙沙"的响声，人物就动起来了，笑起来了，招手把你带进银幕中去了。你跟着他们一起捞小鱼，粘知了，去中学图书馆偷书，看连环画《红楼梦》，给伟大领袖写信，在漂亮的芭蕾舞演员面前自惭形秽，惶惑于身体的发育长大，被侮辱被伤害而后抗争，品尝少男少女的朦胧恋情……最后影像定格，灯光熄灭，银幕隐入黑暗，你会有一声轻轻的叹息，心里想：物质最贫困的童年其实是精神最自由的童年。

黄蓓佳著

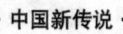

你好 妹子 刁钻

□ 胡立秋

正值旅游旺季，这天，镜湖风景区来了一个大学生模样的女孩，清纯飘逸，吸引了无数的目光。

女孩租了一艘摩托快艇，准备游湖。她刚迈上去尚未坐下，只见一长发披肩、浓妆艳抹的中年妇女匆匆跑来，她和女孩商量，想合租这艇，说这样彼此都可以省一半的船钱，更可以互相拍照等等。女孩上下打量了中年妇女一番，稍一犹豫，就点头同意了。于是两人一前一后坐好，小艇箭一般地驶向湖中。

镜湖方圆百里，景点星罗棋布。女孩说想拍拍好照片，让驾驶小艇的女驾驶员带她们到人少点的地方看看。于是，不一会，她们就到了一个小岛，这个岛躲在一片芦苇后面，一个人也没有。女孩高兴地举着相机，想拍点奇景，突然身后一声厉喝："别动！"她回头一看，天啊！那女人不知什么时候没了披肩长发，变成了一个光头的凶相毕露的男人，手中握着一把寒光闪闪的匕首，那涂得血红的嘴唇一咧，十分狰狞恐怖。

"大姐……不，先生，你这是干什么？"女孩一脸惊恐，怯怯地说。

"少啰嗦！"歹徒一把夺下她手中的相机，往前跨了一步，用刀指着驾驶员："快，靠岸！"

到了岸上，歹徒用手一指树林：

·中国新传说·

"到那里去！"

"先生，我们把身上的钱物全给你，求你放了我们吧！"

"是啊，放了我们吧！"两个女人一起哀求。

"放你们？笑话！老子今天人财都要。"他边说边淫笑着把手向姑娘的脸伸去。

说时迟，那时快，只见那女孩一改刚才怯怯的神情，柳眉倒竖，杏眼圆睁，骤然飞腿，"叭"地一脚踢在歹徒持刀的手腕上，歹徒的刀脱手而飞。没等他回过神儿来，女孩一招"顺手牵羊"，抓住他的另一只胳膊往前一带，脚下"木兰试靴"用腿一扫。那家伙"妈呀"一声嚎叫，嘴啃泥趴在了地上。那女孩抬腿往他腰上一使劲，结结实实把他踩在了脚下。

瞬间的变故令女驾驶员目瞪口呆，待明白过来，不住地拍手叫好。

"妹子，你好身手！是警察吧？"

"只能算准警察，"女孩笑笑，"我警校还没有毕业，在景区派出所实习，他作案不止一次了，我今天就是冲着他来的。"

两人把歹徒押上船。女驾驶员提醒道"妹子，把他捆上吧，省得跑了。"

女孩自信地摇摇头："不用，谅他也不敢！"

快艇飞速往回开，行至一半，意外发生了。那歹徒趁着汽艇拐弯一减速，一头扎进了水里，要逃。

"你看你看，叫你捆你不捆，跑了吧？"女驾驶员埋怨说。

女孩轻松一笑："跑不了，他这是自讨苦吃。"她把手中相机一放，纵身划出一个漂亮的弧线，跃入水中。

女驾驶员停船观战，只见那女孩追上歹徒，与之斗在一处。一会儿隐入水中，只见串串气泡，一会儿漂上水面，互相扑打。但歹徒显然不是女孩的对手，只盲目乱扑乱抓。而那女孩则从容不迫，抓住歹徒，一会儿提起，一会儿按下。几个回合下来，那歹徒就变成了死狗。女驾驶员帮着把他拖上船，他像个大肚蛤蟆似的瘫在那里，顺嘴往外淌黄水，一动也不能动了。

"你真行！"女驾驶员看着一脸兴奋的女孩说，"可还是把他捆上好了，省得你费事。"

"大姐，你说错了。我是有意让他跑的。"姑娘笑得一脸桃花般灿烂。

"什么？你有意让他跑？"女驾驶员不解。

"是的。这臭流氓太可恶了，我想想就来气。可他又那么熊，在岸上我刚一伸手他就趴下了，我们有纪律，制服了就不可以再动手了，可我真的没有解气，就有意给他机会，考验考验他。他要不跑，也说明他有个好态度，要是想逃，那就是自找苦吃。对拒捕的罪犯，不用客气，打他几下是应该的，不犯纪律，所以我借机狠狠地修理了他一顿，痛痛快快地出了一

不是不能见义，怕的是见义而不勇为。 ——谢觉哉

对症下药

□平 之

大年初一，养马场的几个人要在场里照顾马匹不能回家过年，闲着无聊，也不知是谁想了个点子，要来个拍马屁比赛，大伙热闹热闹。

主持人牵出了一匹老马，介绍说："这马的名字叫马精，是一匹见过市面的老马，可不容易拍呦。"大伙哄地一下笑了，这马屁要是拍得出，不就成了马屁精了，吉利！

张三刚参加工作不久，他第一个冲了上去，抬起蒲扇似的大手掌就朝马精的屁股上猛拍，"叭叭"的声音震得鸡飞狗跳，看的人都笑出了眼泪。张三也跟着笑，一边笑一边还数拍了

口恶气。真过瘾！"

"真有你的，妹子！"女驾驶员竖起了大拇指。

"不过，大姐，这话我跟你说，你可别对外人讲，要叫我们领导知道了，我还是要挨批评的。"女驾驶员当时答应得好，但这样亲身经历的传奇怎能让她闭口不谈？事情还是传了开去。

传的结果，那位准警察女孩挨批评还是受表扬无人知道，可这事在镜湖一带的确产生了一种奇效。那些为非作歹之徒从此有了经验教训，只要落到警察手里，特别是女警察，越是不捆不绑越是不敢逃跑。他们说"咱混社会的人哪能上那当吃那亏，这些新警察，特别是女的，刁钻得很哩！"

（本篇月月评短信代码：0610）

（题图：安玉民）

几下。这下马精不乐意了，抬起左后腿一踢，张三立即像个蛤蟆似的飞了出去，趴在草地上呻吟不止。他爬起来，不好意思地说："拍到马腿上去了。"

李四一看这情景，心里有了数，不能硬拍，得讲点技巧。他走上前去，先帮马精梳了一下毛，然后拿出一个很大的不锈钢勺子，朝它耳朵里猛掏，掏出一团团黑乎乎的东西，好一阵子才掏完两只马耳，又开始掏马鼻。马精温顺地看了看李四，李四心想这下拍得差不多了，可没想到，等李四掏完它的鼻孔，马精又躺到地上，四脚朝天要李四给他抓痒，正在这时，比赛时间到了。李四骂了一句："光享受不办事，白伺候了这畜牲！"看样子，这软的硬的都不行了。

正当主持人担心冷场的时候，王五大步流星进场。众人一看，都笑了，原来王五身后还跟着一匹母马！好家伙，美人计都使上了。

王五得意洋洋地说："我这马叫马婵子，乃是马中辣妹，在马群中魅力难挡，如果我等是马，见了它也难免晚节不保！"说着就把马婵子牵到马精旁边，果然马精变得兴奋异常，四蹄乱挠，尾巴在空中乱抡，显然是想在马中美眉马婵子面前表现它的雄性气概。王五见了它这样子笑歪了嘴，说道："你们看吧！我赢定了！"

果然话音刚落，马精结结实实地"砰"一声放出一个屁来，犹如天空中响了一个炸雷。

谁知马精放过这一个屁，就呆在那不动了，只流着口水盯着马婵子看。王五干着急没办法，时间到了，也只得退场。

王五把马婵子拉到一边，他倒要看看，还有谁能把这马精再拍出第二个屁来。正想着，赵六奔了进去，肩上还扛着一大筐青草。这赵六可是领导眼前的红人，平时也看不出他帮领导做了啥，可领导就是喜欢他。可大伙不信他弄堆草就能让这马精舒坦？

只见赵六把草送到马精跟前，就悄悄退到了一边，马精闻了闻那筐草，又往四周看了看，立即两眼放光，低着头大啃起来，猛吃一阵后，马精一溜小跑到了马婵子跟前，耳鬓厮磨，谈情说爱去了。赵六这时走上前去，用手在马精屁股上轻轻一拍，马精立即放出一连串响屁来！

大伙傻眼了，都让赵六谈谈"马屁经"。赵六也不遮掩，乐呵呵地说："用马婵子这招很厉害，不过拍马屁最大的学问就是要拍到位，拍不到位，还不如不拍。这么匹老马，见了马婵子是有这个艳福没这个能力，我给它上的那是马鞭草，又在草里撒了阳起石粉末，这马精欲火中烧，自然对我感激有余，我这马屁就算是拍成了。"

（本篇月月评短信代码：0611）

（题图：张 恢）

□ 范芝果

伸缩小人

何大保原是个平常得不能再平常的人，可就因为做了一个梦，他变得很不平常了。

那天何大保在电脑上玩游戏，玩着玩着，竟然昏昏沉沉睡着了。在梦里，他眼见着赵三朝他走了过来。赵三是何大保从小玩到大的朋友，去年在街上被人暴打而死，至今都没找出是谁干的。赵三对何大保说，他做鬼以后，查清楚了自己的死因。原来，当年他曾向上面告发过钱局长贪污受贿的事，钱局长知道后，出钱找了地痞来打他。本来是想给他个教训，哪知道一失手打死了。赵三做了鬼以后想报仇，可钱局长家里长年供着关老爷，他进不了屋。这次托梦给何大保是想让他帮个忙，去把关老爷偷出来。何大保是钱局长的邻居，动手比

较方便。赵三说到这里，也不管何大保答不答应，就塞了一枚古钱在他手里，告诉他去偷关老爷的时候，只要拿着那枚古钱，念"吾欲小"三个字，人就可以缩小，进出自由，没有任何危险。

一阵冷风吹来，何大保打了个冷战，醒了。想到刚才的梦，他觉得挺可笑，怎么会做了这么个荒唐的梦。可他一低头，却惊得差点叫出声来，他看到自己手里竟然真的攥着一枚古币。这回由不得何大保不相信了，想到梦里赵三对他说的话，何大保犹犹豫豫地轻轻念了声"吾欲小"，只见眼前一闪，再往四周看看，他居然站在板凳腿旁边，感觉凳子比山还高。何大保吓得赶紧念"吾欲大"，真的立刻就恢复了原样。

何大保拿着古钱考虑了一天，觉得赵三现在做了鬼来托他办事，不办的话恐怕会不吉利，于是下定决心去钱局长家试试。有了那枚古钱币倒真的很顺利，半个小时后，他已经轻松地偷到了钱局长家的关老爷。

何大保回到家，看到老婆桂花回来了，赶紧把事情前前后后仔细讲给她听。可桂花说什么都不信，还骂他犯浑说胡话。何大保只好从怀里掏出了那枚古币，举在手里严肃地念出"吾欲小"几个字，话音没落，一个大活人突然就不见了。桂花正惊奇，却发现何大保正在她脚上给她挠痒痒！桂花惊出了一身冷汗，慌忙让何大保变回来，目瞪口呆地说不上半句话。

当天夜里，何大保睡在床上怎么也睡不着，拿着那古币把玩。他想不到在这个科学发达的二十一世纪，竟然还会有这么神奇的东西。突然，何大保跳下了床，麻利地穿上衣服。桂花惊醒了，问道："这深更半夜你要干什么去？"何大保神秘地说："这东西可是稀罕之物呀，可遇不可求，你说要是给我古币的是个人吧，说什么我也要赖了这东西。可赵三是鬼呀，到时候他来要，我也不敢不还给他。既然这么着，咱为什么不在还之前，好好利用利用呢？"不等桂花说话，何大保已经蹿出了家门。

何大保一夜未归。第二天一早，桂花正急得要命，何大保气喘吁吁地回来了，一进门就"啪"的一声扔下了一个大包，包里滚出了几捆钞票。何大保得意地说道："愣着干什么，还不快找毛巾来帮我擦擦汗？"桂花吓得脸都变绿了，胆怯地问何大保，从哪里弄了那么一大包的钱？何大保不回答，只是笑。桂花突然有个不祥的念头冒了出来，赶紧打开了电视，调到新闻频道。果然，九点钟的早新闻播了信用社被盗的事，报道说现场没有发现任何痕迹。桂花可以肯定，这一定是何大保干的!

她从沙发上跳起来，"扑嗵"一声跪在了何大保面前，求何大保用那枚古钱帮忙，到信用社偷偷把钱还了。何大保哈哈大笑说："既然你知道了，我也不瞒你了，这东西还真好使，我一下子就变得灰尘大小，进了保险柜，在保险柜里又变大了一点，连着钱一起再变小出来，真是想怎么样就能怎么样。不过，我只做这一次，你不用担心。"桂花没有办法，也只得随他去了。

又过了两天，赵三再次托梦给何大保，这次可把何大保吓得全身哆嗦了好一会儿。原来，赵三第一次托梦他时曾交代过，这古币除了用来做赵三让他办的事，切不可乱用，否则会有报应。可何大保没把这话放在心上，去偷了信用社的钱。赵三说看在何大保帮他的分上，费了好大力气才

要留心，即使当你独自一人时，也不要说坏话或做坏事。 ——德谟克利特

帮他挡住灾，但万万不可再用古币为非作歹，否则哪怕再小的坏事也会有恶报，到时候，他也没有办法了。赵三还说，他刚才去了钱局长家，没想到钱局长又"请"了一尊关老爷回家了，所以要何大保再帮他去偷一次。

何大保醒来后有点害怕，把梦里的情景一股脑儿都告诉了桂花，还问她这回还要不要帮赵三偷，桂花想了想，说："钱局长本来就不是什么好人，再说赵三的请求也不好推辞，人家还帮你挡了灾，去就去吧。只是千万要小心谨慎，并且不可再做其他的事情！"何大保点点头，出了门。

可是这么一去，何大保就三天没回家。

何大保失踪的第三天早上，派出所的警察来到了钱局长家，引来了好多看热闹的邻居。原来，局长夫人一大早看到她家的狗在玩弄奶瓶，还发出怪叫，觉得挺奇怪的。这奶瓶已经两天没看到了，局长夫人就走过去拾起奶瓶想看看怎么回事，这一看，差点没把她的魂给吓掉。奶瓶里居然有一个极像邻居何大保的一寸小人，七窍流血，一副僵硬的样子。局长夫人没敢直接告诉桂花，生怕是谁搞的恶作剧，可这小人真的太逼真了，她只好打电话报了警。桂花听说以后，立刻风风火火地赶来，接过奶瓶，只看了一眼，就一下子晕倒在地。她手里的奶瓶"嘭"地一声落在地上摔坏了，

那个像何大保的小人滚了出来。大家正要去扶桂花，却见小人身上冒了几缕青烟，竟然在众人面前慢慢膨胀了起来，一眨眼的工夫，变成了真人何大保，但人是死了好几天的样子。大伙都吓得愣在当场动不得。

警察让局长夫人回想一下，看最近有什么异常情况。局长夫人想了想，说："有！因为钱局长比较信奉关老爷，家里一直供着，可前两天关老爷居然不见了，钱局长赶紧又去请了一尊。还有，三天前我在家洗澡，因为家里只有三岁的小儿子，我就光着身子从浴室出来了，想到客厅的沙发

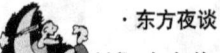

上坐着，给身上擦一点润肤露。走出来的时候，好像看见一个男人在眼前晃了一下，但揉了揉眼睛，却什么也没发现。我以为是自己累了，看花了眼，就坐到沙发上歇着。半个小时后，我看到儿子跑到柜子旁边，拿了地上的奶瓶玩，奶瓶里好像还有东西在动。当时我也没在意，以为儿子把什么玩具塞到了里面。后来儿子玩厌了，就随手给奶瓶塞上了一个密封瓶子用的橡胶塞，丢在了一边。"

局长夫人讲到这里，发现桂花醒了过来，赶紧问她到底是怎么回事。桂花哭着讲了关于古币的所有事情，众人这才明白，何大保虽然能变到灰尘般大小，但被橡胶塞堵住了，找不到空隙，就这么活活被闷死了！要是按照赵三的话说，何大保是因为躲在奶瓶里看局长夫人的裸体而遭了报应！

不过，警察并没在何大保尸体上找到什么古币之类的东西，而局长夫人、桂花和几个邻居的话又不可能作为破案的依据，于是这古怪的案子陷入了僵局。但千真万确的是，当晚钱局长突然暴死了，就在他家门外的走道上。大伙都传说，是做了鬼的何大保和赵三一起下的手。

或许这只是一个现代传说，这种事总是越传越悬乎。不过，传这事儿的人都喜欢在故事最后加一句：看来，这坏事还是少做为好，善恶虽只有一念之差，也有大小之分，但善恶自有报应，没准一不小心，轻轻松松就凑够了让你死的理由！

（本篇月月评短信代码：0612）

（题图、插图：安玉民）

· 本刊信息传真 ·

《解读〈故事会〉》

一本揭示 故事会 40年发展历程的传记

亲爱的读者，为体现与时俱进、求实创新的办刊思想，本刊在《故事会》创刊40年之际，特推出《解读〈故事会〉：一本中国期刊的神话》一书。关于《故事会》这本杂志，你可能有过这样那样的疑问：为什么《故事会》能几十年长盛不衰？高考满分作文与读《故事会》有什么关系？为什么卖《故事会》杂志就能赚钱？……看完这本书，相信你会揭开所有的谜底。

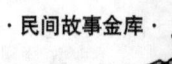

□ 王前锋

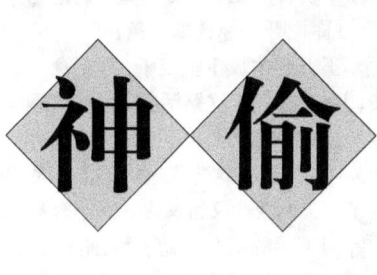

神偷

王五一惊，心想，都三更半夜了，还有谁会等在这里打我的劫？莫不是那个专门黑吃黑的神偷李三娘吧，可这人听声音不像是女的，但除了她还有谁有这个本事？

他慢慢回过头来，看到了李员外那张一本正经的脸。

员外指着他的脑袋说："你这个飞贼，夜入他人庭院，该当何罪？"

王五也不知对面这人是个什么来路，心里有点犯怵。但到手的白银总不能就这么不明不白地丢掉，他没出声，心里思忖着对付的办法。

李员外逼近一步，对王五说道："现在有两条路任你挑选，一条是跟我一道去见官府，一条是放下你的钱袋子，给我乖乖地滚。"

王五这下子明白了，眼前这个人是个地地道道的贪心打劫者。他心里

宋朝年间，在汴京城有个神偷叫王五，此人偷技出神入化，从不失手。

那晚，神偷王五背着一包银两，从一个大户人家的院墙上轻轻地跳了下来，没想到脚一着地，就被过路的员外郎李南冰给盯上了。

李南冰手拿一把折扇，夜晚外出访友回来，见到一个黑影从太守的院墙上跳下来，猜想是窃贼，心中窃喜：发财的机会来了！

没等神偷王五站稳，李南冰断喝一声："站住！"

嘿嘿一笑："就凭你，还嫩了点！"

李员外看王五还是不动，倒是急了："你说呀，你选哪一条？"

王五这才放下银袋子，蹲下身来，说："我们干这路活的，也确实不容易，这一袋银子，还不足百两，可是为了它，我在这户人家的梁上足足守了两天两夜，又饥又渴，好不容易才等到下手的机会，想不到刚出来，这就碰着了你。"

李员外不为所动地说："听起来倒是挺可怜的，可你少给我来这套，还不快放下袋子滚。"

王五却不急，可怜兮兮地说"退一万步讲，这银子就是我为你偷来的，没有功劳，也有苦劳吧。我不求别的，只求先生能让我吃顿饱饭，喝碗热茶，算是赏我的，吃饱喝足了我就走人。"

李员外一想也有道理，人家毕竟是出了力的，得不到银子，弄口饭吃也讲得过去。于是带着王五进了自家大门。

王五着实是饿极了，一口气吃了三大碗饭，又喝了一壶碧螺春茶。吃饱喝足之后，王五一边用牙签剔着牙，一边打量着李员外的屋子，只见亭台楼宇，曲径回廊，绿琉璃，红廊柱，甚是可人眼目。他心里窃喜，看似随便地问道："先生家的生活过得很滋润吧？"李南冰道"马马虎虎。"

王五对他啐了一口："呸，谁还想到像你这样的体面人家，居然对我的这百两龌龊银子还有兴趣。我在心里想呢，什么时候，我来了兴致，带几个兄弟，趁着夜晚，到此来放一把大火，看你以后还滋润不滋润。"

说着，王五一抱老拳，起身告辞。

那李员外听得白了脸，心想"贼是小人，智过君子，此话果然不假。千万不要为了这百两银子而因小失大。"他赶紧抓起银袋子，一把拉住王五，说："先生要走，请将你的银袋子带上，前番我是和你闹着玩呢，千万不得当真。能和先生结识，实是我今生今世的荣幸。"

王五道："这个银子我还不要了。"

李员外死死拉住王五不放："不要不行，你若不要这个银子，我也就没法安心过日子了。"

李员外吩咐家人备上马车，送王五出城。

王五坐在车上，喜在心里，在城外溜了一圈，在南门福泉山脚下下了车，等马车走远了，王五遂转身往北走去。这是他的机灵之处，他的家真正是在城的北厢呢，像他这样的人，怎么可能将自己的住处暴露给他人？

从北门出了城，前面是一座大山，有一段长长的夜路要走，不过，对王五来说，走夜路是他的拿手好戏。

可是他今天活该倒霉，刚走到十

君子多欲则贪慕富贵，枉道速祸。 ——司马光里山岗，忽地从树上跳下一个蒙面人来，对他喝道："放下你的袋子。"

月光下，王五一眼看清了蒙面人手里那把闪着寒光的刀子。王五在心里暗叫不好："神偷再神，遇上蒙面盗贼也只有认栽了。在这荒郊野外，还是保命要紧。"

想罢，王五小心地说："好汉给条生路，你要什么我都给你。"

蒙面人道："少废话，给我把袋子放下，然后你走人。"

王五将银袋子扔给了蒙面人，说："这里面都是上好的银子，请好汉笑纳。"说罢调头就走。

可刚走三步，王五又折回来了，带着哭腔说："我家里有八十岁老母，生病在床。这点银子是我在城里亲戚家借来给老母治病用的，我孝敬好汉了，只怕家人说我在外赌了嫖了花了，我只想先生用刀子在我的衣服上戳几个洞，好证明我在路上遇到了强人。以免不孝之恶名。"

蒙面人想想也是，就让王五脱了衣服，好在他的衣服上戳洞。王五指着腋下说："这里要戳一个。"蒙面人就在那里戳了一个洞，王五又指着肩膀说："这里也要戳一个。"于是蒙面人又在衣

服的肩膀上戳了一个洞，王五又指着袖口说："这里也要戳。"这样，衣服上一共戳了十几个洞。胸口，下摆，背后，该戳的地方也都戳了，一件衣服基本不像样子了。

蒙面人说："行了吧。"

王五犯了愁，说："不能光有洞没有血呀，再弄点血吧，要不家里人怎么能相信？"

蒙面人不耐烦了，说道："你这人怎么这么啰嗦？"

说罢就将刀子扔给王五："你自己弄去吧！"

王五"噌"的一下，将刀子拿在手上，冷笑一声，对着蒙面人道："现在，你还认得我吗？"

蒙面人恍然大悟，知道自己上当

了，想动手来夺刀子。

王五一声大喝"别动，要是不老实，让你的脑袋搬家。"

说罢，那把刀子就"嗖"的一下抢了起来。

蒙面人"扑通"一声跪了下来，求道："大爷饶命，实在是家中过不下去了，才做起这不要命的买卖。请大爷你饶了我这一回，下回我再也不敢了。"

王五将刀支在蒙面人的脖子上，嘿嘿一笑："瞧你这孬种，连你王大爷都不认得，一看就不是干这行当的货色。你要是真的有种，就到那些有钱人家里去，去偷去抢，去显你的本事，在这里小打小闹，对付过往穷人，你算个什么东西？"

蒙面人磕头如捣蒜"大爷，我算是领教了。"王五踹了他一脚，甩给他一锭银子，喝道："快滚，别让老子见了心烦。"

蒙面人对他磕了一个响头，抓起银子落荒而逃。

王五拿了钢刀，再次上路，走了不到十里，已是天色微明，曙光乍现。

突然，他隐隐地听见前面有妇人和孩子的哭声，转过一个山脊，见到路边有座新坟，纸幡招展，冥钱纷飞，一个妇人带着三个孩子哭倒在坟前。王五放下手里的刀子，上前询问，这才知道，坟里的男人因为妻女无食，夜晚偷了财主家地里的几根红薯，被财主的家丁乱棍打死，在乡亲们的帮助下，这才草草下地埋了。和王五说了这些，那女人越发伤心，哭道："以后这日子还怎么过呀？"

王五的眼睛也红了，提过手里的银袋子，把里面的银子"哗啦啦"地倒在妇人的跟前，说道："这些银子，够你娘儿们过一辈子了，或者去找点小本生意做做也好。"

妇人似乎被眼前这白花花的银子吓呆了，止住哭，带着孩子跪拜在地。王五扶起她后扭身就走，那女人却在王五背后，露出一丝不易察觉的笑。

王五做梦也不会想到，这个女人就是他早就听说却从未谋面的神偷李三娘。

（本篇月月评短信代码：0613）

（题图、插图：黄全昌）

·本刊信息传真·

为广大故事作者提供免费进修的学习机会
本刊将举办第10期故事创作培训班

　　报名办法如下：1、提供本人创作简历一份，并提供至少一篇具有现实感、新鲜感且可读性较强的故事作品，篇幅长短不限；2、附通讯地址、单位、联系电话；3、来信寄上海绍兴路74号《故事会》杂志社（邮编：200020），信封上须注明"培训班报名"字样。即日起开始报名，至4月15日截止。4月底发录取通知，未录取者稿件一律不退，请自留底稿。欢迎广大作者踊跃报名参加。

变脸

□ 吴永胜

光绪年间，洪城梨园有一个"王家班"，名声响彻全川，被誉为"变脸王"的王复仲，便是该班班主。

且说这一年，变脸王带着一班人，来到四川万县。在靠码头的天上宫住下来，然后挂出牌去，第一天要演《空城计》，由变脸王亲饰诸葛亮。牌挂出去不出半个时辰，所有的票都已售空。开门红原本是班子的喜事，可变脸王却一点也不开心。为啥呀？因为一千三百张门票，竟被一个人给买了！这人是什么来头，到底是来挑场子找碴儿的，还是另有所图？

变脸王百思不得其解，自己跟码头上的舵爷袍哥早已递了帖子，备了厚礼，各方面关节也一一打点，并无什么纰漏啊。不等他想出个头绪，开戏的时辰已经到了，他向乐师们一示意，开场的锣钹便"咚咚呛呛"地敲起来了。

变脸王走到大幕处，揭开条缝往外一看，心里不由得丁丁冬冬敲起了小鼓。只见偌大的场子里只前排坐着几个人，坐在当中的那个男人长得像女人一样俊秀。他头戴黑绒小帽，顶上散发熠

熠绿光，分明镶着粒绿宝石，黑绸缎面袍子，外罩金钱镶边马褂，正徐徐摇晃着手中折扇，一双眼半睁半闭。左首作陪的，却是万县道台叶荣祖。这人难道是王公贵胄，竟令叶道台也毕恭毕敬？变脸王一面想着，一面向众人关照："今天这场戏，大家可得打点十二分精神！"

《空城计》里的诸葛亮，几乎不画脸谱，全以素脸出现。变脸王走出场去，一番亮相之后，便中气十足地唱开了，一边唱一边向那人打量。奇怪啊，一帮人全都看得很投入，惟有当中这人微仰在座椅上，那眼睛半睁半闭，眼光却几乎全朝向头上棚顶。剧情发展到琴童来报告司马懿大兵退去时，变脸王要使出自己的绝活儿了，他的脸色要由红变白，再由白转青，表现诸葛亮如释重负心有余悸的后怕。当琴童一声"相爷"刚出声，那人腰一伸，坐起来了，一双眼瞪得老大，定定地看着变脸王。

变脸王心里"咯噔"一下，这人原来是冲这来的！心里想着，动作并不怠慢，随一声"司马呀司马"的念白，但见得波澜不兴的脸色，突然像抹上胭脂，浮起淡淡的潮红，紧接着，潮红一闪而没，脸上是窗纸一样的苍白，待念到最后一个"马"字时，脸色却又变成了青色！下面众人一齐鼓掌喝起了彩，那人眼里一道亮光闪

过，立刻像早先那般半闭了眼睛，跟着站了起来，转身便向外走了。那一班喝彩鼓掌的人，赶紧一齐收了声，跟在那人后面走了。片刻后，场内走了个一人不剩！

变脸王心里那个气、那个急啊！气的是自己表演绝无差池，竟换来了看客中途离座，扬长而去，自己到底也是名角，如此一来，颜面何存？急的是这消息片刻后便会在码头传开，以讹传讹，自己的名声在万县地界八成是要砸的。又气又急中，不觉又回想到那人的样子，一个念头突然闪了出来，那人莫非只是冲变脸来的？看那人表情，只在自己运动变脸时有了变化，如果那人真是只冲变脸而来，看过便走也就不足为怪了。

变脸王心里一团乱麻，理不出个头绪，只好吩咐班里人收拾行头，准备再演一场。突然，外面响起一阵杂乱的脚步声，跟着拥进一帮持枪拿刀的官兵，为首的标统，将手里签牌一扬，说道："有人举报王家班通匪，奉命特来查缉！统统抓起来！"官兵们一拥而上，立刻将众人团团围住。众人大惊失色，分辩说班子一直奉公守法，哪里敢通匪？军爷弄错了吧。变脸王暗道声"不好"，此事八成跟变脸有关，立即上前拱手一揖，向那标统说道："在下是王家班班主王复仲，如果真有通匪，天大的干系也只与在下有关。不如我同大人走一遭，接受衙

门盘查，不要再缉拿其他人如何？"

变脸王如此说，意在试探，假如确实是跟变脸有关，真正要缉拿的肯定只是他了。果然，那标统呵呵一笑，道："到底王班主跑的码头多，是个明白人。好，你就和我们走一趟吧！"变脸王神色不动，说道："稍等片刻，我换了这身衣服，便和大人走！"得到标统同意，便疾步走进后台。到此时，他已有十足的把握，知道这场变故的原因，也知道那个中途拂袖离场的人是谁了。

此人应是宫中名角，慈禧太后跟前的红人宁官人。慈禧是个戏迷，宫里一直养着帮戏角儿，其中有个叫宁官人的，最得太后的宠爱。前不久听说他来了四川，没想到竟是冲他变脸王来的。

变脸是川剧表演艺术里一门特殊的表演技巧。一般剧种里脸谱固然描得好看，可那是死"妆"，剧中角色有啥喜怒哀乐，只能通过"唱"、"念"、"说"、"做"来表达。变脸就不同了，刹那间变出不同色彩不同图案的脸谱，表现剧中人物情绪的突然变化，或惊恐，或绝望，或愤怒，往往将观众的情绪引到高潮，赚得个满堂彩。宁官人定是想学会这绝活，更得慈禧宠幸。可他也知道，梨园一行都将自己的技艺瞧得命样金贵，绝不会轻易传人。于是在看过变脸王表演后，授意叶道台找了个王家班通匪的借口，

派出一干人马，将天上宫围了个水泄不通。叶道台知道宁官人能和太后说上话的，自然言听计从，不敢有丝毫怠慢。

变脸王进了后台，脸上虽然不显喜怒，心里却波汹浪涌。如果他不去，定会将一班人都连累了。可是这一去，那宁官人既然能使出这样的手段，即使传了变脸技艺，也绝不会留自己活口。正想着，众人围了过来问："班主，咱们行得端坐得正，要去就一起去，总有个说理的地方。"这帮人哪知道内里原因？变脸王看看众人，只有几个老成的班友沉默不语，分明也

猜到些什么了。

变脸王将几个老成班友叫到一旁，吩咐道："只有我去了，大家才能平安无事。我这一去，兵丁一定会撤，你们即刻收拾行头，约束班众，租好船在码头等着。如果三个时辰后我没回来，立刻解缆扬帆，离开万县！"交代一番后，变脸王这才出了后台，随那标统而去。

到了道台府，那标统并不引变脸王入衙门，却带着他从耳门进去，里面早有人候着，将变脸王带进内室。宁官人正半躺在椅上，捧着烟枪吞云吐雾呢。变脸王单刀直入地问道："宁官人有何吩咐？"宁官人颇为诧异，抬起眼说道："王班主好眼力，竟已知道我是谁了。既然知道我是谁，那我想要什么，你也该知道了，又何必再用我吩咐？"变脸王点点头，指了指周围的人问道："不会让他们也看吧？"宁官人暗自欢喜，原以为变脸王要设法推托，想不到他这么容易就答应了，立刻让其他人全部退出，离屋百步外候着，并吩咐说没有自己命令，所有人不得靠近屋子。

等掩好了门，变脸王拿出只小箱子打开来，箱内分无数小格，放着或红或白或青或紫的油彩，还有灰尘状的金粉、银粉、墨粉。变脸王一面指点着这些小格，一面讲解开了："变脸有大变脸、小变脸之分。大变脸是全脸都变，有三变、五变以及九变；小变脸则为局部变脸。变脸手法又分'抹脸'、'吹脸'、'扯脸'三种。'抹脸'又叫'扯暴眼'，预先在眉头或鬓角涂上墨青，到时抬手一抹，将墨青揉开，再往眉心、眼眶或鼻翼处一抹，便成了另一种脸色。《白蛇传》里的许仙变脸，《放裴》中的裴禹变脸，都是此法；'吹脸'预先在台上放上粉盒，表演时做一个伏地动作，趁机将脸贴近粉盒一吹，粉末扑在脸上，就变成了另一种颜色的脸。《伐子都》中的子都，《治中山》中的乐羊子，采用的是'吹脸'之法。而'扯脸'最为复杂，需得预先做成脸谱，堆叠在脸上，然后一一扯下，变出多张脸谱。"

说到这里，变脸王拿出描红小笔，对宁官人说道："这样吧，现在我先替你堆叠脸谱。"宁官人一直半闭着眼睛，好像在打瞌睡，其实一字不漏地听着呢。一听要在自己脸上画脸谱，心里立刻琢磨开了："老子是堂堂御前戏师，岂能由你这般跑江湖的人在脸上描来画去？要是你使上什么坏，把我这一张脸毁了，我的锦绣前程不成一场美梦了么？"如此一想，便说道："我找个人进来，你在他脸上描，我看着就成了。"变脸王无可奈何，只好点头应允。宁官人立刻叫了一个亲近的黑脸随从进来，然后重新掩上门。变脸王示意黑脸随从坐好，然后在那张黑脸上，一丝不苟地描了起来。

过了近一个时辰，屋门"嘎"地一声开了，那黑脸随从走了出来，脸上还沾着一块块没来得及抹去的油彩，顺手又关上了门。"妈的，不是戏弄老子么？这时候才说缺点材料，让老子去取。这一脸的油彩，让老子出去如何见人？"这黑脸随从一边走一边低声抱怨开了。那边守着的人，看到黑脸随从一张脸姹紫嫣红，全都忍不住笑了。叶道台凑了过来，想要献殷勤："那，你就歇着喝会儿茶，我吩咐人去吧。"黑脸随从苦笑着直摇头："谢叶大人好心。只是这千辛万苦弄来的配方，如果让宁爷知道是其他人去办的，要保证配方没外传，恐怕只好……"说到这里，抬手在颈上一抹，叶道台吓得一哆嗦，心里想，妈的，只有死人才会守口如瓶啊，我这不是没事找事，往自个身上揽麻烦吗？忙说："那只好辛苦您了。"说罢赶紧点了两名兵士，去帮黑脸随从的忙。

三人来到天上宫码头上，码头那边泊着艘船，换了装束的班众正向这边张望呢，看见三人大摇大摆走上船，众人又惊又怕。那黑脸随从大步走上船头，吼声"松缆"，缩肘向后一撞，左首的兵士正疑惑黑脸随从怎么突然变了嗓音，肘已撞在胸口，整个人纸鸢般跌进了江里。右首兵士慌忙拔刀，刀才离鞘一半，黑脸随从手已抓在他肩上，向前一抛，扔进了江里。早有准备的班友一斧下去，斩断船

缆，跟着扯起帆，船箭一般离了码头，黑脸随从这才如释重负地吁了口气，刚才还是一张胖脸，一转眼皮肉都陷了进去，只见他抬手一抹，揭开张纸一样薄的面具，惊疑不定的班众都乐了，是班主！

原来变脸王心知要想脱身，只能"金蝉脱壳"。可宁官人谨慎得很，屋内只留他两人。变脸王要脱身，只能化身宁官人。可宁官人到哪里不是仆从如云？如此一来，不但脱不了身，反会连累班众。于是他便假装想要给宁官人叠脸谱，他料想，宁官人必然不愿意，会叫来随从代替。果然，宁官人叫来了黑脸随从，等变脸王给黑脸随从一张脸画得差不多了，宁官人看得入迷，渐已少了戒备，这才突然将宁官人和黑脸随从制服。再就着黑脸随从的脸，敷了张脸膜，戴在自己脸上，然后用了变脸的功夫，让那脸膜实实在在罩着，再往容易出现破绽的地方抹上些油彩。变脸王换了服装，借口要配料，大摇大摆脱了身。等到叶道台一帮人发现出了意外，气急败坏地追到码头时，但见天高水阔，江流滔滔，哪还有变脸王的半点踪影？

打那以后，王家班就在四川销声匿迹了。直到民国后，出了个康家班，那班主也擅长变脸。有人说康班主就是变脸王呢。

(本篇月月评短信代码：0614)

(题图、插图：安玉民)

防不胜防

□ 李 萍 改编

罗格是个默默无闻的小职员，一直过着毫无乐趣的生活，可从今天早上开始，一切都不同了。他亲爱的本杰明叔叔留给他的遗产，从今天开始生效了，那可是一大片森林，能带来滚滚财源。毫无疑问，幸福从这一刻就开始了，他要发财了。

罗格换了套新衣服，开车往林区驶去。

五个小时以后，他已经把车开到了林区，转上一条窄窄的沥青路，就可以横穿森林，通往美丽的庄园。路上，罗格睁大眼睛看着路旁的每一棵大树，有了它们，赚钱就可以像大风刮掉树叶那么容易了。惟一的遗憾是，他只能分到一半，一想到这一点，罗格就觉得难以忍受。和他分财产的是他的妹妹梅莉萨，还有妹夫乔治。

乔治以前是本杰明叔叔生意上的帮手，是个自以为是的家伙。罗格总觉得乔治娶他妹妹就是想霸占本杰明叔叔的财产。罗格和乔治曾经因为言语不和干过一架，从那时起两人就再也没说过一句话。

罗格继续在森林里开着车，有好几次他必须给拖车让路。拖车是来拉树干的，拉走后整齐地码在路边。到了庄园前，罗格走下车，看到乔治正在指手画脚地指挥几个林业工人干活。

罗格暗骂道：这个联姻的无耻小人俨然成了小老板了，我一定要让他的如意算盘落空。

乔治看到了罗格，似乎没发现他的不愉快，而是以不同寻常的热情和他打着招呼："你好，罗格，你来了真好。"

罗格朝他点了点头，两人一起走进了客厅。客厅漂亮的长桌上摆着几个冷盘，还有红酒。罗格心里更闷闷不乐了，心想，这两口子在这儿过得倒挺滋润呀！

梅莉萨热情地迎了出来，和罗格拥抱，然后转身帮罗格拿了一杯调好的鸡尾酒，说："你能来真好，我们正想和你商量，这片森林我们今后想自己料理，乔治对此很在行。当然我们会给你足够的补偿。"

"不行，"罗格想都没想，立刻拒绝说，"我也要进入森林企业，经营属于我的那一份。"

听了这话，梅莉萨显然有些吃惊："你是认真的吗？你一向对这个行业没有兴趣的呀，况且，你愿意承受这么大的压力和责任吗？"

罗格讽刺地笑了一下，他觉得这话简直是太愚蠢了，因为他做梦都想当大企业主，拥有权力和威望。罗格坚决地说："我早就想好了，要自己打理属于我的森林，这件事没什么可多讨论的，现在我想回房休息去了。"

罗格拿着自己的行李，来到二楼房间，进屋之后"啪"的一声重重地把门关上，紧接着又轻轻打开，他想听听这两口子对他的态度有什么反应。

一阵争吵之后，客厅里安静下来。罗格清楚地听到梅莉萨在说："我们不能把他留在世上！"而乔治立刻回答说："是的，这是惟一的机会。"

罗格赶紧关上门，他知道这两个家伙不是在说气话，他们是认真的。惊恐之后，罗格决定不动声色，现在既然已经知道他们会行动了，只要能看破花招、找到证据，就有办法让他们因为谋杀罪去坐牢，那样的话，整个森林就是他一个人的了，为了这个，即使冒险也很值得。

第二天吃早餐的时候，罗格表现得很好，丝毫没让人看出他有什么不安。乔治和梅莉萨对他出奇地友好，那态度都让人有些受不了。

"你要盐瓶吗？""要不要再来点咖啡？"夫妻俩不断地招呼着罗格。

罗格仔细观察着，看他们两个递过来的东西他们自己是否也吃，因为也许那里面会放有致命的氢氰酸。但这对夫妇胃口大开，各种食物无所不吃。早餐就要结束的时候，梅莉萨甜甜地笑了笑，说"罗格，我们想过了，森林的事情我们后天再谈吧，明天是你的生日，我们好好庆祝一下。"

罗格点点头说："我也这么想。"看来，他们打算这两天就动手，接下来他可得处处小心谨慎了。

吃过饭，罗格一直在附近的林区察看情况，他想尽可能熟悉周围的情况，好在这里地形并不复杂。等他回到庄园的时候，大厅里空无一人，他

悄悄地来到梅莉萨的房间门口，把耳朵贴在门上。罗格听到他们似乎在谈什么装东西的事情，有些听不清楚。最后，他听到梅莉萨说："今天晚上就应该把它装好，明天就来不及了。"乔治说："好，我现在就去办！"

罗格立刻把自己藏到了楼梯底下，他看到乔治提着工具箱从后门走了出去，消失在一个车库旁。现在，罗格有点明白这对阴险的夫妻打算干什么了。

第二天是罗格的生日，他一走出房间马上发现自己的猜测是正确的。透过大厅的玻璃，罗格能看到院子里

停着一辆漂亮的蓝色跑车，上面围着五米多长的玫瑰色生日饰带。

罗格四周看了一下，没看到梅莉萨和乔治，于是马上跑回自己的房间，打电话约了两名机械师。罗格坐在客厅的沙发上，想着等会儿要是他妹妹出来让他拆礼物，他该怎么拖延时间。可一直等到机械师来到庄园，也不见梅莉萨和乔治的影子。

罗格显得有点兴奋，他要立刻发现证据，马上把谋害他的人送上法庭。他对机械师说："请你们仔细检查这辆车，每一个零件都要仔细看，不要放过任何可能会引起车祸的故障。"

看着这部系着彩带的全新跑车，两名机械师对罗格的要求感到有些奇怪，在罗格的一再催促下，他们检查了轮胎、发动机以及漂亮的跑车底盘，可什么问题也没发现，机械师说这是一部非常灵敏的跑车。

就在这个时候，乔治和梅莉萨的客货两用车"嘎"的一声停在了院子里，把一直埋头工作的罗格和机械师都吓了一跳。梅莉萨跳下车，茫然不知所措地问道："这儿发生什么事了？"

罗格涨红了脸说："我怀疑你们企图谋害我。"为了证明自己不是在无理取闹，罗格讲了昨天自己偷听到的话。

乔治笑了，宽容地说"我想这是个误会，我们只是想帮你装个音箱而

已！"说完一转身，从他的车里取出两个音箱，继续道："但昨天还是没有弄成，因为线路不配套，所以我们一大早就开车去电器商店想换一个。"

罗格彻底糊涂了，嘟哝着："但我曾经听你们说过'我们不能让他留在这个世上'！"

梅莉萨耐心地解释说"我们不是在说你，而是说我们之间的矛盾，因为我们现在要共同管理这个企业了，所以应该重新开始我们之间的关系。我和乔治都愿意努力。"

"对不起，我打断一下，"一个机械师说，"我们已经检查过了，这部车一点问题都没有，真是辆漂亮的好车，现在可以把它装回原样了吗？"

罗格无话可说了，一个劲儿地向乔治和梅莉萨道歉，夫妇俩没有怪罪他，反而帮他开脱说："这实在是一场典型的误会！"

傍晚，罗格第一次开着他的生日礼物去兜风。路上见不到拉木材的车了，他可以随心所欲地开来开去。不过，罗格心里还是有点遗憾，本来是可以把乔治和梅莉萨送进监狱的，但现在他们没想过要害他，自己倒没办法下手了。开着跑车在这么美好的森林里兜风，罗格更加不想和别人分享了，他胡思乱想着，看有没有什么好办法能把乔治夫妇驱除出森林企业。

就在这时，他看到前面树林边站着一个人，好像是乔治。罗格有些纳闷，乔治怎么会到离庄园这么远的地方来散步呢，不过他看得不是很清楚，因为一个拐弯挡住了他的视线。他加大油门想开过拐弯，可就在车子刚刚拐过去的一瞬间，路旁码好的一堆庞大的树干发出了响声，最上面的一根滚落下来，正好挡在罗格面前的路上。这部跑车性能真的很好，罗格的脚刚踩上油门几秒钟，速度就立刻加了上去。跑车直冲着大树撞了上去，车子立刻飞了起来。在失去知觉之前，罗格看清楚了，站在那里的人的确是乔治。乔治似乎正笑着朝罗格挥手，乔治的确应该笑，因为森林企业从此就属于他和梅莉萨了。在那一刻，罗格终于明白了梅莉萨说的要乔治赶快装好的东西就是在这堆木头上安放机关，梅莉萨说得对，罗格的确对森林不了解。

（本篇月月评短信代码：0615）

（题图、插图：箭 中）

·情节聚焦·

作弊的噩梦

□ 徐兆年　改编

汉斯是个穷学生，独自住在公寓楼的一套房子里，每天过着深居简出的生活。

汉斯不和其他邻居来往，并不是因为羞怯，而是不想以一个穷学生的身份和周围的人相处。他想好了，等自己拿到了博士学位，就在房门上钉一个牌子，牌子上写上："汉斯·海涅博士"。到时候，他会热情地和楼里的每一个人打招呼，而他的邻居们会惊奇地发现，原来这个面色苍白的年轻人，是一位令人尊敬的大学讲师。

当期待已久的时刻真正到来的时候，汉斯激动得有点不知所措。博士学位颁发仪式之后，他就直奔牌匾制作商店，让他们当场制作一个带有他名字和

头衔的漂亮小铁牌。在商店等待的时刻，是汉斯经历过的最美妙的等候。

从商店出来，汉斯把铁牌子紧紧地抓在手里，兴冲冲地回到公寓。

几分钟以后，汉斯已经把那个小小的牌子挂在了自己的门上。汉斯后退了几步，端详着自己的名字，想起了在此之前的坎坷生活：可恨的中学时代，从父母家逃离，异地单调的大学生活，这一切都充满了紧张和焦虑。他觉得自己从来没有像现在这么轻松和开心，讲师职位已成囊中之物，未来的工作和生活将不会再让他烦恼。

汉斯决定要去买点巧克力之类的小礼物，因为从今天起，他要和邻居们有更深入的交往，说不定晚上就会

62 人生并非游戏，因此，我们并没有权利只凭自己的意愿放弃它。　——列夫·托尔斯泰

有邻居带着孩子来访，自己应该像个成年人一样，送礼物给孩子们。当他带着礼物往回走的时候，在楼下自己的信箱里发现了一个蓝色的信封。他觉得这信封的颜色很特别，也很适合今天这个特别的日子。他把信从信箱里取出来，高兴地三步并作两步跳上楼梯。他猜想那一定是封贺信，也许是父母从大学打听到了这个消息，想给他一个惊喜。如果真是这样的话，他愿意主动向他们道歉，请他们原谅自己这么多年的年幼无知。汉斯走进家门之前，又看了看门上的牌子，他相信应该有很多邻居已经看到了，新生活就要开始了。

他坐在桌旁小心翼翼地把信拆开，读了起来。渐渐地，他的脸色变了，他找了根烟点上，尽量让自己拿信的手不要抖，努力平静下来，把信从头到尾又仔细读了一遍。

尊敬的汉斯先生：

很遗憾地通知您，根据我手上掌握的证据，证明您曾经在10年前的中学考中作弊。尽管我退休多年，但对此事却不能坐视不管。我也不想毁掉您的生活，故而请您于10月17日18时到我家重新补考，如果您未能如约，届时我将向学校当局举报。

顺致友好问候。

雷欧普德·布赖

"根本不可能，"汉斯一边自言自语，一边回想起那次可怕的中学考试。当时他的数学和生物没有通过，中学考试翻船意味着失去继续读大学的权利，汉斯不愿因为失误而毁掉自己的大好前程。在发证书前的一个晚上，他偷偷地摸到了校长办公室，在校长的办公桌上，放着制作好的证书，上面只缺少校长的印章和签名。汉斯在校长办公室里找到了空白的官方文件，为自己写了一份毕业证书，然后把它放在其他文件中，毁掉了那份写有不合格的文件正本。

汉斯一直以为这件事没有第二个人知道，可现在布赖先生却知道他作了弊，这太可怕了，他来之不易的美好前程，有可能就这么毁于一旦。要是那样的话，他的日子也就到头了。所以，没有什么要多考虑的，不管布赖先生究竟知道多少，他都必须要去会一会。信上的地址写得很清楚，他算了一下，到那里大概需要20分钟的时间，汉斯决定立即动身。

当汉斯站在布赖先生家门前的时候，感觉自己就像在走向断头台。汉斯按了门铃，透过门上的玻璃看到门厅里亮着灯，布赖先生似乎在等他。当房门打开的时候，汉斯有些慌张，布赖先生这些年几乎没什么变化，还是衣着得体，声音铿锵，令人敬畏。

"请进，年轻人，"他声如洪钟，

"与以前上课一样，你总是迟到5分钟。"

汉斯没说话，跟随自己以前的老师走进客厅，坐在了沙发上。

"年轻人，你以前做过一件了不起的事情，难道就不怕会被发现吗？不过，我给每个犯了错的人改正的机会，我在地下室里为您布置了考场，有您的考卷和一些白纸，您有足够的时间答题。"

布赖先生脸上的神态，是汉斯上学时就非常讨厌的，他曾无数次地用这种神态嘲讽汉斯，让他在黑板前站着，特别是在考试的时候，他总是带着嘲笑看着他。多年来，汉斯坚定地认为这段经历已经永远成为过去，可现在，这情景又要在地下室重演了。

"现在开始吧，剩的时间不多了，我的朋友。"布赖先生还是那种似笑非笑的表情。

汉斯觉得布赖先生的每一句话都让他想到痛苦的过去，更严重地威胁着他的未来。

他们一起往地下室走去，汉斯突然感觉不到自己意识的存在，像一个听话的小孩一样跟在后面。也许正因为他处于一种无意识的状态，当他的胳膊碰到了壁炉边上的捅火钩时，几乎想都没想，就把它拿在手中。汉斯紧握铁棒，闪电般地击在布赖先生的头上，老人一下子瘫倒在地，一动不动了。

最意想不到的事情偏偏就这么发生了，而且再也无法改变。不过汉斯并没有因为自己的冒失而后悔，他清醒过来以后，倒觉得这是个不错的解决办法。接下来他还是要去一下地下室，他必须让那些为自己准备的试卷和纸彻底消失，说不定布赖先生已经在上面写上了补考人的名字。

汉斯在黑暗中往地下室走去，他打开地下室的门，里面突然爆发出震耳欲聋的欢呼。几乎是同时，地下室的灯亮了，里面有很多人，都端着香槟，还有人在往他身上喷彩色的碎纸屑。他们吻他、拥抱他，他们都是他中学时候的同学。

"你感到惊奇吗？"汉斯以前的班长问道，"我们祝贺你获得了博士学位，你的成功就是我们今天聚会的理由。不过，你没事吧，你的脸色好像不太好。"

"我，我……"

"你认为我们准备的中学考试补考这个玩笑怎么样，是不是有点上当的感觉？布赖先生也觉得这样做不合适，咦，布赖先生呢，他人在哪里啊？"

汉斯的脑袋嗡嗡作响，眼前一阵眩晕。

(本篇月月评短信代码：0617)

(题图：箭 中)

最不后悔的活法

泰莱神父曾主持过两次有共同之处的临终忏悔。

一位是流浪歌手,他对神父说:"仁慈的上帝!我喜欢唱歌,音乐是我的生命,我的愿望是唱遍美国。作为一个黑人,我实现了这个愿望,我没有什么要忏悔的。现在我只想说,感谢您,您让我愉快地度过了一生,并让我用歌声养活了我的六个孩子。现在我的生命就要结束了,但我死而无憾。"

事实上,这名毫无遗憾的黑人歌手的所有家当,就是一把吉他。他的工作是每到一处,把头上的帽子放在地上,然后开始唱歌。

另一位是位富翁,他的忏悔竟然和这位黑人流浪汉差不多。他对神父说:"我喜欢赛车,我从小研究它们、改进它们、经营它们,一辈子都没离开过它们。这种爱好与工作不分、闲暇与兴趣结合的生活,让我非常满意,并且从中还赚得了大笔的钱,我没有什么要忏悔的。"

泰莱神父后来在一封信中写道:"人应该怎样度过自己的一生才不会留下悔恨呢?我想也许做到两条就够了。第一条,做自己喜欢做的事;第二条,想办法从中赚到钱。"

(作者:阿　俊;推荐者:郭效清)

一条腿的鹅

有一位餐厅厨师,烧得一手好菜,特别擅长做烤鹅。他在一家餐厅非常努力的工作了三年,不但没有得到加薪的奖励,就连鼓励的话,老板也没有对他讲过一句。

有一天,老板说想吃他做的烤鹅,他一声不吭地去了厨房。午饭的时候,他亲自为老板端上了一只烤鹅。老板一看,愣住了,这只烤鹅只有一条腿。

老板不高兴地问:"这只鹅怎么只有一条腿?"

厨师耐心地说:"鹅本来就只有一条腿。"他指了指窗外池塘边的鹅。老板伸头一看,正在午睡的鹅都是缩起一条腿,金鸡独立一般地站着。老板轻蔑地笑了笑,重重地拍了几下手掌,鹅被惊醒了,立刻探头伸腿。

"你看,鹅到底有几条腿啊?"老板以为这回厨师肯定没话说了。

厨师温和地说:"这是因为你鼓了掌,如果你能像刚才那样,多给我的鹅一点鼓励的话,它也能变成两条腿。"

老板明白了,原来厨师是在用一条腿的鹅暗示他应该多给一些鼓励。其实每个人都一样,多给一些鼓励,他会做得更好。

(作者:屈智勇;推荐者:张永涛)

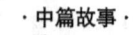

迷恋声色是生活中一个可怕的陷阱，更可怕的是，这陷阱往往是我们自己亲手挖的。

声色陷阱

□ 柴兴志

1. 举报抓赌埋祸根

周正在市文联工作，一边当着主持工作的副秘书长，一边又写东西挣稿酬，每月总有三四千元的进项。他的妻子琴琴人长得漂亮，虽是徐娘半老，但那身段儿倒是风韵犹存，女儿在外地读大学，用不着他操心。可就是这看似美满的日子，也有让周正发愁的家务事。

妻子琴琴下岗以后，闲得百无聊赖，老是找些姐妹来家里打麻将，玩小牌消闲解闷，本来也没什么大不了的，可最近她们不仅玩得越来越大，还多了些看客，抽烟说笑，把家里搞得乌烟瘴气。周正眼看着家里一天比一天乱，心里不舒服不说，还提心吊胆地怕邻居有意见，传出去的话，也怪丢人的。

特别是最近两天，简直闹得不像样了。一个叫凤姐的凶女人赢了刘老婆子一大笔钱，刘老婆子一口气没上来，在周正家晕倒了。刘老婆子家里人跑来闹了个鸡飞狗跳，还说了些"死在谁家谁埋"之类的狠话！周正只好自认倒霉，买了补品赔了礼，这才算完。

周正回来把琴琴狠狠地骂了一顿。琴琴倒有理似地说："我以前做营业员的时候，上班多热闹，现在闲在家里闷死了，你不让我打麻将，我干啥去？"周正唬着脸说："你为啥不参加点健康的活动？上次健身舞厅招收会员，有乐队伴奏免费教舞，我让你去，你怎么不去？"琴琴一撇嘴说："我才不花了钱还让别人搂呢！"

周正气得闷头吃饭，他想想这事儿不能再拖下去了，俗话说病急用猛药，是该给她点儿厉害瞧瞧了。

第二天一早，周正没去单位，夹上皮包直奔了派出所。

派出所的田所长和周正挺熟，听他说完便笑起来："哈！大义灭亲，到底是当领导的觉悟高。"周正脸红起来，尴尬地说："别提领导不领导的，我是给逼急了，您帮我个忙，找个懂分寸的警员帮我吓唬吓唬她们，多少给我留点儿面子。"田所长大包大揽地说："放心放心，一定给举报人保密，咱们都是教育为主，管教她们改除恶习，你等着来领人就是了。"

周正不知道，自己这下是把事情给搞大了。下午，田所长一时没找到人，就派了个年轻的小警察带了联防队员去抓赌。抓了也就抓了，不想抄

赌资时把凤姐给抄急了，争抢中那女人舞起双手把小警察抓了个满脸花。这下糟了，凤姐行凶打人阻挠执行公务，小警察当时就把她铐了起来，把几个女人也一起押进派出所关了。

周正接到田所长的电话，匆匆赶到派出所，听田所长一介绍情况，才感到事态严重，光收缴赌资就是八千多元，聚众赌博还抓伤警察，足够立案了，一立案起码要拘留，罚款更不用说了，周正弄巧成拙，赔了夫人又折钱，这脸可就丢大了。

田所长倒是不急，慢悠悠地说："按说嫂夫人提供赌博场所情节严重，不过毕竟是家庭小赌场，拘留就免了，罚款嘛……"周正忙说："我交我交。"田所长笑道："举报有奖，这奖嘛，我看你也别领了，咱就抵了吧。不过，那个打人的凤姐是要拘留的！"

周正也顾不得那么多了，千恩万谢地领着琴琴回了家。琴琴一进门就哭，原来警察把抽屉里准备寄给女儿的两千元学费也当赌资抄走了。可周正哪还顾得心疼钱，吼了一声："别哭了，钱是小事，这下有嘴也说不清了！"

琴琴抹抹眼泪问："咋了？"

周正指着她说："你也不想想，被抓走的几个女人就你先回来，按理说你提供场所，应该重罚的，明眼人一看便知有鬼，说我在派出所有关系倒

不要紧，要说咱设圈套诱人赌博再举报得奖，那可难做人了。"

琴琴被他一说也怕了，又想起凤姐的男人是有名的混混，一贯是没占便宜就觉得吃亏的主儿，如今老婆被拘留，岂肯善罢甘休？这个怨可就算结下了！

周正矫枉过正走着儿臭棋，也不好意思再发脾气，琴琴自知理亏，又觉得愧对牌友，一连几天闷在家里不敢出门。

倒是凤姐不计前仇，半个月后打来电话说自己没事了，还说好姐妹没有什么好记仇的，想约琴琴一起去舞

厅跳舞，琴琴不好意思拒绝她，又想起周正曾经建议她去跳舞，倒是可以借机向老公表现一下自己悔改的决心。

吃过晚饭，琴琴把这事和周正商量，他也挺支持。当天晚上，按照凤姐说的地方，琴琴买了票进去，可找了好几圈，也没看到凤姐的人影。舞厅里面人头攒动乐声震耳，黑乎乎的也看不清路，她试探着摸到个沙发就坐下来，闭上两眼想适应适应环境，此时正好一曲终了，灯光亮了一点，琴琴一睁眼，面前站着个小姐，微笑着对她说："小姐，请付二十元茶水费。"

琴琴吃了一惊，再看面前的茶几上，不知何时已摆上了一套茶具和瓜子话梅，忙摆手说："我没要茶水呀？"小姐笑起来："您是第一次来吧？这是贵宾席，谁坐下我们都要上茶水小吃的。"

周琴琴四处看看，果然别处都是硬椅子，只有围着舞池才有一圈儿软沙发，没办法，正要伸手掏钱，一个人挤过来说："哈哈，原来是琴琴，免单免单！"服务小姐点点头走了，琴琴才看出来人正是凤姐的男人老七。琴琴拘谨地说："凤姐呢，是她约我来的。"老七却笑嘻嘻地说："就她那身材，哪敢到这儿来，倒是嫂子你，早该来玩玩。"琴琴听他这话，意思好像是凤姐不来了，站起身来准备走。老七掏出张卡片递过来，说："别急着走

呀，凤姐只是怕前几天的事儿让你受了惊吓，才请你出来散散心，现在事情都过去了，你就放开了玩吧。我是这儿的老板，自己人别客气，这是会员卡，凭卡免单。"没等琴琴推辞，又招手唤过一个高个子男人来介绍道："这是我们的花教练，想跳舞学舞只管说。"

"不不，下次再跳。"琴琴转身想走，花教练已伸出手来相邀，琴琴看人家实在是给足了面子，无奈只得相伴下了舞池。

琴琴只会些基本舞步，浑身僵硬，总踩不准节拍，久经舞场的花教练连夸琴琴的身段好，说说笑笑地带着琴琴旋转起来，琴琴身不由己地亦步亦趋，朦胧之中看到花教练高大英俊的样子，闻到他身上散发着一股好闻的香水味儿，又被他夸赞得有些忘乎所以，不一会儿就觉得轻松自如，随着他如鱼得水地在人群中翩翩旋转，一曲一曲直跳到曲终人散。

出了舞厅，琴琴只觉得浑身轻松充满活力，实实在在体会到了跳舞健身的好处。

2. 跳舞惹出飞来祸

回到家里，琴琴兴奋地把跳舞健身的感觉告诉了周正，当然没提遇见老七的事，更没说什么花教练。周正看琴琴真的转移了兴趣，也就放了心。

琴琴抑制不住兴奋，就像她以往大谈牌经一样，不停地对周正大谈跳舞的感受，可周正边看着电脑边嘴里"呜呜"地应付两声。琴琴一肚子话没处说，以前都是周正说跟她没共同语言，现在她倒觉得周正没情调了。

第二天琴琴就去买了真丝长裙和高级化妆品，回来对镜认真打扮起来，真是佛靠金装人靠衣装，镜子里的琴琴眉清目秀齿白唇红，在舞厅的灯光下根本就看不出她眼角细细的皱纹，再加上成熟丰满的身材，就说三十岁都不过分，真是风韵犹存啊，想起花教练昨天不住地赞美自己，琴琴充满了自信。

打扮完再到舞厅已经有些晚了，找不到座位的琴琴只好站在人群里，舞曲响起，人们纷纷下了舞池，琴琴正在东张西望，忽见一个高个子男人走来，她慌忙迎上去叫道："花教练，你可来了！"那男人一愣，琴琴才看清是认错人了。

那男人笑道："好运气呀，我也正在找舞伴。"说着就伸手邀请，这人满脸的粉刺疙瘩，长发在脑后扎着马尾巴，远不及花教练英俊潇洒，琴琴虽有些厌恶却不好拒绝，只得跟他下了舞池。

马尾巴年龄不大，倒是个舞场老手，带领着琴琴花样百出，吸引了许多人的目光。得意之余，琴琴感到他总是有意无意地碰触自己的敏感部位，便想寻机退出，可连跳了两曲还不见花教练的影子，心里不免有些着急。

又一曲慢四响起，大厅突然灯光全熄，朦胧中看到许多舞伴紧紧搂在一起跳起了贴面舞，琴琴也被马尾巴双臂搂住了腰，她挣了两下没有挣脱，正要伸手来推，马尾巴的脸突然贴上来，用力把她紧紧搂在怀里，一张臭嘴"啪"地吻在脸上。

琴琴猛地挣出来："臭流氓！滚！"

马尾巴怪笑起来："装起正经来啦，你也不年轻了，到这来不就是找新鲜刺激吗？老子哪点儿配不上你？"说着一伸手就在琴琴身上乱摸了起来，琴琴急了，用尽全力给了他个大耳光。

"啪"的一声脆响，惊得近处的舞伴们都停下来，马尾巴瞪起眼没敢发作，摸摸脸悻悻骂道："不识抬举的臭娘们儿，咱他妈的走着瞧！"转身钻进人群不见了。

琴琴害怕了，没了跳舞的心情，整整衣服就往外走，低着头刚走出大厅，迎面跟一个人撞了个满怀。琴琴一抬头，看见正是花教练，一肚子委屈再也忍不住，眼泪"哗"地流了出来。

花教练吃了一惊，慌忙搀着琴琴进了休息室，待听罢琴琴的哭诉倒笑起来："舞厅里总会有几个小混混儿，往后别理他们就是了……嗨！也别怪他们眼馋，谁让你气质那么好呢！"

琴琴心里舒服了，娇嗔地捶了花教练几下，又随着他进了舞池，再到了熄灯跳贴面舞的时候，琴琴就不由自主地偎进了花教练的怀里……

散了场已近半夜，花教练陪着琴琴出来，刚拐进一条灯光昏暗的小巷，忽听身后"呜"地一声风响，花教练脑袋上"砰"地挨了一闷棍，未及吭声就瘫在了地上。

琴琴惊得呆

了，张开嘴刚要叫喊就被一团臭烘烘的东西堵住了嘴，两个人上来扭住她便扒衣裳，琴琴如何抵得住两条汉子，紧接着"喀嚓"一声，一道刺目的白光闪过，两条汉子抱起她的衣裳如飞而去。

琴琴脑子里成了一片空白，蜷着身子蹲在地上不敢喊也不敢动，直到倒在旁边的花教练哼了一声才缓过神儿来，慌忙凑过去摇摇他，花教练又哼了一声，捂着脑袋坐起来，一眼看到琴琴衣不遮体，顾不上脑袋还在流血，忙脱下上衣给琴琴披上。

幸好这里离花教练租住的房子很近，琴琴扶拔着摇摇晃晃的花教练回到屋里。花教练倒是细心，先随手拿了套运动服让她穿上，才打开灯检查伤势。这一闷棍打得挺重，后脑勺鼓起一个鸡蛋大的疙瘩，又青又紫的还在流着血。琴琴催他去医院，花教练不肯去，拿出些药水纱布让琴琴替他包扎起来。

躺在床上的花教练催琴琴赶紧回家，可琴琴看着身上又肥又大的运动服发起愁来，天呐！这副模样在丈夫面前可如何解释？

花教练看出了琴琴的心思，沉吟了一会儿说："按说我不该留你，可这事要是被你丈夫知道……我看你就说遇到个要好的姐妹，今天就住在她家里了，行吗？"

不行还能怎么办？琴琴只好给家里打电话，周正大概还在上网，匆忙地说声"知道了"就撂了电话。

花教练要琴琴睡床自己睡沙发，琴琴不肯，坚持睡在沙发上，刚刚睡着就做起了噩梦，一声尖叫惊醒了花教练，花教练急忙过来把浑身发抖的琴琴搂在怀里，两个人都情不自禁起来……

3．孽债难还坠深渊

第二天琴琴等周正上了班才敢回家，晚上也没去跳舞，心不在焉地坐在客厅看电视。周正感到有些奇怪，不解地看了她一眼也没多问，又去上网了。琴琴平时一直怪周正把电脑当小老婆看，冷落了她，可这会却巴不得周正什么也别问。

然而跳舞这东西上瘾，此时琴琴又何尝不是心绪不定，再加上在花教练家的一夜让她实在难忘。正在这时，电话突然响起来，抢起来一听正是花教练。接完电话，琴琴告诉周正是要好的姐妹邀她去玩，周正头也没抬地"唔"了一声。

琴琴径直到了花教练家，花教练面色煞白，顾不得招呼就递过一只信封，着急地说："你看看吧。"

琴琴从信封里掏出张照片，一看就"哇"地惊叫起来，天啊！正是昨晚自己被扒了衣服的裸体照！

照片显然被处理过，黑色的背景

上只有琴琴纤毫毕现的裸体，一只大手正挡住了嘴里塞的那团破布，像是在抚摩她的脸，反正随你怎么想都不过分，这回真是跳进黄河洗不清了！

琴琴发起抖来，像抓住救命稻草似的抓住花教练："怎么办？你说呀，怎么办？"

花教练搂住浑身发抖的琴琴："这一准儿是马尾巴干的，还好没送到你家去，看来是诈钱的。"

琴琴镇定了些，说"他们是怎么说的？"

"不知是谁从门缝塞进来的，里面一个字也没有，先准备钱吧，到时他会找咱们的。"

钱倒是有，三千五千的还好办，可谁知马尾巴这家伙胃口有多大，就

怕他狮子大张嘴，拿多了被周正发现怎么解释？

正在发愁，电话响起来，花教练拿起电话，一听神色就变了，琴琴就猜到是马尾巴，虽然听不到电话里说什么，但肯定是开价太高，花教练直喊太多了，低声下气地一劲儿讨价还价，最终那边不耐烦地撂了电话。

花教练满脸无奈地说："他开价十万，最后一定要八万，不答应就把照片给你老公送去。"

琴琴哭起来："妈呀！我家里供着大学生呢，掏光家底儿也不过四五万呀！"

花教练一跺脚站起来，说"不行咱就报警！"

"别别！我给我给，借钱也给！"琴琴一把抓住花教练，说，"闹出来我家就散了呀！"花教练问："那你有办法借到钱？"

琴琴又哭起来，花教练叹了口气说："别哭了，不够我给你添上，先把照片拿回来再说。"

琴琴感动得一头扑进花教练怀里……

接下来的事还算顺利，琴琴偷偷地取来五万元钱，花教练又贴了三万，

送上钱拿回了底片。

第一关过去了，可琴琴的心还是悬在半空里，家里的五万元没有了，谁知周正什么时候会用到它呢？琴琴知道花教练也是个给人打工的光棍汉，只怕这三万元就是他的全部家底，人家毫不犹豫地拿出来救了自己，总不能装傻充愣的有借无还吧？

现在琴琴已经离不开花教练了，他就是自己的主心骨，有话也只能跟他说，要想办法筹钱，也要跟他商量。

花教练为难地呷起嘴来，好半天才"唔"了一声，可接着又直摇头，琴琴急了，摇着他的胳膊催他有什么主意快说。

花教练只好告诉她舞厅里正缺伴舞小姐，琴琴虽然年龄大些，凭她的身段气质也还充得过，伴一场舞能挣五十元，如果每天能伴上两三场，一年多就能把钱还上，不过这营生首先要会讨舞客欢心，碰上难缠的也要会应付，脸皮薄的可干不了。

琴琴病急乱投医，想也没想就答应了。

4. 豺狼相斗酿血案

有了花教练关照，琴琴的伴舞生涯第一天还算顺利，可第二天就没那么好运了，竟然碰上了马尾巴。

马尾巴喝醉了，抱着琴琴晃了好半天才认出她来，马尾巴乐坏了，伸出嘴就在她脸上乱啃起来。琴琴不敢得罪，拼命偏过脸来躲开他的臭嘴，马尾巴呜呜噜噜地说："别、别躲呀，一会儿大爷就领你去睡觉，大爷有钱，再给你一百块……二百块，羊毛出在羊身上，你、你那照片换的两万，老子还没花完呐……"

两万？不是八万吗！琴琴一愣，也顾不上了，马上把脸紧贴上去，娇声娇气地说："你记错了吧，是八万嘛！"马尾巴也是一愣："八万？"可立刻就像是明白了什么，骂道："这个王八蛋，老子那一闷棍真是打轻了，真他妈的黑心呀……得了色不说，还吞了老子那么多！"

酒后吐真言呐！琴琴心里一冷，顿时彻骨冰凉，她不愿意相信这是真的，拼命替花教练想理由解释，可就是解释不通，她开始明白，那花教练是他们一伙的，自己给他的五万块他吞了三万，还骗说自己贴了三万！

此时，马尾巴还在骂骂咧咧，越骂声音越大，琴琴灵机一动，撇着嘴"哼"了一声："骂管屁用，钱还不是让人家吞了！"激得马尾巴顿时大怒，一把推开琴琴就走。琴琴看他上了楼，猜到这家伙一定是去找花教练，自己跟上去一听不就明白了吗？

琴琴悄悄地随后上了楼，还没到花教练门外就听里面花教练扯着嗓子在骂："……谁说是八万？放你妈的屁！"马尾巴吼道："你少装蒜！再给

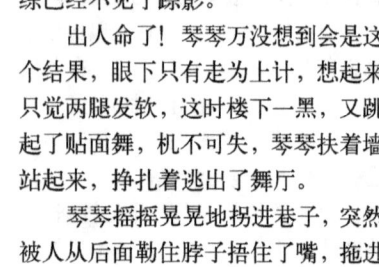

我拿两万来,咱完事! ”

花教练冷笑"两万? 也不怕风大闪了舌头! 你那一闷棍差点儿把老子打死,雇只狗都比你强,还他妈的想要钱! "话音刚落,只听"啪"的一声脆响,像是花教练挨了个耳光,里面立刻乒乒乓乓地大乱起来。

琴琴听到他们狗咬狗地打了起来,正觉得心里解恨,里面突然一声嚎叫,"咣当"一响便没了声息。

琴琴把耳朵贴在门缝上,可楼下乐声太响,怎么也听不清楚,又过了一会儿,琴琴再也忍不住了,轻轻把门一推竟"吱呀"开了,探头一看,琴琴"妈呀"一声瘫在了地上。马尾巴

肚子上插着一把刀,浑身是血地倒在地上,朝向大街的窗子大开着,花教练已经不见了踪影。

出人命了! 琴琴万没想到会是这个结果,眼下只有走为上计,想起来只觉两腿发软,这时楼下一黑,又跳起了贴面舞,机不可失,琴琴扶着墙站起来,挣扎着逃出了舞厅。

琴琴摇摇晃晃地拐进巷子,突然被人从后面勒住脖子捂住了嘴,拖进一个黑暗的门洞里,一个熟悉的声音低声喝道:"别动! 敢吱声就宰了你! "琴琴扭头一看,正是花教练!

琴琴浑身发抖地说"你、你还没跑? 花教练冷笑道"往那儿跑? 灯下黑知道吗? 越危险的地方越安全! "琴琴颤声问"你、你想干吗? "

花教练一瞪眼:"想让你掩护我,老子不能出面了,你给我找个地方住,按时给我送吃的,躲过几天,老子想法子开溜! "琴琴吓坏了,忙说"没、没地方……"

花教练冷笑一声,掏出张照片一晃:"好啊,那我就把这张照片给公安局,说是你为了要照片,指使我杀了马尾巴! "

照片? 琴琴明白了,这个阴险毒辣的家伙并没有把照片全还给她,他要逼她做伴舞女,逼她还债,永远把她控制在手里,琴琴又是悔又是恨,可现在明白已经晚了,自己落入魔掌,只得想个办法先把他安顿下来。

琴琴想起自家那套已经出租给别人的旧房子，房子有间地下室，因为里面放了东西，所以钥匙只有自己有，堆的净是些几年都用不上的杂物，倒是个藏人的好地方。

琴琴领着花教练来到地下室，好在里面有张旧沙发，还有些家里多余的旧被褥，只是地下室没有窗子，又潮湿又憋闷，花教练却挺满意，亲热地拍拍琴琴的脸蛋儿说："好好照顾我吧宝贝儿，躲过这阵风我就走，到时候一定把照片还你。"琴琴只觉得心里一阵恶心。

5. 步步紧逼入魔掌

就在他们躲进地下室的时候，马尾巴的尸体被发现了，花教练当然是最大的犯罪嫌疑人。

第二天，恰好周正在家写稿子，警察根据线索来找琴琴调查，琴琴手忙脚乱强作镇定，坚持说跟花教练只是一般的舞伴，警察没问出什么，留下联系电话就走了。

警察没说什么，周正倒发了脾气，问她在舞厅到底都干了些什么，怎么和杀人犯搅在一起？他见琴琴死活不认账，气得从书架上拿出本法律书摔在桌上说："我看你那神色就不对！有事就赶紧坦白，小心别当了包庇犯！"

周正气哼哼地又去打电脑了，琴琴心里乱得睡不着，索性拿过法律书来翻翻，不想越看越心虚，吓得一夜没合眼。

琴琴心力交瘁，去地下室送饭就像下地狱，两天下来人就瘦了一圈儿。周正本来就起了疑心，偏警察又来调查，这一次问得更细了，一个老警官不知为什么还问起了上次抓赌的事，越问琴琴越慌，回答得驴唇不对马嘴，最后就一边喊着不知道一边呜呜地哭起来。

两个警察互相使了个眼色，老警官和气地让她好好再想一想，又做了一番工作才走。

警察一走周正就火了，拍着桌子开始逼问："我看你这几天魂不守舍，今天这反应傻子都能看出来，你和这案子有关！"可周正声音越是大，琴琴越是不吭声，周正一气之下下了最后通牒，再不坦白就跟她离婚。

琴琴实在熬不住了，又不敢说出实情，就去找花教练想劝他自首，可花教练根本不听，还要她陪着喝酒，琴琴怕周正闻出来不肯喝，花教练就搂着她强灌，琴琴挣不脱又不敢喊叫，伏在沙发上哭起来。

花教练不高兴了："老子平时过得多潇洒？全是你惹了祸，受他妈的这个洋罪，你还不该安慰安慰我！"

琴琴还是一个劲儿地哭，花教练抿了口酒，说："其实我真没想杀人，就是拿刀子吓唬吓唬他，没想到火头上不小心失了手……唉，我知道你恨透我了，可你就不想想，我跟你无怨无仇的，为什么要害你？"花教练又灌了口酒，接着说："现在告诉你也没关系了，谁让你得罪了老七？就是他设了计要我引你上钩的！"

琴琴倏地坐起来，凤姐的男人老七？一切都明白了，原想着他们不会是省油的灯，唉，都是聚赌惹的祸！

看着目瞪口呆的琴琴，花教练得意地举着酒杯说："那老七可阴着哩！但我是不怕老七的，他那些小辫子都抓在我手里。可惜我现在不能露面，这样吧，你替我跑一趟，去找老七要五十万，要来了我就走，要不来嘛，反正有照片在，咱俩的关系是脱不开的了，我就吃上你了，有吃有喝还有临时老婆，嘻嘻，混一天算一天。"

琴琴昏头昏脑地回到家里，她明白自己是被魔鬼缠上了，这样下去早晚免不了东窗事发，兔子急了也会咬人，干脆就给他来个破釜沉舟！

人要横了心就什么也不怕了，琴琴决定去找老七。

再说老七这几天也被警察追问得挺慌，他原打算让花教练替他报复琴琴一下也就算了，没想到竟为这点小事儿搞出了人命，心里只盼着花教练远走高飞永远都不要回来，因为他的那些个事花教练都了如指掌，不说卖淫嫖娼坑蒙拐骗这些事，光是贩卖摇头丸这一项可就够他受的，万一花教练被抓供出他来，那他就完了。

舞厅出了人命，一连几天冷冷清清，突然光临的琴琴把老七吓了一跳，一时不知说什么好。

琴琴单刀直入地说："花教练让我来找你。"

老七慌了，问道："找、找我干吗？"

琴琴说："要钱。"

老七才觉出自己失了态，立刻镇定下来说"我又不欠他工资，凭什么找我要钱！"

琴琴说："你自己明白，反正花教练说了，不拿五十万来就告发你！"

老七不说话了，他知道再装蒜也是没用了，花教练这家伙说得出做

体力劳动是防止一切社会病毒的伟大的消毒剂。——马克思

得到，不然怎么叫狗急跳墙呢，可他老七也不是好惹的，别说自己手里没有五十万，就是有也不会给他！

老七想了想，叹口气说："行，我给，他在哪儿？我送去。"琴琴不答话，老七便吓唬她说："他可是杀人犯！被警察抓住你也得蹲大狱，你那家不想要了？我给钱让他滚蛋不就行了吗！"

琴琴说："他手里有我的……照片。"老七一拍胸脯："我给他钱不就换回来了吗。"琴琴想了想才说："你拿钱来我给他送去。"老七沉吟了一会儿，也答应了。

琴琴只想拿到照片赶紧让花教练滚蛋，然后任他们两个去狗咬狗。

老七告诉琴琴："今天晚上你来拿钱，让他马上拿着滚蛋，否则我就派人宰了他！"

晚上琴琴果然顺利地拿到了钱，老七拉开手提包，指着里面一大捆整整齐齐的百元大钞说："我这是贴上了封条捆好的，你回去让他亲自开封，仔细数数，好好验验，别以为老子骗他。"

琴琴回到地下室，花教练看到这一大捆钱不禁喜出望外，但他太了解老七了，怎么也不相信他竟会这么痛快地出血，这么一想，那撕封条的手就停了下来，朝着那捆钱仔细观察起来。

琴琴奇怪了："你怎么不打开看？"

· 社会长廊 生活广角 ·

花教练没理她，拿出刀子轻轻挑开那捆钱的一角，果然发现上面一张是真钱，里面全是印刷拙劣的假钞！花教练猜想老七决不会用这么小儿科的手段，定然还有阴谋，他沿着封条细细看去，终于发现封条上连着一根细绳直通那捆钱的中间，这就明白了，钱里面一定是炸药，幸亏脑子多拐了个弯儿，不然现在早就被炸得飞上天了！

花教练知道这个地方不能呆了，老七既起了杀心，怎知道琴琴身后没跟上尾巴？花教练想跑又实在咽不下这口气，自己这么多年跟他卖命，你不念旧情甩手不管也就罢了，怎么竟丧心病狂地要杀人灭口！想到这里，花教练打发琴琴去买啤酒，自己在屋里鼓捣起来。

6. 法网恢恢重见天

花教练没有猜错，老七果然跟上了琴琴，他躲在路边的树篱后面，等着听那一声爆炸的闷响。

可左等右等没听到动静，老七正在心焦得胡思乱想，却见琴琴出来奔了路口的小卖部，老七悄悄地跟上去，待琴琴拿着几罐啤酒回来的时候，老七一把把她拉到黑影里。

琴琴吓得张嘴要喊，老七忙捂住她的嘴"嘘"了一声："别喊，我是老七！"琴琴点点头不响了，老七松开手问："钱送到了吗？"

琴琴又点点头，老七又问："他没打开数一数？"琴琴摇摇头，老七奇怪了，沉吟了一下说："你催他快数清了，把照片要回来呀，你告诉他，再不滚蛋我就宰了他！"

琴琴当然愿意花教练快滚蛋，提着啤酒匆匆回到地下室。

琴琴进门就看到桌上的钱又回到了提包里，花教练正望着它悠闲地抽烟，一点儿也没有要走的意思。琴琴问："钱没错吧？"花教练"唔"了一声，琴琴说："把照片还我吧？"花教练拿出照片丢了过来，琴琴忙点燃打火机把它烧了。

花教练还是不慌不忙地打开啤酒

喝起来，琴琴忍不住催他"趁天黑快走吧！"花教练"唔"了一声接着喝他的啤酒，琴琴急了："老七说了，再不走就宰了你！"花教练立马瞪大了眼"老七在外面？"琴琴吓唬他"有好几个人呢，你再不走他们就进来了！"

花教练反倒笑了："五十万换我走人，你以为老七这么厚道？只要我一出去，连命带钱一块儿玩完！"琴琴吓傻了："那、那怎么办？"花教练叹口气说："还是保命要紧啊！这样吧，你去把钱还给他，告诉他我马上就走，请他放我一条生路。"

琴琴只好提着包出来找老七，走到树篱边时，里面嘘了一声，一只手把她拉了进去。

老七看见提包吃了一惊："怎么又拿回来了？"琴琴把提包递过去："他说不要钱了，只求你放他一条生路。"

老七浑身一抖，立刻料到提包里做了手脚，推开琴琴转身便走。与此同时，几条黑影"蹭"地蹿出来，闪电般地把他扑倒在地，一个人喝道："警察，别动！"扭住老七扣上了手铐。

琴琴吓得一屁股坐在了地上，直着两只眼睛发愣。一个警察去拿提包，吓得老七倒退着大叫："别动！里面有炸药！"警察们也都愣住了。

为首的警察命令："快去叫排爆

只要你有一件合理的事去做，你的生活就会显得特别美好。——爱因斯坦组来!"回身把坐在地上的琴琴扶起来:"给你个将功赎罪的机会,说吧,花教练藏在哪儿?"

琴琴抖抖索索地说:"在、在地下室……"为首的警察命令:"带我们去把门骗开!"

琴琴带着警察们来到地下室,按老规矩用手指在门上挠了两下,花教练在里面问:"老七走了?"琴琴答应:"走了。"花教练停了一下又问:"他没看看钱?"琴琴说:"没有,他提着包就走了。"里面没声音了,琴琴催道:"开门呀!"里面还是没声音。

一个膀大腰圆的警察示意大家闪开,后退几步猛地横肩撞去,屋门"轰隆"倒下,正好把花教练砸在下面。

警察们铐起头破血流的花教练刚要往外走,又一个警察拿着提包进来,指着它问花教练:"这包是你的?"说着就要拉开拉链,花教练"哇"地一声趴在地上:"别拉呀!有炸药!"那个警察像是没听见,"刷"地拉开拉链,花教练"嗷嗷"叫着抱住了脑袋。

那个警察笑起来:"这两个家伙尔虞我诈,一个把拉火栓拴在捆钱的封条上,一个又给拴在了提包的拉链上,"又指着琴琴说:"最险的是你呀,差点儿陪他们飞上天!"

琴琴一阵后怕,顺着脊梁骨直冒凉气。

那个警察又问琴琴:"你不认得我了?"琴琴仔细一看才认出正是两次找她调查的那个老警官。老警官说:"我们监视了老七,看到他跟你过来了,我们也跟了上来。"说罢一挥手,一干人犯被押上警车,车子呼啸而去。

琴琴一夜未归,周正一早就到派出所报案。

田所长跟他说了案情,告诉他琴琴以涉嫌包庇罪被拘留。周正听罢又惊又怒,气得要离婚。田所长一听就火了:"亏你还是个领导,这事你就没责任吗?夫妻之间要互相关心互相帮助,她赌博你耐心教育过吗?她跳舞是谁让去的?她在外边干什么你关心过吗?这就是你放任自流的结果,我劝你还是好好反思反思吧!"

周正哑口无言,不得不承认田所长说得有理,他听了田所长的建议,给琴琴请了律师。

案情很快查清楚,法院也依法对一干人做了判决,琴琴因包庇罪判了两年徒刑,缓期执行。宣判完毕办了手续,琴琴垂着头随周正回家,心里又慌又怕,真恨不得找个地缝钻进去。两口子一路上默默无语,到家推门一看,琴琴就吃了一惊:客厅的摆设全变了样,原来放电视的地方并排摆着两台电脑!

周正没理会琴琴惊异的目光,自顾说:"现在轮到我来给你办个电脑培训班。"琴琴又吃了一惊:"我?我

一阵穿堂风（结尾部分）

（3月号上半月刊中说到，终于，肖彬的妻子出现了……）

肖彬的心倏地一抖，完了！一场莫名其妙的大战就要开始了，他额头上的血管突突直跳，心简直要从喉咙里蹦出来。刘薇薇还照样悬在那儿，面如土色，像个木偶。小区里的人大都认识肖彬的妻子，纷乱的人群立刻静下来，主动让开一条道路，他们伸长脖子，等待着看一场精彩的传统剧目。

肖彬的妻子出人意外地平静。她用竹竿轻轻撩开刘薇薇挂在铁丝上的裙子，一把抱住她的双脚，刘薇薇安全地到了地面。肖彬的妻子用手绢擦了擦刘薇薇额上的汗，挽着她走下平台，那亲热样活脱脱像一对亲姐妹。天！妻子认识刘薇薇？肖彬丈二和尚摸不着头脑。只隐隐听见妻子说："叫你别闹着玩，你偏不听。这不，我刚走一会儿，就差点出事了。"哦，伟大的妻子！聪明绝顶的妻子！人们没看出破绽，在一片唏嘘声中，大家失望地散去了。

回到家里，肖彬张开双臂就要上去拥抱妻子，却不料她把头一甩，伏在床上"哇"的一声大哭起来，边哭边抽泣道："离！明天就离！"

所以，正确的答案是：A. 提出离婚

猜情节，赢奖品

开动脑筋，猜想正确的情节！我们将在每月上半月的刊物上刊登供竞猜的故事和选择项，在下半月的刊物上刊登这个故事的结尾，并从竞猜正确的读者中抽取优胜奖20名，赠送价值100元的纪念品；从参加竞猜的全部读者中抽取参与奖500名，赠送价值10元的纪念品。所有参与读者将另获赠精彩梦网信息服务。

参加全年情节 ABC 活动，并猜对全部情节的3名读者，将获得特等奖彩信手机一部！得奖读者在评选结果揭晓后将得到短信通知。本活动第一季度收发短信免费，第二季度起每条短信收取0.10元。另一项活动见P19。

能学会吗？"周正有些生气了："怎么不能？打麻将跳舞你都……"话说出来，又忽然意识到自己性急了，忙放缓了语气说："好好学，你没见小学生都会用吗？"

琴琴有了信心，说："我学我学，学好了跟你一起玩。"周正笑了："不是玩，是学知识，人有了知识生活才充实，才不会犯错误。"

（本篇月月评短信代码：0618）

（题图、插图：杨宏富）

我的故事

　　《故事会》自1995年开辟"我的故事"栏目以来，日益受到广大读者的认可和欢迎，如今成为保留栏目。它的特点是"真情流露"，作品多是作者的亲历或见闻，并以第一人称叙述故事。本书汇集了该栏目的41则作品，读来备感自然亲切。

外国幽默故事

　　此书选取了《故事会》"幽默世界"中的近百则外国幽默故事，并按内容分为"奇闻趣事、巧言妙计、戏谑嘲笑、鞭挞讽刺、荒诞不经、意味深长"等六类。

武侠故事

　　39则武侠故事，形象地描述了侠义之士扶弱抑强、除暴安良、布善施德、匡扶正义的豪情生活，作品情节设计跌宕起伏，人物形象栩栩如生，每一则故事都是一首武林豪杰的正气歌！

男子汉故事

　　本书共收10则中篇故事，刻画了一群性格各异的青年男子，作品情节性强，极富文学色彩，不仅显示了男性的健壮刚强美，更突出他们面对权势、金钱、爱情以及生与死所表现出来的气质、智慧和英勇。

·悬念故事·

旧病复发

□刘　坤　改编

哈根是个有钱人，经常要为家族公司在世界各地的生意做枯燥的商务旅行，可他讨厌飞机，因为狭小的空间和闷热的空气常常让他旧病复发。

哈根这次乘坐的航班是飞往内陆一个大城市的，因为天气不好，飞机起飞的时候就有些晃动，到了高空，风暴使飞机颠簸得很厉害，机长又一次请大家系好安全带。哈根觉得自己越来越不舒服，身体开始流汗。

坐在哈根边上一个叫克伦的大胡子绅士注意到他的不适，试探着问道："您不舒服吗？"

"哦，马上会好的。"哈根喃喃地说道，并从脖子上摘下绿色图案的蝴蝶结。突然，他用手按了一下邻座的手，又拿起一个呕吐袋，大胡子表示关心地帮他拿住了蝴蝶结。

"也许您最好上卫生间呆一会儿，"哈根轻声说，"我想您看着我吐会觉得不舒服。"

那人走后，哈根的目光落在了旁边座位下的旅行袋上，他现在一点都不恶心了，其实他从不晕机，他是旧病复发了。一种不可抗拒的冲动让哈根没法控制自己，他把手伸进大胡子的旅行包，灵巧熟练地从里面拿出了一个透明的小包，迅速地塞进了自己的口袋里。

等大胡子回来时，哈根已经感觉很好了。虽说那透明包里只有几颗糖果，却满足了哈根的欲望，他从不缺钱，但不能不从别人那里拿些东西，

早年沾染的恶习，从此以后就会在所有的行为和举动中显现出来。——克雷洛夫

他有严重的盗窃狂症。

九点三十分，飞机准时着陆。在机场候机室里，一位身穿薄大衣的男人正在电话机旁不耐烦地揉着耳朵。他是私人侦探德加，正在和他的上司通电话，当初他的上司匆匆忙忙把他派到这个城市，却没有告诉他要做些什么。

电话声音很不清晰，他的上司在电话那头吼着："你要注意一个男人，不久前他患上了盗窃狂症，虽然他十分有钱，却总忍不住要从别人那儿拿点小玩意。这是他接受治疗后第一次单独出门旅行。他的家人怕出现丑闻，所以雇了我们，他今天戴了一个惹人注目的绿色图案的蝴蝶结，你很容易认出他的。"

乘客们从出口鱼贯而出，在飞机上坐在哈根边上的大胡子绅士这时候才发现自己还拿着别人的蝴蝶结，可蝴蝶结的主人早就不知道走到哪里去了。正当大胡子拿着蝴蝶结左右看的时候，德加侦探一眼看到了他手里的蝴蝶结，德加心里嘀咕着：作为标志，这位哈根先生的大胡子可比什么绿色蝴蝶结好认多了。

正想着，大胡子上了一辆出租车，德加赶紧上了自己的车跟在后面。大胡子的出租车开了二十多分钟，最后停在一个豪华宾馆前，德加暗自高兴，果然是个有钱人，这次的佣金肯定少不了。

大胡子走进事先预订好的房间，关上门，打开旅行包。他小心翼翼地在包里找着，可接着就开始粗野地乱翻起来，最后把包里所有的东西都倒在了地毯上，骂了一句："他妈的！"

他气冲冲地拿起电话，拨了一个号码，叫道："喂，钻石没了！是的，当然是抢来的那些，我毫不引人注意地把钻石和糖果一起放在了一个小包里。飞机上坐在我边上的那个家伙假

装犯了胃病，肯定是他下的手，不过他跑不掉的，我这就去查清楚。"

这个叫克伦的大胡子立刻和航空公司取得了联系，借口说坐在他身边的先生把蝴蝶结落在他手里了，很快查出了哈根的姓名。他又马上和几家宾馆联系，终于查到了哈根下榻的地方。只一会儿工夫，大胡子就站在了哈根住的房间门口。

尽管大胡子气得脸都变了形，可这会儿他心里很高兴，他决定要除掉哈根。大胡子敲了敲门，里面没有动静，他掏出随身带着的工具，破门而入。

一进去他就立刻开始找他的宝贝钻石，他太心急了，居然忘了关门。不过不要紧，他身后有人替他关了，当然是尾随而来的德加先生。德加看着大胡子从壁橱里拿了一袋果果出来，摇了摇头，他真不能理解这种盗窃狂症是怎么一回事。德加不高兴地问："您到这里来就是为了找这些糖果？"

大胡子猛地转过身来，一手抓住那包混杂着糖和钻石的透明包，一手掐住德加的喉咙，叫道："抓到你了，你这个流氓！"

"我说哈根先生，请放开我！"德加叫道，他可不想对他的被保护人动粗。

"哈根？你说我是哈根？"大胡子不解地问。

职业经验告诉德加，对待这种疯子要非常冷静才行，他尽量平静地说："我只是一个普通的私人侦探……"

"好了，别来这一套，纠缠不清还不都是为了钱财，"大胡子打断了他的话，从袋子里拿出一块石头样子的东西，说，"拿去，你不是想要钻石吗，分给你一颗，快点离开这里。"

德加一听到钻石，心里一怔，手就下意识地伸过去接。

就在这时候，有人用钥匙快速打开了门，两名警察冲了进来，后面跟着真正的哈根先生。

"您看看，"哈根先生丝毫不顾眼前的局面，说话的神情就像是个教授，"我刚才刚要进门，就听到有人在里面说什么钻石，看来像是一伙的。"

一个警察从大胡子手里抢过钻石袋，问道："这是什么？"

另一个警察向德加先生走过来，德加紧张极了，要是让警察看到他手里的钻石，就无论如何说不清楚了。

他突然想到不止一次在侦探电影里看到，如果有人陷入了困境，就干脆把手里的东西吞下去，他立刻装出咳嗽的样子，假装用手掩住嘴，把钻石塞到了嘴里。

没等德加先生拼命下咽，那"钻石"就在他嘴里化掉了，味道很甜。

(本篇月月评短信代码：0618)

(题图、插图：箭　中)

不重名

□赵一蔓

那天，住在东街的张大爷和住在西街的毛大爷碰到了，闲聊起来。

张大爷说："我们院里程家生了个双胞胎，两个儿子，你猜叫什么名字？"毛大爷马上说："一个叫程才，一个叫程名。"张大爷很吃惊地说："你怎么知道的？"毛大爷说："猜的呗。我们院里文家上个月生了一对龙凤胎，男的叫……"不等毛大爷说出来，张大爷马上打断了他的话"是不是男的叫文明，女的叫文静？"毛大爷连连点头。张大爷叹口气道："现在这些人呢，取名真是好笑，不是怪头怪脑的，就是瞎用时髦词儿。"毛大爷说："是啊，我们院里舒家的儿子叫舒服，明家的儿子叫明星。"张大爷说："可不？我们院里有个姓姚的和姓蒲的，住在两对门，两家都生了儿子，一个取名叫姚望，一个取名叫蒲布，说是古时有人写诗叫什么'遥看瀑布挂前川'，你说好笑不好笑？"毛大爷说"你那个有什么好笑，我们院里蔡家的儿子叫蔡板，女儿叫蔡刀，朱家的儿子叫朱头，孙子叫朱干，说是这样取名没有重名。"张大爷听了哈哈大笑。

这时，毛大爷愁眉苦脸地对张大爷说："我儿媳也快生了，不知给孙子取个啥名好呢？取个毛盾吧，又觉得高攀不上，取个毛猴吧，不雅。"张大爷听了说："什么名不好取，偏要取这么些怪名，你真是脑子有毛病。"毛大爷一听，"啪"地一拍大腿，大叫道："好！好！就叫毛病，保证不会有重名。"

（本篇月月评短信代码：0619）

虫棒虎鸡

□ 李燕翔

市委办小王评定职称需在报刊上发篇文章。

这天上午8点半，他来到晚报社，找到曾有过一面之交的赵总编。赵总编知道小王的来意后，直截了当地说："发稿的事我可以考虑，不过我也有点事情要找你帮忙。我儿子升高中考试没发挥好，按条件进不了一中，你是领导身边的人，能否帮我想想办法，照顾照顾？"

离评职称的最后期限没几天了，小王只好硬着头皮说："你帮我发稿，我找领导往下说说话，估计没问题。"赵总听到这话，立刻热情起来，说道："一言为定。"可小王心里清楚，这样的事情决不能惊动领导，最多只能打着领导的幌子去试试看。

事不宜迟，小王立刻赶到一中，找到负责招生的钱校长。小王自报家门后就直入主题："我外甥想上一中，考分和你们的录取分数线只差5分，不知道钱校长能不能帮着想想办法。"既然小王是领导身边的人，钱校长也不想得罪，可嘴上说的还是些硬话软

说的套话："按理说市委领导来打招呼，我们应该照顾，可录取分数线是集体研究的，我本人也无权更改。"小王赶紧赔着笑脸说："钱校长，您想想办法，日后您有事情找到我，我小王一定帮忙。"钱校长白了小王一眼，半真半假地说："我现在就想弄个二胎指标，你能办吗？"小王豁出去了，决定走一步看一步，硬着头皮说："只要您答应我外甥入学，指标的事我找领导往下说说话，估计没问题。"钱校长点点头，算是答应了。

从一中出来，小王直奔计生局。小王和计生局的孙局长打过几次交道，也就不兜圈子，他开门见山地说

凡在小事上对真理持轻率态度的人，在大事上也是不足信的。 ——爱因斯坦

"孙局长，我兄弟想弄个二胎指标，你看咋办？"孙局长随手扔给他支烟，说："老弟，你要是让我请吃饭，我二话没有，要说这事，你也知道，不好办呀！"小王听出他话里有话，忙问："你有什么事，能办的不能办的，我都给你办！"孙局长瞟了小王一眼，说："儿子结婚不够年龄，你能在公安局里找人给改个年龄吗？"小王心想着只要不让我杀人，我什么都先应着，于是一脸诚恳地说："你给我办成二胎指标，你的事我找领导往下说说话，估计没问题。"

小王马不停蹄，赶到了公安局李副局长的办公室，寒暄两句后，进入正题："局长大人，我侄子今年要结婚，可年龄不够，想办法给变通一下吧。"李副局长眉头紧皱着说："小王啊，不是我不想帮忙，这改年龄可不是闹着玩哩。"小王赔笑说："什么事能难倒您啊，就是万一有个什么事您没工夫亲自去办的，和我说一声就行了。"李副局长听了这话很受用，笑着说："最近在评职称，我想在报刊上发点文章。我知道你写文章肯定是没问题，但这发出来，你有路子吗？"一听这话，小王激动得都要哭出来了，高兴地连拍胸脯，说："没问题！你开证明吧，发稿的事我包了。"

李副局长也不含糊，马上把证明给开了。小王立刻拿着证明回到计生局孙局长办公室，把改过的年龄证明

"啪"地放到孙局长办公桌上，说："你的事我办妥了，我的事怎么办？"孙局长一愣，随即面露喜色，佩服地说："真想不到，你小子真有效率啦，这领导身边的人就是不一样啊。好！我马上叫人给你拿二胎指标申请表。"从计生局出来，小王又转回一中找钱校长，这回口气硬多了："校长大人，二胎指标申请表我给你拿来了，章已经盖好了，你看咱外甥上学的事……"没等他说完，钱校长就把话接了过去："没问题，没问题，我这就填咱外甥的入学通知书。"

上午11点半，小王兴奋地闯进了赵总编的办公室，掏出入学通知书朝他眼前一晃，说："看，这是啥？"见到通知书，赵总编简直不敢相信，就半天的工夫，小王就办成了这么难办的事。小王卖着关子说："咱们可是有言在先，你的事我给你办妥了，不但我的文章要发，我朋友的文章也要发，而且你负责写，署他的名字。"赵总编高兴地说："没问题！你给个题目，我来写。发几篇，啥时候发，你说了算。快12点了，走，我请客，咱俩喝几杯去……"

在晚报社对面的酒店里，赵总编与小王开怀畅饮。旁边桌上有人行起了"虫-棒-虎-鸡"的酒令。酒店里"虫蛀棒，棒打虎，虎吃鸡，鸡吃虫"的大呼小叫声一阵高过一阵。

(本篇月月评短信代码：0620)

七色鹦鹉

□ 刘红江

约翰是个窃贼。那天，他悄悄摸进一户住宅，那是一间富丽堂皇的房子。约翰刚关上房门，就听到一声清脆的问候："上午好，先生。"

约翰差点没吓昏过去，等他定神一瞧，才发现在客厅中央吊着一根银管，上面站着一只漂亮的七色鹦鹉。那个小家伙神气活现地说："我猜您一定是个窃贼吧。"

约翰眼珠一瞪："你敢吓唬我！信不信我掐死你？"说着，他跑上去就要卡鹦鹉的脖子。那只七色鹦鹉拍拍翅膀，轻快地飞到了另一根银管上。约翰这才发现客厅里这样的银管有十几根。

那只七色鹦鹉又说话了："请您放过我吧，窃贼先生。我会告诉您存折、现金、珠宝放置的地方。"

约翰有些将信将疑。鹦鹉开口说："存折在卧室的床头柜夹层里，一共是四张。"约翰一翻，果然找到了四张数额巨大的存折。

鹦鹉接着说："现金都在卫生间的纸篓里。"约翰跑去一看，真的有厚厚一沓钞票，他有些欣喜若狂了。

鹦鹉又说："在客厅的大鱼缸底下还有8颗钻石。"约翰一伸手，摸出了8颗湿漉漉的大钻石。他高兴得快发疯了，说了句"谢谢"，就准备离开。

鹦鹉发话了，说："喂，笨蛋，你是怎么当窃贼的？你没发现客厅中央吊着一个小摄像机吗？咱俩都会被送上法庭的！"

约翰这才注意到那个摄像机，他走过去取出录像带，惊讶地发现摄像机里放着一把形状怪异的金属钥匙。

"亲爱的鹦鹉，请告诉我这是开什么的钥匙。"

鹦鹉急了，拍打着翅膀说："哦，贪心的家伙，你该走了，难道你想让我的主人真的变成穷光蛋吗？"

约翰从怀里掏出一把手枪对准鹦

老式的爱情

□ 刘颖洁

夏天的傍晚，夸夸和爸爸妈妈一起在院子里乘凉，看着天上的牛郎织女星，夸夸突然问："妈妈，你为什么要嫁给爸爸。"妈妈说："你爸爸和我在一个单位工作，人很老实。""怎么个老实法呢？"夸夸不满意妈妈的回答，继续追问，"你给我举个例子吧。"

妈妈想了想，笑了起来，说："那时候，我住在单位的单身宿舍，你爸爸住在自己家里，有一天，他送我回单身宿舍，刚到门口，就下起了大雨，看样子，一时半会儿停不了。我实在不忍心让他淋雨回去，就让他在我那里住一晚。你猜，你爸当时什么反应？"夸夸说："肯定乐得飞了起来。"

妈妈笑着说："错了，他掉头就跑了。"

夸夸问："为什么？"

妈妈笑着说："没多会儿，他又飞奔回来了，淋得像个落汤鸡，手里抱着牙膏牙刷，还有打地铺用的席子。"

（本篇月月评短信代码：0622）

鹉，恶狠狠地说："你是一只见多识广的鹦鹉，所以我想你一定认识这个东西。快点告诉我，保险箱在哪！"

鹦鹉摇摇头，无奈地说："好吧，贪心的家伙，你挪开墙角的那个衣架，里面有两个钥匙孔，记住把钥匙插到右边的那个孔里，对，就是那个。"

约翰照着鹦鹉说的，迫不及待地把钥匙往孔里一插，突然，一阵强烈的电流涌遍他的全身，约翰立刻就失去了知觉。

这时，那只鹦鹉大声地叫起来："主人，快来看哪，又一个被电击倒的笨蛋！"

（本篇月月评短信代码：0621）

北纬三十度

□ 陈海龙

都说这官当得大了，肚皮也就跟着大起来，官越大，肚皮就越大，也不知是不是都这样，不过老谢就是这样。

老谢是城建局的头，可因为他掌握了大部分的市政工程，大伙都叫他谢总。这几年，谢总的肚皮以惊人的速度迅速地向外延伸，皮带是早已约束不住了，只好在西裤上加了个背带，不光能把裤子吊住，还显得既年轻又时髦。只是因为腰部太鼓了，裤

子只好往上提，看上去总觉得有点怪。

眼见着肚子一天比一天大，谢总有点担心了，这样的大肚皮影响形象不说，还有点腐败的嫌疑。在秘书的建议下，谢总请了几个专家，给他的肚皮会诊。

赵教授是医生，他的观点很明确，喝啤酒是导致肚皮大的最主要原因。但这个观点一下子就被秘书否定了，他肯定地说："谢总只喝五粮液，很少喝啤酒。"

钱博士是生理学家，他觉得人到中年自然发福，属正常生理现象。但老谢觉得这没有说服力，中年人瘦的多得是。

孙学者是心理学家，他说肚量大的人肚皮就大，要不怎么会说宰相肚里能撑船呢？可老谢年轻漂亮的新媳妇翻了个白眼，说："他连自己一起过了二十多年的媳妇都容不下，还说气量大？"

风水先生是谢总请来的贵宾，等大伙都说完了，他开了口："我对肚皮素无研究，但对阴阳八卦倒是略知几分，正所谓事事相通，我看这问题出在北纬三十度线上。"

"三十度线上怎么啦？这和我的肚皮有什么关系？"谢总急切地问。

"这是一条魔鬼线，凡是在这条线上的都有说不清的问题。"

秘书看他卖关子，有点不耐烦。

一个人只有物质生活没有精神生活是不行的。——陶铸

"我说的可是科学,"风水先生看出了秘书的不信任,很诚恳地说,"地球上的很多自然之谜都发生在这一纬度上:埃及金字塔和狮身人面像你们肯定知道吧,撒哈拉大沙漠、百慕大三角区……总之,凡是和北纬三十度沾边的,都有说不清的问题。"

听了这些,谢总有点怕,喃喃地说:"你不要吓我,这些与我风马牛不相及。"

"你慢慢听我说,你的这个大大的肚子就好比一个地球,你的裤腰本来应该是在赤道线上,"他边说边用手在谢总肚子最鼓的地方比画了一下,"可你偏偏把它往上提,放到了这里,你瞧,这不正好是北纬三十度的地方吗?有问题,肯定有问题。"

谢总将信将疑,可他还是决定把裤子的式样再改一改,裤腰往下放,南纬30度,总没问题了吧。可没等他把裤子改了,就被纪委给双规了。据说那次会诊之后,大伙都开始喊他"北纬三十度(肚)",要命的是,风水先生最关键的几句话也传出来了:"有问题,肯定有问题!"全城的百姓可不懂什么阴阳八卦,把算命先生的话胡乱连在了一起,互相传着:"喂,听说了吗?北纬三十度(肚)有问题,肯定有问题,据说还是说不清的问题。"

纪委不知道事情的来龙去脉,只觉得民愤太大,不能不查了,一查,果然有问题。

(本篇月月评短信代码:0623)

·本刊信息传真·

欢迎投稿

　　人类天生就有讲故事的才能,在讲述自己的故事时往往下意识地把"悬念"当作一种必不可少的要素,为此,本刊特推出"悬念故事"栏目,以强化作品的"悬念"色彩。来稿要求:1. 要有新奇性,不能让读者观其头而凭经验就能知其尾。2. 要有暗示性,不可故弄玄虚,让读者摸不着头脑。3. 要有诱导性,步步为营,充分调动读者的兴趣。4. 本栏目题材不限,字数以3000字以内为宜。

　　此外,您手中还有什么其他得意之作?新的,奇的,巧的,趣的,险的,智的……?欢迎投稿。本刊辟有二十多个原创性栏目,如笑话、中国新传说、中篇故事、我的故事、幽默世界等,可谓丰富多彩,必有一栏适合您。

　　来稿必须注明投稿人的真实姓名、地址及一般联系方式(如电话、手机等)。来稿若没有采用,恕不奉还。

　　来稿可寄至上海绍兴路74号《故事会》杂志社,邮编:200020;请在信封上注明"××栏目"收。也可发电子邮件至本刊绿版电子信箱:gushihui@263.net或至本期责任编辑电子信箱:liangningning@hotmail.com

·幽默世界·

猛鬼电话

□ 余 晗

以前的电话机，不像现在这样拨号的时候是用按键的，而是要用手指插进一个有洞的圆盘，然后转动拨号。

小明家的电话号码是４４４—４４４４，这个号码似乎不是很吉利，读起来觉得有种不舒服的感觉。

一天午夜１２点的时候，电话响了。小明觉得有点奇怪，这么晚了谁还会打电话来？

小明拿起电话，电话里先是没有声音，紧接着传来一个可怜巴巴的声音："请问这里是４４４—４４４４吗？可不可以帮我打个电话报警？我好惨啊！"

小明说："你去找别人帮你，不要来找我！"

那人说："我只能打电话到４４４—４４４４，没办法打给别人。"

小明听到这话，差点没被吓死，只能打到４４４—４４４４？难道是鬼？他赶快挂上电话。

过了一会儿，电话又响了，小明起初不敢接，但是电话一直响，小明只好把电话接起来。

那人说："请问这里是４４４—４４４４吗？我刚才打过电话来，可不可以帮我打电话报警？我好惨啊！……我的手指卡在电话拨孔里拔不出来了！"

（本篇月月评短信代码：0624）

幽默世界栏目欢迎来稿。投稿地址：上海绍兴路74号《故事会》杂志社，邮编：200020；请在信封上注明"幽默世界"栏目收。本刊绿版电子信箱：gushihui@263.net；本期责任编辑电子信箱：liangningning@hotmail.com

如果你怀疑自己，那么你的立足点确实不稳固了。 ——易卜生

门 神

□ 黄 胜

吴有顿是著名的守门员，这一季联赛之后，出色的守门技术更让他名声大噪，几乎成了偶像级的人物，被奉为"门神"。

因此，各地足协、足球队的邀请函如雪片般飞到他所在的俱乐部，纷纷要求"门神"前去传经送宝。俱乐部为了扩大影响，接受了其中的一些邀请。

这天，"门神"回到家乡，在体校给足球运动员们讲了一堂课后，立即被一辆豪华轿车接到一家豪华宾馆的会议室。在主席台坐定后，"门神"发现下面听课的人看上去都不像运动

员，个个胸挺肚腆红光满面。"门神"心念一转，马上明白这是给教练员们上课，当即抖擞精神，高声开讲："守门员的基本功有以下几个字：接、扑、挡、推、踢、躲……要会接、善扑、能挡……最主要的是踢的功夫，只要球到了自己脚下或手里，不要粘球，一定要踢出去，能找到接球的人最好，就算找不到，那干脆大脚开出，踢得越远越好！"

刚讲到这儿，台下就爆发出一片如雷的掌声，吴有顿真的很感动，到底是家乡人民，这么热情，自己才刚讲了一点基本功，这些教练员们就有这么热烈的反应。掌声平息以后，主持人插话道："大家快记下来，'门神'用简单生动的语言，讲了非常深刻又实用的道理，简直对我们的工作太有帮助了。"

"门神"受到肯定，更加兴奋，接着说："还有一项功夫我一般不外传，今天在这儿也透露给大家，就是要会装蒜，会表演！对那些接不到、扑不

着、挡不住的球，眼看着进网窝了，咋办？这时候就要使出演戏的功夫了，向裁判员申诉对方犯规在先或者冲撞自己等等，关键时刻还要倒地不起，大声痛苦地呻吟。那些对手分不清真假，动作也就没这么果断了。"

"门神"讲到这，会议室里简直沸腾了，大家都起立鼓掌。主持人更是难抑激动之情，站起来紧紧地握住"门神"的手，连连摇晃着说："人才啊，人才！'门神'同志，非常欢迎你挂靴退役后到我们这里工作。"

"门神"认真想了想，不好意思地说："对不起，当教练压力太大，我还没考虑过要当教练员。"

对方摇着油光光的大脑袋，说："哪能让你当教练呢，当教练太可惜了！我是让你也来干我们这一行。"

这下"门神"奇怪了，不解地问："你们这一行？你们不是做足球教练的？"

"当然不是，"主持人骄傲地说："我们这些人都是政府各部门搞信访接待工作的，你来了，准能做出成绩！"

"门神"不由张口结舌，两眼瞪成了铃铛！

（本篇月月评短信代码：0625）

（本栏题图：李 加）

阿P故事

阿P是一个社会群体的缩影，他独特的对事对人的处理方式，使这些故事充满了情趣。不过洋相百出的阿P，他的内心世界又是复杂的，他的所作所为留给读者的思索是多层次多元化的。阿P故事不仅仅是消遣作品，还有着揭示社会矛盾、启迪人生和思考未来的认识和教育作用。

滑稽故事

滑稽是一门引人发笑的艺术，被称之为生活和艺术中一种特殊的"调味品"。本书所选故事均取材于社会生活，作者想象力丰富，倾向性鲜明，作品内容极具口传性，诙谐色彩浓郁，是人们茶余饭后上佳的精神伴侣。

笨人的可怕不在其笨，而在其自作聪明。 ——李敖

316

2004
SEMIMONTHLY
上半月刊
4月
STORIES

百姓话题

笑话15则 ……………………… 梁旭辉等 4

漫画故事 斗狼 ……………………………… 8

点击网络故事 你是新生 …………………… 9

东方夜谈

鬼话连篇 ……………………………… 安 伟 12

剪纸王 ………………………………… 徐 彦 53

发财金匣子 螃蟹的半条腿 ………… 王道庄 14

百姓话题 "傻瓜"不傻 …………… 崔新三等 17

我的故事 铤而走险 ………………… 杨剑啸 24

中国新传说

一路回家 ……………………………… 封宇平 29

心灵的魔术 …………………………… 许申高 33

有人追踪 ……………………………… 许铭君 35

改来改去 ……………………………… 老 三 38

传闻逸事

吓死人的黄马褂 ……………………… 李 博 41

外国文学故事鉴赏

邮局里的骚动 ………………………… 宋元平 43

16岁故事 酿酒猴 …………………… 古京雨 46

情节ABC

墓中的稀罕物 ………………………… 亢瑞征 50

阿P系列幽默故事

流动配餐 ……………………………… 徐文杰 57

民间故事金库

当个小偷也不易 ……………………… 凡 悦 59

战争故事 愤怒的战车 ……………… 张运国 63

快乐辞典 电话留言 ………………………… 66

中篇荒诞故事

我和狐狸有个约会 …………………… 欢 一冰 67

3分钟典藏故事 ……………………………… 82

海外故事

倒霉的吉米 …………………………… 孙新峰 84

情节聚焦 谎言如诗 ………………… 李培俊 86

幽默世界

《心理测试》等6篇 ………………… 刘 膺等 88

小白信箱 ……………………………………… 23

本刊信息传真

"掌上灵通杯优秀作品月月评"等 …11、52、56、62

故事会
2004年4月
上半月刊·红版

主编：何承伟

副主编：吴伦

社务委员会

何承伟 吴伦 姚自豪

夏一鸣 冯杰 张凯

本期责任编辑：姚自豪

美术编辑：李宝强

发稿编辑：

夏一鸣 潇白

鲍放 梁宁宁

蔓石 马峡

主管：上海市新闻出版局

主办：上海文艺出版总社

（上海市绍兴路74号）

邮政编码：200020

电话：021-64375030

出版发行：《故事会》出版发行部

（上海市建国西路384弄11号甲）

邮政编码：200031

电话：021-64313938

广告总代理：上海文艺广告传播中心

上海市绍兴路74号（邮编：200020）

广告总监：张淮

广告业务：021-34010383

广告投诉：021-64333738

广告经营许可证

沪工商广字3101034000029号

发行：中国图书进出口上海公司

本刊各栏目欢迎来稿。来稿寄上海市绍兴路74号《故事会》杂志社，邮编：200020，请在信封上注明"××栏目"收；本期责任编辑E-mail地址：yaotongzhi@163.com

罪 名

汤姆跳楼自杀未遂，结果却被警察抓了起来。

汤姆气愤地嚷道："我犯了什么罪？"

警察说："你的罪名是'随意乱丢垃圾'！"

（梁旭辉）

要饭的哪去了

王明第一天到新单位报到，午饭时他到食堂吃饭，可食堂是按人头记餐的，王明去晚了，没饭了，于是食堂师傅让王明先上工地，稍后再蒸一盒饭给他送去。

一会儿，师傅端着饭菜到了工地，老远就大声喊道："刚才要饭的呢？那位要饭的哪去了!"

（陶 霞）

（本栏插图：李 加）

房间的问题

一个在大城市"混得不错"的农村男孩，把他的母亲接到城里，他为老母亲在旅馆安排了一个带有独立浴室的房间。

第二天早上，男孩问母亲："晚上休息得好吗？"

"噢，不好。"母亲回答说，"房间倒没有问题，床也很舒服，但我没法睡好觉，我总担心有人想洗澡，而到浴室唯一的路必须通过我的房间呀！"

（胡 月）

吵 架

居委会大妈："小孩，大冷天你一个人站在门口干什么，怎么不在屋里待着？"

小孩："爸爸、妈妈在吵架。"

居委会大妈"不像话，你爸爸是谁？"

小孩："这就是他们吵架的原因。"

（张长河）

见过吗

一天，在北京的公共汽车上，一个外地人向售票员扬着十元钱的票子说："见过吗？见过吗？"售票员不理，外地人又举着票子说："见过吗？见过吗？"售票员按住火气，仍然不理，于是这外地乘客又说，如此反复，售票员不堪羞辱，终于勃然大怒，抽出一张五十元的票子，在外地人的眼前直晃："你见过吗？"

外地人见状大惊失色，抱头鼠窜，嘴中直说："北京的售票员怎么这样呀？"众人不解，一问才知：这外地人要买票，说的是"建国门"……

（卫　希）

新囚犯

这天新来了一批犯人，卡特就是其中之一。监狱里后进去的犯人总要被先进去的犯人打，对此卡特早有耳闻，一路上他一直在琢磨该怎么办。

卡特走进牢房，犯人们见来了新囚犯，都不怀好意地打量着他。卡特顿时慌了，但又马上镇静了下来，壮了壮胆，走到有人躺着的铺位旁，丢下自己的被子，把床上的另一条被子恶狠狠地扔到了地上，瞪大了眼睛嚷道："这是老子上次睡过的床，哪个敢睡？"

（李小龙）

职业本能

一个百货公司的售货小姐，当第一次谈恋爱、与男朋友初吻时，竟意乱情迷地问道："您还要别的什么吗？"

（了　了）

干洗

一天，排长到二班检查内务卫生，进门时闻到了一股脚臭气。

排长问："昨晚谁没有洗脚？"

众士兵："都洗啦！"

排长："洗啦？怎么这么难闻？你们是怎么洗的？"

甲说："热水浸泡！"

乙说："冷水刺激！"

丙一摸脑门，很不好意思地说："我……干洗。"

（欠　辣）

 ·笑话·

借 口

米勒摔断了右臂，医生为他装上了假肢，不久他就习惯了。

一次，米勒去参加舞会，跳舞时那只假手不听使唤地顺着舞伴的腰部往下滑，舞伴慌忙将它推开，说："别乱来！"

米勒赶忙解释"对不起，我这只手臂是人造的……"

舞伴忍不住笑起来："我听过不少借口，但这是最好的。"

（陈梦奇）

猩红热

王先生着急地对医生说："医生，我儿子得猩红热了！"

医生说："没关系，把他隔离起来就行了。"

王先生说："不幸的是，他吻了女佣！"

医生说："那也要把女佣隔离起来。"

王先生却说："可是我吻了女佣。"

医生说："那太不幸了，你也要隔离。"

王先生又说："可是我吻了我太太！"

医生大声说道："糟了，那我也要隔离了！"

（杜 勇 辑）

机长的告白

航班在起飞之前，乘客们从扩音器里听到了这样的声音"先生们，女士们，我是你们的机长，欢迎搭乘本次航班。现在我有一个小小的要求，友航班机即将由我们的右侧经过，请各位补满右边靠窗的座位，好让他们以为我们没有受到经济不景气的影响，谢谢您的合作！"

（仇芳芳）

永远没有愁云阴霾遮挡你们欢乐的情绪。——托马斯·曼

最吃惊的

新学期开始,每个男生都要上台作自我介绍。当一位很清秀的男生作自我介绍时,主持人幽默地问道:"请问你有没有被别人误以为是女生?"

"当然,"那男生不以为然,"从上学时老师就一直把我当作女生,直到有一天我一气之下剃光了我所有的头发。"

"那老师一定很吃惊吧?"

"嗯,不过最吃惊的不是老师,而是那位很殷勤地为我提了一年书包的男生。"

(李 硕)

马场里的骆驼

一天,在新德里的马场内,来了一位远近闻名的大胖子,那人很胖很胖。

胖子问马场的管理员:"奇怪了,你们马场里什么时候来了一头骆驼,而且还是双峰的?"

管理员笑着回答:"不瞒您说,它根本不是骆驼,它就是上次被您骑过的马!"

(路 宁)

(本栏欢迎来稿,来稿一经采用,最高稿费为100元。本期责任编辑电子邮箱:yaotongzhi@163.com)

怎样开车

有一个外国青年左手把着方向盘,右手搂着女友的腰,开车通过十字路口。警察看见了,立刻大声对这青年说:"喂,应该用双手!"

那青年一听,忙问警察:"那么,我怎样开车呢?" (郝 成)

梦语惊人

一天晚上,一男生宿舍"卧谈会"持续到凌晨3点……

甲突然想到一个话题,问乙:"如果碰到一个漂亮的姑娘,你第一句话对她说什么?"

这时丙从梦中惊醒,郑重地说道:"甭说了,咱们睡觉吧!" (曾家林)

· 漫画故事 ·

斗 狼 （文：秦俊才；图：枫 叶）

1. 两名中学生在吵架，甲说："我打个电话就可以找人来修理你！"

2. 电话打毕，甲对乙说："半小时后你就知道自己该有多惨！"

3. 半小时后，学校广播里在叫乙的名字："你有访客，请快到传达室。"

4. 乙到了传达室，一个青年迎了上来："这是你叫的十份必胜客比萨加鸡翅，一共五百八十元……"

原创漫画系列《BRAVO 东东》问世

《故事会》与《我为歌狂》携手进军原创漫画新领域

东东是谁？东东是一个普通的初中生，有一点调皮捣蛋，脑子里充满各种奇思怪想，常常有点稀里糊涂，渴望做一个大男人，向往朦胧甜蜜的爱情……他还有一个搞笑的妈妈，一个严肃的爸爸，一帮性格各异、趣味横生的同学！也许东东就在你的身边，也许东东就是你自己，也许东东的许多故事许多想法都曾经发生在你的身上，也许东东会成为中国的樱桃小丸子！

一套反应e世代中学生生活的漫画丛书《BRAVO 东东》已由上海文艺出版社正式出版发行。该套书由曾经轰动一时的《我为歌狂》原班人马倾力打造，风格轻松活泼，风趣幽默，视觉效果和故事性俱佳，作为"故事会漫画丛书"向市场推出。

你是新生

这篇《你是新生》的风格类似于流传故事《新警察》，该作品对发生在大学校园内的个别现象作了善意的讽喻……

小四是刚跨入大学校门的新生，军训刚结束，今天又是星期天的下午，他打算到图书馆看看。校园很大，景色如画，图书馆掩映在红花绿阴之中。一脚刚踏进图书馆，管理员就说："你是新生吧？"

小四挺纳闷："你咋知道？"

"嗨！老生谁一开学就来图书馆？还不是考试那几天才来！"

小四一听挺窝囊的，他最怕别人看出自己是新生，新生见嫩，会被老生瞧不起。他没精打采地出了图书馆，这时都五点多了，小四径直往餐厅走去。餐厅门口站着几个刚吃完饭的人，他们看到小四笑了，有人说："新生吧？"

"你咋知道？"

"老生哪有现在才来吃饭的，不到四点半就来了！"

"哦。"小四又长了见识。进了餐厅，买饭的队伍排得长长的，小四舒了口气，排到了最后。旁边一个人问："新生吧？"小四纳闷了："你咋知道？""嗨，老生哪有排队买饭的！"

"哦。"小四明白了，径直走到窗口前，递上饭卡，"我要二两饭。"

"新生吧？"窗口里的人笑了。

"你咋知道？"

"老生哪有这么啰嗦的，你说个'二两'就行了。"

"哦。"小四又学了点东西。

小四随便找了个位子坐下，屁股还没坐稳，旁边就有人问："新生吧？"真是奇怪了，小四心里疑惑，可嘴上还硬："谁说的！"

"嗨，老生哪有你那样规规矩矩坐着吃饭的，得像我这样。"小四见那人一只脚踏在凳子上，就学起了他的样，这一来果然舒服了许多，总算找到了一点当老生的感觉。正吃着，小四大叫道："哎呀，这饭里有沙子！"

"新生吧！"背后一人冷冷地说道。"怎么了？""呵呵，老生只有饭里没沙子时才叫！"

"哦。"于是小四在吃饭时就一直没出声，哪怕碰到苍蝇、虫子也决不吐出一个字。吃完饭后，小四回宿舍，忽然在路上的公告栏内看到一个"老乡会"的活动通知，他正看着，旁边一个伙计说道："新生吧！"

小四听了，奇怪地眨巴着眼。

"老生哪有对老乡会感兴趣的？积极的还不都是那些新生！"

小四闹心得要死，回到宿舍倒头就睡，什么也不理了……

第二天，小四被一阵闹钟声吵醒了，一看钟，6点40分了，连忙收拾收拾，然后去吃早餐。

"是新生吧！"食堂的服务员说。

"你又怎么知道？"

"嗨，老生哪有吃早餐的，都是午餐早餐一起吃的！"小四一听，早餐也没吃，又回宿舍躺下了，可怎么也睡不着，就这样一直耗到7点50分，"哎，还是去上课吧！"小四想，现在去教室刚好，8点20分上课，还可以预习一下。这么想着，他就走出了宿舍，正走在路上，却见搞清洁的一个大姐笑了："新生吧！"

"你……你怎么知道？"

"呵呵，老生哪有这么早去上课的，多是8点20分才起床，然后才慢吞吞地去上课！"

小四听了直挠头，正苦笑着，教室到了，小四径直走向第一排，"新生吧！"正在准备多媒体教学设备的教务处叔叔说。

"你怎么也知道？"小四有点不自在了。

"嗨，老生哪有一开学就坐第一排的！"

小四无奈地笑了笑，就在最后一排找了个位子坐下，一看黑板上乱七八糟的没人擦，于是就拿起了黑板擦……

"新生就是新生！"说话的是一个刚进来的老师。

小四感到有点羞愧："为什么这样说？"

"哎，老生哪有擦黑板的？还不都是老师擦！"

小四就又回去坐了，整节课一句

话也没说。

第三、四节课是公选课，要换教室，小四进了教室，看都不看黑板，就朝最后一排走去……

上课时，老师提了个问题，小四正想举手，惊动了旁边一个正在睡觉的家伙："新生吧？"

小四满脸通红了，心想"怎么还是被人看出来了？"

"嗨，老生上课时谁会理老师，又不是在点名！"

小四决定以后再也不回答问题了，他想："还是听课吧。"

"新生吧？"另一个家伙说道。

"你又怎么知道？"小四差点跳了起来。

"嗨，老生谁上课听课？不是睡觉，就是四处看mm，哪有盯着老师看的，又不靓！"

有了以上的经验，小四发誓再也不能让人看出自己是新生了，于是后一节课也没上就走了，去餐厅打了个包回来，刚走到门口，就听到一个串门的家伙对小四的室友说："你们窝刚搬进来的那个是新生吧？"

小四冲了进来："谁说的？"

"看看你的被子吧，老生哪有叠被子的！"

(本篇月月评短信代码：0701)

(推荐者：艾　迪)(题图：安玉民)

· 本刊信息传真 ·

为广大故事作者提供免费进修的学习机会
本刊将举办第10期故事创作培训班

培养实力作者　　创办强势刊物

为了培养故事创作的骨干力量，我刊自1996年起已成功举办了9期故事创作培训班，参加培训的350余名学员大都已成为故事界的成熟作者而被大众所瞩目。

我刊所举办的这类培训班带有明显的强化集训的性质，除由本刊编辑和有关专家集中授课外，编辑部还组织了富有针对性、实践性、实效性的考核、评比活动，大幅度地缩短了学员"入门"的时间，学员普遍反映良好。

为继续加强对骨干作者的培养，从而进一步提高改刊后《故事会》的内容质量，本刊决定今年5月在上海举办第10期故事创作培训班，以强化集训的形式缩短作者的成熟周期。所有费用均由本刊承担。

报名办法如下：1.提供本人创作简历一份，并提供至少一篇具有现实感、新鲜感且可读性较强的故事作品，篇幅长短不限；2.附通讯地址、单位、联系电话；3.来信寄上海绍兴路74号《故事会》杂志社（邮编：200020），信封上须注明"培训班报名"字样。即日起开始报名，至4月15日截止。4月底发录取通知，未录取者稿件一律不退，请自留底稿。欢迎广大作者踊跃报名参加。

《鬼话连篇》是一部短篇鬼故事集，作者蓝衫客擅长于编撰各种稀奇古怪的鬼故事，已是小有名气，这书一出版，便引起了轰动……

鬼话连篇

□ 安　伟

小晴那天刚从外地回来，一听到《鬼话连篇》出版的消息就立刻赶到了新华书店，可到了那里才知道这书已经售完了，小晴十分惆怅，正在这时，同事小王打来了电话，正好聊起了这书，他说自己刚巧买了这本书，并答应借给她。

下午，小晴早早来到了单位，等着小王，可小王永远也来不了啦，他在上班的路上被一辆公交车轧死了，据目击者说，小王临死时，手里还紧紧攥着一本带血的书……这个消息使小晴震惊不已，她似乎觉得小王的死和那本书有着某种神秘的联系。

事情已经过去很久了，可小晴仍然记着死去的小王，更记着那本神秘的书，她曾经寻访了全市好多书店，可奇怪的是那本书已经销声匿迹，听一个书店的店员说这本书里的故事吓死了人，已经被有关部门列为禁书。

一天傍晚，小晴在车站等车，等了好久公交车也没来，恰巧车站不远处有个小书摊，小晴就顺便过去看看。到了书摊前，小晴正在摊前浏览着，突然有人递给她一本书，一看，正是那本《鬼话连篇》，她再抬头一看，禁不住冒出了一身冷汗，她失声惊叫起来："小王，是你！"

"我不姓王，姓钱，我是开这书店的……"

小晴觉得太奇怪了，他明明就是小王，只是脸色黑了些，或者说是变得有些忧郁，声音也低沉了好多，或者说有点阴沉沉的，但是，他为什么不承认呢？

小晴又一次打量了一下书店的老

板，问道："你真的不是小王？"

老板说："我骗你干什么？世上相貌酷似的人多着呢！喂，这书你到底要不要？"

小晴说："我再看看。"

突然，小晴发现了一件奇怪的事：这本书的最后一页被人撕掉了！她便问："你的书怎么缺页了？"

"没有，绝不可能！"老板连连否认，小晴把书递给他看，他看后才恍然大悟："哦，是这么回事，这本书最后一页的故事太吓人，我怕出事，就撕掉了……"

"你有没有一本完整的书？多少钱我都会买。"

"好，你等着。"老板开始寻找这本书，翻箱倒柜，四处搜寻，终于，他在一个破旧的纸箱子里找出了一本《鬼话连篇》，还是崭新崭新的。那老板把书在小晴面前晃了晃，说："小姐，这本书保证不缺页，你要的话，100块钱。"

100块钱买这么本不算太厚的书显然是太贵了，这老板奇货可居，故意在抬价，但小晴却觉得物有所值，毫不犹豫地掏出了钱。老板接过钱后没有立即把书给小晴，他眼中闪烁着诡异的光，压低了声音，表情有点神秘地说："小姐，你得记住，这书一定要回家之后才能打开，特别是最后一页，如果在这里看，不光对你不好，还会影响别人，影响到我的生意。"

小晴下意识地点了点头，她接过书，转身离去。到了车站，公交车仍然没来，小晴百无聊赖，耐不住性子，便想看看这书的最后一页，谁知刚把书打开，还没翻到最后一页，突然一个人冲过来和她撞了个满怀，小晴身子一晃，"啪嗒"，书掉到了地上，没等小晴弄清怎么回事，那人已经跑远了，看背影，他正是死去的小王！

"难道是死去的小王在暗示我别看这本书？"小晴转念一想，也许撞我那人就是那个卖书的老板？于是她回过头来看那个书摊，可奇怪的是，那书摊竟在刹那间消失得无影无踪了！

这时，公交车靠站了，小晴捡起书，匆匆上了车，回到家天已黑了，空荡荡的房间里只有小晴一个人，她开了灯，迫不及待地把书放到了茶几上，又在沙发上坐下，她想看那书的最后一页，但是手还没碰到书，却被一阵巨大的恐惧惊骇住了……

小晴是个倔强的孩子，最后她还是决定要看……

"5、4、3、2……"小晴开始倒数，"哗"，那书的最后一页终于翻开了，啊，小晴真的被惊呆了，因为书最后一页上没别的，只有几个字：定价10元！

（本篇月月评短信代码：0702）

（题图：安玉民）

螃蟹的半条腿

□ 王道庄

张老板看到这几年人们大鱼大肉吃腻了，就在小城开了家"四季鲜"螃蟹店。刚开张生意兴隆，可是没多久便冷清下来，于是，他就问一个朋友：能不能请个高手指点指点。

这天，"四季鲜"螃蟹店来了一个客人，客人要了一斤螃蟹，要求做成两盘，一盘红烧的，一盘清蒸的，并吩咐服务员："请先把螃蟹拿来让我看看。"

服务员提来了一网兜四个螃蟹，说："正好一斤，请先生过目。"客人把左手伸进网兜里，将四个螃蟹翻了个遍，说道："好新鲜的螃蟹，就要这四个。"

两盘做好的螃蟹端上来了，客人一瞅，红烧的红彤彤，清蒸的白生生，煞是好看。客人又要了一瓶酒，对服务员说："请你们老板来，我想和他喝两杯。"张老板来了，客人斟满两杯酒，把四个螃蟹翻了个个儿，问道："老板，我觉得这螃蟹多了点什么。"

多了点什么？张老板仔细看了看四只完完整整的螃蟹，奇怪起来：什么也不多呀！

客人开门见山地说："每只螃蟹多了半条腿。"

张老板觉得奇怪："我只见过一个螃蟹有八条腿，难道还有八条半腿

人漂泊在错误的波涛之上，所以颠簸摇晃是在所难免的。　——威·柯珀

的？"客人笑了笑，他伸出了左手，张老板一瞧，客人的手里有螃蟹的腿，都是半条的，一共有四只，顿时脸一下子红了。

原来，张老板到水产店买螃蟹时，发现死螃蟹比活螃蟹便宜得多，于是每天就买一半死的，一半活的。客人点完螃蟹要验看时，服务员就拿出活螃蟹，而让厨师做的却是死螃蟹。今天这个客人，在翻看螃蟹时，趁服务员没有察觉，偷偷给每只螃蟹掐掉了半条腿，现在服务员又把八条腿的死蟹煮了端上来，每只蟹不是成了八条半腿了吗？

客人说："老板，食客吃螃蟹，就是图个鲜，以死充活，生意长不了。"

张老板问："先生，你是干什么的？"客人说："我就是你委托的那个朋友请的人……"

张老板向那人请教该怎样让生意兴隆，那人说："你'四季鲜'以死充

活的坏名声已经传出去了，光说空话已经很难让人信服了。"

张老板想了想，说："这样吧，我以后让服务员在每张桌上放上一把剪刀，让客人验看螃蟹时当场剪掉活螃蟹的半条腿，放在餐桌上，蟹端上来时再当场验看。"

那人笑着说："如果你还是买进一半死蟹，再给死蟹剪去半条腿，那放一把剪刀又有什么用呢？依我看，放不放剪刀只是形式，最要紧的是心上放两个字……"

张老板急着问："什么字？"

"诚信。"

从这天开始，"四季鲜"螃蟹店的生意又一天天好了起来。什么？你问张老板用了什么法子？这我可不知道，你自个儿问他去。

（本篇月月评短信代码：0703）

（题图：安玉民）

·故事情画·

网络对我来说
是神秘的湖，
为它的绚丽多姿动容，
我迫不及待地
深入，深入……
天长地久
我长成了湖里的水草，
漂泊游荡
任湖面倒映我空洞缥缈的身影……

（图／文：庞 彦）

政府大院养老虎

本书系《故事会》金栏目"中篇故事"精选，共收9则传奇色彩浓郁的精品。大老虎走进政府大院，还被委以"保卫"重任，它果然尽职尽责，抓到了坏人，真叫新奇荒唐。两头公牛一碰面就眼红气粗，斗得天昏地暗，当它俩遭遇群狼围攻时，竟捐弃前嫌，配合默契，脚蹬角挑，杀得饿狼嗥嗥惨叫，可谓奇妙。还有鹰猴各为其主，舍命拼斗；小黄牛为救女主人，居然初生牛犊不怕狼；民兵营长独闯野猪沟，杀死红野猪；汽车班长迷路斗天狼，血战沙尘……

黑色人物在行动

本书系《故事会》金栏目"中篇故事"精选，共收9则该栏目之精品，主要围绕金钱这一主题多侧面地拓展故事情节。其中有因钱而污染灵魂，导致亲情泯灭，好友成仇；有见财起意，不择手段冒领他人钱财；有为钱所逼，做了违心之事；更有为发横财，行骗作恶等。这些作品的特点是故事情节曲折生动，令人回味无穷。

密访曲家屯

本书系《故事会》金栏目"中篇故事"精选，共收9则有关形形色色的"官"故事精品。或是颂扬清官好官心系民众，为民请命，惩治土顽，巧妙拒贿，秉公施政；或是批评某些干部为创政绩大搞形式主义，弄虚作假，蒙骗上级，苦了百姓；更有一部分作品对那些贪官污吏们以权谋私，仗势欺人，坑害民众，甚至为逃避罪责杀人灭口、销毁罪证等不法行为进行了无情的揭露与抨击。

高原守护神

本书系《故事会》金栏目"中篇故事"精选，共收其9则故事精品，说的是怎么做人的故事。作品通过对人物举手投足的精心设计，形象地描绘做人的道德、原则与气质，展示了人与人之间相互关爱、恪守诚信以及见义勇为的精神。面丑心善的火化工关爱弱女，可歌可泣；好邻里关心失足青年，以情动人；男女青年历尽坎坷，体现了大海可以作证的为人美德，等等。

说大事、小事，普通人的身边事
讲闲话、实话，老百姓的心里话

"傻瓜"不傻

　　自古到今，民间流传着各种各样的傻瓜故事，这些傻瓜，可笑可气，可悲可恼。我们今天要说的，却是另一些"傻瓜"……

第一个故事：

傻姑娘跳楼为的是啥

　　环宇集团总裁高云天的家被盗了，偷掉了几万块钱和一些首饰。公安机关接到报案电话后，立即派人到现场勘察，可竟然一点线索也没得到。案发时只有高云天的傻闺女阿薇一人在家，这个阿薇小时候得过脑膜炎，经过抢救保住了性命，却留下了严重的后遗症，思维不健全，话都说不明白。警察一遍遍地询问阿薇"什么人到你家来过？"

　　阿薇每次都含糊不清地说："舅舅……舅舅来了……"再问，便没了下文。警察一听傻了眼：高云天的妻子是独生女，阿薇哪儿来的什么舅舅？很显然，盗贼冒充了"舅舅"，欺骗这个思维不健全的女孩把门打开，然后实施盗窃的。

　　阿薇虽然傻，可是人长得非常漂亮，如果不开口说话，谁也看不出她是个傻子，高云天夫妇把这个孩子当成了掌上明珠。因为无法从傻姑娘的

嘴里问出别的线索，这个案子只好暂时搁起来了。

可是，有一天，傻乎乎的阿薇突然风风火火来到派出所，拉着一个警察就说："舅舅……我看见舅舅了！"

警察足足问了半个多钟头，才弄清楚是怎么回事，原来这个阿薇自从家里被盗后，就到处寻找那个窃贼，今天终于发现线索了。警察们在阿薇的带领下，来到位于市中心的玫瑰公寓，阿薇指着这幢高高的白领公寓，含含混混地说："舅舅……舅舅上楼……我看见了……"警察立刻对玫瑰公寓进行了全面的搜查，结果却没有找到那个"舅舅"，只得撤走了。

谁知就在这天中午，傻姑娘阿薇突然出现在玫瑰公寓的顶上，这玫瑰

公寓有18层高，又是在闹市区，来来往往的人看到高楼的顶上突然出现了一个姑娘，立刻意识到这姑娘要跳楼，于是都七嘴八舌地叫了起来："孩子，你不要乱来啊！""姑娘，你有啥想不开的，下来跟我们说说，年纪轻轻的，千万不能寻短见啊……"

不大一会儿，玫瑰公寓的楼下已经聚集了很多人，喊声也一阵比一阵高，可任凭楼下的人怎么喊，阿薇这个傻姑娘却像什么也没听见似的，像一截木头桩子，呆呆地站在那里……

没过多久，警车和消防车"滴滴滴"地叫着开来了，十几个警察拉开了救护网，消防车升起了高高的云梯，几个警察也沿着消防楼梯悄悄地向楼顶攀登……就在这时，有人提醒说："千万别上去，把孩子逼急了，她一下就跳下来了！"

这时阿薇的爸妈也风风火火地赶来了，阿薇的妈嚷道："都别动！谁把我的女儿逼跳楼了，我跟他没完！"

云梯不再上升了，消防楼梯上的警察也被迫停止了攀登，阿薇的爸爸突然高声宣布："我是环宇集团的总裁，楼顶上的孩子是我的独生女儿，谁要是毫发无损地把我女儿从楼上救下来，我重金酬谢20万！"他这一说，人群立刻骚动起来"20万！乖乖，谁上去就发啦！"

人群中不少人的眼睛都急红了，可急有啥用？虽说20万赏金很诱人，

可是谁也没有办法把楼顶上的姑娘毫发无损地弄下来！

就在这时，突然出现了一个戏剧性的场面：只见楼顶上的电梯间里冲出一个人，那个人悄悄来到阿薇的身后，猛然张开双臂，一下子就把她抱住……几乎同时，消防楼梯上的警察也冲了上去，大家七手八脚地把阿薇弄到了楼下。危险解除了，阿薇的爸妈感激万分地握着那人的手说："谢谢你救了我闺女一命，你现在就跟我们去取钱……"正说着，傻姑娘阿薇突然揪住那个人的衣领说："舅舅，他就是舅舅……"

那个人发觉事情不妙，想逃跑却来不及了。警察把那个人带回派出所，经过审讯，他果然就是那个冒充阿薇舅舅的窃贼。这家伙非常狡猾，他在这个城市里既不住旅店，也不租房，而是选择一些花园公寓的顶层电梯间"免费"居住，所以那天警察没捉到他。至于阿薇是怎么发现窃贼住在这玫瑰公寓的，警察费了九牛二虎之力也没问出个所以来。阿薇虽然傻乎乎的，但做事却十分执著，她看到警察从玫瑰公寓撤走后，就独自找呀找的，后来找到楼顶的电梯间，在里面发现了正在睡觉的窃贼。

警察听到这里不解地问："阿薇，你告诉叔叔，你怎么想出了这么个抓坏人的好主意？"阿薇仍然含混不清地说："跳楼……有人看……舅舅跑不了……"其实阿薇"跳楼"为的是吸引人们围观，防止窃贼跑掉，而那个愚蠢的窃贼以为傻姑娘不会认出他，为了得到那20万赏金链而走险，没想到却自投罗网，那个窃贼把肠子都悔青了："我他妈的才是真正的大傻瓜！"

第二个故事：

商场里的傻子胜利了

有这么一个傻子，名叫"胜利"。

傻子胜利一年四季总是穿着一身不知从哪里捡来的旧军装，趿拉着一双破胶鞋，脏兮兮的脸，没事就在城南商场里瞎逛。刚开始时，保安为了维护商场的脸面，一看到他就赶，可一不留神，他又冷不丁在商场的哪个角落里冒了出来，时间一长，保安们也懒得赶了，睁一只眼闭一只眼，由他去吧。

渐渐的，傻子开始帮人搬运货物了，从一楼到四楼，无论哪个店面，只要谁吭一声，他都肯帮忙，而且特别卖力气，活干完了，人们都会给他一块两块的，算作酬谢。谁如果手头没零钱，只要说一声"下次给"，也就算了；即使下次不给，他也不会找你要。有人问："胜利，挣了钱干什么？"傻子傻笑着说："买烘饼。""想不想挣了钱娶老婆？"傻子憨笑着，没回答。

三楼有个王姐，是卖自行车的，

她铺面上的箱子总是又大又沉，每次提货，王姐为了省钱，从来不去请装卸工，而是去找傻子，笑吟吟地、甜甜地对傻子说："兄弟，明天给我帮忙呀！"傻子总是一口答应，第二天他就会早早地等在王姐的店铺门口。看着傻子一大箱一大箱地从一楼搬到三楼，王姐在一旁总是一个劲地夸："瞧俺兄弟，力气多大呀！"忙完了，王姐总不给钱，只是把她吃剩的面包、苹果什么的，给傻子一两个，还笑嘻嘻地说："我不给你钱，因为你是我弟，我是你姐，自家人给自家人干活，还要给钱吗？"傻子听了也没说什么，拿了吃的就走，还乐呵呵的。

看着傻子走了，王姐禁不住为自己的精明而得意，她私下对旁边店铺的人说："他这样的人，挣钱也没什么

用。你们看我一口'兄弟'一口'姐'的，一年就能省下几百块钱呢！"

几年过去了，傻子胜利依旧在商场帮人搬东西，时间长了，他好像也认定了王姐就是他的姐了。

这年，清明节快到了，傻子胜利突然跑来找王姐："姐……姐……"

平时都是王姐找傻子，这次傻子来找王姐，倒是第一次。王姐放下手头的活，问："兄弟，啥事呀？"

傻子哼哼哈哈地说："俺娘故世三年了，家里没钱，一直没葬，今年说啥也该下葬了……"

王姐一听眼睛都瞪直了："你说是谁的娘？"

"俺的娘，也是你的娘呀！"

王姐啥话都说不出来了。据说，清明节那天，王姐也去了，该花的钱，都是她掏的。从这以后，王姐再也不叫傻子搬东西了……

第三个故事：

一个开电梯的傻子

有一个人叫赵利，在第二医院开电梯，一天到晚板着脸，把人送上去，再送下来。外人都不知道，其实他的脑子有毛病，不认得路，连公交车都不会坐，只能呆在电梯里上上下下，他如果出门，他的家人要把四十岁的他当作两三岁的孩子交给司机，到站还得有人接应，才不会丢掉。

只要在电梯里，赵利的谈吐举止和常人差不多，他跟认识的人打招呼、开玩笑；他还很喜欢孩子，尤其喜欢唐医生的女儿唐玲。唐玲只有八岁，长得像花骨朵似的，活泼可爱。赵利托熟人买了很多小玩艺，一见唐玲就送给她。

有一次，唐医生无意中看到赵利伸出嘴在女儿的小脸蛋上亲吻了一下，不由又惊又怒，他把赵利劈头盖脸地骂了一顿，以后就让唐玲绕道走。可唐玲每天放学都要来找爸爸，病房大楼只有两部电梯，总会碰到赵利，不可能让几岁的孩子去爬十几层的楼梯，所以唐玲还是时常会撞到赵利。唐医生先是找院长闹了一番，说怎么把一个傻瓜招了工，可说了也没用，傻瓜也得就业、挣钱、活命，后来唐医生就定时接送女儿，在电梯里，唐医生在场，赵利总是规规矩矩的，双方也算是相安无事。

这天中午，唐医生怒气冲冲地冲进了电梯，上前一把抓住了赵利的领口，问："你把唐玲藏哪啦？"

赵利吓了一跳，却什么话也说不出来。唐医生扇了他几耳光，还想打，被人拉开了；后来有两个警察也来找赵利，问他知不知道唐玲的下落，最后还把他带到了公安局。这个赵利脑子本来就有毛病，见了警

察早就吓慌了，连一句囫囵话都说不上，还能问出个啥？线索断了，唐医生也没心思上班了，到处寻找女儿，后来就忙着跟唐玲的学校打官司。细心的人们发现赵利也变得烦躁不安了，动不动就对乘电梯的人发脾气……

突然有一天，赵利也失踪了！唐玲失踪，众人瞩目；赵利失踪，有谁去关心？他的家人开始倒是慌张了几天，找了几天后，也就不找了。摊上赵利这么个傻子，家里的日子也不好过，失踪就失踪吧。

没想到三个月后，唐医生忽然接到公安局的电话，说是一千多公里外的贵州的一个县公安局打来电话，他们接到一个八岁的女孩和一个四十多岁的男子的求助。那男子可能是个傻子，但女孩却知道自己的名字叫唐

玲,还告知了家庭住址。唐医生惊喜万分,马上跟贵州方面通了电话,很快就听到了女儿的声音,他和当地的警察马不停蹄地赶赴贵州,不但找到了女儿,还意外地发现了赵利。唐医生见了赵利眼睛都气红了,抢起拳头扑向赵利,不料却被唐玲拦住了,女儿泪流满面地说:"是赵叔叔救了我!"

唐玲说了事情的经过:那天中午,学校要搞一个活动,通知学生下午不上课,唐玲就跟同学一起回家。路上遇到了一个中年妇女,那女的和唐玲说了好一会话,也不知她使了什么法子,唐玲只觉得很困,想打瞌睡,后来不知怎么竟睡着了,等她醒过来,发现自己正躺在一个陌生的房子里面,有两个中年人让她叫他们"爹娘",还有一个五大三粗的"叔叔"看守着她。她哭累了睡,睡醒了接着哭,哭到最后实在没力气了,就在他们家住了下来,一直到前几天,唐玲在村头碰到了一个乞丐模样的人,那人抓住她就不放,她这才认出那人竟然是赵利! 赵利一见唐玲抱着就跑,跑到县城,唐玲就找到当地的公安局,跟家里打了电话……

唐医生惊呆了,他没想到一个傻子竟然救出了自己的女儿;警察也觉得不可思议:一个连公共汽车都不会坐的人,是怎么找到被拐卖的唐玲的呢?他们问赵利,他"嘿嘿"一笑,说"我就是要找到玲玲!我就是要找到玲玲!"

这个谜永远解不开了。

后来,每个星期天,唐玲都会来找赵利:"干爹,我们出去玩。"赵利就笑眯眯地跟在后面……

"傻姑娘跳楼为的是啥"作者:崔新三(本篇月月评短信代码:0704);"商场里的傻子胜利了"作者:袁俊青(本篇月月评短信代码:0705);"一个开电梯的傻子"作者:杜子凤(本篇月月评短信代码:0706)。

下期话题:讨一个说法   (题图、插图:王申生)

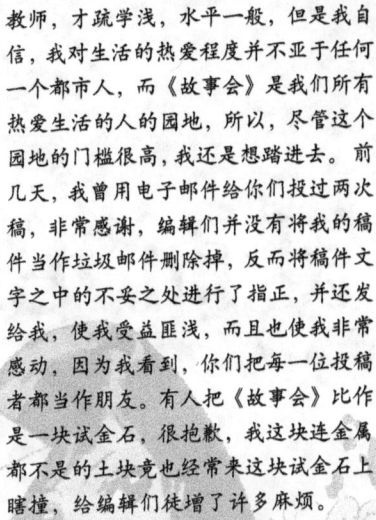

期待中篇故事更上一层楼

热心读者梅广舜：小白，你好！《故事会》是我从幼时到成年最为喜爱的刊物之一。改版后，我这个老读者感到欣喜，版面更靓了，内容更丰富多彩了，排版和印刷更上档次了！不过，近几期来，我最为喜爱的"中篇故事"质量有待进一步提高，有些中篇故事虽然情节跌宕起伏，但构思上缺少新鲜感。我有两点建议：一是贵刊每月收到的投稿万余篇，应和作者多交流，特别是要提高中篇稿件的质量；二是进一步继承《故事会》的老传统，在确定每一期的编辑思路上做文章，在提高可读性上想点子。最后，祝《故事会》越办越好！

小白：您的建议很好，为此，我们专门召开了中篇故事座谈会，并作出了两项决定：一、凡有基础的中篇故事，其作者都有机会被邀请来沪改稿；二、面向全国征集中篇素材和故事构思的"金点子"。您如有好的故事核和构思，都可及时与编辑部取得联系，一旦被认可，编辑部都会邀请您来沪进行创作。所有来沪改稿、创作的费用均由我们承担。另外要特别告诉大家一声：现在中篇故事的稿酬最高可达千字千元，有实力的作者，你们快行动哦！

感谢编辑的热情扶持

网上朋友江卫：小白朋友，你好！我是你现在的新朋友和未来的老朋友江卫。谢谢你上次的回信，更谢谢你对我友好的支持和热情的鼓励。虽然我只是一个乡镇中学的教师，才疏学浅，水平一般，但是我自信，我对生活的热爱程度并不亚于任何一个都市人，而《故事会》是我们所有热爱生活的人的园地，所以，尽管这个园地的门槛很高，我还是想踏进去。前几天，我曾用电子邮件给你们投过两次稿，非常感谢，编辑们并没有将我的稿件当作垃圾邮件删除掉，反而将稿件文字之中的不妥之处进行了指正，并还发给我，使我受益匪浅，而且也使我非常感动，因为我看到，你们把每一位投稿者都当作朋友。有人把《故事会》比作是一块试金石，很抱歉，我这块连金属都不是的土块竟也经常来这块试金石上瞎撞，给编辑们徒增了许多麻烦。

小白：所有和江卫一样的朋友们，小白感谢你们的支持！我们每天网上的来稿量很大，但我们都会尽可能快一点给您回复。我们每个编辑可都是发现"宝石"的能手哦，也许您就是一枚熠熠发光的宝石，也许您目前还是块"璞玉"，但请相信，我们同时也是雕琢璞玉的高手。不过，有一点必须提醒：千万不要抄袭别人的作品，也不要一稿多投，推荐作品一定要注明原作者和出处。小白最近收到不少举报信，我们都认真核实并作出了处罚。如有抄袭现象，除扣发稿费外，我们还将通知抄袭者所在单位，酌情予以处理。只有杜绝抄袭，才能保证《故事会》的质量，使这美好的品牌越办越好，您说是吗？

铤而走

□ 杨剑啸

我在异乡的第一桶金

1997年的9月，我服务了5年的公司倒闭，像我这样的大专文凭在长沙找工作好难，于是便想到南方的一个城市闯荡。也许是祸不单行，在火车上，我那装着身份证、毕业证的小包被人偷走，幸好内裤口袋里还有200元钱，否则我一下火车就得露宿街头、乞讨为生了。

到了那里，因为没有身份证，我不能住正规的旅社，拉客的地下旅馆又不敢住，几经周折，我终于在鲁巷的熊家嘴用80块钱租了一间房子，又买了最简易的锅碗瓢盆，在这里安营扎寨。我接连几天乘公交车到处转

悠，见招聘广告就揭，见单位就闯，可因为我拿不出证件，总是被人嗤之以鼻，有人甚至怀疑我是精神病人或是可疑人员，威胁要报警。我也去过武胜路上的非法劳务市场，但是连招建筑小工的包工头也不要我，因为我戴着1000度的大眼镜，包工头说："一坨泥巴掉下来把你一糊，你自己都不认识自己了！"唉，百无一用是书生呀！

终于到了身无分文的那一天，我的心里被恐怖和绝望充塞着。那天，我沿着一条不知名的小巷子漫无目的地走着，泪水就像秋天的阴雨。昏昏沉沉中，我来到了地质大学小鱼儿书

店门口，店子的墙壁上用蓝漆刷着大大的广告："杂志2·5折！"我走进店子一看，都是些过期的刊物，但成色很新，显然，这是邮局的积压货，"卖这么便宜怎么没人要？"我忘却了自己的困顿，问营业员小姐。

"我们这里卖饱和了，要是拿到其他地方卖，半价都有人要，但是我们店没有人手。"

我觉得眼下唯一的生计就在这里，就硬着头皮问："小姐，你这里赊销吗？"

小姐听了有点意外："赊销？我……我打电话问一下老板。"

过了几分钟，一个有点气质的少妇走进了店子，她说她叫盛红，毕业于纺织学院，父母都是地质大学的教授。她说，只要我押上身份证，可以先赊书后付账，而且还可以1·5折给我，卖不掉可以退货。我尴尬地向盛红道出了遗失身份证的困境，盛红也为难了。"盛老板，你看我这1000度的眼镜，好歹也是一个读书人，我今天确实是走投无路，我不会把这百把元的书拿走而不来、自断一条生路的。"

盛红被我的猴急样逗笑了："好，我就信你这读书人一回，不过，你要每晚10点钟之前回来兑账，我们店子10点关门。"

就这样，我抱着用纸盒子装着的书，如同抱着一盒金子，乘上了709路，在广埠屯下了车，我听说这里有一个吴家湾自由夜市，晚上没人管，生意好。到了那里，我把纸箱子放在街头的树阴下，顶着火辣辣的太阳，等着交警6点钟下班。

摆地摊其实也不容易，首先是那些靠近路灯、人流密集的地段由老贩子霸着，新贩子只能在旁边的冷清地块蹲着，最重要的你还得随时提防交警、城管之类的人员来偷袭，当然，还有那些地痞流氓的敲诈。

还好，虽然我的书摊摆在夜市的边角上，但是正在路灯下，所以围观的人很多。我进价1·5折，想以3折卖掉，但是讨价还价是那个城市的时尚，顾客还到2折，一本书赚几毛钱，车费都不够，我便咬定一口价，顾客又很倔，于是一开头生意就谈崩了。这时，路边一个捧着茶壶喝茶的老爹说："你开个半价吧，让别人还。"我照他说的开了半价，顾客就还到4折、3折，还以为占了便宜，都痛痛快快地掏出了钱，就这样，我的书很快卖得差不多了，这一夜我赚了48元钱，这是我的第一桶金呀！

我心里一紧，知道出了大事

好景不长，小鱼儿书店里那些邮局的存货很快就卖完了，没有新品种补充，又老在一个地方卖，很快就滞销了。后来我就又到废品站选书，我走遍了大大小小的废品站，从城南的

关山村到城北的万松园，并跟翠微横路上几个很有实力的旧书摊老板建立了长久的业务往来。废品站里的书是论公斤卖的，而我这样的读书人，什么书有价值，我一看就准，甚至还有珍品孤本，能卖出高价，很快，我的旧书摊生意火爆，好多淘旧书的收藏爱好者都慕名到我这里来买书。

这个自由夜市上原先生意最好的书贩子老阳被我挤兑得快站不住脚了，他给我开了一个条件："小杨，你离开吴家湾，到别的地方去卖书，作为交换条件，我告诉你两个卖盗版书的地方，像你这样有文化的人，一年少说也能赚它2万！"

我说："卖盗版？那不犯法吗？警察不抓吗？"

"狗屁！警察要抓的是印书的大老板，你这么个摆地摊的，几本书送他们都不要呢！"

我又疑惑地问老阳："那你为什么不去卖盗版书呢？"

老阳无奈地说："兄弟，我只读小学三年级，没有文化，那些卖盗版书的老板心好黑，他们专塞一些没人要的书给我，我卖不好，连本钱都压住了，我在这里卖旧书就不同了，本钱小，赚不多也亏不了……"

我忽然觉得老阳有点可怜，于是就把当天没卖完的旧书全给了他，揣着500元钱，跟着老阳去看货。

那时武胜路的文化市场还没有拆除，到那里一看，几乎每栋楼里都有批发盗版书的，他们多半是汉川人，称为"汉川帮"，他们一般不做生客，怕的是警察，平时行事很谨慎，屋子里放的只是样品，一般人无法知道他们的仓库在哪里，他们卖的书都很热销，甚至还卖海外的黄色杂志。我觉得和他们打交道不安全，所以没有在武胜路拿书。

我跟着老阳又到了大东门地下书市，那里有7家批发盗版书的，在这里，书的便宜简直不可想象，一本14元的《围城》，武胜路的批发价是5元，而大东门才2元5角。就这样，我把带来的500元全进了货。

我离开吴家湾后，就在城建学院旁边的集贸市场摆了个地摊，我选这里的原因是"城建"是一所部属学院，附近却没有一家规模大一点的书店，而且周边又有鼓风机厂、关东科技园，人流量很大，地理位置又不在市中心，卖盗版书不打眼。

我在这里一下子卖火了，谁见过这么便宜的书？一本标价12元的畅销正版书，盗版的在市区卖6元，我这里才卖3元，因为我进价才1元5角！《围城》我一天就卖出40本，仅这一本书我就赚了近百元！一时间我在这里的市场上名声大振，好多地摊贩子因为不知道大东门的批发点，也跑到我这里来批发。我每天上午进500元左右的一蛇皮袋子，傍晚几乎全卖完，这样，我每月除去房租、吃饭、摊位费等开支，净赚2000多元，这在当时已经是高收入了，我的存款渐渐到了5位数。

一天，我提了个袋子，袋子里装了十几本要退换的错版书，去大东门进货。到了那里，我猛地发现今天这里的情况有点异常，发书的老板家全都房门紧闭！我从一个熟悉的老板家的玻璃窗望进去，只见里面的书撒了一地，一片狼藉。正在这时，那老板的女人满脸憔悴地从楼上的窗子探出头来："小杨，快走，这几天不要来了！"我心里一紧，知道出了大事，赶紧将袋子扔了，加快脚步出了巷子。

那一次，是大东门地下书市摔的第一跤，原来在火车站摆摊的"猴子"把从武胜路进的黄书摆着卖，被警察逮住，牵出了大东门，大东门的7家书店连夜一锅端，损失共达20万。紧接着，打击盗版的行动一个接一个，不久，武胜路文化市场也被强行拆除……

天网恢恢，疏而不漏

这一段时间里我就洗手不干了，可没过多久，盗版书又死灰复燃，几个老板把批发点转移到了大东门铁路桥下的一个小村子里，渐渐的，这里的市场又越做越大。我经不住几个老板的劝诱，拿出了两年多赚的全部资金2万5千块钱，加入了大东门盗版书的地下批发大军。我在铁路桥下的这个小村子里租了两处房子，一处是和几个同行老板连成一片的批发窝点，一处是离批发点较远的仓库，用来囤积存货和自己睡觉，这个点一般人是不知道的，万一批发点被抄，还有仓库里的存货备着，可以卷土重来，可谓伤皮不伤骨。

租好房子就是进书，我毕竟是一个懂点法的读书人，有些书我是绝对不进的，比如黄色书和境外的政治书，我只进一些热点畅销书，如《故事会》的"精华本"、《金庸全集》、《池莉文集》等。做批发真的比摆地摊来钱快，由于我进货时会挑书，所以我的书卖得最快最好，那些外地老板一传十，十传百，连素不相识的都带着

熟人的条子来找我进货，那些外地贩子从我这儿进货都是买通了长途汽车的司机，将货绑在车顶上或藏在大巴的包裹箱里，有来头的老板干脆叫特种车一路免检。

一天，一个老板一脸阴沉地对我说："小杨，现在大东门已是树大招风了，你不要再进货了，快把存货出手，万一……"那老板没有说下去，当时我听了心有所动，但过后想道：这老板是不是见我生意做得好，故意危言耸听？所以我犹豫了，没有当机立断。

没过几天，柳州的小王在我手里

进了二月河的"皇帝"系列后，给我打了个电话，说是他有一个朋友，要吃下我全部的货，再把这些书拿到柳州批发。我觉得对方开出的条件也够诱惑人的，于是答应见面。一个多小时后，小王带着一个"板儿寸"的小平头来了，说是先看货后付款，然后派车来拉。小王是我的老客户，十分可靠，再说我的批发点里已经没有什么货了，便带着他们直接到我的仓库去。

也许是命大福大，当我走到一个早点摊时，突然内急，便要他俩在路边等一等。早点摊的厕所在二楼的走廊边，我上楼后无意中向下面一望，天啊，这村子不远处三三两两走来了好多"板儿寸"，全是陌生面孔，我的双腿猛地发软，知道大东门盗版市场的末日来临了！我哪顾得上上厕所，走到后窗边，推开窗户就跳了下去，脚下全是碎砖枯枝，绊得我好疼好疼，我顾不了这么多，拼命地跑着，接着爬上了长长的铁路桥，"呜——"一列火车正从远方狂奔而来。我知道，这时如果我的身后有追兵的话，这火车就是我最好的屏障！我使出了狭路夺命的勇气，一下冲了过去……

我跳过了铁路桥，火车巨大的震动和气浪差点将我掀倒，我稳了稳神，憋着气就往坡下冲，一上公路便拦住了一辆"的士"，我对司机说："傅家坡长途汽车站，快，我赶车！"

古希腊的圣贤荷马说过这样一句话：高尚的心灵蔑视拒不忏悔的人……

一路回家

□ 封宇平

好请他做副驾驶兼保镖，父亲则跑来为儿子当售票员。

这天，大生他们的车在广州车站排上队，轮到发车时，那些民工都喜滋滋地朝大生的新车跑来，有个一只手戴着手套的民工没有急着占座位，而是站在车门边，仔细地看着那些上车的女乘客，还不停地问着："你是兴隆乡的吗？"有人打趣道："怎么？和

大生贷款买了辆双层卧铺客运车，跑起了客运。他有个战友大力，有点武术底子，又有大车执照，正

我马不停蹄地赶着车，很快在傅家坡上了开往长沙的长途车，当这辆依维柯开过大东门铁路桥下的时候，我看到这个小村子的村口人头攒动，穿警服的站了一大片，一麻袋一麻袋的书被民工扛出来放在村口……

我到长沙一个月后才敢给那里打电话，原来小王的货车在去柳州路上被查获，警察化装，把大东门的盗版

市场包了饺子，除我以外，所有的批发商无一漏网，好几个老板进了看守所，其中就有那个曾告诫过我的老板……

我不由得一阵后怕，君子爱财，取之有道；天网恢恢，疏而不漏，看来想发财致富，还得走正道啊……

（本篇月月评短信代码：0707）

（题图、插图：王申生）

女朋友在车门边约会啊？"车站维持秩序的民警认识他，拍拍他的肩膀说："你找了七八天，也该赶回家过年了，我会为你留意的！"听民警这么一说，他才上了车。

大力和大生一直忙碌着整理行李箱，又爬到车顶绑好民工携带的东西，大冬天弄得汗津津的，忙完了，大力又拿起麦克风，对着已经坐好了的乘客说起了欢迎词："为了使大家愉快地回家过好年，请各位注意文明乘车。"接下去，他又公布了一条奇怪的禁令："大家听好，本次旅程严禁男女亲密接触，不许脱衣服！谁要是骚扰慌，我一定把他扔到路边去！"民工们本来就男男女女坐在一起、卧在一处的，打情骂俏的也有，插科打诨的也有，"嘻嘻哈哈"谁都没听他的，只有那个戴手套的乘客有点反应，他好像要想对大力说什么，但话到嘴边又咽了下去。

由于发车晚，再加上安全方面的考虑，这班车晚上没有停。大力先开一班，大生埋头睡觉。就在这时，大生的父亲发现有两个青年一上车就拥在一起，头发都很长，看上去，像是两个女的。老头以为是受了委屈的打工妹，买票找钱的时候暗暗多找给她们十块钱。

深夜，换班后，大力没有立即睡觉，他手拿一个长柄起子，在车上巡视。一个在黑暗中坐着抽烟的乘客不解地问："遭过打劫呀？你们怎么这么紧张？我们都是老乡！"大力没搭话，一路查着。夜很深了，除了汽车行驶的声音，里外都静了下来，可偏偏就在这时候，大力听见一阵好像是老鼠翻东西的细碎声音，接着，有女性娇滴滴的喘息声，他知道有事了，于是就一个床位一个床位地检查起来。疲惫的乘客大都进入了梦乡，打牌的也散了伙，没有什么人醒着，就是男女同位的，也一个朝车窗、一个朝过道的，界线分明。

大力还是在急切地查看着，最后在7、8号座位前站住了，那两个人虽然表面上没动，可盖着的被子显示出两个人的身体是紧紧相贴的，大力"哼"了一声，伸手"哗"地揭开了被子，嗨，果然不出所料！

那两个人并没有十分惊慌，女青年只是扯过被子盖好了两人的身体，那个长发男青年不紧不慢地说："我们是一对恋人，而且都是成年人，有什么不对吗？"话未落音，大力气极了，一把揪住那青年的头发，扬手就是一巴掌！

女青年上前护住男青年，央求道："大哥，老板，你大人大量！对不起，我们错了……"大力气呼呼地对男青年说："打的就是你这种东西，你这样，尊重你的朋友吗？尊重同车的老乡吗？"

男青年委屈地说："我们没错，错的是坐错了车，现在哪个车管这种事！"

大力说："我的车就管！"吵闹声把其他乘客惊醒了，都以为出了什么事，有的以为抓到了小偷。这时，一双大手按在大力的肩膀上，那是大生的爸："大力，我知道你的心，你妹妹出事后，你就一直想找这种人算账。"

乘客们都伸头探脑的，旅途上谁都对奇闻怪事有好奇心。大力望了望大家，说："你们都会奇怪我怎么会在车上管这种事，我索性全告诉大家吧，我曾经有个妹妹，也就她这么大，去年打工的时候，找了个男朋友，还在卧铺车上被占去了身子，可是回到家，却发现自己的打工钱被那家伙偷光了，而且怎么也找不到那个家伙！一年的心血和一场爱情就这么遭到了盗窃，最后，她疯了，至今下落不明……所以，我最见不得在车上乱来的家伙，要是能碰上那个黑心贼，我一刀割掉他的……"

女孩听完这席话，突然认真地问那男青年："你真的会过年来提亲？"

男青年说："我就是怕你反悔，才把生米煮成熟饭的。"说完，他又把自己的钱全掏出来，"我今年就上你家过年去，孩子跟你姓都成！"

这时，坐在靠窗的一个乘客一边用水果刀戳着罐头里的水果块，一边对大力说："我倒是听到过另一个版本，说是有一男一女在卧铺车上私定了终身，一早起来，女的先下车，男的就发现自己的钱不见了，应该是女的偷的！"乘客们也跟着七嘴八舌地议论了起来。

大力正要发火，却觉得有人在拉他的衣服，回头一看，是那个一直戴着手套的人，那人朝大力招了招手，就先扭头走了。大力觉得奇怪，不知道那人为啥叫他，他跟那人走到前头的车门边，他的身体恰好挡住了其他乘客的视线，这时，那人压低声音开口了："我有件事对大哥说，那件事里面，偷钱的是另一个人，是那男孩的老乡……因为他回家没挣够钱，在他们做越轨之事的时候，伸出了手，先

偷了女孩，就是你妹妹的钱包，得手后，又向男孩下了手，因为路上大家都会把钱放在隐蔽的地方，而两人在做这种事时，钱就疏忽了。可能是紧张，或者是害羞，你妹妹直到在兴隆乡下车，也不知道丢了钱，而那男孩发现丢钱后又气又恼，说是高价嫖娼也花不了那么多血汗钱……"

大力吃惊地看着他，暗中捏紧了拳头，说："你说出那家伙来，我找他算账！"

那人脸色凝重，叹了口气，又说了起来：偷到钱的那人，心里非常不安，但装做若无其事的样子和那男孩一起乘车回家。不料因为司机疲劳驾驶，车子在夜间开得又快，路上出了车祸。那次车祸中，司机当场死亡，车体严重变形，偷钱的人和那男孩被变形的床架、座椅挤压，困在车里。那男孩见自己失血很多，命在旦夕，便用手掰起断掉的大腿骨向上顶，使变形的座椅架松开一些，把逃生的机会让给了同乡——那个偷他钱的人。因为那里偏僻，过了很长时间后救援人员才赶到，小偷看到男孩已死，而自己却获救了，悔恨交加，他抓起一大块碎玻璃，剁掉了自己曾经偷钱的一根手指……

说到这里，那人摘去了手套，露出了他那少了一根手指的手掌，大力一看，什么都明白了，嘴上默默无言，拳头却悄然松开了。

这时，那人又从自己贴身的地方掏出一个布包，上面还绣着一朵荷花和大力妹妹的名字，打开布包，里面是一沓钞票。那人一脸愧色，垂着头对大力说："我当时没胆量，也没脸面去兴隆乡找你妹妹，钱也给我那老乡办丧事用掉了，我今年到广东打了很多份工，积攒了点钱，想还给你妹妹，在车站等了七八天，可没等到你妹妹，我不知道她疯了，我心里非常不安，如果找到她，给她治好病，你一定要告诉她，钱不是她男朋友偷的，是我的这只该死的手！"说着，他抑制不住自己的悔意，"扑"，跪倒在过道上，跪倒在大力的面前……

大力扶起了那人，从他手中接过了包着钱的布包，从这一叠钱中拿了一半，说："打工的都不容易，难得你知错就改，钱我收下一半，另一半你拿回去养家糊口吧！你回座位睡安稳点，一路平安！"

断指的乘客流着泪，忍不住哭出声来。车上的乘客，见他获得了大力的谅解，都热烈地鼓掌，是啊，雷公不打吃饭人，风雪不阻夜归人，何况现在是春运，是该有点人间春意的！这时候，大生播放起一首歌《好女孩》，大力想到妹妹，真希望她病好了，也在赶着回家……

（本篇月月评短信代码：0708）

（题图、插图：魏忠善）

这天，小镇上来了一个江湖艺人，他变了一个小小的魔术……

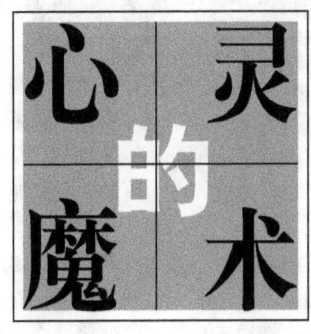

心灵的魔术

□ 许申高

正月里的一天，集镇上来了一位走江湖的中年人，他在影院前的空旷处放下挑子，摆开道具，在吆喝声中玩起了杂耍，很快就引来了很多人的围观。表演越来越精彩，往瓷盆里扔钱的人也越来越多，一会儿工夫，盆子就被零票填满了，少说也有三十多元。他把钱收好后，谢过大家，又开始表演小魔术。

就在这时，一个沿街打快板的小男孩路过此地，他衣衫褴褛，灰头土脸，好像刚从垃圾堆里爬出来似的。人们都躲着他，可他全然不顾，钻进人堆，睁大了好奇的眼睛，惊羡地看着魔术师眨眼间把一副扑克变成了一

包香烟。当魔术师正要表演另一个节目时，男孩突然上前问道："你能把扑克变成钱吗？"因为胆怯，他的声音非常小。

"当然能！"魔术师笑了笑，然后对众人说道，"大家听清楚了吗？其实啊，很多朋友嘴上不说，但心里肯定在犯嘀咕：'你这么会变，能变出钱来吗？'那好，大家现在就看我怎样变出钱来。不过，得有人配合我才行，谁愿，请举手！"

所有人都有些迟疑，现在江湖骗子太多了，不谨慎不行，鬼知道这魔术师会耍什么花招，没准他会把魔术玩成骗术，可唯独那个男孩毫不迟疑

地举起了手。

"谢谢，谢谢你的信任。"魔术师把男孩请到场中央，问道"小朋友，你几岁了，上学了吗？"

"我七岁，还没上学。奶奶说，我只要能赚到两百块钱，今年就可以上学了。"说着，他摇了摇手中的快板。魔术师这才注意到他手中的快板，不由再一次从上到下打量起他来，眼里充满疑惑，"你爸爸妈妈呢？是他们让你出来打快板挣钱的吗？"

男孩摇摇头："我没有爸爸妈妈，只有奶奶。"

魔术师愣了一下，又问："你打快板挣了多少钱？"

"我不会打，只挣了一块钱。"男孩不好意思地垂下了头。

"别灰心，我想你一定会挣够学费的。来吧，现在我们开始变魔术。"魔术师拍拍他的肩膀，说着又从道具箱里拿出一顶帽子，交到男孩手上，说："你给大家看好，看这帽子是不是空的。"帽子得到大家的验证后，魔术师又说："小朋友，你不是说你挣了一块钱吗？现在你把这一块钱拿出来，放在这顶帽子里，然后把它扣在地上。"

男孩迟疑了一下，还是照做了，于是，魔术师走近这顶帽子，口中念念有词，接着用手指着，嘴里喊道："变！变！变！"然后突然把它揭开，大家一看，帽子里除了一块钱外还多

出了五毛钱；再扣上，再揭开，又多出了一块钱……反复数次后，帽子底下变出的钱越来越多，有一块的、五角的，甚至还有一角的……接着，魔术师停止了表演，他把那些钱清点一下，约摸三十多块。他捧起这些毛票，走到小男孩身边，说："看见了吗？这都是你那一块钱变来的，我很想让它再多变一些，可是，它只能变这么多了……来，拿上吧。"

男孩做梦也没有想到，这么多的钱会是由自己的一块钱变来的，而且这些钱都属于自己了！他接过魔术师手中的钱，咧开嘴开心地笑了。

就在这一刻，人群突然骚动起来，很多人的眼睛都湿润了，当第一个人站出来把一张钞票塞给小男孩后，神奇的一幕出现了：只见十块的、五块的、一块的钞票铺天盖地地从周围的人群中飘洒下来，落在小男孩的身边。小男孩被弄糊涂了，他一会儿看着落在地上的这些钱，一会儿又看着周围的人，不知道发生了什么事。

魔术师也感到非常意外，他没有想到这个小小的魔术会有如此神奇的结局。他把地上的钱一张一张捡起来，塞到了小男孩的怀中……

小男孩笑了，但他没有注意到原先放在地上那个装钱的瓷盆里，不知什么时候已是空空的了……

（本篇月月评短信代码：0709）

（题图：魏忠善）

有人追踪

□ 许铭君

已经是腊月廿九了，街上的鞭炮"劈劈啪啪"响个不停。听到鞭炮声，想到过年了，阳城市公安局局长陈刚不觉感叹一声，走到电话机旁，给县城里的妻子打电话："喂，我是陈刚，真对不起，我们正在查一个大案子……"他妻子叹了一口气："别说了，尊敬的陈局长，我知道，你又不能回来过春节了。没什么，反正我和儿子都习惯了……你可要当心身体啊！"陈刚听了妻子的话很感动，挂了电话，不觉感慨万分。

陈刚原来在阳城县当公安局长，因工作成绩出色而调任阳城市任公安局长的。刚到任不到一个星期，市里就发生了一起重大伤害案，开始以为只是一件普通的刑事案件，没想到查

来查去竟查出了三起命案，最后还查出了一个盘踞市里多年的黑恶势力团伙。案子刚查出点眉目，说情的就来了，市里的领导，当地的头面人物，甚至还有公安局内部的警官，各路说客想方设法地和陈刚拉关系，陈刚一概不理，并给专案组下了一道死命令：无论后台是谁，都要一查到底！就这样，大家一直忙到最近，幕后的"黑老大"才渐渐浮出水面，为了一鼓作气拿下这个案子，腊月廿九上午，陈刚给所有参战民警下了一道命令：今年春节不放假，啥时候案子彻底结了啥时候休息。

陈刚打完电话，正躺在椅子上揉着太阳穴闭目养神，电话铃响了，抓起话筒，立刻传来一个阴冷的声音："陈

局长，不瞒你说，我就是你要抓的那个人，我现在被你逼得正亡命天涯呢！我只说一句话，只要你放我一马，咱们就是好兄弟，不然，我就给你来个鱼死网破！"

陈刚听了，拍案而起"你最好马上投案自首，否则死路一条！"

对方又阴笑了几声："你要是这样说，姓陈的，那我就不客气了。虽然我不能把你怎么样，但这大过年的，我要是在你家放一个大爆竹，给你的家人来个惊喜，你看怎么样啊？"说完，对方就挂断了电话。

接完这个电话，陈刚的心里乱作一团，他真为家人担心啊！不法之徒报复民警的事儿每年都有发生，他陈刚平时就对不住妻子和儿子，要是再因为自己办案子让他们娘俩遭到不测，自己的良心可怎么能过得去啊！他一连吸了三支烟，最后决定自己无论如何也要抽出一点时间回去一趟，看看妻儿。主意拿定，陈刚就给专案组其他成员安排好了下一步的工作，自己则打算抽出两个小时的空儿回家。

下午三点多，陈刚叫司机小王开车送自己回阳城县。

阳城县离市区只有30公里，几十分钟的路程。司机稳稳地开着车，陈刚则利用这难得的一点时间在车里小睡。车子出市里没多远，司机小王就叫醒了陈刚："陈局，我发现有一辆黑色的轿车好像在跟踪咱们！""什么？"陈刚一激灵，他真不敢相信那帮人竟会如此大胆！

此时，前边正好出现了一个弯道，小王顺势将车慢了下来。果然，车刚过弯道，一辆黑色轿车随之闪进了他们这车的后视镜，两车相距不过十几米，陈刚看得很清楚，车牌号的尾数是一个很牛气的"888"。陈刚想看看那辆车是不是真的有意跟踪自己，就叫小王提速，这车一快，那辆黑色轿车马上又跟了上来。陈刚又叫小王快快慢慢地试了几次，那辆车总是紧紧咬住陈刚的车不放，看样子真是在跟踪自己啊！如果不是自己刚调到市里，那帮人不知道自己的家在阳城县，说不定早就出事了！陈刚的心越来越沉重，他真担心那帮家伙对妻儿下手，于是他赶紧先给家里打了电话，没人接，估计是妻子带着儿子上街买年货去了。陈刚急得汗都下来了，和小王简单商量了一下，决定在进家之前将跟踪的车制服，确保家人的安全，然后顺藤摸瓜，挖出指使者。

就在车将要进阳城县城的时候，陈刚拨通了当地110的电话，说明了那辆车的基本特征，然后，自己的车直接在一家大型超市外停下，紧接着，在后面跟踪的那辆轿车也跟了过来，在离警车不远的地方停下了。

陈刚叫小王盯着那辆车，自己若无其事地走向商场，还没等他走进商场大门，十几辆警车便从天而降，将

生活里的无数荒唐事甚至无需合乎情理，因为它们是真实的。 ——皮兰德娄

跟踪的那辆车团团围住……

陈刚返身回到车里，笑着对小王说："走，咱们先回家吧。"

陈刚刚进家门，就见妻子领着儿子回来了，还大包小包的买了一大摞年货，一家三口正乐呵呵地说着话，陈刚的手机响了，他听着听着，眉头一下子舒展开了，他接完电话，有说有笑地和妻儿一起待了一个小时，这才起程回城。

车子上了高速公路，陈刚问小王："你知道刚才跟踪咱们的那辆车是干什么的吗？"

小王茫然地说："不是跟踪咱们的吗？"

陈刚哈哈大笑："你知道他们为什么跟踪我们吗？那是一个私人老板的车，那老板想和我拉关系，准备春节到我家里来送礼，可是又不知道我的家在哪里。据他的司机交代，他们的车这几天一直都停在公安局大门外，一直都在盯着我哪！"

有惊无险，两个人都乐了起来，但陈刚的心很快又沉了下来，他的耳边又响起了给他打恐吓电话的那个"黑老大"阴沉沉的声音……

(本篇月月评短信代码：0710)

(题图：张　恢)

私人侦探第一案

本书系《故事会》金栏目"中篇故事"精选，共收9则作品，都是与歹徒、罪犯作斗争的故事。公安人员追捕逃犯，历尽艰险，血洒战场；罪犯遥控杀妻，扑塑迷离；村霸设置黑洞，为非作歹；小偷擒获白色恶魔，仗义可嘉偷盗贪官财物，枪杀情敌后代……作品内容曲折惊险，具有震撼人心的艺术魅力。

妻子要跳交谊舞

本书系《故事会》金栏目"中篇故事"精选，共收9则作品，皆从情爱故事。虽属情爱，却非都是甜甜蜜蜜，卿卿我我，而是充满了喜怒哀乐，恩怨情仇。看这些年轻的男女主人公，既有历经悲欢离合终成眷属，也有历经磨难依然遗恨终生；既有由爱变恨，愤而断情，也有化恨为爱，喜结良缘……

改来改去

□ 老 三

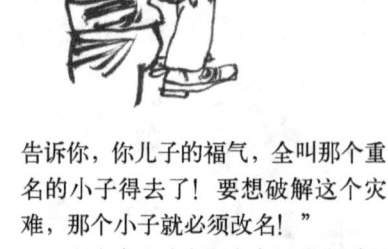

甄家庄的甄百万有件烦心事：他上初二的儿子甄有福是个病秧子，三天两头药不离口，十天半月针不离腔，甄百万急：这个身子骨，将来怎么子承父业？没办法，他只得去找村里的算命先生甄瞎子给算算。

甄瞎子是个光棍，住在村西头的破房子里，据说他算命很灵验，很多人都信他。甄瞎子收下一叠钞票后，口中念念有词，开始掐算，过了半晌，他突然问道："我问你，你儿子读书的学校里，是不是有和你儿子重名的学生？"

甄百万想了想，说："是有一个，不过和我儿子不是一个班。"

"那也不行啊！"甄瞎子说，"我告诉你，你儿子的福气，全叫那个重名的小子得去了！要想破解这个灾难，那个小子就必须改名！"

甄家庄上确实还有个男孩也叫甄有福，和甄百万的儿子在一个学校读书，他的爹甄石头是出名的老实疙瘩，没识几个大字，只知在自家那三亩二分地上死扒死做，日子过得很一般。不过，令人刮目相看的是，他们却生了一个聪明绝顶的孩子，这个甄有福，学习拔尖，容貌端庄，身体健康。想到这里，甄百万恍然大悟：闹了半天，俺儿的福气是被这小子沾去了，不行，他必须改名！

甄百万不敢耽搁，当晚就来到甄石头家，直截了当地说了要他儿子改名的事，甄石头虽然老实，可老实人脾气倔，说啥也不答应，甄百万一听急了："我出钱还不行吗？就改一个字，2万，你看中不中？"

甄石头还要理论，不料他的儿子甄有福从里间走了出来，大声对爹说"爹，可以，为什么不行？甄大叔，我答应你，从现在起我改名叫甄有利，拿钱来吧！"

甄石头识字不多，因此对能识文断字的儿子打心眼里信服，如今儿子都一口答应了，加上老婆也出来打圆场，他也就点头同意了。

说来也怪，自打甄有福改了名后，甄百万儿子的身体竟然奇迹般地好了起来，变得能吃能喝，其实道理挺简单：这个甄有福自幼娇生惯养，不正经吃饭，体质哪能好？如今进入青春期，开始发育，当然胃口就好了，无奈甄百万哪懂这些？只敬佩甄瞎子算得准，一高兴，又给老光棍送去了500元。

甄石头反倒不放心了，他问儿子："儿啊，你为2万块钱就把名字改了，不会碍着你吧？"甄有利笑道："爹，你咋信那玩意？咱家生活困难，每年为我交学费都要犯阵子愁，如今有了这2万块，我读到高中的学费都有着落了！"

三四年过去，改了名字的甄有利倒没啥，甄百万的烦恼却有增无减：儿子甄有福的身体是好了，可书还是读不好，而且还和社会上一些闲杂人员混在一起，吃喝嫖赌抽五毒俱全，把甄百万愁得茶饭无心，寝食不安，没办法，他只好再去找甄瞎子"开药方"。

甄瞎子见生意又来了，喜不自禁，于是又为甄有福卜了一卦，他瞧着"卦相"叹息道："唉，那个甄有福虽然改名叫甄有利，但他只是把好的身子骨还给了你儿子，别的没还哪！"

甄百万哭丧着脸央求着："您给我好好算算，该如何破解？"

"要想破解，他还得改名，而且名字越贱越好，比如改成'甄命苦'之类的。"

连着两次叫人家儿子改名，而且要改成"甄命苦"，对方答不答应，甄百万实在没把握，不料一到甄石头的家，甄有利一听甄百万愿出4万元的改名费，一口答应："百万大叔，我没意见，明天我就去派出所改名字。只要您家有福能学好，从今往后我就叫'甄命苦'了！"见儿子答应了，他的父母在一旁也没说啥。第二天甄有利真的去了派出所，把名字改成"甄命苦"了。

甄百万前前后后花了6万块钱给儿子"纳福"，不料儿子的"福分"却到了头，这小子伙同几个流窜犯绑架了县城的一位商人，把人弄到山上，向他家里的人勒索赎金。警察上山搜捕，他在逃跑途中不慎掉下了山崖，摔了个粉身碎骨，而甄命苦却考上了北京的名牌大学，用改名字的钱当学费，上北京的那天，全村人敲锣打鼓、鞭炮齐鸣，说不尽的风光。

得到儿子的噩耗后，甄百万痛不欲生，他气急败坏地去找甄瞎子，一脚踢开了甄瞎子的房门，怒气冲冲地嚷道："老瞎子，甄有福摔死，甄命苦上大学，你给我说说，这是怎么回事？"

甄瞎子"嘿嘿"一笑，说："甄百万啊甄百万，你怎么比我这个瞎子还糊涂？名字要是真能管人的命，你还能有今天？"

甄百万一听，突然开窍了：他娘生他时，正在自留地里干活，没来得及跑回屋里，就在院子的梅树前生下了他，于是他爹就顺嘴给他起了个名字叫"甄梅前"，只是这些年人们一直管他叫甄百万，甄梅前（没钱）这个大号反倒忘了……

（本篇月月评短信代码：0711）

（题图、插图：魏忠善）

吓死人的黄马褂

□ 李　博

同治三年，太平天国运动失败了，紧接着骄横跋扈的湘军就开始大规模地裁减人员。小兵小卒自然免不了要遭遣散，就是一些在镇压太平军时立下了汗马功劳的一品军门提督也不能幸免，只领了几个月的所谓"恩饷"，便回家自谋生路。一时间，湘军的地面上"游官散勇"多如牛毛。

有一年的冬天，湘西县令带领三班衙役去南河街抓赌，赌徒们听到风声，转眼间一个个都逃得无影无踪，只有一个年龄大一点的，手脚不灵便，被抓了个正着。一个衙役走上前去，"啪""啪"两皮鞭，劈头盖脸打了下去，打得那赌徒的脸立刻血肉模糊。那人被打怒了，立即从一边的桌上拿过一个包袱，从包袱里取出了一个挂着单眼花翎的帽子，把帽子戴在了头上，然后又解开扣子，将外面罩着的破衣服"哗"地撕开，指着衙役的鼻子破口大骂："王八蛋，你狗眼看

看清楚，爷穿的是什么！"

县令撩开衙役，走上前去一看，呆了：那人戴的竟是单眼花翎，穿的又是皇上御赐的黄马褂呀！这黄马褂，只有功勋显赫的人，皇帝才会赏给他，这可是了不得的荣耀呀，你敢打他，活得不耐烦了？

县令吓坏了，连忙带着衙役转身就跑。

回到县衙，县令心有余悸，他立刻升堂，大骂刚才打人的那个衙役："你这狗奴才，他穿的是皇帝御赐的黄马褂，你打他，就是犯了欺君之罪，你在我的手下干事，我怎么担待得起呀？来呀，给我重打二十大板，也好给别人有个教训！"

县令话音刚落，忽听那衙役一声大喝："且慢！"

这一喊，把满堂的人都惊呆了：这小子好大的胆，竟敢咆哮公堂？县令大怒，正要斥骂，却听见那衙役不紧不慢地说："他是单眼花翎黄马褂，你再看看我是什么！"说着，那衙役顺手从腰间取出了一个帽子戴上，帽顶上竟是双眼花翎，衙役随即又解开了衣扣，袒胸一晃，不得了，也是吓死人的黄马褂！

县令吓得魂飞魄散，跌跌撞撞地走下堂来，伸出双手搀住了那个衙役，结结巴巴地说："请大人恕罪，卑职该死，卑职该死！"

(本篇月月评短信代码：0712)

(题图：黄全昌)

· 本刊信息传真 ·

《解读〈故事会〉》

一本揭示 故事会 40年发展历程的传记

亲爱的读者，为体现与时俱进、求实创新的办刊思想，本刊在《故事会》创刊40年之际，特推出《解读〈故事会〉：一本中国期刊的神话》一书。关于《故事会》这本杂志，你可能有过这样那样的疑问：为什么《故事会》能几十年长盛不衰？高考满分作文与读《故事会》有什么关系？为什么卖《故事会》杂志就能赚钱？……看完这本书，相信你会揭开所有的谜底。

骚动

邮局里的

□ 宋元平 改编

根据美国陶德·R·吉斯的
作品改编

这天是星期五，天气特别的闷热，没有一丝风，整个小城就像是一个大蒸笼，城里的每个人都像是在被炙烤一般，西边的天空正在积聚着一大块乌云……

邮局里排着很长的队伍，他们都急切地等待着午休后开门营业。一会儿，小小的窗口终于打开了，队伍立刻朝前拥去。

排在最前面的是一个年轻人，他穿着牛仔裤，看样子是个学生，甚至可能是一个研究生，打算读暑期班的。他显得很焦急，语气急促地对着窗口里的人说："今天一早我寄了一封信，不知道这信发出去了没有？"

小窗口里面坐着的是一个留着短须的胖子，大脑袋，红光满面的，他说："邮件要等三点才发出。"

那青年一听显得很欣喜，便问："我能把它取回来吗？"

大脑袋营业员纳闷地望了望青年："为什么？"

"我想加些内容进去。"青年说话时焦躁不安，显然他想加进去的内容是极为重要的。

营业员把大脑袋一歪，瞪着眼睛问道："那你为什么不另外寄一封呢？"

排着队的人们唧唧喳喳地议论了起来："对呀，为什么不另外寄一封信呢？"

那位青年接着说："我还想删掉一些别的内容。"

营业员又问："难道你不能在另一封信中说明这个情况？"

青年有点尴尬，他说："这不太好办，说确切一点，我只是想修改一个

词，但是如果不改，它将会破坏整个一封信的意思……"

大脑袋营业员听了青年的话后十分吃惊，在他看来这就像是"天方夜谭"，而这样的荒诞故事竟然就在这小小的邮局里发生了，他像观看动物园里的奇禽怪兽一样盯着这青年，看了一会儿，便带着明显的讥讽语气说："这么说，你是让我把上午所有的邮件统统查一遍，就为了找出你的这封信，让你去修改一个词？告诉你，不行，我没有那么多的闲工夫！"

长长的队伍在骚动，显然，那青年和营业员的对话已经占了他们的不少时间，如果营业员真的去为青年找信的话，那就会占去他们更多的时间，他们就得在这里多流汗！

年轻人很快有了主意，他说："我知道你们的规章制度，根据规定，在邮件发出之前我有权取回！"大脑袋一听，无话可说了，他懒洋洋地拿出一张表格，从小窗口里递了出来。年轻人接过表格，在大腿上擦了擦手上的汗，填好了收信人的姓名和地址又递给了大脑袋。这时，年轻人转过了身，不好意思地对排着队的人说："真对不起，我不知道会

这么麻烦……"

一会儿，大脑袋拿着一封信和那张表格回到了窗口旁，显然上午的邮件不是很多，他已经把那封信找出来了。大脑袋笑着，这笑使人觉得他有点不怀好意："你有什么证件吗？比方说像驾驶员执照之类的证件。"

"我有学生证，可……可就在前几天丢了……"大脑袋板起了脸"没证件可不行，这也是我们邮局的规章制度！你想想，没证件我怎么知道这信确实是你寄的呢？"

年轻人急了："你是拿着我写的姓名和地址找到这封信的呀，这不就是我的信吗？难道还会有别的什么解释吗？"

大脑袋眨巴着眼睛想了想，说："当然有，比方说这是别的什么人寄的信，甚至它还可能是某种机密文件，而你编了这些谎言正是为了得到它！"营业员说完这话，排队的人立刻又骚动了起来，大家对大脑袋滥用职权的行为极为反感，不少人大声嚷嚷着："这怎么可能呢？""屁话，还不是存心刁难人！"

这时，大脑袋放大嗓门嚷了起来："如果你没有证件的话，我只好把信拆开，看看信上写的是不是和你说的一样。"

年轻人无奈地说："如果你硬要这么做，我也没有办法。"

大脑袋洋洋得意地笑着，他伸手"嘶"地一下将信撕开了，接着便看了起来，年轻人在一旁局促不安地低声说道："这是我写给妻子的一首诗。"

大脑袋并没有让步，他振振有词地说："可是你没有任何证件，怎么证明这诗就是你写的呢？"

话音刚落，队伍中的人们立刻发出了愤怒的低吼声："不能这样！""太过分了！"人群又一次地骚动起来，开始向窗口拥去，窗口里的大脑袋还是毫不让步，他狠狠地朝人群瞪着白眼，声嘶力竭地对年轻人叫着："你必须证实这诗是你写的！"

年轻人气得满脸通红，他的两只眼睛瞪得圆圆的，逼视着大脑袋："好，我证实给你看！"说着，他开始背这首诗："闯入梦中的是我万里之遥的妻，你的肌肤是那样的妩媚动人，你的笑语犹如水晶般晶莹，你的抚摩呀犹如暖雨低吟……"

这是一首爱情诗，全诗120行，这年轻人竟然背得一字不差！

一阵肃静之后，队伍中响起了热烈的欢呼和震耳的掌声，大脑袋的脸色变了，就像四周的墙壁一样灰暗。年轻人背完了诗后，一把夺过信，离开了邮电局。

外面起风了，响起了雷的低鸣……

(本篇月月评短信代码：0713)

(题图、插图：箭 中)

酿酒猴

□古京雨

你听说过酿酒猴吗？这可是一种十分奇特的猴子，山高林茂的大芒山麓上就有这种猴子。

1938年深秋的一天，从很远很远的地方传来了隐隐的大炮声，鬼子来了，老百姓都在逃难。酒坊老板一家都逃难走了，只孤零零地撇下了雇工小豆子。这天，小豆子到大芒山上去砍柴，大芒山纵横百里，林木茂盛，他正在崎岖的小路上走着，不知从哪里飘来了一股酒味，越往前走，酒味越浓，鬼子来了，猎人跑了，谁还会在这里酿酒？他找呀找，爬上崖坡，终于发现了一个山洞，浓浓的酒味就是从这洞里随风飘出来的，走进去一看，看见一米深的洞口堆放着两堆野果，一堆是苹果，一堆是野生杂果，两个果堆下都有红红的黏稠的液体流出，一直流淌到洞外的岩石上。小豆

每一只蜜蜂酿出的蜜都是甜的。　——乔·赫伯特

子正在诧异，忽听一阵"叽叽喳喳"的声音传来，跑到洞外往崖下一看，山坡上黄乎乎的一大片，横躺的，竖蹲的，全是猴子，不少猴子正仰着头，用嘴接着从洞口流淌下来的那种液体，正喝得津津有味呢！

小豆子弯下腰，用手沾了些红色的液体，放到嘴里尝尝，心里乐了："嗨，酒，没错，我是酒坊学徒，尝出来了，猴崽子酿酒呢！"

小豆子小时候就听大人们说大芒山上有一种会酿酒的猴子，如何如何聪明，这种猴极少，特珍贵，想不到这回还真碰上了，他高兴得忘了回家，也忘了鬼子要来。

就在这时，忽然传来了低低的说话声，小豆子一看，不远处的树丛里出现了几个人，他们正在悄悄地向坡上的猴群靠近，还拿着大网，有人压低了声音说："队长，瞧，这是我昨天在树上留的记号，它们就在附近，咱们准能抓住！"

那个被称作"队长"的说："抓住一公一母两只酿酒猴，皇军来了就封县长，县长管方圆百里，钱跟流水似的往你家里淌……看，那坡上黄黄的一片，小声点，绕道上！"

原来这些人是汉奸，他们是奉了日本人的秘密命令，来抓酿酒猴的，日本国内没有这种猴子，他们要把这种奇异的猴子抢掠到日本，占为己有。

小豆子想敲锣赶猴，但他没带锣，汉奸开始往坡上爬了，他急坏了。小豆子是干粗活的，兜里常装些小物件，这时他摸出了一包火柴，在上风头点着了火，引着了灌木草丛，灌木草丛又引着了树林，一时间浓烟升腾，猴子很快逃出了火场，消失得无影无踪。那几个汉奸也被火卷着了，烧得焦头烂额的，没有一个囫囵回去。

晚上，小豆子翻来覆去睡不着觉，他想，酿酒猴是中国的珍贵猴子，不能被鬼子捉了去！

第二天，小豆子找到了那个酿酒洞，他从装火柴的衣兜里掏出一块黄连，掰成两半，分别插在两个果堆里，然后躲进了树阴里。太阳升起来时，猴群带着大量野果了，有的抱着，有的背着，有的抬着，它们进洞后过了一段时候，石壁上就有红色的水流淌出来，这是因为猴子们把新的果子放在旧果上面，上面分量一重，压力一大，果堆底下就流出了酒液。猴子看到崖壁上在淌酒，就前呼后拥地来到了崖下，惬意地举行起它们的"酒会"。

猴子们正喝得美，忽见一只猴子用手指着舌头大叫起来，接着又有几只猴子也张着嘴巴"哇哇"大叫，表情十分痛苦，好像是在说："这酒怎么这么难喝？"一只看起来像是首领的大猴子走了过来，沾了一点酒放在嘴

里，立刻皱起了眉头，警觉地四下张望，果断地领着猴群撤离了……

就在小豆子用黄连赶走猴群的那天晚上，日本人占了山下的村子，又放火烧了山，把酿酒洞里的果子都烧成了灰，可鬼子没有捉到酿酒猴，气极了，又想了主意，他们抓了两个流浪儿童，贴出告示说：用酿酒猴可以换孩子。这两个流浪儿童都是小豆子的好朋友呀，他决心救他们。

小豆子从山上弄来了几只猴子，回到家后，就把猴子放在过道上，在每只猴子的头顶上放一块砖，便躲到一边观察动静。十几分钟后，小豆子

走了出来，看见有的猴子扔了砖头正东张西望着，有的猴子头上仍顶着砖头乖乖地呆着，累得两腿直摇晃，只有一只猴子见人来了，赶忙把扔的砖头拾起来顶到头上，并迅速回到原地站好，小豆子心想：酿酒猴本身就聪明，这一只是聪明里的聪明！于是他就把这猴子留下了，当天夜里把其他的猴子放回了山里。

这天上午，小豆子来到了日本人的军营，他对日本人说："你们把那两个小孩放了，我就交猴子，真正的山里的酿酒猴！"

日本人一听，乐了，因为有消息说，日本国内一个什么大官得了一种怪病，内脏都烂了，日本的大夫说用中国酿酒猴的脑子配药，能治好，所以这里的日本人都想把酿酒猴弄到国内好升官发财。日本人答应放那两个孩子，小豆子就把那只 "聪明里的聪明"猴子送来了。

猴子送到军营的那天，日本鬼子大人带小孩、军人带家属，都跑到场地上来看稀罕，这个说："这猴子屁股不红鼻子红！"那个说："这猴子挺怪的，给它日本糖果不吃，给它中国的枣子就吃了。"

酿酒猴真乖，它给老兵挠痒、点烟、倒水，帮新兵洗鞋、扫地，炊事兵扔给它一捆芹菜，它摘掉了叶子把茎送到了伙房；一个懒兵从屋里拿出件冬衣扔给猴子，猴子立刻明白了，

一个民族必须把自己的生存的尊严和自由看得高于一切。 ——克劳塞维茨

这是让它捉虱子，它捉一只，扔到自己嘴里，"咯蹦"咬死，懒兵看了"哈哈"大笑。军曹的女人抱着婴儿路过，听见笑声过来看，看见酿酒猴的模样也乐了。三天后，军曹把酿酒猴带回了家。

没多久，日本人又攻下了一个县城，得意得不得了，部队里开了庆祝会，军曹太太应邀去参加庆功宴会，她走后，抓来的中国保姆见卫兵喝醉了，四周没别人，就跑了，屋子里只剩一个孩子和一只猴子。孩子躺在榻榻米上睡着，一会儿他动了起来，还哭，猴子就学着保姆的样子揭开褟裤看，原来孩子拉屎了，猴子就给他擦，擦完了，孩子还哭，猴子没办法，急得直挠头，突然它想起来了：保姆在孩子拉完屎后还要给他洗屁股，于是它就把热水倒到了盆里，它不知道应该加些冷水，兑好了再洗，只知道有了水就好洗澡，猴子扯脱了小孩穿的和服，把一丝不挂的婴儿放到了开水盆里，婴儿才几个月，还不会坐，进去后"哇"的一声就沉了底。

过了半个多小时，军曹太太带着战利品，满脸喜悦地回到了家中，推开房门，看见满地是水，她的宝贝儿子躺在榻榻米上，全身又红又肿，都没皮；再一看，猴子正翻箱倒柜地找婴儿的换洗衣服，军曹太太立刻明白是怎么回事，眼睛一瞪就昏了过去。卫兵听见动静闯了进来，举枪大叫"八格牙路"，猴子受惊，蹿出屋子，飞檐走壁，这边枪声大作，那边早就不见了踪影。

有个想立功的日本兵，追着猴子的影子来到了山里，一边追一边打枪，躲在丛林中的猴群呼啸而至，夺了他的枪，扔进了沟里，把他按倒在地上，用酿酒剩下的酒糟堵上了他的鼻子，生生地将他憋死了。

那士兵的枪掉进了山沟里，被小豆子捡到了，他把枪送给了山里的游击队。游击队也早知道了日本鬼子和酿酒猴的事，他们乘机做起了文章：游击队队长给日本军营送去了一封信，信上警告他们不准再抓酿酒猴，说是游击队早就训练了几百只芒山神猴，跑起来比枪子还快，他们胆敢再抓酿酒猴，那几百只神猴说不定哪天夜里就会摸进县城，把所有日本孩子都丢进开水盆里，活活烫死！

县城里住着不少拖家带口的日本商人，其中还有一个是日军大队长的亲戚，他们接到游击队的告示后都惶恐不安，有的赶快把孩子、家眷送回国内，没走的，晚上都不敢睡觉，都怕芒山神猴会从天而降，他们胆战心惊、魂不守舍，哪里还敢到山里去抓酿酒猴？

直到日军投降，他们也没抓到一只酿酒猴……

（本篇月月评短信代码：0714）

（题图、插图：安玉民）

墓中的稀罕物

□亢瑞征

于得利，四十多岁，靠在农贸市场上坑、蒙、拐、骗，发了点小财，但是他渐渐地对这种小打小闹少了兴趣，总想来点大的，赚它个几万、几十万，那才成气候哪！

这天，于得利在街上走，忽然一个汉子拍了拍他的肩头，说他印堂发亮，近日一定会发大财。于得利最相信算命、相面这类玩意儿，于是报上了自己的生辰八字，那汉子眯着眼，掐着手指算了一阵，说于得利是土命，这财自然也就发在“土”上。于得利听了，忙将一张大票塞到了汉子的手里，要他点拨得详细点，于是汉子凑到于得利耳边轻声嘀咕道：“在洛阳铲上下工夫吧！”

汉子这一说，于得利明白了：这是叫我盗墓挖古董呀！现在的古董可值钱啦，一个破罐碎瓶都能值几万；再说，他小的时候就听老人说过，清代有个姓张的总督就葬在他们村上。辞别了汉子后，于得利就到市场上买了一把洛阳铲，借着青纱帐的遮掩，在村前村后寻找那个总督的坟墓。三天过去了，他的手掌都磨破了，累得腰都直不起来，但是他没有罢休，还是不停地找着。在玉米叶子变黄的时候，有一天的傍晚，于得利终于在村西的洼地上挖到了墓洞，但这时他的铲子已经变钝了，没法再用，只得先停了手。

第二天，于得利又到农贸市场去

买铲子，刚买好，就有人在拍他的肩头，一看，又是那个算命的汉子，那汉子笑嘻嘻地说："你要发财了吧？"于得利没多搭理，扛上铲子就走。

当天晚上，于得利挖了大半夜，终于挖通了墓洞，他开心哪："张总督，我总算找到你了！"

墓洞足有三四米深，于得利拿出早就准备好的绳梯放下，然后顺着梯子走到了墓中。

墓穴很大，但是奇怪的是里面并没有什么青铜器、瓷器这类东西，于得利不甘心，打着手电，趴在地上一个劲地扒，终于，他在墓角处发现了一堆朽骨，扒开朽骨，找到了一块比巴掌还要大一点的金属物，他颤抖着手把这宝贝在墓砖上磨了磨，立刻变得金晃晃的了，于得利激动得直喘粗气，看看他没有别的什么了，于是便准备上去了……

这时，突然从地面上传来了小声的喊叫："喂，你先把东西挂在绳子上，等宝贝上来后你再上来，不然，我就用塑料布捂紧洞口，让你和张总督做个伴儿！"

于得利一听声音知道就是那个算命的汉子，这才明白自己被他当枪使了，于得利也不是省油的灯，他对着上面喊道："我快要憋死了，你先让我上来换口气，要不，我就把洞里的瓶罐全砸了！"

这招儿挺灵，汉子一听下面东西

不少，动心了，不敢再逼，答应让于得利先上来，条件是墓里的东西四六分成，汉子得六。于得利同意了，于是汉子就放下了绳子，于得利爬上来后，看到那汉子拿着亮晃晃的刀子对着他，连忙说了实话："我告诉你，这墓八成是让人盗了，要不这张总督是个他娘的清官，再不就是让皇帝抄过家，下面什么都没有，你不信自己下去看！"

汉子不敢下去，于是就操着刀子抄于得利的身，很快就把那块金牌子抄了出来，汉子拿过牌子使劲擦拭，擦了一会儿，再打着手电细细一看，立刻大骂："你这个笨蛋，这是铜的！"于得利一听，顿时像泄了气的

皮球滚倒在草地上。汉子不甘心，因为他听说这个张总督曾得到过康熙的御赐腰牌，如果这铜牌子真是那腰牌，这可比金牌还要贵重呢！汉子不停地擦着，擦了好久，牌子上的字清楚了……

本期有奖竞猜的题目是：于得利从墓中盗到的牌子是：A.值钱的（短信代码DA）；B.不值钱的（短信代码DB）；C.倒霉的（短信代码DC）

（题图、插图：蔡解强）

猜情节，赢奖品

开动脑筋，猜想正确的情节！请选择你认为正确的情节发展，将其短信代码发送到200056（中国移动）或900056（中国联通）。我们将在本月下半月的刊物上刊登这个故事的结尾，并从竞猜正确的读者中抽取优胜奖20名，赠送价值100元的纪念品；从参加竞猜的全部读者中抽取参与奖500名，赠送价值10元的纪念品。所有参与读者将另获赠精彩梦网信息服务。本期活动截止期为2004年4月5日。

参加全年"情节ABC"活动，并猜对全部情节的3名读者将获得特等奖彩信手机一部！得奖读者在评选结果揭晓后将得到短信通知。本活动接收短信：0.10元／条，咨询电话:021-53854588。

· 本刊信息传真 ·

欢迎来稿：为了我们的《故事会》更加精彩

"故事大树上的每一片绿叶，有我的一半，也有你的一半"，对一个作者来说，这"一半"，就是您的聪明才智、您的劳动、您的作品。《故事会》正是有了广大作者的悉心支持，才有了今天的灿烂。

有这样一件事：去年岁末的一个早晨，一个二十多岁的男子早早地等候在上海绍兴路74号的大门口，他对门卫说要找《故事会》的编辑。等他见到了编辑后神情显得特别激动，他说他是安徽安庆人，从小就喜欢看《故事会》，这次来上海打工，随身陪伴的就有这些年来积存的《故事会》，一本没少。在这场谈话中，这个青年男子讲了好几件发生在他们家乡的事，接待的编辑觉得其中两件事很有趣，就鼓励他写出来，令人欣慰的是：这两个故事经编辑加工后将在近期刊出，而对这个青年人来说，他的创作之路也就由此而开始！

这样的事很多，很多……

改刊后的《故事会》期盼着广大作者更多的支持，惠赐题材新鲜、情节新奇、人物生动的故事佳作。本刊稿酬从优，优秀作品可达"千字千元"；此外，我们还将继续举办各种形式的创作培训班、改稿会、笔会、作品研讨会，免费为作者提供来沪或去外地学习故事创作技巧、加工个人作品的机会。稿件可从邮局寄发，也可发电子邮件，本期责任编辑 E-mail 地址：yaotongzhi@163.com。

贪婪的人追逐金钱，死亡却跟在他背后。——萨迪

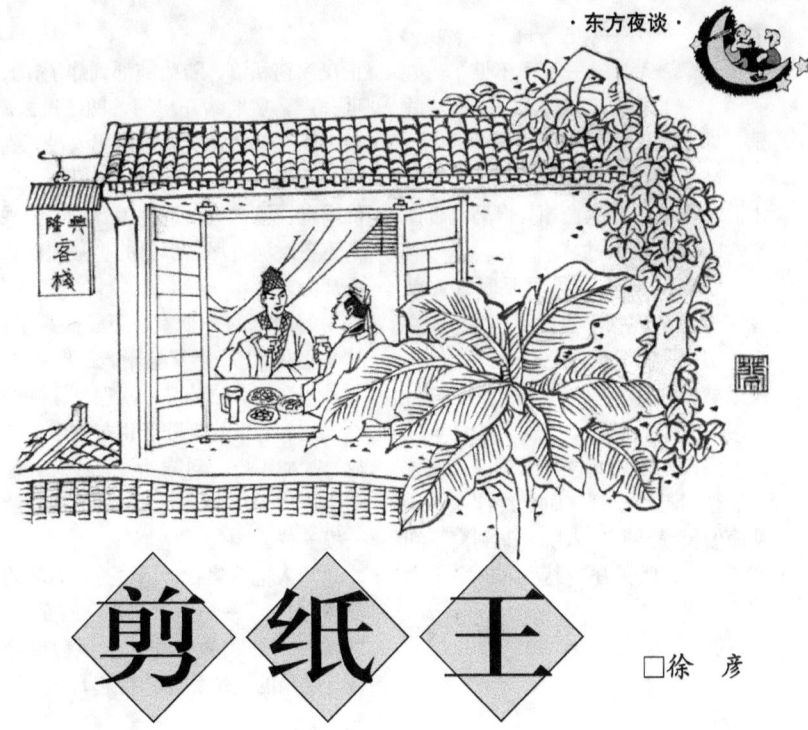

剪　纸　王

□徐　彦

江南有个名叫陆为的商人，一次北上做生意，遇到一个姓朱的中年人。姓朱的骨瘦如柴，一阵风都能吹跑似的，但一双眼睛锐利如鹰。两人一见如故，在客栈里饮酒畅谈，通宵达旦。

天快亮时，姓朱的已有几分醉意，他说："陆兄，我有一手绝活，今天让你开开眼界。"说着，他找出一把剪刀，几张白纸，放入袖中鼓捣一番。等他的手从袖子里伸出来时，手掌心里多了一男一女两个小纸人。

姓朱的把纸人放在地上，跟陆为躲到屋外，他大叫一声："起!"奇了，那两个小纸人一下子立了起来，接着越变越大，最后变成了两个真人。那个变出来的男子举止轻浮，那女的长得挺俊俏，面孔像桃花含羞似的，两人亲亲昵昵的，最后就纠缠到了一块儿。

陆为正从门缝里偷偷看着，突然，他的脑子里"嗡嗡"作响：那女子怎么像是自己的老婆慧兰？他怒喝一声，飞起一脚踹开房门，谁知那两人却又一下子不见了。姓朱的意犹未尽，问："陆兄，你这是干吗？好戏才开场哩！"

陆为满脸涨得通红，憋了老半天才说："朱兄，我有急事，得马上赶回家，咱俩就此别过。"

姓朱的见陆为急于要回家，就说："此地离你家千里之遥，既然你回家心切，我就帮帮你吧。"说着，他飞快地剪出一辆纸马车，往门外一抛，叫声"起"，一眨眼，一辆真的马车停在了门口。陆为谢过姓朱的，日夜兼程地往回赶。他到家时已经深夜，于是偷偷摸摸地翻墙入院，溜到窗下细细一听，只听见屋内慧兰和一个男人

正在窃窃私语。陆为肺都气炸了，大吼一声，猛地踹开房门，闯了进去。

正在亲热调笑的这对男女没想到陆为会提前赶回，惊得一佛升天，二佛出世。第二天，慧兰羞辱难当，乘人不备跳河自尽，那男的也被送到官府严办。

好端端的一个家一下子破裂了，陆为心灰意冷，散尽家财，云游四方。

半年后，陆为又一次遇到了那个姓朱的，姓朱的听陆为说起家中的变故，唏嘘不已，对陆为说，没想到他随手剪出的那个女纸人，居然跟慧兰一模一样。

两人把盏痛饮，酒过三巡，陆为突然"扑通"一声跪倒在姓朱的面前，恳求姓朱的收他为徒，教他剪纸绝技。姓朱的慌忙将陆为搀起，一口答应了。

在姓朱的悉心指点下，陆为勤学苦练剪纸绝技，几年后，他的功夫已经不在姓朱的那人之下，姓朱的说："陆兄，以前别人尊我'剪纸王'，现在看来，这个绰号得让给你了。天下没有不散的宴席，咱兄弟就此别过。"说罢两人洒泪而别。

陆为又开始云游天下，这一天，他到了西北边陲，那时正是外敌入侵的时候，朝廷派来的军队接二连三打败仗，老百姓死的死、逃的逃，到处都是离乡背井逃难的人，满目凄凉，陆为见了，心中一阵阵酸楚。

神在人的心中照出自己的模样。 ——蒲柏

　那天晌午，陆为路过一处荒僻的山谷，突然看见一个年少英俊的汉人将军，骑着一匹白马，全身是伤，神情慌乱地跑过来，又听见后面杀声阵阵，上百名敌军一路上穷追不舍。

　陆为见了心中一动，双手在袖内飞快地剪出成百上千只狼，一挥手，怒喝一声："起！"眨眼间，山谷内立刻响起一阵阵尖厉刺耳的狼嗥声，一群又一群龇牙咧嘴的恶狼嚎叫着，黑压压地一大片，直扑向这群敌军。敌军吓得魂飞魄散，等他们反应过来，狼群已经将他们团团包围，一场惊心动魄的人狼大战在山谷内展开，凄厉的惨叫声和咆哮的狼嗥声此起彼伏，最后，敌军士兵全部命丧狼腹之中。

　那个少年将军看得目瞪口呆，他翻身下马，"扑通"跪倒在陆为面前，"咚咚咚"，连磕三个响头："先生救命之恩终生不忘，恩公请受小将一拜！"陆为慌忙将他搀起，淡淡地一笑，说："将军不必行此大礼。"

　其实这少年将军就是当今的三王子，他智勇双全，深得父皇宠爱，这次他自告奋勇率兵抗敌，结果连吃败仗，还险些小命玩完。他见陆为身怀绝技，一定能帮助自己破敌立功，于是就把陆为请回军中，待若上宾，并直言不讳地说出了自己的目的，陆为满口答应了。

　三天后，三王子率领精兵强将向敌军挑战，敌军主帅亲自迎战，双方正厮杀得难分难舍，突然，敌军后方旌旗招展，杀声震天，敌军主帅正在慌张，忽然探子来报：十多万汉人军队潮水般从后面杀来，烧了他们的粮草，端了他们的老巢，并形成前后夹击之势。敌军主帅一听傻了眼：汉人军队明明只有五万人，怎么突然多出这么多？

　这一仗连打了三天三夜，最后敌军全部被歼灭，西北边陲终于恢复了和平和安宁，四处逃难的老百姓又回到了故土，重建家园。

　三王子心花怒放，这一仗全靠陆为剪出的十万纸兵，他对陆为感激不尽，再三表示，一定要奏明父皇，替陆为请功，保他高官厚爵，尽享荣华富贵。

　陆为还是淡淡一笑，说："殿下的好意我心领了，但我既不想当官，也不喜欢钱财，再说，我此举只不过想帮帮那些遭外敌侵害的老百姓，殿下大可不必如此客气。"说着他就要告辞，三王子苦苦挽留，但还是没有如愿，只得含泪答应，临别的时候，三王子大摆宴席，为陆为饯行。在席上，作陪的文臣武将轮番给陆为敬酒，陆为不胜酒力，结果醉得一塌糊涂。

　三王子也喝了不少酒，他拎着酒壶摇摇晃晃地走到陆为跟前，亲自替他斟满一杯酒，瞪着红红的眼睛望着陆为，说："先生，我再问你一次，愿不愿意留下来、咱们一起坐天下？"

· 夸张离奇　事出有因 ·

陆为虽然酒醉但心里明亮，他摇头说道："殿下，请恕我不敢从命。我这人闲散惯了，受不惯朝廷那些规矩拘束。"

三王子长叹了一口气，说："看来咱们的缘分尽了！"说着，他猛地将酒壶一摔，早已埋伏在外头的几名刀斧手突然冲了进来，挥动着刀剑向陆为剁来，瞬息间，只见寒光闪闪，鲜血飞溅，陆为稀里糊涂地成了冤死鬼。

三王子眼中含泪，喃喃说道："对不起，先生，您有恩于我，可我不得不下狠心除掉您！"

这三王子谋杀陆为事出有因：他一心想谋取太子之位，一直挖空心思地在网罗天下的异人奇士，凡是不愿归附于他的，为防止以后被别人所用，他都要一律剪除，以绝后患。

三王子话音刚落，突然手下有人惊呼一声："殿下您瞧——"只见刚才活生生被剁成肉酱的陆为，突然不见了，地上只有一些碎纸屑，被风一吹，纸屑漫天飞舞……

（本篇月月评短信代码：0715）

（题图、插图：蔡解强）

"百姓话题"诚征佳作

《故事会》改成半月刊后，"百姓话题"栏目期盼得到广大作者、读者更多的支持，您可以把生活中的各种故事寄给我们：耳闻目睹的奇事趣事，道听途说的传闻逸事，天南地北的街谈巷议，茶余饭后的说东道西，只要这故事里有一个新奇的精彩情节即可。我们近期拟组织的话题有以下一些方面：

"的哥"龙门阵：出租车是一个流动的世界，你能说说这个世界里的故事吗？

小保姆的故事：林子大了，什么样的鸟都有；城市大了，什么样的保姆都有；

潇洒"玩"一把：现在娱乐、休闲的场所满眼都是，这灯红酒绿、莺歌燕舞之中发生的是喜剧还是悲剧？

搀着老婆的手：有一首歌谣里是这样说的："搀着情人的手，甜酸苦辣啥都有；搀着老婆的手，好像左手搀右手……"你搀着老婆的手，是一种什么样的感觉呢？

此外，您有什么好的选题，您对"百姓话题"的结构形式、叙事方式以及其他各个方面有什么建议，我们都乐意听取。稿件和信件可从邮局寄发，信封上请注明"百姓话题"栏目收；也可发电子邮件，本期责任编辑E-mail地址：yaotongzhi@163.com。

神不是一个人，他是蕴含于万物之中的一种精神。 ——甘地

流动配餐

□ 徐文杰

阿P退休后就住到了乡下，他厌烦城里的车水马龙、灯红酒绿，喜欢乡下的天高云淡、山清水秀，再说，他的老家本来就是乡下的嘛！

这天，阿P接到在城里工作的侄子打来的电话，他耳朵不便，只听了个大概：侄子当了官，让阿P到城里的天利大酒店，说是要请他吃饭，怕他不知道地方，让他11点钟在汽车站等着。第二天，阿P用编织袋装了刚摘下来的十几斤大蜜桃，坐着车到了城里，下车的时候已经快11点了。

下了车，阿P突然内急，急忙找了个厕所，刚蹲下，忽然听见外面有人喊"阿P大叔，哪位是阿P大叔？"阿P听到喊声，立刻以最快速度解决了内急问题，束好裤带，背上袋子就追了出去，到外面一看，只有几个人蹲在地上吃盒饭，并没有人喊他。阿

P上前问吃饭的人刚才谁在喊，有人用手一指说："就是那辆车上的人。"阿P一看，那是一辆面包车，已经开出老远了，他问那是辆什么车，别人告诉他：那是天利大酒店的流动配餐车，就是专门送这种盒饭的。

阿P一看盒饭，心里直犯嘀咕：现在的城里人可真怪，说是请我吃饭，原来是请我吃这种流动的盒饭呀，怪不得让我11点在车站等呢！正这么想着，阿P看到那辆车在远处停了下来，打开了车门，一些人围了上去，他想：盒饭也是饭呀，我可得赶紧过去，再别让它"流动"走了，要不，我这来回十块钱的车费可就白扔了！这么一想，阿P撒开脚丫子就往前跑，眼看就要赶上了，只见那辆车又关上了车门，开走了。阿P想到这车一"流动"，自己就得饿肚子，便一

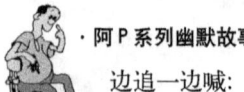

边追一边喊："等等我，等等我——"

这车老是跑一会儿停一会儿，每当阿P要追上的时候，这车又跑了，于是他一路飞跑着紧追过去。路上遇到了几个刚放学的小学生，他们看到阿P在奔跑着，立刻喊了起来"运动员，加油！运动员，加油！"阿P一听更来劲了，可阿P毕竟有了点年纪，又背着十几斤的桃子，哪能跑得过汽车？就这样追了一个中午，就在他快跑不动的时候，那汽车突然在一家酒店门口停住了，从车上下来了几个人，走进了酒店，阿P走上前去，抬头一看，哎呀，这不就是"天利大酒店"嘛，原来这家伙"流动"回老窝了！他来不及多想，紧随着那几个人进了酒店，走进大厅，阿P上前一把拽住了其中一个小伙子，上气不接下气地说："快……快把饭给我……"

小伙子回头一看，见一个乡下老头背着个编织袋子，身上的小汗衫湿漉漉的，以为他是来要饭的，就没好气地说："老头，要饭到别处去，别在这里捣乱！"说着他就叫来了两个保安，要把阿P弄走，阿P见情势不妙，

一下蹿到一根石柱子旁，死死抱着，不肯松手。

就在这时，有一个人分开众人走了进来，阿P一看，就像是见到了救星，"噌"地一下站了起来，一把抓住了那人的胳膊："你来得正好，他们欺负我，硬是让我跟着他们'流动'，不给我吃饭！你说说，你是不是让他们把饭给我送到汽车站了？"

来的那人正是阿P的侄子，他一听愣了，倒是那小伙子先明白了过来："原来你就是阿P大叔呀！你侄子是我们的总经理，他让我们先到汽车站把你接回酒店，我们喊了半天，还以为你不来了呢，没想到你一直跟着我们在跑呀！"阿P这才恍然大悟，他不好意思地摸着头说："我还以为是侄子让你们把盒饭送到车站的呢！"众人听了全都大笑……

阿P回到乡下后，自然没在乡亲面前说自己在城里出洋相的事，他只是和大家说："你们知道城里人吃饭，最时髦的吃法是什么吗？'流动配餐'，懂吗？"

（本篇月月评短信代码：0716）

（题图：李 加）

·本刊信息传真·

稿约

"点击网络故事"是《故事会》上半月刊推出的新栏目，从1月起，该栏目上相继发表了《让我爱一次》、《洗澡》、《胖考官的印章》，受到了读者的关注。我们欢迎广大作者给这一栏目寄来既有浓郁的时代气息、又有精彩的故事情节的作品。此外，"情节ABC"也是上半月刊的一个新栏目，我们同样期待着作者们惠赐佳作。

来稿可从邮局寄发，也可发电子邮件，本期责任编辑E－mail地址：yaotongzhi@163.com。

欢乐的气氛能使一盘菜变得像一个宴会。 ——乔·赫伯特

当个小偷也不易

□ 凡 悦

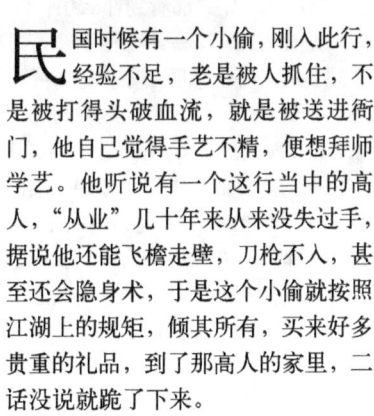

民国时候有一个小偷，刚入此行，经验不足，老是被人抓住，不是被打得头破血流，就是被送进衙门，他自己觉得手艺不精，便想拜师学艺。他听说有一个这行当中的高人，"从业"几十年来从来没失过手，据说他还能飞檐走壁，刀枪不入，甚至还会隐身术，于是这个小偷就按照江湖上的规矩，倾其所有，买来好多贵重的礼品，到了那高人的家里，二话没说就跪了下来。

那高人果然是非同一般，一见他下跪，就知道他想干什么了。高人连眼皮都懒得抬一下，进进出出，视而不见，就像是没他这个人。晚上，高人洗完了脚，端了一盆洗脚水，说："让开，我要倒洗脚水了。"那人仍旧跪着，一动也不动。高人手一扬，一盆臭烘烘的洗脚水就全部淋在了他的头上。到了早上，又是洗脸水又是刷牙水的，都往他身上泼，他连一颗水珠都不甩掉，仍是一动不动地跪着。

第三天，高人开了门，长叹一声"唉，有你这般毅力，干什么不好，偏要学偷呢？"

小偷心中大喜，他知道，高人已经收下他这个弟子了。

高人又说："明天晚上我就带你出去一次，先说好，我们的缘分仅此一次，你以后就不要来纠缠我了。"

小偷又惊又喜，没想到师父终于开了金口，能亲眼目睹一次师父的"工作"过程，可仅此一次也太少了呀，且不管它，看了再说。这天师徒二人早早吃了饭，天刚擦黑就上路了。他们来到了街上，又穿过了一条巷子，到了一户人家的门前。师父很坦然地在附近转悠了一遍，目光自然地扫视了一下窗户。走到楼下，忽然听到"啪"地一声响，像是打碎了什么瓶子，接着就是一男一女激烈的争吵，看样子是小两口在吵架。

师父暗暗对小偷说："我们马上就到这家去！"说着，师父就打开了门，小偷暗暗心惊：师父你怎么这么急呢？他们夫妻俩还在里面，不如待一会等这一男一女出门后再下手。小偷在心慌，可一看师父气定神闲的样子，只好悄悄跟在后面，溜进了屋里。

师父很自然地把门带上，还发出"砰"地一声响，把小偷吓了一跳，接下来师父又走到茶几跟前，竟然"哗啦啦"地倒了一杯水，一口气"咕嘟咕嘟"喝进了肚里，发出这么大的声音，把小偷的心都要吓得跳出来了，可使人意外的是屋里却什么动静也没有！

师父径直走进卧室，小偷看到一个人还躺在床上，黑色的长发撒了一大片，想必是个女人。她的脸本来是朝着门的，听到脚步声，看见有人进

来，她马上翻了个身。师父走过去，把梳妆台上的头饰、戒指、耳环什么的值钱东西都塞到了衣兜里，还拉出抽屉乱翻了一通，可那睡在床上的女人就像什么也没听见一样，仍旧扭着脸躺着，一动也不动。

师父又走进了另外一间屋子，里面也有一张床，床上也躺着一个人。那边是个女人，这边就应该是个男人了。那男人也很奇怪，听见他们进门的声音，连忙扭过了头，好像专门让他们偷一样。小偷又是害怕，又是惊喜，又是奇怪，难道师父的身上真有什么魔法吗？他果然会使隐身术、别人看到他就像没看到一样？

师父把那屋里所有能看见、能找到的值钱东西都搜罗一空，然后带着小偷凯旋撤离了。

回到家里，师父问小偷："都看到了吗？""都看到了。"

师父又问："都看到什么了？"

小偷并不笨，一路上他都在苦思冥想，后来终于想明白了，他喜滋滋地对师父说："今天晚上下手的那一家，从外面就能看得出来，房子大，是有钱的人家；他们夫妇一吵架，咱们就有了下手的机会，因为两人生气，都互不理睬，各睡一个房间，我们进去时，他们都以为是对方，所以连都懒得看一眼。今天晚上跟师父走一趟，徒儿大长见识了！"

师父连连点头："不错，正是如

此，你满师了。"

小偷"扑通"跪地，哭道："徒儿不想离开师父，徒儿愿把师父像亲爹一样供养着！"

师父摆摆手，说："去吧，你的好意我心领了，只是……"师父摆弄着手里刚偷来的东西，说，"这些东西值点钱，够一个人生活一阵子了，也够一个人改邪归正的本钱了，你拿去吧。"

小偷涕泪交加，当天，他就和师父分手了……

半年后，小偷又出现在师父的面前，他的一条腿一瘸一瘸的，一脸的凄惶，一进门就给师父跪下了："徒儿学艺不精，有辱师门……"

师父不动声色地问："怎么啦？"

小偷垂头丧气地说："我一切都按照师父教的去做，可不知怎么回事，还是得手的少，失手的多，这不，又被人打成了这样子，刚从牢里出来……"

师父又问："你都照我教的做吗？"

"是。"

师父沉吟道："最后，你摸了吵架的夫妻吗？"

"摸？摸什么？"

师父叹了一口气，说："你再想想，我带你

去的那天晚上，最后……"

小偷忽然想起来了：师父临走时，竟然大胆地到女人睡的屋里摸了一下女人的大腿，又到男人睡的屋里摸了一下男人的屁股，他当时还以为是师父独居多年有点心理变态，再不就是得意过度搞的恶作剧，师父也真的的，偷了人家的东西怎么还去和人家调笑呢？这不是打草惊蛇吗？他当时就是这么想的，没往别处去琢磨。

师父问："你知道我最后摸他们是什么用意吗？"

小偷糊涂了："摸他们还有用意？"

"你只想着去偷别人的东西，却怎么没想到做点好事呢？"师父说，"吵架的夫妻，互相生着闷气，睡不好

"掌上灵通杯"《故事会》优秀作品月月评

《故事会》与上海掌上灵通咨询有限公司联合举办"掌上灵通杯"《故事会》优秀作品月月评活动，全年共设价值48万元的奖金和奖品。参加方式如下：

1. 请选出本期你最喜欢的一篇作品，将其篇尾的月月评短信代码（如0701，没有短信代码的作品不参加评选）发送到200056（中国移动）或900056（中国联通）。每次限选一篇，可多次投票。

篇名与短信代码

代码 篇名	代码 篇名	代码 篇名
0701 你是新生	0710 有人追踪	0719 我和狐狸有个约会
0702 鬼话连篇	0711 改来改去	0720 倒霉的吉米
0703 螃蟹的半条腿	0712 吓死人的黄马褂	0721 谎言如诗
0704 傻姑娘跳楼为的是啥	0713 邮局里的骚动	0722 心理测试
0705 商场里的傻子胜利了	0714 酿酒猴	0723 实物商店
0706 一个开电梯的傻子	0715 剪纸王	0724 搞笑电话
0707 铤而走险	0716 流动配餐	0725 老婆的专利
0708 一路回家	0717 当个小偷也不易	0726 局长的帽子
0709 心灵的魔术	0718 愤怒的战车	0727 请到下站

2. 凡选中故事在得票数前三名的读者均可参加抽奖。每期共设：一等奖3名，奖金各500元；二等奖10名，奖金各300元；三等奖20名，奖金各100元；阅读奖500名，各获价值15元的纪念品一份。所有参与读者将另获赠精彩梦网信息服务。

3. 本期活动截止期为：2004年4月5日。得奖读者在评选结果揭晓后将得到短信通知。本活动接收短信：0.10元／条，咨询电话:021-53854588。

觉，如果不和好，第二天乃至几天心情都不会好，我临走时的一摸，就是为了让他们互相以为是对方抚摸的，是对方向自己道歉，是让他们重归于好的意思；同时，夫妻交好，欢愉之下，自然就不会太早发现失窃的事；即使发现了，也都以为是自己的错，不会发火，不大会太声张，既有利于我们，又会使夫妻关系更加亲密。"

小偷怔住了，想不到这轻轻的一摸，竟然会有这么多效果！

师父又说"再高明的偷技，也难免会失手，小偷就是小偷，切不可太贪；而且要时时多为别人着想，为别人着想，也就是为自己留条路。你太贪了，而且只想到自己，没想到别人，你没有让夫妻重归于好，他们一旦发现被偷更是火上浇油，抓到你更是绝不手软，所以你不能再干下去了，否则，你还要遭殃呀……"

（本篇月月评短信代码：0717）

（题图：黄全昌）

贪婪是宁静的大敌。 ——阿里·基夫

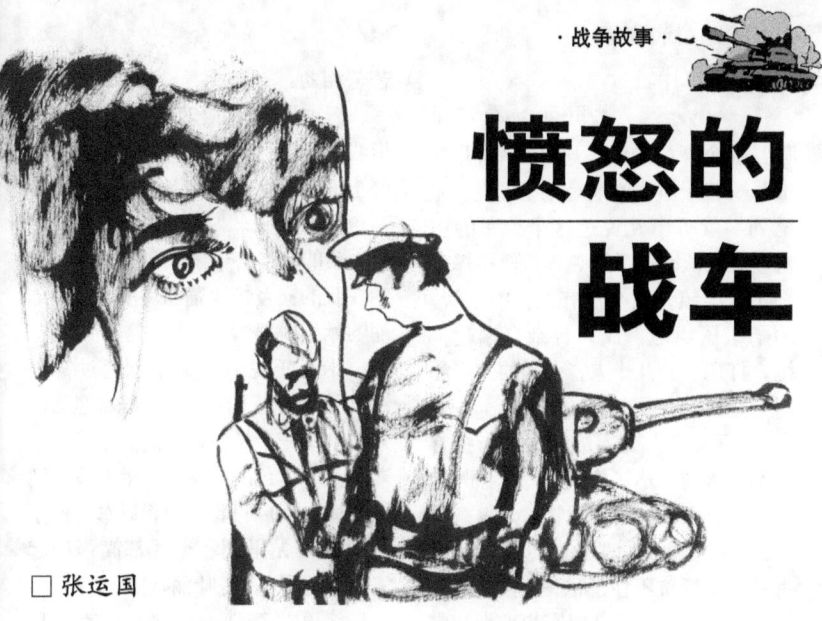

愤怒的
战车

□ 张运国

卡瓦和尤里列是一对亲如兄弟的战友，两人驾驶着心爱的坦克，跟随着巴顿将军，从非洲沙漠打到欧洲大陆，眼看就要进入波兰境内。这几天卡瓦十分兴奋，手里抱着自己组装的半导体收音机，嘴里不断地哼着家乡小调。尤里列知道，波兰是卡瓦的故乡，那里还有他的恋人叶丽娅，想到马上就要解放家乡，见到自己日思夜想的情人，怎不让卡瓦高兴？

战斗很快打响，卡瓦和尤里列所在的66坦克师担任主攻任务，铁蹄所到之处如摧枯拉朽、风卷残云，昔日不可一世的法西斯军队在盟军的强大攻势下节节败退。可是，就在进攻卡

瓦的家乡次涅镇时却遇到了顽强抵抗，有一股德军凭借当地教堂的坚固建筑和有利地形，和盟军展开了激战，战地指挥官命令：66坦克师火速增援，一定要打下次涅镇，保证后续部队前进。

卡瓦和尤里列驾驶着坦克，同战友一起，很快把大教堂围个水泄不通，并把炮口齐刷刷地对准了教堂，只待一声令下，便能万炮齐轰，把教堂夷为平地。为了减少伤亡，盟军的一名指挥官，手拿着话筒站在坦克上，向教堂里的德军喊话，要求他们放下武器，缴械投降。就在这时，教堂里突然闪出个人影，对准指挥官射出一梭子弹，指挥官应声倒在血泊

中。

"尤里列，看到了吗？那个开枪的就是恶魔冯马利！"卡瓦咬着牙齿愤愤地对尤里列说，尤里列早就听卡瓦说过这个德军的中校，这家伙心狠手辣，就是他指挥占领了次涅镇，这个没有人性的家伙，为了镇压当地人民，曾亲自端起机枪，打死了好几十人，卡瓦的父亲和四个兄弟就死于他的枪口下！

"开炮！"盟军战地最高指挥官怒不可遏地下达了作战命令，顿时炮声轰鸣，火光冲天，教堂被炸得东倒西歪，摇摇欲坠，躲在教堂里的德国鬼子终于抵抗不住了，一面白旗从废墟中露了出来，于是盟军战地指挥官下令停止射击。这时，一个浑身破烂的德国军官从教堂的废墟里走了出来，他就是冯马利！

看到这个杀人魔王，卡瓦的眼睛都要冒出火来了，他把瞄准仪对准冯马利，拇指在扳机上微微地颤抖着……

见此情景，尤里列十分担心：盟军已经成立了战时军事法庭，并明确宣布：在战场上一旦敌方宣布投降，盟军就不能再攻击，更不能虐待和私自枪杀战俘，否则将受到军事法庭的制裁。66坦克师已经有好几人，因为报仇心切而打死、打伤了战俘，最后被送上军事法庭判了刑，尤里列不愿看到战友卡瓦也落到如此下场，所以苦苦相劝。

"你放心，尽管我恨死了冯马利，但我不会自己动手的，他将在军事法庭上面对正义的审判！"卡瓦说着，高声叫了起来，"好啦，一切都过去啦，我的家乡终于解放了，我可以请你在我的家乡畅饮葡萄美酒、邀请美丽的姑娘跳舞啦！"

卡瓦正说着，尤里列通过窥视镜，看到小街上跑来了一群欢迎的群众，其中一个姑娘，高高的个子，长着一头金黄色的头发，手举着波兰国旗，嘴里高声叫着，冲着盟军一路小跑而来，尤里列和卡瓦都高声叫起来："叶丽娅，是叶丽娅！"

卡瓦兴奋地一把揭开坦克车顶盖，"腾"地跳下战车，冲着叶丽娅大声叫着，叶丽娅也很快看到了卡瓦，顿时欢奔乱跳的，两人疯了一般，一边喊着"我爱你"，一边向着对方跑来。

这时，尤里列和其他战友也都探出头来，情不自禁地一起叫着、唱着，分享着卡瓦的幸福。是的，战事已经远去，和平、安宁的日子就在眼前，这时远处开来了一队标有红十字的车队，盟军战时军事法庭的官员也及时赶到现场，监督接收投降战俘事宜，防止出现违规事件。

眼看着叶丽娅和卡瓦就要会面，两人都已经张开双臂，准备投入对方怀中，就在这瞬息之间，谁也没有料想到的事情发生了：只见那个德国军官冯马利突然掏出手枪，对准卡瓦和叶丽娅"啪啪啪"就是几枪，然后把枪扔在地上，高高举起双手投降，而中弹的卡瓦和叶丽娅忽然像两只断了线的风筝，摇摇晃晃起来，两人的手没有来得及握在一起，正在呼喊着对方名字的嘴张得大大的，却没有了声音，脸上荡着笑意，胸前喷着鲜血，身子随即栽倒……

冯马利这个恶魔，即使在即将投降的一瞬间，也忘不了对善良人们的屠杀。战友们愤怒了，纷纷掏出枪来，齐刷刷地对准了冯马利，就在这千钧一发之际，军事法庭的官员赶来了，他站到了冯马利面前，挡住了大家的枪口："大家保持冷静，保持克制，千万不要做出越轨的事，战犯的惩罚应在法庭上！请所有战车人员走下战

车，所有人员收起武器！"

一旁的冯马利很得意，十分傲慢地撇着嘴，站在那儿向坦克手们露出轻蔑的讪笑，几个战士气得连声大骂，可也毫无办法！

正在这时，奇怪的事情发生了：只听见平地一声轰鸣，卡瓦和尤里列的那辆战车怒吼着向冯马利冲了过去，事情很清楚，这车一定是尤里列驾驶的，他要找这个杀人恶魔算账！只见战车左冲右突，向恶魔冯马利"隆隆"压来……

冯马利步步后退，战车穷追不舍，冯马利躲进了残墙断垣，战车加大油门，推倒破墙继续向前，最后终于把冯马利压倒在地上，直到碾压成一摊血泥……

"这是谁干的？一定要将他押到军事法庭审判！"军事法庭的官员高

电话留言

◇ 我不在家，这里是电话录音，请在"哔"的一声后留下您要说的话，我会尽快联系您……（2分钟后）我就不"哔"，我急死л！

◇ 您好，我不在家，我爸爸也不在家，我妈妈也不在家，我哥哥也不在家，只有一条狗在家，但是它不会接电话，所以请在"哔"的一声后留下您要说的话。

◇ 您好，我去了上海，请在"哔"的一声后留下您要说的话。如果我赶得上明天早上的飞机，我就明天联系您；如果我赶不上明天早上的飞机，我就明天晚上联系您；如果飞机出了事故，我就不会联系您了。

◇ 本电话有人工智能，请任按一数字键测试您的智商……（2分钟后）经测试您智商为零。

◇ 你好，你拨打号码的电话机因为长时间工作挂掉了，我是她的秘书打印机，你可以选择留言，但请不要太多，因为打印的话很费墨。

◇ 你好，你打电话之前看过时间吗？我是一个生活很有规律的人，你不知道我现在不在家吗？告诉你，记住喽，我在线的时间是 0:00—6:00。

◇ 先不要说话，我猜出你是谁了，其实我有三个字一直想对你说，又怕说了连朋友都没得做，但今天我一定要说：请挂机！

◇ 喂，你是谁啊？（对方回答……）
你好啊！（对方：你也好啊!）
找我什么事呢？（对方：……）
等等,我现在宣布一件重要事情：我不在家，这是电话录音……

（推荐者：常晓琴）

（欢迎读者为本栏目推荐新鲜有趣的幽默格言、俏皮话和顺口溜，来稿请寄：上海市绍兴路74号《故事会》杂志社，邮编：200020。请写明姓名和联系方法，并请在信封上注明"快乐辞典"字样。电子邮件请发 yaotongzhi@163.com）

声嚷着，他跳上坦克，查找车手，可是里里外外找了个遍，车里连个影子也没有，战友们也都很吃惊，车里没有尤里列，战车是怎么跑起来的？

战地指挥官高声叫着："尤里列，你在哪儿？快出来，说说清楚，这战车是怎么回事？"好一会儿，尤里列才从旁边一个破墙脚走了过来，看看地上已成一摊血水的冯马利，又望望安静地停在那里的战车，眨巴了几下眼睛，说"这到底是怎么回事？是卡瓦的冤魂干的？"

于是大伙都只得相信确是卡瓦的冤魂找冯马利算账来了，因为坦克里确实没有一个人影！

其实，这一切都是尤里列干的：卡瓦和尤里列都是无线电爱好者，他们偷偷在车上安装了无线遥控设备，以前从没用过，也没有告诉过任何人……

（本篇月月评短信代码：0718）

（题图、插图：箭 中）

有那么一个很小的世界，它是舞台；有那么一个很大的舞台，它叫做世界……

我和狐狸
有个约会

□一　冰

1. 放走了一只狐狸

阿明是个文学爱好者，业余时间喜欢鼓捣点文章。有一个星期天，阿明想找点创作素材，就到街上闲逛，顺便又到邮局取了一笔不大不小的稿费，又不知不觉地逛到了花鸟市场。在花鸟市场，他看到一群人正围着什么东西议论纷纷的，于是就挤过去看热闹。

人们围着的是一个铁笼子，笼子里面关着一只狐狸。那狐狸真是漂亮，全身火红，毛色鲜艳、光亮，它

的一双眼睛正惊恐地看着周围的人。当它看到阿明时，眼睛里忽然涌出了泪水，可怜巴巴地望着，那意思好像是在说："救救我吧！"

阿明心里一软，心想：都说这东西能成精，不知道它是不是狐狸精，不过看样子不是，如果是的话只要变作一只小小的蚊子，"嗡嗡嗡"就飞走了，这样也不会被人抓住了。阿明转念一想，救人一命，胜造七级浮屠，善有善报，做点好事，也求菩萨保佑咱早点娶上老婆。

这么一想，阿明便把老板拉到一旁，问他这狐狸怎么卖。那老板见这么多人看稀奇，就来了个狮子大开口，说："这么漂亮的狐狸，最少值五

千块钱，少了五千我不卖！"阿明"嘿嘿"一笑，用手指点着他的心窝说："哥们，咱明人不说暗话，现在虽说是宠物热，但在中国也没见几个养狐狸玩的；再说你知道这是什么狐狸吗？这是一种火尾红狐，是国家一级保护动物，你再在这卖下去，不但狐狸给你没收了，说不定不掏钱的房子、不掏钱的饭也要你去享受几天呢！这样吧，我给你五百块钱，你拿了赶紧回家抱老婆玩去。"

其实，阿明只认得这是只狐狸，至于它是哪一种狐狸，是不是国家保护动物，他一概不知道，只是虚晃一枪，编出来吓唬老板的。果然，那老板一听神色惊慌起来，犹豫了一会，咬了咬牙说："成交！"阿明给了钱，拎了笼子，打了一辆出租车，让车一直开到郊外的山林里，然后打开笼子，把狐狸放了出来。那狐狸走出笼子时，竟有一种劫后余生的轻松，走得挺快的，临走前还对阿明点了点头，作了个揖，一步三回头，挺通人性呢。

这事就这么过去了，阿明那段时间很忙：单位要搞什么下岗分流，女朋友对阿明和另一个追求者搞起了什么"竞争上岗"，为了具备竞争的"硬件"，阿明又按揭买了一套房子……乱七八糟的事太多，所以把这事也忘了。

一天，阿明在新房打扫卫生，他准备搬过来住，这样跟女朋友约会也方便些。他一边拖地，一边构思着自己跟女朋友单独相处的诱人情景，正在这时，楼道里忽然传来一阵嘈杂的声音，几个人说说笑笑着走上楼来，在阿明门口停住了。

门没关，接着就响起一个清脆悦耳的声音："嗨，你好！"阿明抬头一看，门外站着三个人，两个老人，一个年轻姑娘，好像是一对夫妇带着一个女儿的样子。跟阿明打招呼的是那个姑娘，她长发披腰，唇红齿白，亭亭玉立，明艳照人，尤其是她那双眼睛，眼神就像是钩子一样，一下子勾住了阿明的心，他看得呆了，半响才回过神来，没想到世上竟然有这么美丽的女孩！

阿明走到门口，说："你们好！"正说着，看见那个老头拿出钥匙打开了隔壁的门，原来他们住在隔壁呀！那姑娘嫣然一笑，说："我们是邻居呢。"阿明说："很高兴跟你们做邻居！"他真的很高兴，任何一个男人跟这么美丽的姑娘做邻居都会感到高兴的。

那姑娘是最后一个走进房间去的，她回过头，好像有意又似乎无意地望了阿明一眼，阿明一看她的眼睛，忽然感觉她的眼睛是那么的熟悉，竟像是在哪儿见过似的……

2. 见义勇为是男儿本色

后来阿明就搬到新房来住了，可他幻想的跟女朋友温存一番的场面却一次也没有出现过，她根本就没来：就在阿明搬家的那一天，她宣布了竞争的结果：她选择了那个头脑简单、但有钱有势的家伙。好在有了隔壁那个漂亮的姑娘，又点燃了阿明新的幻想，他才没有过多的伤心。

这天，阿明正待在家里写稿子，一阵"咚咚咚"的擂门声忽然响起，还有一阵阵的狗叫，他吓了一跳，连忙去开门，只见门外站着三个男人，都是一副凶神恶煞的模样，还牵着一条高大的狼狗。站在前面的是一个胖子，阿明认识他，他是小区物业部的经理，叫田伟，是一个局长的儿子，他利用父亲的职权，弄了一块地皮，开发了这片住宅小区。他原本瞧不起搞物业管理的，觉得那是挣小钱的，可后来地皮紧张，上面也盯得紧了，搞房产开发风险大了，于是就成立了一家物业公司。为了多捞钱，田伟利用父亲的权力，赶走了这个小区原来的物业公司，还"兼并"了其他物业公司，之后就大幅度提高物业管理费，巧立名目，三天两头找业主乱收费，弄得怨声四起，但人们却无可奈何，有好多人甚至不得不搬离了这个小区。

这时，田伟斜着眼望了望阿明，说："小子，你知道隔壁住的是什么人？"

阿明没好气地说："你们都不知道我怎么知道！"

田伟忽然压低声音问道"喂，这隔壁是不是住着一个漂亮小妞？"

阿明知道这家伙好色，没想到他竟然盯上了隔壁的姑娘，便忙说："没有吧，我只看到好像是一对退休的老两口，没见什么漂亮妞。"

田伟白了阿明一眼，说："好了，没你的事了。"他说着就走到了隔壁那个房间的门口。阿明原本不想关门，想看看他们究竟要干什么，可田伟手下的一个光头恶狠狠地瞪了他一眼，嚷道："小子，看什么看？把门关

上！"

阿明只好关上了门，偷偷从猫眼里往外面看，只见田伟他们几个人在外面嘀咕着："那漂亮小妞一定就住在这套房子里。""不行就先进去看看！"

田伟点点头，先是敲了敲门，里面没有人应声，于是他手一挥，一个手下竟然拿出一串钥匙，按编号找出一把钥匙。阿明在暗处看着，禁不住浑身打了个颤：房子都卖了，这小子怎么还会有人家的钥匙？看那么一大串，只怕整个小区房子的钥匙他手里都有，显然是他擅自配制的，这伙人真是胆大包天！

这时，田伟拿过钥匙，打开了隔壁的门。门一开，那条狼狗就狂吠起来，接着里面忽然传来一个年轻女子凄厉的惊叫声，显然那姑娘听到狗叫害怕了，田伟惊喜地说："果然在这儿住！"他的手下奉承着："老大马上就可以享享艳福了，哈哈……"

阿明猜想田伟一定是在打隔壁姑娘的主意，这家伙可是个什么都做得出来的恶棍，不能犹豫了，于是阿明拉开门一步冲上前去，拦在田伟的面前，厉声喝道："你们偷配钥匙，私闯民宅，是违法行为！你们马上给我出去，不然我要报警了！"

"报警？"田伟冷笑道，"你报哇！小子，识相的快给我滚开，不然有你好果子吃！"

"该滚开的是你们！"阿明稳稳地站着，一动不动。

田伟吩咐手下："给他点厉害瞧瞧！"那光头答应一声，就放开了拴狼狗的绳子，那狼狗立刻箭一般地扑向了阿明，阿明头一偏，肩膀就被狼狗撕下一块肉来。阿明本来还是有点怕狗的，但此时面对险境，别无退路，他反倒不怕了，也不知是哪来的劲，两只手一下子就掐住了狼狗的脖子，吼道："他妈的，老子跟你们拼了！"他的两只脚使劲地踢狼狗的肚子，一直踢到狼狗翻了白眼，一动也不动了，他才罢手，接着又扑向了田伟……

田伟虽然也常常经历拼拼杀杀的事，但没见过这么拼命的打法，赤手空拳居然把条大狼狗给打死了！他见阿明满脸都是狼狗嘴里喷出来的血，正横眉竖眼地向自己扑来，心头一虚，双膝一软，不由地跪倒在地，叫道："大哥饶命，大哥饶命，小弟再也不敢了！"他的年龄差不多要比阿明大上一倍，此刻竟然叫阿明"大哥"了！

阿明大声叱责："你给我滚！下次再来，要你的狗命！"田伟唯唯诺诺，带着手下仓皇逃去，他们一走，阿明却再也支撑不住了，倒头就瘫在地上……

也不知道过了多长时间，阿明醒来时，发现自己正躺在自家屋里的床上。他身上的伤已经包扎好了，床头柜上还放着食物和开水，显然是隔壁姑娘一家把他安顿好的，但他很奇怪，自己救了他们，他们怎么连个面都不露？而且以后好长时间，阿明也没见他们来道个谢，阿明心想，难道他们家那天没有人？可他明明听到了一声尖叫，那声音难道不是那姑娘的？

3. 她究竟是谁

住在现代人的"鸽子笼"里，真应了那句老话："鸡犬相闻，老死不相往来"，阿明搬进来两个月了，整座楼的人一个还不认识，每一家的门都关得紧紧的，连隔壁的邻居也再没有见过面，但是，阿明却听见了他家偶尔说话的声音，嗅到了他们厨房的菜香。为了能见到那个姑娘，他几乎整天不关门，连眼睛也不敢眨一下，可即使如此还是踪影全无。

一天夜里，阿明正躺在床上看书，忽然传来"咚咚咚"的敲门声，这么晚了，谁还会来找我呢？阿明开门一看，不由又惊又喜：门外站着的竟然就是隔壁的那个姑娘！他激动地把姑娘让进屋来，姑娘在屋里转了转，一会儿摸摸电脑，一会儿又翻翻书架上的书，好奇地问这问那。阿明心中暗喜，看样子这是个涉世不深的女孩子，单纯，天真，应该容易相处。

"我是来感谢你的。"姑娘看了半天，终于开口说话了，"你一定在埋怨，那天出了那么大的事，怎么见不到我们一家人的影子，是不是？"

"也许你们不方便出来吧？"阿明说，"没什么，我们是邻居嘛，相互照应是应该的。"

"我也不用拐弯抹角了！"姑娘盯着阿明，说话的神情有点异常，"我今天晚上来，是想告诉你，我就是你救过的那只红狐狸，我们一家人，都是狐狸！"

阿明听了"哈哈"一笑："姑娘你真幽默，你怎么可能是狐狸呢？"

那姑娘眨了眨眼睛，忽然一转身，阿明面前那个美丽的姑娘瞬息之间就不见了，随即出现了一只火红的狐狸，一点不错，正是阿明那天在花鸟市场买下又放了的那只狐狸！它的眼睛睁得大大的，正温柔地望着阿明，阿明顿时惊呆了……这时，狐狸又转了个身，那姑娘突然又出现在面前，温柔地问："你害怕了吗？"

"不害怕！"阿明这样说着，其实他说的是实话，他没有害怕，只是惊奇，没想到这世界上还真的有狐狸成精变成人的怪事，他以为自己是在做梦，揉了揉眼睛，又暗暗掐了掐大腿，感觉到痛，这才相信是真的。

接下来，那狐狸姑娘讲了她的身世：隔壁住的是他们一家三口，那老两口是她的父母。他们原来一直住在深山里面，后来，他们得到一位狐狸圣贤的指点，教他们修炼成人的法术。他们全家已经修炼了九百多年，眼看就要大功告成，可是近几年，因为人类捕杀动物成风，再加上环境破坏日益严重，使他们的衣食住行陷入了严重的困境，逼得他们东躲西藏，到处流浪。无奈之下，他们突然想到越是危险的地方越是安全，就举家迁到这个城市里面居住，可因为他们的道行不深，每天只能变半个时辰的人，也就是一个小时，他们只能利用这点时间在人群里活动。那天，这姑娘就是在找"中介"买房子的途中，因为耽误时间过长，最后恢复了原形，被人抓住的。阿明解救了她之后，她回家告诉了父母，她又打听到阿明买房子的地方，于是就买了阿明隔壁的房子，一家人来跟他做了邻居。那次田伟来骚扰时，他们都是狐狸的原身，所以不敢见人，如果不是阿明拦住了田伟，杀死了那条已经认出了他们的狼狗，他们就会被人发觉，后果不堪设想。

阿明不知该说什么好，嗫嚅着说道："真高兴能跟你们做邻居！"

狐狸姑娘点点头，又说"我们进城以后，不但安全了，而且我们还有一个意外的收获，因为我们每天跟人一样吃熟食，我们的功力竟然大大增强，我们这才明白猴子是因为吃了熟食才变成人的道理，本来我们还需要八十年的时间修行，没想到现在不需要这么长时间了，只要再等一天，我们就能得道成人了！"

阿明又惊又喜，不由得真心祝贺道："恭喜你们！"他心里乐滋滋地想着：你变成了人，这不正好嫁给我吗？狐狸姑娘像是看穿了阿明的心思，脸上一红，避开了阿明火辣辣的眼光，幽幽地说："可是，我们现在遇到了麻烦，想请你帮个忙。"

阿明拍着胸脯说道："啥麻烦？有用得着我的地方尽管说！"

"是这样的——"狐狸姑娘说，

"我们狐狸和人类一样，也有很强的妒忌心，我们一家马上要得道成人了，其他的狐狸就很妒忌，一心想坏我们的好事，所以想请一个可信任的人来保护，让我们平平安安地度过这最危险的时刻……当然，我们是不会白白让你帮忙的。"

阿明忙说："报酬我不要，只要我能帮得上忙，赴汤蹈火，在所不辞！"

狐狸姑娘朝阿明嫣然一笑，低下头说："你是我的救命恩人，我知道你是个善良的人，如果你愿意再帮我们一次，你不嫌弃，我变成人后就……嫁……嫁给你……"

能跟这个比明星还漂亮的狐狸姑娘在一起生活，岂不是人生最大的幸福？阿明一下飘飘然起来，他毫不犹豫地说："请相信我，我会珍惜这次机会的……"

4. 做一个合格的护花使者

那天晚上，阿明到了狐狸姑娘的家里，还为他们出了不少主意，最后制订的计划是：阿明跟他们换房子住，阿明住狐狸一家的房子，如果有人上门，阿明只要缠住来人不放，缠上一个小时，来人就会自动走的，再不走那人就要现出狐狸原形了，因为狐狸在没成精时都一样，一天里只能一个小时变成人。为了表明诚意，阿明马上搬了过去，别的倒没啥，只是房子里狐臭味扑鼻，但为了姑娘，他两肋插刀了！

第二天上午，果然来了一个瘦小的老头，他一看开门的是阿明，就问："这家的主人呢？"阿明按事先编好的话彬彬有礼地说："他们刚才都出去了，我是他们请来的清洁工，来帮他们打扫卫生的。主人还说，如果有人找他们，让客人等他们一会儿。"

那老头迟疑着走了进来，坐在凳子上，阿明忙端来了一杯水，老头也不说话，端着茶杯闭目养神，阿明就在他身边擦窗户、抹桌子、拖地，忙了一会，阿明偷偷看看时间，十分钟过去了……

又过去了五分钟，那老头睁开眼睛问："他们怎么还不回来？"

阿明说："我也不知道，他们只说很快就会回来的。"

五分钟又过去了，那老头坐不住了，他站起来在屋里来回踱着步，可以看出他内心的焦灼和不安，墙上的挂钟在毫不留情地"滴答""滴答"响着，四十分钟过去了，老头的目光忽然逼住了阿明，阿明知道他是狐狸，而且还是只老狐狸，真怕他会使出什么魔法伤害自己，心里吓得"咚咚"乱跳。

老头的眼睛瞪了阿明几分钟，忽然长长叹了一口气，缓缓地点头说道："我明白了……"

阿明问他"你明白什么了？"老

头怒喝道:"你们在合伙骗我,奇怪,他们怎么会相信你这个陌生人呢?"老头的眼睛又盯着阿明,眼里充满了疑惑,接着老头闭上了眼,嘴里念念有词,忽然他又睁开了眼,恍然大悟地说道:"哦,原来你是那个小姐的救命恩人……你是个好心人……但你失业了……又失恋了……难怪会被那个小姐迷住!你是专门来拖住我的,他们就在隔壁你的屋里……"

这家伙真成精了,眼睛一闭,竟什么都知道了!阿明吓得差一点尿了裤子,好在那狐狸姑娘交待过:这老狐狸是不敢伤人的,如果伤一条人命,他不但几百年的修行毁于一旦,而且还会被打入十八层地狱,永世不得翻身。

那老头果然不伤害阿明,他不敢

久留,准备开门离开,可阿明见一个小时还没到,还想缠住他,便上去拦,却被老头一把甩开,老头打开了门,又走到隔壁阿明的屋门口,刚要拍门,手就被阿明牢牢抓住,无法动弹,阿明上次把大狼狗都掐死了,现在抓着一个瘦小的老头,当然不是太难,阿明暗暗鼓励自己:现在抱住了老头,就是抓住了自己的幸福!

时间一分一分地过去了,终于,老头停止了挣脱,他的眼睛瞪着阿明,奇怪的是,那眼神里透出来的并不是仇恨,而是伤心、失望,老头喃喃地说道:"你会后悔的……"这是他说的最后一句话,然后他就变成了一只黄狐狸……

终于胜利了,阿明长长地出了一口气,他取来了上次装红狐狸的那只铁笼子,把门一打开,黄狐狸就顺从地钻了进去。阿明在笼子外面罩上了一层布,下楼去打了一辆出租车,来到郊外的山林里,把黄狐狸放出了铁笼子。

黄狐狸没有立即就走,它在四处张望了一下,选定了一棵树,然后就在树下用爪子刨了起来。阿明不

大自然中有许多事情,甚至知识渊博的头脑也是无法理会的。 ——果戈理

知道它要干什么，不一会黄狐狸就挖好了一个小坑，接着把一包东西放了进去，又把土照原样弄好，又在树上做了个记号，它指了指记号，又指了指阿明的心窝，意思是让他记住这里。阿明明白了，点了点头，黄狐狸又看了阿明一眼，然后转过身去，头也不回地走了……

阿明不明白：这坑里面埋的是什么东西呢？

5. 狐狸姑娘结婚了

阿明是第二天中午才回到家的，因为这天是狐狸姑娘一家修炼的最后日子，为了不打扰，阿明才借故避开的。他刚走到门口，可能是听到了脚步声，狐狸姑娘打开了门。她穿着做饭用的围裙，像一个贤惠的家庭主妇；她的父母都在门口迎接阿明，像是迎接一个英雄。阿明和他们一家一起吃午饭，虽然几杯酒下了肚，但阿明头脑还是十分冷静，他要观察狐狸姑娘一家是否真的已经变成了人。一个小时过去了，狐狸姑娘一家还在饭桌上谈笑风生；又过去了一个小时，他们还是和阿明有说有笑的；一整天过去了，他们的音容笑貌还是和人一模一样，阿明几乎要欢呼雀跃：天哪，狐狸真的修炼成人啦！

阿明和狐狸姑娘正式确定了恋爱关系，他们双宿双飞，好不快活！刚开始，狐狸姑娘还怕见人，整天躲在家里，给阿明洗衣做饭；后来，阿明带她出去结识了一些朋友，两人一起去看电影，去跳舞，去卡拉OK……她对五彩缤纷的人类世界十分感兴趣，由衷地感叹道："怪不得狐狸都想修炼成人，原来人类世界这么美好！"

渐渐地，狐狸姑娘也有了心事，还有了小脾气，还常常一个人坐着发呆，有时候她问阿明："大家都是人，为什么我们总是吃这些粗茶淡饭，而有些人却能天天吃山珍海味？我们只能骑自行车，而他们为什么就能坐高级小轿车呢？"没想到，这狐狸准老婆还是蛮善于思考的呀！

阿明有些不好意思地说："因为我们没钱，不过你放心，为了你，我会努力去挣钱。"

狐狸姑娘并没有高兴起来，她皱着眉说："你一个月那么辛苦写出来的稿费，还不够人家吃一顿饭，哪能挣得到人家那么多钱？我们狐狸修炼成人之后，一切都跟人一样了，我只是一个平常的女人，也会有生老病死，也只是几十年的生命光景，我真不甘心苦苦修炼一千年，却换来这么平平淡淡的生活呀……"

听她这么一说，阿明心里有些惶恐了：她怎么会有这种想法呢？就是你们狐狸世界，也会分上中下几等吧，也会分贫富贵贱吧？阿明想了想，从新华书店买来了小学到大学的全部课本，决定用知识来给她"洗脑"，阿明说："你只要认真读了书，有了本领，就会变得富有，就能改变自己的命运。"

狐狸姑娘高高兴兴地读了两天的书，忽然又问阿明："不对呀，我怎么老听电视上说大学生找不到工作？那些老念错别字的人为什么能当领导？那些小学都没毕业的人怎么能当大老板？还有你，你读的书也不算少了，可你挣的钱却为什么不多呀？你看人家田伟，没你有文化，但他为什么一天到晚啥也不干，就能吃香的喝辣的？"

老天！这些问题太深奥了，不但她这狐狸脑子不够使唤，就是阿明这人脑子也不够使唤了，但阿明还是耐着性子开导说："这些毕竟不是主流，人类的进化就像你的修炼一样，需要一个艰难的过程，那些丑陋的东西终将会逐渐被淘汰的！"

狐狸姑娘的回答让阿明吃惊："那得多少时间？我等不及了，我现在就要过那种生活！"

阿明不敢再跟她争论，只想慢慢开导她。有一天上午，市作家协会搞一个活动，中午在一家宾馆搞了一个聚餐，阿明吃过饭，路过一个包厢时，忽然听到里面传出女人的笑声，再一听，竟像是狐狸姑娘的声音！阿明偷偷推开门，只见狐狸姑娘竟然坐在田伟的腿上，正跟田伟喝交杯酒！阿明再也忍不住了，他冲进去一把拉过狐狸姑娘，不料狐狸姑娘挣脱了他的手，冷冷地说："你凭什么管我？我又没有嫁给你，你马上给我出去！"

阿明气得哑口无言。那天晚上，狐狸姑娘整夜未归，阿明找遍了全城，都没找到，回到家后，这才发现狐狸姑娘已经拿走了她的所有东西，还在书桌上留下了一封汉字加拼音、还有错别字的信，大意是：亲爱的阿明，请原谅我，我熬了一千年，不想过这种苦日子。请给我自由，让我寻找我的所爱吧！我会记住你的恩情，我会报答你的……信的下面还压着厚厚一叠钞票。

事已至此，除了流泪，阿明还能干什么呢？

一个月后，阿明意外地在电视上看到了狐狸姑娘和田伟的婚礼实况转播，狐狸姑娘身穿婚纱，笑吟吟地依偎在胖胖的田伟怀里，她的绝世无伦的美，惊呆了所有的人。

6. 等你一千年

狐狸姑娘结婚后，全家也就搬走了。阿明悲痛欲绝，为了弥合心中的伤痛，他离开了家，到外地闲逛去了，这一走就是一年。有一天，阿明在外地的网吧上网，忽然发现一件惊天动地的新闻：有一个叫田伟的人，他的妻子最近竟然生下了一只小狐狸！网上还有很多评论，大都说这消息是谣言，人怎么可能生下狐狸呢？阿明再一看，这消息果然来自于他的家乡，阿明惊呆了：狐狸姑娘不是修炼成人了吗，怎么还会生下狐狸呢？如果传闻是真，田伟会对她怎么样？她会不会有什么意外？想到这里，阿明再也坐不住了，立刻买了火车票往家里赶。一下火车，他顾不上回自己的家，风尘仆仆地先找到田伟的住处，但那地方门紧关着，无人应声，他想了想，决定去田伟的爸爸家看看。他在田局长的家门口守了三天，还是没看到狐狸姑娘，也没见到田家的人。

阿明等得心急如焚，直到第四天的晚上，一辆小轿车"哧溜"驶进了田家别墅的大门，阿明躲在暗处，看见从车上下来三个人，是田家父子俩，还有一个留着长胡须的瘦老头。三人走进了屋里，不一会儿，底楼一间屋的灯亮了。

阿明原本是想离开的，可转念一想，狐狸姑娘的下落还不知道，也许能从他们的谈话里知道点消息。这么一想，他就悄悄溜到窗下，接着就从屋里传来了隐隐约约的说话声。

先是田伟的声音："高先生，有话请你明说，酬劳不会少你的。"

接着是田伟爸爸的声音："是啊，我们全家都靠你了，请高先生为我们指点指点吧！"

"好吧，我就直言了！"那个瘦老头在说话，"田局长也说了，今年感觉流年不利，计委主任的位子也没谋成，还被人暗中算计，这次又……又出了这么个事，其实，这些事都由一人而起……我见过田老弟的夫人，她眉宇间有一股妖气，她是你们田家的丧门星，只有……嘿嘿，只怕田老弟舍不得呀！"

田伟咬牙切齿地说："这世上的美女多得很，有啥舍不得的？做就做了！"

阿明这一下全听明白了：这个瘦老头是个算命先生，田伟父子迷信，要把狐狸姑娘杀了，得赶紧去救她，可她在哪呢？

这时又响起了田伟的声音："事不宜迟，我今天晚上就把她给做了，再把她扔到江里，别人即使知道了，也以为她是自杀……"然后屋里传出了脚步声，接着就看见田伟走了出来，发动了车子，阿明紧随着，也打了一辆的士跟在后面，他在车上用手机报了警。不一会儿，田伟的车开到了自己的住处，阿明的车慢，等他从车上跳下来，冲进田伟的屋子时，正听到田伟在气急败坏地打电话，他说："爸爸，我的屋子被人撬开了，那妞不见了！"

阿明心里一块石头落了地，是谁救了狐狸姑娘？他正这么想着，这时警察接警后过来了，阿明向警察说明了情况，又到公安局作了笔录，当然他没有说出姑娘是狐狸变的。田家父子虽然拒不承认密谋杀人的事，但那个姓高的算命先生一进公安局就吓破了胆，把什么都说了。因为田家父子劣迹斑斑，市纪委和检察院宣布对他们立案查处。

阿明是第二天的上午才离开公安局的，他惦念着狐狸姑娘的下落，又在田伟家的附近找了一遍，还打听到了狐狸姑娘父母的住处，想不到他们一家人全都失踪。阿明找了一整天，回家时天都黑了，想到回家，他的心里酸酸的：这家一年没住了，以前，还能在这个家里和狐狸姑娘相伴，现在什么都没了……就在阿明心

意惆怅地走到自家那幢楼的下面时，他惊呆了：他的房子里居然亮着灯光！

阿明是外地人，大学毕业分到这座城市来的，所以在这里他可以说是举目无亲，房间的钥匙也一直都在他身上，谁会在他的屋里呢？阿明悄悄上了楼，在门外站了一会儿，他发现门上有撬痕，接着又听到了一个老头的说话声："总在这里等也不是个办法，他可是一年没回来了，谁知道啥时候回来？"又一个老妇女说："是呀，我们应该先去找师父，这样也许还有一条活路。"

"不！"这是一个年轻姑娘的声音，"爹、娘，你们去吧，我在这等他，等到死也要等，我要亲口对他说我对不起他！"

听到声音，阿明又惊又喜，他一下推开门冲了进去，只见狐狸一家都还是人的模样，不由松了一口气；再细细一看，只见他们被衣服裹着的屁股后面都耸起了一团，狐狸姑娘还抱着一只小狐狸，低着头，不敢看阿明。狐狸姑娘珠泪涟涟、楚楚可怜的样子把阿明的心都搅碎了，他走上前去搂住了她的肩膀："你……你受苦了……我不怪你！"

狐狸姑娘悔恨交加地向阿明哭诉起来：不知道怎么回事，她生下的孩子还是狐狸，她的父母也仅仅在一年时间里成了人形，一年后又成了狐

狸。田伟气坏了，原先的山盟海誓都成了一句屁话，他还把狐狸姑娘关了起来，最后还是父母把她救出来的，可他们一家没地方去，更危险的是现在他们感觉到身体十分不好，全身红肿，内脏常常剧痛，就像是吃了毒药似的……说到这里，狐狸姑娘靠在阿明的肩头上，说："我不怕死，能死在你的怀里，我已经心满意足了。"

"我们永远在一起，别胡说！"阿明说了这话，忽然想起一年前那个老头变成黄狐狸后，在一棵树下埋的那包东西，这包东西会不会对狐狸姑娘一家有什么用呢？阿明想到这里，马上叫了一辆车，把他们三个人连同那只小狐狸一起拉到了郊外的山林里，找到了那棵树，挖开了那个小坑，从土里找出了三个瓶子，瓶子里面装着像药水一样的东西。

狐狸一家看到那药瓶，欣喜若狂，立刻拿过瓶子，每人喝下一瓶。不一会儿，三个人的尾巴都消失了，可没过多久，他们突然都又变成了狐狸，阿明大吃一惊，急忙问他们这是怎么回事，可他们都不能

说话了。就在这时，一阵清风平地起，从树后走出一个人来，阿明一看，正是那个黄狐狸变化的老头，老头说："我是他们的师父，你一定很想知道他们为什么又都变成了狐狸吧？"

阿明点了点头，老头长叹一声，缓缓说了起来："这事还得从你们人类说起……因为现在的环境遭到了你们人类的破坏，他们一家不得不躲到城里去修炼，这是无奈之举，本无可厚非，可狐狸的修炼要靠山水之灵气、日月之精华、自然之神韵，他们进了城市之后，无法得到这些，只能吃人类人工培育出来的食物，这些食物有的加了激素之类的东西，人类吃了可以出现'早熟'，狐狸也同样如此，所以他们自以为自己的修炼可以

提前八十年。我百般劝阻他们不听，以至得到今天的报应，他们将失去近千年的道行，重新做一只普通的狐狸。"

阿明忙问："难道就没有办法了吗？"

老头摇了摇头："我给他们留的药仅仅可以驱除他们体内的毒素，使他们保住性命……我想，经此一劫，他们对生活、对这个世界可能会有所领悟吧？"老头看了一眼狐狸姑娘，叹了口气，说："她一定有话要对你说，我可以让她最后一次恢复人形，让她说话，你们也好作个道别吧。"老头说完，往狐狸姑娘的嘴里塞进了一粒药，随即那狐狸又变成了人，她扑到阿明怀里，放声痛哭起来，阿明抚摩着她柔柔的长发说："对不起——我代表人类向你们说声对不起！我们没能保护好生态环境，让你们受害了……"

"不，这也怪我们太性急了！"狐狸姑娘望着阿明，满怀深情地说，"我现在才明白，做人也好，做狐狸也好，都得有一颗关爱别人的心，只有这样，这个世界才能充满温暖！"听她这么说，阿明也是泪流满面，他把狐狸姑娘紧紧地搂在怀里，什么也说不出来……

狐狸姑娘泪如泉涌："我的时间已经不多了，我会永远爱你的，永别了……"

"不！"阿明大声说，"我们还有相见相爱的机会！你再修炼一千年就会变成人，是吗？"阿明拉过狐狸姑娘的手，他们的手指勾在一起，异口同声地说："请相信我，我一定会等你一千年！"

（本篇月月评短信代码：0719）

（题图、插图：杨宏富）

·本刊信息传真·

《故事会》金栏目·中篇系列丛书出版

为庆祝《故事会》创刊40周年，本刊隆重推出"《故事会》金栏目·中篇系列丛书"。本丛书一套共6册，每册各收中篇故事8则。其中有描写官场权力之争的《秘访曲家屯》，有反映男女情爱的《妻子要跳交谊舞》，有与歹徒、罪犯展开殊死搏斗的《私人侦探第一案》，有为财富而拼得头破血流的《"黑色"人物在行动》，有展示人的道德、原则、气质的《高原守护神》，还有传奇色彩极浓的《政府大院养老虎》。所有作品故事性极强，具有鲜明的口头文学特点。

果实是种子生命的终结，也是新生命的开始。　　——波斯谚语

悲剧故事

　　本书所收10则故事是从《故事会》刊登的数千同类作品中精选出来的，主人公的遭遇构成了凄怆感人的故事情节，主人公的命运牵动人心，主人公悲惨的结局更令人心颤。

喜剧故事

　　从《故事会》"幽默世界"栏目中精心挑选成集，按内容分为：谐趣篇、巧计篇、戏谑篇、讽刺篇、荒诞篇、沉思篇。本书的特点是：(1)现代感强。作品均是反映当代生活的各类题材；(2)短小精悍。作品长不过千余字，短只有三四百字，言简意赅，内容丰富。

恩仇故事

　　构成恩仇的因素是多方面的：由爱变恨，由恨成仇；以怨报德，恩将仇报；忘恩负义，寻仇报复；亲人之间，恩怨仇杀……本书这9则中篇恩仇故事矛盾冲突尖锐复杂，有很强的可读性。

怨女故事

　　这是一本关于悲怨女人的故事书，54则作品分为"大祸从天降、魂系狼窝口、扭曲的灵魂、水火当有情、红颜怨恨天、情谊伴君行、三女抗争记、情歌绝唱对、亡灵的哭泣、山村血泪情"等10个篇章。

父亲的电话

晚饭后，电话响起。父亲在电话那头说："我逮了只老鼠，现在拴在绳子上，你过来看看嘛，好看！"听他这么一说，女儿想：父亲真是越老越小了，老鼠有啥看头？又脏又臭的。不过，她还是和先生过去了，父亲欢天喜地的。

女儿在回来的途中遇见好友，好友问："你干吗呢？"女儿把事情的经过说了一遍，好友大笑着说："你想想，你是属什么的。""属鼠呀。"

好友说："是你父亲想看看你这只老鼠，你不明白？"女儿一下子反应过来，难怪父亲刚才那么高兴。是啊，女儿自从结婚以后就很少去看他了，尽管两地并不遥远，由于白天工作太累，晚上想在家休息，懒动。

等女儿明白过来，就后悔今天晚上和父亲呆的时间太短了……

（推荐者：李 瑛）

母爱的雕像

总也忘不了这样一个故事：美国黄石公园曾经历了一场森林大火，大火过后护林员们开始上山察看灾情。

有位护林员在一棵大树下发现了一只被烧焦的鸟，虽然已经死了，但这只鸟却像雕塑一般保持着一种姿势，护林员感到有些惊奇，便用树枝轻轻地拨了拨那只鸟，没想到几只雏鸟从已经死去的母亲翅膀底下钻了出来……

原来，这只慈爱的鸟妈妈知道大火时有毒的浓烟会向高处升腾，为了不让灾难降临到孩子们的身上，它把几只小鸟带到大树底下，用自己的生命来保护翅膀底下的孩子……

（作者：刘燕敏；推荐者：邓卫华）

只剩下了毫无意义的两个字"专卖",结果可想而知,所有的顾客都到别的海鲜店去了。

那些只会接受别人的意见而不善于思考问题的人,终将会一事无成。

(推荐者:叶建国)

大石和巴士

一辆巴士缓缓进入山区,只有一对恋人在中途下车。他们下车后,巴士继续往前行驶。突然,几块大石头从高处坠下,巴士被砸得支离破碎,所有乘客无一生还。

那对恋人听到这件事后说:"如果我们都在那辆巴士上……"

一般人都会认为,他们说这话的意思是:"如果我们都在那辆巴士上,那我们同样难以生还了!"但他们说的是:"如果我们都在那辆巴士上,没有下车,那辆巴士将不会因为我们下车而耽搁时间,它会在大石坠落之前驶过出事地点!"

在我们的生活中,是不是应该多尝试从不同的角度来思考问题,多找机会去帮助别人?

你想对了吗?

(作者:晓 晨;推荐者:方宏挣)

(本栏题图:安玉民)

(本栏目欢迎读者踊跃来稿,电子邮件请发 yaotongzhi@163.com)

招　牌

有一个人开了一间海鲜店,他在海鲜店的门前挂起了一块招牌:"本店专卖新鲜海鲜"。有一位顾客看了后对老板说:"把'新鲜'两个字去掉比较好,因为很明显,没有人会买不新鲜的海鲜。"老板想了一想,觉得有道理,于是招牌就改成了"本店专卖海鲜"。

几天后,又有顾客认为"本店"两个字多余,老板又听从了他的意见;接着又有人说"海鲜"两个字没有必要,因为老远就闻到海鲜的腥味了,于是老板又采纳了他的意见,这样,招牌上

倒霉的吉米

□孙新峰

吉米今天很倒霉，他在大街上抢了一位女士的包，跑到郊外的一个酒吧里去避风头，又因为调戏女招待，被两个更坏的家伙架上了车，不仅把他身上的东西抢了个精光，还把他的外套扒了，痛打一顿后，丢在一片树林里。

当时正是风雪交加，吉米几乎快被冻坏了，没办法，只好来到公路旁，盼望遇上个好心人，能让他搭上便车回城。

没想到吉米果然遇上了个好心的司机，这个司机开的是一辆轿车，他见吉米挡在路当中拦车，便把车停了。

吉米上了车，假惺惺地说："我的情况很糟，不得不用这种方式拦车。"

司机表示理解，他说："你一定是遇上难题了，需要帮忙吧?"

吉米提出了要求："我一看您就是个富有同情心的人，能给我点吃的吗?"

"这儿正好有热狗。"

吉米接过了司机递过来的热狗，一边大口嚼着，一边提出了第二个要求："喂，你能借我件衣服穿吗?这个样子我没法下车的。"看样子司机是个胆小怕事的人，他很不情愿地把身上的皮衣脱了下来，给了吉米。

吉米穿上衣服后又得寸进尺了："你好事做到底，干脆再借点钱让我花花吧！"

司机忍无可忍了："你太过分了，我好心帮你，你倒来勒索我……"

"告诉你，我就是坏蛋吉米，你听说过吗？吉米！"

司机显得极为吃惊："吉米？没听说过，我只知道坏蛋比利，他可是什么坏事都会干的呀！"

吉米从裤腿处掏出了暗藏的匕首，举着匕首威胁道："别啰嗦啦，快把身上的钱都拿出来，当然，我可以送你回家，把你送到家后这车就是我的啦！"

"天哪，我一定是神经出了毛病，我干吗要停车找麻烦呀！"司机委屈地叫着，他想了想，又说"吉米先生，你还是多考虑考虑吧，警察是不会放过你的！"

吉米大声说："我知道警察在找我，他们还在找比利，我想过了，抢劫这条路迟早会山穷水尽的，据我所知，最坏最坏的坏蛋比利也厌倦了这一行，打算去自首，我要先抓住比利，送给警察局将功赎罪！"吉米说着，显得得意起来，他的目光在司机的身上瞟来瞟去，突然，他发现司机的腰间鼓鼓的，就声色俱厉地问："你这是什么？"

"这东西你不喜欢的。"

"我喜欢！"

司机把腰间的东西拿了出来，那是一副手铐，吉米紧张起来了："你怎么会有这个？"

"还有你更想不到的呢！"司机说着，又从口袋里掏出了一把手枪，对着吉米说，"我很乐意把手铐送给你！"说着，他就把吉米铐上了，吉米哭丧着脸说："你是什么人？"

司机拿起警报器说："如果我把这个吸到车顶上，那它就是警车。"

一听这话，显然这个司机就是警察了，吉米觉得自己今天倒霉透了，他无路可逃，只得乞求道："警官先生，我能帮你们抓到比利，希望你们能从轻……"

司机打断了吉米的话，说"我会考虑的。"

车子驶进了警察局，司机带着吉米找到了局长，说："报告长官，我把坏蛋吉米抓来了，他干的坏事您肯定有厚厚一大卷记录，而且这家伙惯于和警察捉迷藏，所以，为了抓他，我被迫偷了一位警官的车，当然，那位粗心的警官把手铐和枪都放在车上……我现在一是来遣送罪犯，二是来主动自首，希望改邪归正，将功赎罪……"

局长问："你是谁？"

司机坦然答道："我是比利！"

吉米一听，差点昏了过去……

（本篇月月评短信代码：0720）

（题图：箭 中）

谎言如诗

□李培俊

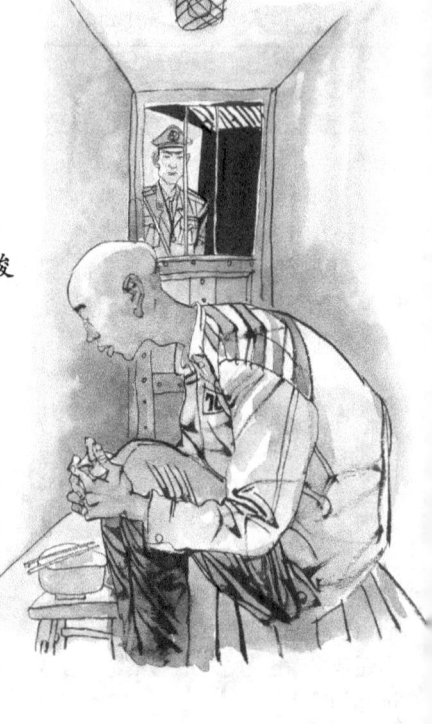

这一天上午9点时分，两个神态威严的武警走到了死囚室的门口，到了这个时候，牢里的死囚便知道：他在这个世界上的时间不多了，剩下的时间要以小时、分钟来计算了。死囚自己也清楚，这是他必然的结局，一命抵一命，古今皆然，天道如此，一切都是自己做出来的，怨不得别人。

死刑是半个月前宣布的，死囚没有上诉，没用。他唯一能做的，便是戴着沉重的脚镣，呆在这间死囚室里，等待着生命的终结；再有，就是想见一见他的女儿。

负责看守死囚的警察中，有一个五十余岁的警官，姓丁，面相很和蔼，说话不紧不慢。他对这个死囚挺和气，隔三差五地丢给死囚一支烟吸吸。

死刑宣布后的一天，死囚对丁警官说："政府，我是快死的人了，能不能麻烦你个事儿？"

"什么事儿？"丁警官用警惕的目光看着死囚，口气变得有些冰凉。

死囚说"是这么回事儿，按照预产期计算，我媳妇已经生了孩子，你能不能到我家去一趟，我想知道是男是女。"

丁警官的脸色和缓下来，很认真地想着，没有回答死囚。

死囚给丁警官跪下了，脸上霎时

布满了泪水："政府，我求你了，你就去一趟吧，因为我犯了罪，我媳妇气病了，还不知道现在咋样了……"

"好吧，"丁警官说，"我请示领导以后再说吧。"

第二天刚一接班，丁警官就对死囚说："昨天我去了你家，你媳妇生了，是个女儿。"

死囚很高兴，忙问："我女儿她漂亮吗？"

"漂亮，"丁警官说，"脸很像你，眉眼像你媳妇。"

死囚的眼里顿时闪现出一抹奇异的光亮，很柔和、很慈祥的样子，他连声说："我当父亲了，我当父亲了！"一阵激动之后，死囚又颓然坐回床沿上，神色黯淡无光，喃喃地说："可惜我看不到我女儿了……"

丁警官叹了口气，说"还不都怪你！"

在等待死亡的这几天里，应该说，死囚活得还算充实，常常和看守他的警察说起他的媳妇，还说他小时候的一些旧事。有时一个人坐着想心事，想心事的时候，死囚落过泪，也偷偷笑过。丁警官看到这情景后心中明白：是女儿在支撑着死囚的全部精神，换句话说，死囚在女儿的陪伴下度过了他最后的时日。

临刑前一天，死囚问丁警官："是明天？"

"是，明天。"丁警官点点头，"你还有什么要交代的吗？"

死囚说："上路前能不能让我见见女儿？"

丁警官摇摇头："这不允许。"他想了想又说："这样吧，到时候我会让你媳妇抱着孩子送你上路，让她尽量离你近一些。"听到这话，死囚的脸上露出了微微的笑意，他已经很满足了。

死囚在满足中被去掉了脚镣，押上了囚车。车子驶出监狱大门的时候，死囚被明晃晃的阳光刺痛了眼睛，但他忍着痛，把眼睛睁大了，他看到在大门外的路边站着丁警官，和丁警官站在一起的是死囚的媳妇，他媳妇怀里抱着用红色棉褥子包裹着的女儿。

囚车行进到死囚媳妇的跟前时，丁警官对驾驶员做了一个手势，汽车便停了一下。死囚的媳妇把怀里的孩子朝上举起来，于是，死囚依稀看到了襁褓中的女儿，小脸粉嘟嘟、红扑扑的，像一朵这个季节里开放的桃花，看到这，死囚的视线被泪水模糊了。

囚车远去了，可死囚根本想不到，在他入狱不久，他的女儿已经胎死腹中，他媳妇怀里抱着的孩子，是丁警官刚刚满月的孙女……

（推荐者：林　贤）

（本篇月月评短信代码：0721）

（题图：安玉民）

心理测试

□ 刘 膺

这个单位小，一共五个人，都是男性，两位主任和三个办事员。

这天早上上班时，走廊的墙上突然出现了一幅奇怪的画：上半面是一个美女的头像和半截裸露的胸部，雪白的肌肤令人目眩，下半面却用一块布盖着。这画不知是谁挂的，也不知他想搞什么名堂。

走廊是上班的必经之路，最先看到的是大李，大李看到这画后不由自主地停下了脚步，忍不住走上前去，伸手撩起了那块布看了起来，很快，他又放下了布，诡秘地笑着，马上离开了。接着上班的是大张和王副主任，他们一前一后，都和大李一样，也在画前停住了，也撩开了布，看了，然后神色异常地离开。

一会儿贾主任来了，他很快看到了那幅画，然后情不自禁地走到了画前，接着他紧张地朝走廊的两头看了看，确信没人看见后，这才伸出手去撩那蓝布，突然，他缩回了手，沉吟着，犹豫之间，他的目光一刻不停地在那美女的胸前"扫荡"了好几回，他最终还是没撩那布，依依不舍却又装作若无其事地离开了。

贾主任回到办公室，立刻通知大家到他的办公室开个临时会议。人都到齐后，贾主任说："走廊里的那幅画是谁挂的？这里是政府办公机构，不是西方的私人画廊，挂这种黄色下流的画，简直是伤风败俗！谁挂的，马上去取下来！"

大家你看我，我看你，后来办事员小黄站了起来，走到走廊上把那画取了下来，小黄把画放到了贾主任的办公桌上，说："主任，这画是我挂的，可我不知道哪里黄色了？"说着，小黄撩开了那蓝布，贾主任一看，呆了：这是一个身着时装的美女，端庄稳重，毫无暴露之处，贾主任尴尬地说"你把下半面遮住了，我……我以为她下面……"

（本篇月月评短信代码：0722）

有这么一家新开张的商店，店名起得很别致，叫"实物商店"，店里的东西门类齐全，质量一流，价格也相当便宜，别样都好，只是商店有一个很奇怪的规定：顾客想买哪件商品，必须拿出足够的证明，否则商店就不卖给你。

有个男人叫雷科，他打算买几样新鲜蔬菜，那位蔬菜柜台的售货小姐毫不通融地说："先生，您应该明白，生的蔬菜是没法吃的，这关系到您的健康，所以，您需证明您家里有一口锅，铁锅、铝锅都可以，当然，火锅也行。"

为买点蔬菜，雷科实在不想把家里的大铁锅搬来，巧的是家里的火锅也坏了，他就说"那我就一起把火锅也买了吧！"

谁知售货小姐却说："先生，我们这儿全是电火锅，为了保证您在任何情况下都能正常使用而不出意外，所以，您应该再买个充电瓶回去。"

雷科听了，只得苦笑着摇了摇头走了。

但东西还是要买的，这天，雷科又走进了这家实物商店，他对一个看起来挺和气的圆脸小姐说："我想为我的儿子买点东西，但是他才两个月大，那么小的孩子来一趟不容易，能有好的解决办法吗？"

圆脸小姐果然很好说话，她说："不来也可以，您出具有关的证明就可以了。"

于是雷科就回家了，一会儿就来了，手上拿了个塑料袋，他笑容满面地把袋子递给了那个圆脸小姐，说："证明就在里面——"

圆脸小姐把手伸进了袋子，她触摸到的是一种湿漉漉、黏乎乎的东西，雷科说："是这样的，我想买一点尿布……"

（本篇月月评短信代码：0723）

实物商店

□ 徐德银

现在的电话，有时真让人觉得有点烦。

这天，王先生刚睁开眼没多久，电话响了，话筒里传来了一个女孩的声音："喂，给我找一下小芳！"

你听，都是看《野蛮女友》惹的祸，现在的女孩说话贼冲！可王先生的家里包括宠物在内，没有她找的"小芳"这个名字！

对方显然有些不耐烦了："我说——我——找——小——芳——"

王先生的脾气很好，对方又是小姐，所以他要尽量保持风度："对不起，我想你是打错了。"

这时，话筒里的声音立刻提高了好几分贝："不可能，你这不是1414214吗？我没打错呀！"王先生只觉得气血上涌 你没打错难道是我接错了？他环顾一周，确定他本人确实是在自己的家里，他恼极了，决定要教训一下这个缺少教养的女孩，于是就用一种听起来十分善良的语气说："哦，没错，刚才我没听出来，对不起啊！"

"真是的，我就说我不会打错嘛！"

王先生心想：嗨，你还来劲了，好，我就让你错个够！于是他就问道："你是哪位？"

"我是梅子。"

"啊，梅子呀！"王先生做恍然大悟状，说，"小芳出国了。"

对方大惊："啊？两个月没见她怎么出国了？"

王先生煞有介事地说："是一个月前的事，她昨天还来电话，说她在国外给一个叫梅子的朋友买了一个笔记本电脑，可不知道地址，没法寄。"

"是……是吗？我就是梅子，我怎么联系她？"王先生隐约听见电话那头流口水的声音。

"你记一下……"王先生迅速翻起《世界知名企业联系名录》，在里面随便挑了一个南半球的电话给她……

（本篇月月评短信代码：0724）

搞笑电话

□辛英俊　改编

老婆的专利

□ 李雪涛

数据储存起来。我去上海后，有五天的晚上，咱家床上的重量是140公斤左右，床上用品的重量是10公斤左右，你的身体重量是70公斤左右，我问你，另外的60公斤是哪里来的？"

阿贵答不上来了，双腿开始发抖："这……这个……"

阿珍用手指戳着阿贵的脑门："这还用说吗？是个人，是个女人呗！"

阿贵灵机一动，立即大叫："老婆，不是女人，是个男人！"

"是谁？"

阿贵硬着头皮说："是我们单位的小王，他家来了亲戚，没地方住，我就让他住咱家了，这……这是真的……"

阿珍在"微电脑数据储存器"上又按了一个钮，看了看，冷笑着说："你在骗我！我告诉你，在这五天里，每个晚上都有130公斤左右的重量集中在床的中间部位，而两侧却没有什么重量……你和那个小王该不是同性恋吧？"

阿贵目瞪口呆，大声求饶："老婆，好老婆，你就饶了我吧……"

（本篇月月评短信代码：0725）

阿贵的老婆阿珍是一家科研所的技术员，常到外地出差。老婆出门，阿贵偶尔也会带一个相好的回家，这事他做得十分谨慎，没留一点蛛丝马迹。有一次，阿珍出差去了上海，一到晚上，"相好"就摸上门来，两人在阿珍新买的那张大床上尽情欢娱，一连五天，天天如此。

那天，阿珍回来了，她一进门就走进了卧室，不一会儿，她手里拿了个手机模样的东西走了出来，她在那东西上面按了一个钮，一看，立刻横眉竖眼地叫了起来："死阿贵，你好大胆，你真把女人领到家来了！"

阿贵大喊冤枉，阿珍冷笑着说："我告诉你，咱家那张床，是我发明的最新专利产品，这东西叫'微电脑数据储存器'，它能把床上重量的变化

局长的帽子

□ 于文君

这是冬天，北方一个县城的一位财政局长中午要去赴宴，下午还要工作，就让他的女秘书待在他的办公室里，午饭给她捎回来。赴宴不带她去，女秘书自然很不高兴，局长一走，她就躺在办公室的床上听音乐，听了一个多小时，觉得很是无聊，就起身踱到窗前，看到机关里的几个小伙子正趁着午休，在冰天雪地的机关大院踢足球。她趴在窗台上，看到高兴处，便拉开窗户，顺手把局长放在办公桌上的皮棉帽子扔了下去，大喊一声："看球！"

踢球的一个小伙子，看到有东西飞来，抬起一脚，一个倒勾，踢飞了局长的皮帽子。这时，局长的小车已经开进了大院，正巧局长打开车门，刚把头探出来，帽子不偏不斜，正好扣在他的头上！

局长吓得一哆嗦，把头上的东西拿下来一看，怎么是自己的帽子？再一抬头，小秘书正趴在三楼局长办公室的窗口冲着他笑。局长心想，她怎么能从三楼把帽子扣到我的头上呢？隔得这么远，真是见了鬼啦！

局长进了办公室，从提着的袋子里拿出了一个汉堡和一杯热奶。女秘书说什么也不吃，坐在那里赌气使性子。局长说，今天参加宴会的，都是各大局的局长，不适合女人去。两人争了好半天，最后，女秘书说："我还不知道你那点心思？说白了，你是怕我认识的人多了，有机会给你戴绿帽子！"

局长听了，立刻说道："难道不是吗？你人在三楼，都能给我戴上帽子！"

（本篇月月评短信代码：0726）

对情人作出一个承诺，就是欠下一笔债务。——蒲海尔

请到下站

□岳胜利 改编

深夜，彼特走进了车站理发室，因为他就住在附近，可附近没有理发馆。理发师一见彼特，立刻微笑着说："非常抱歉，按照规定，我只能为手里有车票的乘客服务。"彼特说，现在店里没别的顾客，是不是可以照顾一下，理发师一听立刻板起了脸："尊敬的先生，我们是很遵守规定的，一切按规定办事。"

彼特没办法，想了想，走到了售票窗口前，他说："请给我买一张火车票。""您上哪儿？"

"我只要离本站最近的，哪站都行。"

年轻的女售票员发火了："别装疯卖傻了！看来你不想到哪儿去，那你买票干吗？"彼特小心地解释着：是理发店要车票，没有车票不给理

发。女售票员听明白了怎么回事后，才把车票卖给了他。

彼特拿着车票到了理发馆，说："请看，这是我的车票，现在我想刮一下胡子。"

理发师拿过车票瞟了一眼，说："如果你只是为了刮脸才买车票，那么在我们这个理发馆你就难以达到目的，因为我们这儿是为乘客服务的。"

"可是我已经买了车票，你难道非要我上了车，成为乘客，才可以刮脸？"

理发师把双手叉在胸前，悠然地说："只有这个办法，不然的话，尽管你手里有车票，也不能算是乘客，我劝你放弃这种打算！"

彼特正气得"哇哇"大叫，只见理发师拿起电话，拨了一串号码，打完电话，他对彼特说："好了，你可以刮脸了。"

彼特高兴极了："总算可以了！"可理发师却说"不是在这儿，而是在下一站——布尼车站，那里的理发师再晚也会等你的！"

（本篇月月评短信代码：0727）

（本栏题图：李 加）

家庭故事

　　家庭是一个舞台，千千万万个家庭演绎着万万千千的故事。这本故事书里的51则作品，艺术地再现了家庭中的矛盾纠葛、悲欢离合和儿女情长，内容亦庄亦谐，或耐人寻味，或令人捧腹，有较强的可读性和可传性。

情爱故事

　　集中所收38则故事，几乎覆盖人们情爱生活的各个环节，社会众生相在作品中得到了不同程度的映照和折射。这些故事不仅在情节设计上精于构思、巧于安排，而且在艺术风格上也各有所长。对看惯小说电影戏剧的诸位来说，浏览此书是一种全新的享受。

聪明人故事

　　本书犹如一叶风帆，引您在智慧之海遨游。故事中的主人公活跃在各自的人生舞台，凭着自己的聪明才智，斗强蛮，蔑权贵，助弱小，解万难，演绎着一出出绝妙无比的连台活剧，内容既有情节性又有趣味性。

傻子故事

　　傻子故事在民间流传极广。本书共收72则傻子故事，内容生动风趣，人物栩栩如生，一群言行可笑、可悲而又憨厚可爱的艺术形象，如一幅幅色彩奇特而又耐人寻味的漫画，让你目不暇接。

317

2004
SEMIMONTHLY
下半月刊

4月
STORIES

笑话 13 则 ………………… 袁 全等 4

我的故事
你是我的女王 ……………… 钱 岩 8

3 分钟典藏故事 ………………………… 13

发财金匣子
推销员的智慧 ……………… 张晓舟 15

悬念故事
谁绑架了马老板 …………… 曲凡杰 17
谋杀植物 …………………… 李 华 22

中国新传说
钢丝不好走 ………………… 申之珉 25
爱岗也下岗 ………………… 谢元清 28
站起来不难 ………………… 吴 为 34
不是故意伤害你 …………… 赵希峰 37
最后一份千年汤 …………… 丘不让 39

传闻逸事
绝活 ………………………… 金为冰 42

民间故事金库
老夫子的艳遇 ……………… 何 休 46

海外故事 杀人画 ……… 陈笑海 49

东方夜谈
找上帝评理去 ……………… 潘春萍 53

16 岁故事
稻草人 ……………………… 崔 浩 58

哲理故事
城里没有秤 ………………… 范国清 63

中篇故事
彩票人生 …………………… 曾 颖 66

幽默世界
《出手不凡》等 8 则 ……… 黄 胜等 82
漫画故事 情书 …………… 张永乐 83
快乐辞典 …………………………… 91

阿 P 系列幽默故事
漂亮发夹 …………………… 武 沐 92
情节 ABC …………………………… 52

本刊信息传真
"掌上灵通杯优秀作品月月评"等……27、36、41、94

故事会
2004 年 4 月
下半月刊·绿版

主编: 何承伟
副主编: 吴 伦

社务委员会
何承伟 吴 伦 姚自豪
夏一鸣 冯 杰 张 凯
本期责任编辑: 夏一鸣
美术编辑: 李宝强

发稿编辑:
梁宁宁 蔓 石
马 峡 鲍 放
潇 白 姚自豪

主管: 上海市新闻出版局
主办: 上海文艺出版总社
（上海市绍兴路 74 号）
邮政编码: 200020
电话: 021-64375030
出版发行:《故事会》出版发行部
（上海市建国西路 384 弄 11 号甲）
邮政编码: 200031
电话: 021-64313938

广告总代理: 上海文艺广告传播中心
上海市绍兴路 74 号（邮编: 200020）
广告总监: 张 淮
广告业务: 021-34010383
广告投诉: 021-64333738
广告经营许可证
沪工商广字 3101034000029 号
发行: 中国图书进出口上海公司
封面图片由红叶图片有限公司提供

军营对联

某 宣传干事去部队看望新入伍的同乡，只见宿舍里有人写了一副对联，道："少尉中尉上尉都无所谓，少校中校上校付之一笑。"觉得相当不错，回来后就在一家报刊上登了出来，并广泛征求横批。

（袁 全）

误 会

一 位保险公司职员来到委托人家中，看到壁炉架上放着一只精美的花瓶，就问这家主妇："这瓶子里装着什么东西？"

主妇答道："我丈夫的灰。"

这位职员连忙道歉："真对不起，我不知道他已经去世了。"

"不！他并没有死，他只是懒得去找烟灰缸。"主妇说。

（司马心）

（本栏插图：李 加）

双 卦 钱

有 位老太太想给她的小孙子算算命，就对算命先生说："你看我这小孙子，快一岁了，怎么还不会说话？"

"这叫做金口难开，不过一旦开口说话，必将一鸣惊人！"

"那他睡觉时睁一只眼闭一只眼好不好？"

"那更好了，长大一定当领导！"

"他常掰指头是什么事？"

"老太太，这是在那儿练习数钱，日后必发财！"

"那他攥着小拳头干什么？"

"这更对了，这手里的权攥紧了，谁也夺不去！"

"你瞧瞧，这孩子伸着两指头干什么？"

"嘿，老太太，您这孙子真聪明，他这是叫你付给我双卦钱，拿来吧，二五一十，一共十元！"

（燕 华）

---

4 幽默：严肃的一种特殊形态。它提醒我们严肃绝不是仅有一副面孔。（柏蓓 自荐）

·笑口常开 轻松一刻·

怎么讲

这天，丈夫买来不锈钢炊具，把铝制炊具收拾起来，妻子问原因，丈夫就说他看到一张报纸上讲，铝制品炊具易使人患老年痴呆症。可是第二天，丈夫又把铝制品用上了，把不锈钢搁置起来，妻子不明白了，丈夫解释说，报纸上讲，不锈钢里有镍的成分，易使人致癌；相反，铝制品使人患痴呆症的概率很低，可以忽略不计。妻子听后，说："那我们把不锈钢卖了吧？"丈夫回答道："不，看看明天报纸上到底怎么讲！"

（李洪法）

悲 伤

某人妻子死去，痛不欲生，邻居们看了都来劝他节哀，有人甚至还答应给他再找个新的，此人心情很快就平静下来。时隔不久，他的一头驴死了，可这次任凭邻居们怎么劝他，他就是哭泣不止。

这下人们不解了，就问他"你妻子死了后，心情能很快平静下来，可现在只不过死了一头驴，你为何如此伤心呢？"

"妻子死了后，你们答应替我再找一位，可现在我的驴子死了，却没一个人肯答应帮助我！"

（丁岐江 译）

学生吃糖

一天，老师对学生说："如果你们能做得出这道题，我就每个人给50颗糖。"不一会，学生们一个个站起来，向老师要糖吃。老师一看答案，鼻子都气歪了，气呼呼地说："你们全做错了，还敢要糖？"学生异口同声地说："你只要求做出来，并没有说做对呀！"

老师不声不响走了出去，过了一会，他回来了，把一袋白砂糖扔到桌上："分吧，每人100颗！"

（邓 刚）

故事会2004年4月下半月刊·绿版　**5**

保险丝断了

小王感到身体不适，就去医院做检查，正检查的时候，突然停电了，医生两手一摊无奈地说："可能是保险丝断了，请你明天再来吧。"

小王回家后愁眉不展，妻子关心地问："检查结果怎么样？"

小王说："医生说我的保险丝可能断了。"

（司马心）

坚　持

周末，老吴和儿子起了个大早，要去郊外钓鱼。可快到中午，老吴也没钓到一条鱼，儿子催促道："爸爸，快回家吧，我都饿了。""儿子，坚持一会儿，"老吴说，"估计再有个三五分钟，鱼儿们也该饿了！"

（吴　港）

车　祸

一批外国游客到美国西部度假，见到一个牧牛人躺在公路旁，耳朵贴着地面，一动也不动，游客好奇地问道："发生了什么事情？"

那牧牛人说："两匹马，一匹灰色，一匹红棕色，拉着一辆大车，车上面坐了两个男人，其中一个穿红色衬衣，另一个穿黑色衬衣，他们向东边去了。"

一个游客惊讶道："哇，好厉害！你是不是懂得伏地听声？"

牧牛人答道"什么呀，刚才是那两个人驾马车把我撞倒的！"

（吴国欢　供稿）

答非所问

中国产煤最多的地方是辽宁省抚顺，产铁最多的是辽宁省鞍山，所以抚顺被称为中国的"煤都"，鞍山称为"铁都"。

一次某校出了一道填空题：中国的煤都是（ ），中国的铁都是（ ）。要求学生们在括号内填上正确答案。

结果有张试卷答道：中国的煤都是（黑的），中国的铁都是（硬的）。

（李　好）

金钱当然可以买到欢乐，但是这一欢乐又为失去金钱的痛苦所抵消。（乔红　自荐）

想要什么

约翰和玛丽结婚已经 10 年了，这天，夫妻俩商量买什么礼物来庆贺一下。

约翰问："一件新貂皮大衣怎么样？"

玛丽说："不行！"

"那么，一辆奔驰赛车怎么样？"

"也不行！"

约翰建议道"那么，一幢乡下别墅呢？"玛丽再次拒绝了。

"那么，你到底想要什么样的礼物？"

"约翰，我想离婚。"玛丽回答。

约翰说"对不起，我不打算那么浪费。"

（李荷卿　译）

我是灯塔

在一个漆黑的夜晚，船长根据灯光判断出前方有一条船将会与他的船相撞。他发出了一个信号："把你的航向向东改变 10 度。"

那个灯光打回信号："改变你的航向，向西转 10 度。"

船长愤怒了，发回信号："我是一名海军上将！改变你的航向，先生！"

"我是一名水手，"对方的信号回答，"改变你的航向，先生。"

现在，船长更加愤怒了："我是一艘战舰，我不改变航向！"

信号最后一次回答："我是一座灯塔，你看着办吧。"

（李荷卿　辑）

彼此彼此

某公司的吕经理滔滔不绝地对来访的聂经理讲了一个多小时，最后有点不好意思地说"聂经理，真抱歉，我的姓有两个口，话多了点。"

聂经理不紧不慢地答道："吕经理，没有关系，我的姓聂有三个耳朵，再多话我也听得进！"

（张永章）

□ 钱 岩

你是我的女王

我退伍后到深圳打工，由于长得英俊魁梧又懂驾驶，很快被老板李子徐看中，做了他的司机兼保镖。

和别的有钱人一样，老板李子徐背着老婆也在外面养了个"二奶"。我知道自己的身份，反正是不该看的不看，不该问的不问，不该说的更是不说，配合着老板瞒老板娘。这一点让老板李子徐很称心。我有时想，这么做是有点对不起老板娘，但话又说回来，老板娘知道真相，就是闹个天翻地覆，对她不见得有好处。有些事能蒙在鼓里还是蒙在鼓里好。

这天早上，我去"二奶"那里接

老板。坐在车子上，老板仍意犹未尽，向我讲了他许多艳史，听得我的脸是火辣辣的烧。"大宝，"大宝是我的小名，李子徐笑道，"你现在是如狼似虎的岁数，干脆你也养个女人得了。"我红着脸，不好意思地说："老板，不要拿我穷开心了，我一个穷打工的，养活自己都难，哪还敢养女人？"老板反问道："怎么就不能养？有钱的是有钱的养法，没钱的是没钱的养法。"

我听了，没吱声。李子徐继续笑着对我说："事儿说起来就想起来了，还真有这么个现成的女人，适合你！

那就是我家的保姆小菊。你可别小瞧这小菊，虽然岁数可能比你大几岁，可人长得标致，又有文化，特有气质。人家是因为婚姻挫折才进城来当保姆的。做老婆或许你看不上，不过做情人玩玩还是可以的。跟你说心里话，要不是老婆看得紧，这窝边草早就让我吃了。"我听了不置可否，只是笑笑，心想，反正人家是老板，怎么开心怎么说是了。

我原来以为李子徐只是一时心血来潮，说说玩玩罢了，谁知竟来真的。这天，他让我打扮打扮，要带我上他家，帮我和保姆小菊"牵线"。这下我真不知所措了，可不管怎么说，我不敢得罪他，只好跟着上他家了。老板家富丽堂皇，把我眼都看直了。这是我自上班来第一次进老板家，也是我第一次见到老板娘。老板娘人很傲，虽然一身名牌，但还是遮不住骨子里的俗气。我见了，心中暗笑，怪不得老板在外面包"二奶"，这样的女人怎能拴住男人的心？倒是保姆小菊，真的给我留下了深刻的印象。她为人和善，对我热情而又有分寸。虽然衣着朴素，但一颦一笑、一举一动都是恰到好处，显得很有教养。小菊除了岁数大了一点点外，应该说是个很优秀的女人。我还真有点动心了。但我不敢轻举妄动，我清楚：这样的女人，肯定是不屑做我的情人的。

李子徐给我牵了线，可总不见我

有动静。他急了，问我是不是看不上小菊。我叹道："哪里啊，是人家看不上我，我就别自找没趣了。"老板笑了："你没试，怎么晓得是人家看不上你？高高大大的一个男人，胆子原来比芝麻粒还小，看来要我帮忙喽！"

过了两天，我接到一个电话，是小菊打来的，电话里小菊高兴地说，我给她买的胃药收到了。我一惊，什么治胃病药？我什么时候给她买了治胃病的药？但我很快就反应过来了：这肯定是老板下的套，老板这是在帮我呢！小菊问我，是怎么知道她患有胃病的。我顺竿子往上爬，就说是听老板无意说起的。我说，我们这些人在外打工，身体是革命的本钱，一定要善待自己把身体爱护好！小菊听了，很是感动——两盒药，就帮我把小菊的心一下拉近了，李子徐真是了不起！

只过了一天，小菊又给我打来电话了，说她同意和我晚上去"心心结"茶楼喝茶，只是喝茶就喝茶，不该给她买那么贵重的礼物。我又糊涂了，什么贵重的礼物呀？小菊嗔怪道："你还假装什么糊涂呢？钻戒呀！我真的好喜欢。"我笑了，这肯定又是李子徐的杰作。老板为了我，真的大出血了。

在"心心结"茶楼，我和小菊两人的手紧紧攥到了一起。不久，两人

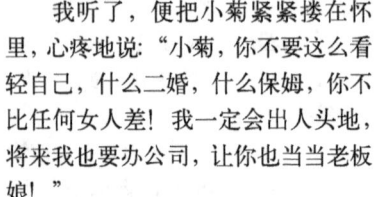

的唇又紧紧地贴到了一起。

再后来，我和小菊完成了水与火的交融。事后，小菊流着泪对我说："大宝，你是不是挺瞧不起我的？第一次和男人约会就上床……"

我捧着小菊的脸，深情地说："不，小菊，我哪敢瞧不起你？谢你都来不及呢！你让我体会了做男人的幸福。实际上我第一眼看到你就喜欢上你了，我发誓，我一定要娶你！"小菊苦笑道："大宝，谢谢你这么抬举我。我明白我是一个什么样的人。我结过婚，又是个保姆，我不指望你将来娶我。不过，我真的也喜欢你，能当你的情人我已经心满意足了。"

我听了，便把小菊紧紧搂在怀里，心疼地说："小菊，你不要这么看轻自己，什么二婚，什么保姆，你不比任何女人差！我一定会出人头地，将来我也要办公司，让你也当当老板娘！"

第二天，我见到李子徐，很不好意思，我说："老板，谢谢你！"老板看了我一眼，善意地提醒道，逢场作戏，点到为止，千万别玩出感情来。我说："不，小菊是个很优秀的女人，我会娶她的！""什么？你要娶她？"老板惊讶道。"是的，我会娶她的！"我坚定地说。李子徐听了，长叹一声倒在椅子上。我心里暗乐：老板这是在后悔呢，后悔身边这么美丽的一朵花，让我给采了。

从此，我的心里只装着小菊，恨不得天天和她在一起。后来，我倾己所有给小菊买了一根项链，真正用自己的钱给心爱的人买上礼物。小菊接过项链已是热泪盈眶："我，我不配，我不是你所爱的女人……"我动情了："小菊，我说过，你是我心中的女王，买项链有什么了不起！我以后还要为你买车、买房呢，车比老板的车还好，房比老板的房还大！你要相信我！""我相信你……"小菊扑在我的怀里，幸福地哭了……

这天，李子徐把我叫到身边，告诉我，他要移民澳大利亚了，手续统统都办好了，明天就走。老板说，他非常满意我的工作，但没办法，不得不辞退我。听了老板的话，我感到十分震惊。我明白，以后很难再碰着这么好的老板了。我像是突然想到什么，忙紧张地问"那小菊呢？""唉，"老板叹息道，"两天前，她做事心不在焉的，把我老婆的一套高档衣服烫坏了，老婆一气之下，把她辞了。""什么？你们把小菊辞了？为什么不早跟我说？"老板说"大宝，你不要激动。不是我不想跟你说，而是小菊不让我告诉你。"说着，他从口袋里掏出钻戒和项链，"这是小菊让我转给你的，小菊让你忘了她。她说她不是一个好女人，不值得你爱……"我见到钻戒、项链，再听老板这么一说，一个大男人，一下就泣不成声了。李子徐见了，心里也不是个滋味，于是就开导我，说天下好女人多的是，一个保姆，又是上了岁数的老女人，犯得着这么动情？"不，不许你这么说我的小菊！"我一抹泪水，瞪着眼睛对老板吼道，"我说过，她是我心中的女王！我爱她！她不就是躲起来了吗？可躲到天边，我发誓也会把她找到！"说完，发疯似的离开了李家。

李子徐一家走了。我很后悔，和小菊交往了这么多日子，最后还不知道她住哪里。我觉得小菊是不会回老家的，只要她还留在城里，我就能够找到她。一天不行一个月，一个月不行一年。没了工作也不去寻，而是一个厂一个厂地找，一条街一条街地找，找我的小菊。我坚信，小菊就躲在附近，我的诚心终究会打动她的。总有一天，小菊会跑过来和我相拥在街头，哭得个天昏地暗。这就是爱情！

一天，我正在一家菜场转悠，突然看到一个女人，身影很熟悉，好像是老板娘。我感到诧异，老板娘不是和老板移民澳大利亚了？难道老板带出去的是"二奶"，不是老板娘？顾不上许多了，我忙赶上前一看，果然是老板娘。虽然衣着不再华丽，臂上还挎了菜篮，但老板娘那张脸我是不会忘记的。"老板娘！"我一把抓住女人的手，亲切地喊道。那女人一抬头，见一个胡子拉碴、头发蓬乱的男人抓着她的手唤她老板娘，可吓坏了。我急切地说："老板娘，你真的不认得我了？我是大宝啊！给李老板开车的大宝啊！"那女人听了，仔细再看我的脸，顿时大惊失色："不……不，你认错人了！"说着便挣脱我的手想走。我哪能让她走了？"老板娘，你别误会，我不是想知道你和老板的事。我只是想请你告诉我，小菊在哪儿？我已经找了许多天了，找不到小菊我会死的。小菊在你家当保姆，你肯定知道她家在哪里，我求你了！"说完，我便当着众人的面，"扑通"跪了下来。

那女人长叹一声，说："大宝，你

起来。我对你说，有些事情不知真相痛苦，知道了真相反而更痛苦，还是蒙在鼓里好……"可我不听劝，跪在地上就是不起来。那女人泪水忍不住就掉下来了："好，那、那我就告诉你了。其实，我才是保姆小菊……""什么？你是小菊？"我惊得目瞪口呆。

我哪里知道，自己从一开始就掉进李子徐精心布置的圈套里。李子徐虽家财万贯，可有一大心病，就是结婚这么多年，老婆一直没有生养。老婆不能生养，责任不在老婆而在他身上。李子徐决定移民澳大利亚，在移民前他想要人帮他生个儿子，当然这人一定要蒙在鼓里。这样，年轻英俊、高大魁梧的我就让他李子徐看上了，做了他的司机兼保镖。也就是在他安排下，老板娘成了"保姆小菊"，保姆小菊倒成了"老板娘"。接下来，"保姆小菊"和我好上了……

晴天霹雳！我不敢相信这是真的，然而这一切就是真的！我大病了一场。后来，我决定离开这座伤心城市，在走之前，我来到海边，站得像块礁石……

（本篇月月评短信代码：0801）

（题图、插图：安玉民）

芝麻官故事

芝麻官故事旨在全方位地展示这一特定社会角色的思想境界和人格境界。他们或两袖清风，为民请命；或贪赃枉法，假公济私；或昏庸糊涂，装腔作势或廉洁奉公，兢兢业业。由于他们同老百姓的距离最为接近，因此他们的故事就更具现实意义。

打赌故事

古今中外73则打赌吹牛故事，按内容分为"逗趣、斗智、惹祸、戏丑"等四大类，多为表现人们的诙谐与机智，有的立意鲜明，寓有讽刺味，而较多的则是娱乐与逗笑。

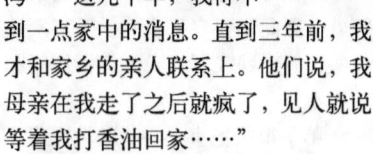

半瓶香油

故事发生在1993年。那时离春节只有一个月的时间了，从香港海关到大陆的人特别多，因此，工作人员也格外忙碌。

一位老人吸引住了他们的眼光。他衣着朴素，随身仅带一个简易的旅行包，然而，令人不解的是他的左手里提着一个瓶子，瓶子里有半瓶黄澄澄的液体。一位工作人员按捺不住好奇心，问道："这位先生，您的瓶子里装的是什么呀？"

老人淡淡地说："是香油。"

这时，所有在场的人都感到不可思议，这位老人千里迢迢地赶往大陆，竟带着半瓶香油。"您这是为什么呢？"另一位女士终于忍不住问道。

老人脸上浮出了凄楚的神色，缓缓地说："这是我母亲要我买的。四十四年前的一个中午，母亲正在做饭。饭马上就要做好了，却发现家中没有了香油。她拿出一些零钱来，让我到不远处的一家卖油铺去打半斤香油。临走时，她还说：'孩子，你跑快一点，娘马上就把饭做好了，别耽误吃饭。'"

这时，泪从老人的眼角流出来，顿了顿，老人接着说："我刚走出家门，就碰到了一群穿军装的人，他们用枪逼着我，让我帮他们拉大炮。后来，为了活命，我就跟随着他们一起打仗。再

后来，我随着军队到了台湾……这几十年，我得不到一点家中的消息。直到三年前，我才和家乡的亲人联系上。他们说，我母亲在我走之后就疯了，见人就说等着我打香油回家……"

老人的故事讲完了。所有的人都安静地听着，不少人眼中泛起了闪闪的泪光……

（推荐者：付秀玲）

公正的测量

弟子问法学老教授："先生，怎样才能做一个公正的法官？"

"我很忙，"老教授说，"你先去替我办一件事。我要做一套衣服，你去

布店给买块布料。你记住，那老板为人很刁，最爱缺尺短寸，因此你要自己量布，千万别让他碰，等你回来了，我才告诉你问题的答案。"

弟子很快把事办妥，老教授用尺一量布料，发现多了三寸，就问："你多买了三寸吗？"

"没有多买！"弟子说，"我怕你吃亏，量的时候我把布扯得很松。"

老教授严肃地说："这就是答案，如果被告是你的熟人，你就不是个好法官。"

法律是一把尺子，问题是看你怎么使用它。

（推荐者：许志兴）

鱼 饵

汤姆的父亲是一个老渔夫，捕鱼技术十分出众。

一次，汤姆的父亲带汤姆出海打鱼，但经验丰富的老渔夫这次没有预料到，就在捕鱼时，突然来了场巨大的风浪，渔网和船的动力系统都给弄坏了。没办法，他们只好用船上的材料做了一张帆，开始了漂流。

但没过几天，船上的食物全都吃光了。汤姆决定用鱼钩钓鱼，可船上没有什么东西可以做鱼饵。父亲在一旁抽着烟想办法……

第二天，汤姆起床后，惊讶地发现饭桌上竟然有一条刚烧好的鱼。

父亲在一旁抽着烟说："吃吧，孩子，我刚钓上来的。"汤姆听了非常疑惑，问："没有鱼饵你怎么钓鱼呢？"父亲得意地说："我是老渔夫了，弄条鱼还有什么稀奇？等以后我慢慢教你。"汤姆也没再问下去。

就这样他们在海中漂流了许久，终于发现了陆地，汤姆高兴得跳了起来。就在这时，父亲突然摔倒了。汤姆见状，马上奔过去扶住父亲，只见父亲的腿血迹斑斑，而且已经腐烂。

这时，汤姆突然想起了钓鱼的鱼饵，难道父亲……

渔夫挣扎着坐起来对汤姆说："钓一条鱼，只要一个鱼钩、一个鱼饵便足够了，但在人生的航船中，你一定要懂得，只有牺牲少的东西，才能获得更多的。"

（推荐者：吕澎超）

（本栏题图：箭　中）

推销员的智慧

□ 张晓舟　编译

齐格是一位烹调设备的推销员，他推销的现代烹调设备，每套价格395美元。

一次，有个城镇正在举行大型的集会，齐格知道消息后马上赶了过去，在集会场所示范着这套烹调器，并强调它能节省燃料费用，他还把烹好的食品散发给人们，免费请大家品尝。

这时，有位看客一边吃着食品，一边咂咂嘴说："味道不错，不过，我对你说，你这设备再好，我也不会买的。400美元买一套锅，真是天晓得！"此话一出，周围顿时响起一片哄笑声。

齐格抬眼看看说话人，这人他认识，是当地一位著名的守财奴。他想了想，就从身上掏出一张1美元，把它撕碎扔掉，问守财奴："你心疼不心疼？"

守财奴吃了一惊，但马上就镇定自若地说："我不心疼，你撕的是你的钱，如果你愿意，你尽管撕吧！"

齐格笑了笑，说："我撕的不是我的钱，而是你的钱。"

守财奴一听，惊讶不已："这怎么是我的钱？"

齐格说："你结婚20多年了，对吧？""是的，不多不少23年。"守财奴答道。

齐格说："不说23年，就算20年吧。一年365天，按360天计，使用这个现代烹调设备烧煮食物，每天可节省1美元，360天就能节省360美元。这就是说，在过去的20年内，你没有使用烹调器，就浪费了7200美元，不就等于白白撕掉7200美元吗？"

接着，齐格盯着守财奴的眼睛，一字一顿地说："难道今后20年，你还要继续再撕掉7200美元吗？"

（本篇月月评短信代码：0802）

（题图：箭　中）

哲理故事

生活中处处有哲学，57则作品无不通过曲折生动的故事情节与矛盾冲突，揭示丰富和深刻的哲理内涵，让你从中看到智慧的闪光与思想的火花，并由感情的激荡而升华为哲理的思索，从中悟出事物深层的蕴含与人生命运的真谛。

打官司故事

"打官司"这个词具有强烈的民间语言色彩，官司一打起来，各种矛盾冲突就无可回避，无法隐藏。本书共收集涉及法制的故事30则，分6大类，它们是：精彩个案，愚昧法官，弄权枉法，道德法庭，回头是岸，法永道恒。

校园故事

一生最好是少年，一年最好是青春。

这是一本充满活力的书，学生的时代，校园的生活，如花盛开般奔放，如火焰般热烈，全书34则故事，也许能唤起您少年时代最美好的回忆。

愿这本书能成为学生和老师的朋友！

打工故事

随着改革的不断深化，打工的观念将会成为社会普遍认同的一个观念。本书收编的24则故事，就是生活中打工仔、打工妹们打工生活的真实写照与缩影，它们是同类故事中的精品，相信能引起您的阅读兴趣。我们祝愿打工者们：明天会更好！

□ 曲凡杰

谁绑架了马老板

大象建筑公司的马老板被人绑架了。晚上十点，马太太接到绑匪电话，脸"唰"地就白了，她带着哭腔哀求说："只要你们别伤害马老板，提什么条件我都答应，并且决不报警！"

没有想到对方的条件并不高："马上把靠山屯民工队的工钱付清，否则就撕票！"

马太太暗自松了一口气，连说："照办、照办！"靠山屯民工队是从河南来的，一共三十个人，在丈夫的工地上干了快一年了，每人应得工钱三千多元，加起来不到十万元。这点钱对于马家来说，并不多。

救人如救火，马太太马上拿出十万元钱，打个出租车直奔民工队住的大工棚。民工们还没有休息，看见她来了，一个个满脸怒气。马太太心里发毛，急忙赔上讨好的笑脸，从包里拿出钱，对坐在门口的刘铁杉说："大兄弟，这是十万元钱，你数数，马上发给大伙。前几天马老板只顾在外边收账，忙得顾不上看望兄弟们了。"

刘铁杉是民工队的头儿。他有二十五六岁的年龄，也是灰头土脸的模样。只是身上那件旧军装，才使他显出一些与众不同。他面无表情地接过钱，就按人头往下分。每人三千三百元，这账都算过好多遍了。分到最后，

还剩下一千元，刘铁杉又把它还给了马太太。

马太太忙说："给兄弟们买包烟抽吧！"

刘铁杉把钱扔在马太太怀里，冷冷地说："是我们的钱，一分都不能少；不是我们的钱，多一分也不要！"

马太太把那一千元放进包里，赔着小心说："刘队长，工钱我一分不少地付了，也没有报警，你们快把马老板放了吧！"

刘铁杉一怔："你说什么？放了马老板？马老板为了躲我们，一连几天不打照面，我们根本没有见他的人影！"

马太太拉下了脸："你们绑架了马老板，恐吓电话打到我家里，说好付了工钱就放人，怎么翻脸不认账了？"

刘铁杉皱紧了眉头，感到了问题的严重性。他当过兵，知法守法。一听说马老板被绑架了，他当即建议："马太太，不管是谁绑架了马老板，你必须马上报警！"

马太太莫名其妙地盯了刘铁杉一眼，犹豫片刻，最后还是拿出手机拨通了"110"。警察很快来了。为首的大个子曾经是刘铁杉的战友，为了向马老板追讨工钱，刘铁杉还找过他。不过现在出了案子，大个子就公事公办了。他听了马太太的陈述，命令手下的警察看住工棚里的民工，自己则把马太太和刘铁杉带回了警察局。

马太太一口咬定，是靠山屯的民工队绑架了马老板。不然，谁肯冒着风险为他们讨要工钱？大个子自然认为马太太的话有道理，就转向刘铁杉："说说你那里的情况吧。"

其实，民工队的情况，刘铁杉早几天就已经向大个子介绍过了。刘铁杉在部队当过几年兵，去年年底复员回乡。靠山屯山穷水恶不养人，一部分乡亲连温饱问题都还没有解决。刘铁杉挺着急，但脱了军装他也是个农民，无力解决靠山屯的困境。好在他见过世面，于是，刚刚过罢春节，他就组织了三十个青壮劳力进城打工挣钱，在马老板的建筑工地干活。民工队在工地上干最脏最累最危险的活，这是不消说的，大家都想挣钱，苦啊累啊都无所谓。春夏秋冬转眼过去，一座高楼拔地而起。工程竣工了，也就到了腊月，民工队该回家过年了。谁知道马老板却用一张白条打发他们："你们明年还来干吧，明年来了领今年的工钱！"这是人话吗？分明是要无赖！

民工队是刘铁杉带出来的，追讨工钱他自然是责无旁贷。他找过老战友，也找过老领导，结果，他们也爱莫能助，马老板深藏不露，刘铁杉跑肿了脚脖子，却是一无所获。

今天下午，民工队聚在工棚里商量对策。俗话说狗急跳墙，人被逼急了呢，就会铤而走险。几十个人都是眼珠子血红，咬牙切齿地骂城里的老板无情无意。有人说跳立交桥吧，给这座城市制造点麻烦；有人说既然这个年过不成了，干脆咱们讨饭去北京找中央电视台的焦点访谈。大家议论纷纷，莫衷一是。最后，刘大狗站了起来，胸膛急剧地起伏着。刘大狗与弟弟刘二狗都在这个民工队打工，前两天家里捎来信儿，说他们的母亲病危。刘二狗先回去了，刘大狗在这里等着拿工钱。现在眼见讨要工钱无望，等于要了他母亲的命。刘大狗两眼充血，一拳砸断了两块砖："大家都别动，我去弄点炸药绑在身上，然后

去马老板家里要工钱。他给呢，咱二话不说；他不给呢，我就与他全家同归于尽！"也有人说，送命的事情咱不干，最好是把马老板绑架了，不怕他不给工钱！

大个子听到这里摆摆手，打断了刘铁杉的话："策划绑架的是哪几个人？"

刘铁杉一见大个子当了真，忙说："他们也许有铤而走险的动机，却没有作案的时间。我当即制止了那些过激的言论，并且守着工棚的门口不准一个人离开！"

马太太说："没有离开工棚不等于不能作案，只要有了动机，难道不能买凶杀人、买凶绑架吗？"

大个子问："你的人出不去，外边有人进来吗？"

刘铁杉红了一下脸："刘大狗的妹妹刘兰香来过。不过，她连工棚都没有进。"

大个子眼睛一亮"刘兰香，刘兰香是干什么的？"

刘铁杉叹口气，极不情愿地说起了刘兰香。刘兰香是靠山屯里第一个高中生，可惜高考时仅以一分之差落了榜。家里穷，无力供她复读再考，她就跟着县城里的几个同学去南方打工了。也不知道干的什么工作，反正每月都往家里寄钱。渐渐地外村就有了风言风语，说刘兰香在外边当的是三陪小姐，操的是皮肉生意。靠山屯全

村都姓刘，因此一村人都感到奇耻大辱，刘大狗一家更是抬不起头。有心教育教育她吧，可她居无定所，只给家里留了一个传呼号码。当她又一次给家里寄钱时，刘大狗的爹当场撕了汇款单，并通过传呼号码找到了刘兰香，严厉地告诫她：从今往后，一不准再给家里寄钱，二不准再登家门一步！也就是说，老刘家再不认这个闺女了！

有道是家丑不可外扬，如果不是大个子办案需要，包括刘铁杉在内的刘姓人，是羞于提起刘兰香三个字的。想不到的是，刘兰香也在这个城市，并且在今天下午天快黑时摸到了这里，站在工棚外边怯怯地喊"哥"。

毕竟是亲兄妹，刘大狗只听了一

声就听出是刘兰香的声音。他怕刘兰香进了工棚丢人现眼，连鞋也没有穿就跑了出去。刘铁杉怕出意外，也悄悄地跟了出去，远远地盯着他们兄妹两人。

只见刘兰香拿出一叠钱，怯生生地说："哥，把钱捎给咱娘，我忙。春节就不回去了。"

刘大狗没有接钱，狠狠地"呸"了一声："不干不净的钱，俺娘她不会要！你快滚开！"

刘大狗离开工棚不到三分钟，而且回到工棚再也没有出去，他是不可能绑架马老板的。他们兄妹两人见面没有说上三句话，而且说话的内容与买凶作案毫无关系。刘铁杉说："可见马老板被人绑架，与我们民工队不沾边。"

大个子说："你小子推得倒一干二净！可到目前为止，民工队是马老板绑架案的唯一线索！"

眼见快12点了，民工队这边问不出个子丑寅卯，马老板那边没有一点消息，马太太急得跳脚，冲着大个子直嚷嚷："你们这群吃干饭的，快找马老板啊！"

大个子白了她一眼："现在只有等绑匪的电话了。有了电话，我们才能通过技术手段弄清绑匪的位置，查找马老板的下落。"

一直等到第二天的上午八点，马太太的手机才有了动静。不过不是绑

 生活是公正的，因为任何努力均能得到回报；生活又是严酷的，因为大部分回报均不成比例。(王义钧 自荐)

匪的电话，而是马老板的呼叫。马老板埋怨马太太："小保姆说你一夜未归，你去了哪里？"

这么说，马老板已经到家了？马太太长出了一口气："绑匪没有伤害你吧？"电话的那一端，马老板莫名其妙地说："什么绑匪？我不过是与几个朋友打了一夜麻将，大家约定不准开机嘛！"

闹了半天是一场虚惊！马太太气急败坏地说："可是我已经把十万元工钱付给了民工队！而且我在公安局呆了一夜，等你的消息！"

马老板说："什么乱七八糟的，你这个蠢女人哪！回来吧，回来再说。"

然而大个子却不愿就此罢休，他带着刘铁杉一同去了马老板家。马老板听了昨天晚上发生的事情，坚决否认自己曾被绑架，而且表示，不管是谁对马太太谎报"军情"，他都不愿劳驾警察深查细究。

大个子察觉马老板心里藏着什么"猫腻"，严肃地说："希望你配合我们，把你昨天晚上的情况说清楚。如果确实在打麻将，那么在什么地方打，与谁打？"说着，拿出了记事本。

马老板悄悄瞄了一眼马太太，小声对大个子说："我们去外边谈谈好吗？"

大个子把马老板带到了外边的警车上。马老板一脸的无奈，但面对警察，也只能实话实说。在本市，像马老板这样的百万富翁，没有不包二奶、养小蜜的。但马老板是个例外，一来马太太管得太严，二来他嫌养女人太受拖累。当然了，这并不是说马老板就不寻欢作乐。这一阵子，马老板看上了一个不错的小姐，二人谈好包租一个星期。昨天晚上马老板去了她那个临时的"家"，两个人喝了一会儿酒，泡了一会儿澡，然后就上床翻云覆雨。如此良宵，自然是要"请勿打扰"的，因此那手机早就关上了。也许是玩得太累，一觉就睡到了今天上午八点……

难道是那个小姐打的电话？大个子就让马老板带路找人。到了那里，已是人去屋空，房东说那小姐昨天晚上就办了退房手续，今天上午马老板刚走，那小姐就离开了。

大个子摇摇头："既然马老板没有被绑架，还民工队的欠款又是应该的，这事情就到此为止吧。"

然而，刘铁杉却从马老板的描述中，认定那个小姐就是刘兰香！他摸摸兜里的三千多元工钱，只觉得心里很不是滋味。那么多部门都推诿不管的事，几个老战友都管不了的事，最终却让一个三陪小姐给解决了。

对于那个给靠山屯的刘姓人带来奇耻大辱的"小姐"，今后该怎样看待她哩……

（本篇月月评短信代码：0803）

（题图、插图：王申生）

□ 李华 编译

谋杀植物

人们业余时爱好养花弄草，但有个人对植物却特别的恨，他家里养着一盆植物，却恨不得马上把它掐在手里，撕成一片片，然后放到下水道里冲走。这个人叫哈里。

哈里为什么这样恨植物？

原来，最近哈里的老婆玛丽不知从哪里搬回来一盆植物，从此，就像走火入魔一样，不是给它浇水、松土，就是施肥、喷药，上下忙个不停，就像照顾一个情人似的无微不至。玛丽还给它起了个好听的名字——"黛西"。

哈里越来越感到胸闷，难以忍受，加上他失业后正在四处找工作，

而"黛西"似乎成了第三者，不仅抢走了一个妻子对丈夫的温柔，也粉碎了一个丈夫对妻子的体贴。每次当他偷偷站到那盆植物面前时，他的心态都会不平衡。

在家里得不到温暖，哈里就开始泡酒吧。没多久，他在那里认识了一个叫丽娜的风流女人，丽娜告诉哈里，她的丈夫刚刚跟一个女人私奔到国外去了。

混熟了以后，丽娜便邀请哈里到她公寓里做客。这天，两人在丽娜的公寓里喝了点酒，谈着谈着两个人就各自倾诉婚姻的不幸，不到一个小时，双方似乎发现只有对方才能弥补

法律之所以需要不断修订，是因为人类总能发明新的罪行。（陆华云 自荐）

自己心灵的创伤。

哈里忍不住就把那盆植物的故事告诉了丽娜，丽娜听在耳里，忽然冒出了一个念头，提出来要去看看这植物。哈里虽然有点不乐意，但还是答应了下来。正好玛丽今天有事外出，哈里于是就把丽娜带回了家并让她参观了那盆植物。哈里在那盆植物面前恶言恶语，说了许多下流话，为了报复，哈里还当着"黛西"的面，与丽娜接了好几个响吻⋯⋯

第二天一大早，哈里还没准备起床，玛丽已经悄悄坐了起来，一边梳头发一边自言自语道："我准备改变遗嘱！"

这话一开始并没有引起哈里的警觉，但他很快就回味过来，怔怔地沉默片刻之后，突然发问道："改变你的遗嘱？怎么改法？"哈里知道，玛丽手中有20万美元的遗产。

玛丽狞笑道："噢，你还是会得到这笔钱的，不必担心。但是如果我突然死去的话，我不想看到无人照顾黛西。"

"死去？"哈里听了忍不住笑起来，"你怎么突然想到死？"

"我有这种预感⋯⋯噢，你千万别介意，我会把钱都留给你的——但要附加一个条件。"

哈里听后，背上有些阵阵发凉。

"你必须一个人住在这栋房子里，为我照看黛西，黛西在我死后至少要

活一年以上。如果做不到这点，那么这笔钱将被捐给慈善机构。"

哈里开始颤抖起来，胸中交织着愤怒和沮丧："你⋯⋯你不能那样做，我对照顾植物一无所知——"

"那你就好好学，不行吗？"她打断了哈里的话，眼睛眯缝着，"我也不希望你的女友住在这个房间里。"

哈里像挨了一记闷拳，猛地一缩："什⋯⋯什么？"

玛丽傻笑道："你以为我不知道她吗？嘿，我什么都知道。"

20万美元和丽娜的形象同时在哈里眼前晃动，突然间他的眼前漆黑一片。

"不！"他猛地跳将起来，扑了过去，双手紧紧地扼在玛丽的脖子上，掐着，掐着，就跟自己以前在幻想中无数次演练过的那样。

玛丽双手在空中无力地垂了下来，她的眼睛瞪得圆圆的，喉管里发出最后一口喘息声。好一阵，房间里静悄悄的，只听见哈里自言自语道："我杀死了她。我真的杀死了她。我得告诉丽娜去，不，等会儿——"

哈里慌慌张张地在一个个房间里走进走出，推翻椅子，拉出抽屉。然后从厨房里的小饼罐里拿出12美元。回到居室后，他又砸碎了窗子上的一块玻璃，拉开插销。

他想，他必须有不在犯罪现场的

证据。想到此，他抬起玛丽的手腕，把她的手表拨快了一个半钟头，然后狠狠地向地板上摔去，砸碎了水晶表壳，让时间停滞在那里。

真是天衣无缝！

哈里这时才松下一口气，对自己的伪装安排感到有些飘飘然。他在门口顿了顿，转过头来重新审视着屋里，看看是否还有什么遗漏之处。他的眼睛扫来扫去，最后停顿在那株开着黄花的植物上。

"我要杀死你！"他一阵狂笑，迫不及待地穿过房间，手起盆落，"啪"，那株植物翻滚下来，重重地砸在地上。

他匆匆赶到路边的电话亭，打电话给警察局，说他是哈里的邻居，经过那株房子时听到里面传出打斗声和女人的尖叫声，请他们去那里看看出了什么事，然后他挂断电话。

做完这一切后，他来到一家职业介绍所打听求职情况，一位女士把他领到负责人面前。出乎意料的是，今天那位负责人居然给他提供了三个职业供他选择。他挑了其中一个，然后兴冲冲回到家中。

门是开着的，还未进门，哈里就大声嚷嚷着："玛丽，好消息，我找到工作啦！"可等他一抬头，他发现警察已经在那里了，正在等他。

"玛丽，死了？"哈里听到这个消息时，目瞪口呆的，一下子跌坐在一把椅子上，"这不可能，早上我和她告别时，她还好好的呀，警察先生，请问到底是怎么回事？"

"我们认为也许你能提供此事的具体细节，哈里先生。"

"当然可以。"

警察给他打开起居室的门。

玛丽张开四肢躺在地板上，跟活着时一样的丑陋，但这使他更惬意一些。在她身边是被他摔碎的那株植物的残骸，花盆摔得七零八碎，泥土都溅到壁炉边的地毯上。在散开的泥土中，有一个发光的黑色小玩意。它黑油油的，一根细小的天线从里面的一个小孔里伸出来。

哈里好奇地问道："这是什么？"

警察镇定自若地说："你妻子在花盆里安了个'窃听器'，哈里先生。"

"什么！"

警察掩饰不住笑容，说："很明显，她对你起了疑心，于是就用'窃听器'录下你所有的话。如果那个花盆没有摔到地板上的话，我们大家也许永远被蒙在鼓里。"

"不！"哈里哭喊着。

"你听说过吗？中国有句古老的谚语，"警察脸上带着幽默的笑容，"叫'搬起石头，往往砸了自己的脚'。"

（本篇月月评短信代码：0804）

（题图：箭　中）

钢丝不好走

□ 申之珉

市郊区政府大院有"三不大、三不少"，即：门面不大牌子不少——十几个，部门不大领导不少——十几位，地方不大小车不少——十几辆。这十几辆小车全归办公室副主任老王统一调拨。

有人说老王："别看老王官不大，谁用车都得说好话！"可老王却认为自己是在走钢丝，一不小心，就会一头栽下来！

最近，区领导狠抓了一下劳动纪律，书记在大会上宣布：各部门头头都得准时上班，如发现有迟到早退者，一律扣发岗位津贴并当众作出深刻检查！

书记军令一出，老王自然要安排每日接送领导上下班的小车，分着分着老问题又出来了，区长书记一人一辆"皇冠"自不必说，剩下的一辆"红旗"、十二辆"桑塔纳"以及十四位领导如何分配的问题让老王费尽了心思：李副区长年富力强，大有接替区一把手的势头，按说他坐"红旗"比较合适，可人大主任毕竟是正县级，又才从书记位子上退下不久，一下降到坐"桑塔纳"的份上似乎有些于心不忍，何况前些日子他还绵里藏针地提醒过自己一句："小王，你可是我亲自调来的，不会因为我老了，不中用了而不理我了吧？"说得自己酸溜溜的……老王掂量来掂量去，一时还是拿不定主意。

老王将剩下的这十四位领导和十三辆小车颠来倒去地勾画了一阵，想从中找出两家关系好，住得近，还能一起坐车来上班的领导。他在名单上比划了半天，当点到区政协主席名字的时候，眼睛不觉一亮。

政协主席是位才从外地调来不久的老干部，好像跟谁的关系都不错。他和人大主任同住在一个单元楼里，有时两人还在一起晨练，似乎关系更近一些，如果让他俩同坐那辆红旗车，又排场又不失面子，李副区长也不会有意见，岂不三全其美！老王将这用车分配表交给区两位头头审阅，当看到他们脸上都露出赞许的神色时，老王心中乐开了花，真有一种杂技演员演出成功后谢幕的感觉……

事情并不像预料的那样乐观，当老王电话通知人大主任时，对方沉默了一阵后，冷冷地甩下一句："不必费心了，我老了，挤公共汽车上班就可以了。"说完就撂下了电话。

看来这位老领导是因为不能单独坐小车而生气了。老王急忙亲自跑到区人大主任办公室，赔礼的话说了一大筐，并许愿让他每日乘坐头趟红旗车上下班，这才算将他稳住了。然后又跑到了区政协，政协主席听说让他坐第二趟，虽说有些恼火，可一想自己目前的地位，也就忍气应了下来。

由于经过老王这么一番精心安排，各部门头头都能准时上下班，所以区政府大院的组织纪律性也就增强了不少。党政两位头头抽查过几遍后，感到十分满意，不时地还夸上老王几句，闹得老王心里暖洋洋的。

这天下午，书记接到市委通知："明日八点整市政协主席陪同省政协检查组来郊区指导检查工作，望准时做好接待。"书记此时恰巧正有个应酬，接完电话转身就忘了，直到半夜酒醒才想起此事，心想明日上班再安排也不迟，于是一翻身又睡着了。

第二天一早，书记就给区政协主席家打电话，可拨了半天没人接，心想他肯定是提前接到了信，赶往单位准备去了，于是也就放下了心。

八点整，省政协检查组果然准时来到了郊区大院，区委书记忽然发现在接待人群中独独没了区政协主席，便急忙派人去叫，派去的人回来报告说："政协主席还没来上班！"

书记这下可没了辙，自己对政协工作又从未过问过，于是回答起来十分尴尬，直到快九点，区政协主席才满头大汗地跑进了会议室，一进门便解释说："对不起，直到现在也没见车来接，我那儿又没公共汽车，只好自己跑来了……"

省政协领导面带愠色地站了起来，摇摇头说："没想到哇，没想到，在你们基层，我们政协老同志竟混到连用车都得不到保证的地步，真令我们这些打天下的老头子寒心呀！"说罢，起身就走了。

区委书记怔怔地站在那里，半天没有缓过神来，突然，他冲进办公室，朝着老王劈头盖脸训道："我说你是干什么吃的！早也派车去接，晚也派

"掌上灵通杯"《故事会》优秀作品月月评

《故事会》与上海掌上灵通咨询有限公司联合举办"掌上灵通杯"《故事会》优秀作品月月评活动，全年共设价值48万元的奖金和奖品。参加方式如下：

1. 请选出本期你最喜欢的一篇作品，将其篇尾的月月评短信代码（如0801，没有短信代码的作品不参加评选）发送到200056（中国移动）或900056（中国联通）。每次限选一篇，可多次投票。

篇名与短信代码

代码	篇名	代码	篇名	代码	篇名
0801	你是我的女王	0810	绝活	0819	节约新概念
0802	推销员的智慧	0811	老夫子的艳遇	0820	没事别聊天
0803	谁绑架了马老板	0812	杀人画	0821	选择惩罚
0804	谋杀植物	0813	找上帝评理去	0822	逃跑的兔子
0805	钢丝不好走	0814	稻草人	0823	亲笔的尴尬
0806	爱岗也下岗	0815	城里没有秤	0824	扔破烂
0807	站起来不难	0816	彩票人生	0825	漂亮发夹
0808	不是故意伤害你	0817	出手不凡		
0809	最后一份千年汤	0818	还是酒糟饼		

2. 凡选中故事在得票数前三名的读者均可参加抽奖。本期共设：一等奖3名，奖金各500元；二等奖10名，奖金各300元；三等奖20名，奖金各100元；阅读奖500名，各获价值15元的纪念品一份。所有参与读者将另获赠精彩梦网信息服务。

3. 本期活动截止期为：2004年4月20日。得奖读者在评选结果揭晓后将得到短信通知。本活动接收短信：0.10元／条。客户服务电话：021-53854588。

车去接，偏偏今天不派车去接！故意让这老头子当众迟到，这不成心出我的洋相吗！你明知今天这些人是有来头的，你说，你小子来这一手，是安的什么心？是谁指使你这样做的？"

老王被书记骂得一头雾水，于是便来个大鱼吃小鱼，冲着开"红旗"车的司机发起了火。司机委屈地辩解道："我提前半小时就去了，可人大主任今天锻炼身体回来晚了，到九点还不上车，我有啥办法？"

老王生气了："真是个榆木脑袋，非得那么死性儿？你就不能先接政协的，后接人大的？"

司机更委屈了："我敢吗？您再三明确规定：先接人大主任，后接政协主席，如果弄错了就拿我是问……"司机说到这儿，忍不住发起了牢骚："我说这些当官的也真是的！就拿人大、政协这两位老领导来说吧，他们两家就住在咱隔墙，抄近道来上班，也不过是三五分钟的事儿，可就宁愿早上锻炼跑十几里，上班也得坐车坐这十几米！"

没几天，老王被撤职了，他知道：这次他是从钢丝上彻底掉下来了！

（本篇月月评短信代码：0805）

（题图：张 恢）

□ 谢元清

爱岗
也下岗

郭大胜大学毕业后，经过一个多月的奔波，终于找到了一份工作——当上平山县城管。城管是城市建设管理监察大队的简称，虽然是自收自支单位，算不上"铁饭碗"，但街上摆摊设点、违章搭盖都属他管，大盖帽一戴，在当地还是挺吃香的。

这天，早上9点刚过，郭大胜和几名城管"全副武装"，坐上一辆"边三轮"，由他的顶头上司陆队长驾着，风驰电掣般朝河边新街驶去。他这是去干什么？原来上班签到那会儿，河边新街居委会几个老太太来反映说，她们那儿小商贩乱摆摊，占道经营，严重影响行人走路，要求管一管。于是，陆队长把袖子一挽，带着一帮人马上路整治去了。

一袋烟工夫，一帮人来到新街，抬眼望去，果然眼前出现一片嘈杂混乱的景象：一条宽敞的大街几乎被各种摊摊点点全部占领，人流、车流相互交织，汽车喇叭声、做生意的吆喝声混在一块，就像演奏着一曲摇滚乐，真是非整治不可了。

陆队长把车停稳，一声令下："上！"手下几个就像猫发现老鼠似的，盯住一个个目标向前奔去。可是郭大胜是第一次上岗，面对这个完全陌生的工作，一脸茫然，不知所措。呆立了好半天，才硬着头皮问道："陆队长，我……我该做什么呢？"

"你？跟着我吧！"陆队长把手一挥，冲上前，"唰、唰、唰"一连收了好几杆秤，尔后冲着一位卖苹果的

不要在信封上贴过多的邮票，以防信函超重。（宋国荣 自荐）

老太婆嚷道："好哇，竟敢在这里乱摆摊！"老太婆忙把摊子往里挪了挪，苦着脸说："这儿不能摆，那儿不能摆，你让我往哪儿摆啊？"

"这个，我不管！"陆队长说着"沙"撕下一张票据，往老太婆苹果摊头一扔，说："乱摆摊，罚款20元！"

"对，按规定罚款20元！"郭大胜帮不上别的忙，只好像鹦鹉学舌似的喊。

"你们也太狠心了吧！"老太婆提起一只装钱的篮子，掏了掏里头几张零碎的钞票，说："我一个早上还没卖20元呢，不信你们看吧！"

哪知，陆队长就像没听见老太婆说话似的，把脸一板，大声说："你不想交钱是不是？不交把苹果没收了！"说着给郭大胜使了一个眼色，"小郭，把它扛走！"

郭大胜心想，这恐怕是吓唬老百姓的吧！忙将一捋袖子，装出要扛苹果的样子。老太婆一见，可慌了，一双粗糙的手捂着苹果筐，央求道："我真的没钱，这儿只有十几块碎票，是留着找钱的，你们能不能少罚点？要不等我卖几斤苹果再交吧！"

看见老太婆可怜巴巴的样子，郭大胜顿时产生了怜悯之心，转而帮老太婆求情道："陆队长，我看这样也行，等一下我们回过头来再找她，反正我们有的是时间。"

一听这话，陆队长脸都气青了，他狠狠地瞪了郭大胜一眼，随即指着老太婆的脑门说："你少给我耍滑头，今天可是执法，不是跟你讨价还价做买卖。20元，一分不能少，快点拿来！你别敬酒不吃吃罚酒！"

老太婆没辙了，急得满脸涨红，气咻咻地说："这不行，那不行，我不摆总行了吧！"说着就去收拾摊子。

陆队长碰上这个不软不硬的钉子，一下火了："不摆？你就永远不要摆！"说着朝苹果筐猛地踢了一脚。

只听"哗……"的一声，筐子倾倒，苹果满地打滚。

郭大胜一惊，吓得脸色陡变，赶忙扶起苹果筐，一边拾苹果，一边给老太婆赔不是："大娘，对不起，对不起，这不是故意，不是故意的！"

陆队长一见，更是气坏了，他狠狠地踹了郭大胜一脚："你小子，今天叫你来干什么的？"吓得郭大胜手中的苹果又想放进筐内，又想放回原地，不知如何是好。

说实在的，陆队长原本也不是要踢翻苹果筐，可现在已到了这个地步，就此罢休显得软弱，不利于今后的工作，干脆一不做，二不休，朝那苹果筐再补上一脚，"嘭"的一声，飞得老远，提高嗓门，对周围的摆摊户说："大家都看见了，谁妨碍执法，就拿谁开刀，决不手软！"那几个被收了秤的，果然吓得面面相觑，都老老

实实接受了处理。

领导过硬，手下几个也不含糊，他们铆准一个个摊点，罚款的罚款，收占道费的收占道费；驱的驱，赶的赶，不一会儿，摊摊点点被赶到两旁，街道变得宽敞有序了……

回到办公室，陆队长火气未消，把郭大胜叫来开涮道："你今天吃错药了？怎么胳膊往外拐，不配合我倒好，还要帮倒忙！"

郭大胜并不觉得有错，挺不服气地争辩道："社会上都说咱们城管野蛮，为什么我们不能多一些同情心，改变一下自己的形象呢……"

"同情？你同情他们，谁来同情

我们？街道没管好，县领导批评我们时同情我们吗？"陆队长气得打断郭大胜的话，把大盖帽摘下往桌子上一摔，吼了起来，"你要同情，我劝你到慈善机构去，别干这一行！"接着指一指墙上的一排大字，说，"要干我们这一行，就那几个字：不爱岗就下岗，不敬业就失业！"

一听这话，郭大胜喉咙哽咽，眼泪都快弹出来了，他知道再不认错，这份来之不易的工作可就要泡汤了，连忙低下头来，说："陆队长，是我工作没经验，以后听你的，多向你学习，今天的事我保证是第一次，也是最后一次。"

陆队长也不吭气，自顾自点燃一支香烟，吸了好几口，才缓下气来说："小郭呀，你是大学生，论文化我不如你，干我们这一行有一句名言，也许你还没听过，我希望你记住：没有野蛮的行动，有时就达不到文明的结果。掀摊子，是我们的家常便饭，你可不能心太软！一定要敢抓敢管，敢于唱黑脸，敢于得罪人。今天的事也就不必太认真了，以后把工作干好就行！"

郭大胜似懂非懂地点点头，可回到自己办公室仔细一想，心里又产生了一个个疙瘩。只是事关饭碗问题，不敢再较真儿下去。从此，他上街只跟着陆队长吆喝：陆队长说东，他不敢说西；陆队长说黑，他不敢说白。

学生的答案错了，只是一个问题；教师的问题错了，则是一场灾难。(陈诚 自荐)

话说郭大胜今天跟着陆队长跑东街，明天跟着跑西街，如此干了一个礼拜。这一天，陆队长把他叫到办公室，笑吟吟地说："小郭呀，你跟我这些天，想必也'出师'了吧，明天我要到市里培训半个月，这一段时间我想把河边新街交给你管。咱们这里一个萝卜一个坑，每个人都有自己的辖区，抽不出人手来，给你配一名新来的小马和搞内勤的小陈，你可要负起责任呀！"

"我……我能行吗？"郭大胜又惊又喜，两眼瞪得老大。

陆队长拍了郭大胜的肩膀，说："你是大学生，是我们单位文凭最高的，怎么不行！河边新街是新建成的，暂时还没有安排人管辖，我有个想法：打算成立新街中队，你干好了，到时我打报告，给你任中队长。我作为一队之长，总不能天天带着你们满街跑吧！"说着把一大摞象征着执法权的票证递了过来。

郭大胜接过票证，顿时一股暖流涌上心头，激动地紧紧握着陆队长的手，说："我……我决不辜负你的期望！"

领导的信任大大增强了郭大胜的信心，他相信金子总是要闪光的，决心甩开臂膀大干一场，彻底解决河边新街乱摆摊问题，为今后事业的发展开个好头。经过一番思考，一套整治方案付诸实施了。他首先起草了《整顿规范摊点实施方案》在街道各显要处张贴，又印制了告示，把违章摆摊的危害、规范摆摊的意义、违章的处罚等写得清清楚楚，一一发给各个摊主。接着对辖区进行规划，哪儿卖海鲜，哪儿卖蔬菜，哪儿能摆摊，哪儿不能摆，一一划上红线。

一切准备就绪，这一天，天刚蒙蒙亮，郭大胜就带着小马、小陈上街了。他们三人一不掀摊，二不罚款，只靠磨嘴皮劝导，逮着一个个乱摆摊的往红线内赶。开始摆摊的人少，他们来一个劝一个，还是挺顺利的，可是后来摆摊做生意的人一多，秩序就有些乱了。他们三个顾得了东，顾不了西；跑得了街头，跑不了街尾，苦口婆心，好说歹说，忙了大半个上午，才把摊点赶到红线内。

郭大胜想，万事开头难，只要持之以恒地抓下去，摊主也就习惯成自然了。如此坚持抓了一个礼拜，果然整条大街就像换了装似的：过去那种嘈杂混乱的景象不见了，取而代之的是干净、整洁、有序、通畅的场景。由于街上通畅，人流增多，做买卖的生意不但没减少，反而比以前更红火，因此都能自觉地遵守秩序了。望着这来之不易的战果，郭大胜长长地舒了一口气，嘴角露出一丝微笑。

郭大胜没日没夜地干了一段时间，人明显瘦了一大圈，终于顶不住

病倒了。这一天，他上医院挂了两瓶点滴，想到整治街道的事，放心不下，又来到单位，他推门进去，却看到一个奇怪的景象：单位的人都没出勤，他们有的打扑克，有的走棋，有的看报纸，有的玩电脑游戏，悠闲得就跟没事人似的。郭大胜打从心眼里看不惯这些人：陆队长不在，就这样放纵，也太不自觉了吧！他在单位转了一圈，发现小马、小陈也都闲着，心里急了，说："你们两个怎么没上街？"小陈嘻嘻一笑，把郭大胜拉到一边说："你是新来的还不知道，咱们这里是大干一、三、五，大玩二、四、六，已成惯例。你那么积极，大家都在背地里取笑你呐，我们跟你已牺牲好几个

休息日，今天可要休息休息了。"郭大胜心里一惊，摇头叹道："难怪街道管不好，原来你们三天打鱼两天晒网啊！"他还是坚持要上街，对小马、小陈说："别人的事我管不着，咱们这组可不能休息，一放松就前功尽弃了。走，我们去巡视巡视，在外头走一走也是休息嘛！"两人无奈，只好摇摇头，跟郭大胜走了。

他们三人刚来到辖区，忽然在一个弄口拐弯处，碰到居委会的一群老大妈，其中一位拿着锦旗的，一把拉住郭大胜的手说："郭领导，这是我们新街居委会送给你的锦旗。街上乱摆摊的事我们反映了好多次，都解决不了，你一来就解决了。大家都在夸你，这是全体居民的心意，我们可要亲自交给你们队长啊！"

郭大胜一看这锦旗是送给他个人的，唬得赶忙把大家拦住，说："别……别……你们可千万别送，这是大家的功劳，我一个人哪有那么大的能耐呀！"

"有，你小子真有能耐！"忽然背后传来一个低沉的声音。郭大胜扭头一看，陆队长不知什么时候已站在背后，惊得他赶忙上前打招呼道："陆队长，你学习回来了，你看……这都是她们瞎掰的……"

哪知，陆队长也不搭话，双手叉腰往大街看了看，白了郭大胜一眼，钻进路边的小车，车门一摔，走了。

第二天是发工资的日子，郭大胜来到大办公室，却发现一个奇怪的现象：大家领完工资回来，有的拿古怪的眼神瞟了他，有的故意摇头晃脑吹着口哨，一个个都不和他搭腔。他挠挠头皮，心想，这是怎么了？难道是锦旗的事，招他们嫉妒？正在这时，财务室那边喊领工资，他无心多想，就领工资去了。

一想到这是他第一次拿工资，从此可以告别父母供养，自食其力，心里别提有多高兴了。可当他拿起工资册签字时却发现自己的工资只有400元，他想城管的工资怎么这么低呢？一看别人的工资有900元的，有1000元的。自己工作没少做，凭什么工资还不到别人的一半？他问财务，财务说是陆队长定的。

郭大胜一听火了，气冲冲地跑进陆队长办公室，问道："咱们单位的工资是根据什么定的？凭什么我的工资不到别人的一半？这不是明摆着看轻人嘛！"

这时陆队长正在看报纸，他见郭大胜来势汹汹，头也不抬一下，瓮声瓮气地说："看轻人？没有吧！你和小马、小陈的工资不都一样吗？一视同仁嘛！"

"这样更不行！凭什么我们三个人要少拿？"

"你问我凭什么，我正要问你呢！你知道你的工资是怎么来的

吗？"陆队长把报纸往桌上一摔，愤愤地说，"你怎么忘了，咱们是自收自支单位？'自收自支'没有收哪来的支？票证给你们那么久，你们三个人竟没有一分钱收入，叫我拿什么给你们开工资？告诉你吧，你们三个人的工资还是我从其他人那里卡下来的呢！我不关照，你们一分钱也别想拿！我看你是书念呆了，街道要是都能管好，还能有钱收入吗？就你那熊样，还以为很有能耐，也不称一称有几斤几两……"

郭大胜目不转睛地盯着陆队长，就像听外星人讲故事，盯着盯着，仿佛眼前这位陆队长不认识了，完全是个陌生人。过了许久，他只看到陆队长两片嘴唇在翕动，根本听不清他在说什么了。他想，是不是自己脑袋出毛病呀！忙晃晃脑袋，使自己清醒过来。

郭大胜恢复常态，发现陆队长还在滔滔不绝地说着什么。这时，他对陆队长的话已不感兴趣了，只见他脱下制服和大盖帽，往陆队长办公桌一扔，说："多谢关照，可是这种关照我担待不起！也许正如你所说的，这碗饭我没能耐吃，再见！"说着昂起头，大踏步走出城管大门。

几天后，人们发现在河边新街红线内多了一个苹果摊……

（本篇月评短信代码：0806）

（题图、插图：王申生）

站起来不难

□ 吴为

真看了看，不是身高达不到，就是面相太凶，有一个人模样倒还利索，但手脚不停，好像患了多动症似的，所以我一个都没敢留。"祁天圣是个急性子，说"过去的事我不管，从现在起，你就给我开着车子上街去找人，一定要给我在十七日晚上八点之前把人找到，否则你自己就给我去当门童！"

马旺吓坏了，急忙吩咐手下把别的事先停下来，分头去找门童，自己则立即叫来司机开车上街找人，车子拼命往人多的地方开，马旺把脑袋探出窗外，像老鹰一样搜寻目标。车到南街时，一位手里捏着本时尚杂志的年轻人进入了他的视野，他忙叫司机停车，可下去后把情况一说，年轻人扭起脖子问："你知道我是谁吗？"马旺糊涂了，摇了摇头，年轻人鼻子一哼，说"我是工商局局长的儿子，你要我给你去守大门，做梦吧！"马旺连忙赔不是。

车子开到北街时，马旺又锁定了一个目标，这回算他运气好，小伙子是个职业技术学校毕业的学生，还没找到工作，他愿意试一试。马旺立即把他带回了酒店，给他画了个圈，让他在圈内站着不动，如果他能坚持四个小时一动不动，就把他留下来。这小伙子显得很有信心，可只过去了半

祁天圣是市有名的私营企业家，最近他又在城东新区建了座富丽堂皇的大酒店，定于八月十八日开业，这个日子是请高人算过的，高人说绝对是个黄道吉日。这么一来，准备工作的时间就不多了。眼看离开业只差三天了，可在门口站立迎宾的门童还没找到！

祁天圣把人力资源部部长马旺找了来，痛骂他拖拖拉拉办事不力。马旺等他火发完了，才说："报名应聘这个岗位的人最少，只有六个人，我认

个小时，他头上就冒汗了，身体也晃起来，接着脚就移出了圈外，马旺只好打手势要他走。

离规定的时限越来越近，马旺自然越来越感到事情麻烦了。马旺跟手下紧急联系，他们一个个回话说都还没找到理想的人选，正在进一步搜寻有价值的人物，气得他在电话里大骂他们饭桶。

他这个人力资源部部长来得不容易，因此他压根儿就不想轻易丢了它。他知道靠手下人是靠不住了，就决定冒险去别的酒家挖人。

第二天上午，他扮成食客先去了"客之家"酒店，在门口跟门童聊了半天，可门童无论他怎么利诱就是不动心，不得已他又转到了"美食府"酒家，跟门童套起近乎来，他的可疑神色引起了大堂经理的注意，他悄悄地走上前来，听清了几句关键性的话，一下揪住了他的衣领，几拳就把他打了出来。

马旺细皮嫩肉的，不经打，就那么几下，他眼也肿了，鼻子也青了，最后他只好自认倒霉就近去医院治伤。可刚走到医院门口，手机响了，他拿起一看号码，见是祁天圣打来的，祁天圣可不管他挨了打，大骂道："你这个蠢货，怎么能明目张胆地去别的酒家挖人？现在人家老总都向我控诉起来了，话要多难听有多难听，都一口咬定是我指使的，我替你背黑锅呢

啊。"

马旺觉得自己再怎么错，作为老总也应该先问问他的伤情，可祁天圣一句关心的话也没有，发泄的全是不满，因此他也火了，说："我都是被你逼的呀！我跟了你这么多年，没有功劳也有苦劳，不就是一个门童没找到吗？你就大动肝火，把我不当人骂！要找门童，你自己去好了！"马旺甩出这句话就把手机一关，然后进五官科看伤去了。

当他走出病室时，马旺心里的火气平息了许多，可他心里仍然不服气，嘴角一缩，心里说："祁天圣啊祁天圣，你是比我有钱，但我就不信你本事真比我强，明天就要开业了，我看你上哪去找门童！"

两个小时后，脸上缠了绷带的他回到了酒店，手下告诉他，门童已经被祁总亲自找来了。他不敢相信，就去了祁天圣的办公室，祁天圣正在跟找来的人谈话，听到敲门声，停下来说了声"请进"，马旺进屋一看，见站在屋中央的这人一脸的谦卑，看起来好顺眼的，当门童的确非常的合适，竟有些不相信自己的眼睛了，忙问道："祁总，这就是你找来的门童对不对？你这么快从哪里找来的？"

祁天圣笑而不语，门童非常机灵，知道他在那里祁总不便说话，就主动退了出去。等他一走，祁天圣就对一脸惊讶的马旺说："我告诉你，他

是街上的叫花子。他一天到晚跪在地上一动不动向人行乞，脸上全是谦卑，又懂礼貌，别人每给一个子儿都要说声'谢谢'。礼貌、和气，不正是我们对门童所提的要求吗？"马旺连忙点头，祁天圣接着说，"还有一问没有回答你，就是我怎么这么快就把他找到酒店来了，其实很简单，我只对他说了一句话：你现在是跪在地上讨饭吃，我给你一个站着挣钱用的地方，你去不去？他激动得马上就从地上弹了起来，跟在我屁股后面来了。只要是人，哪个不愿站着挣钱呢？因此你不用试他，我敢保证他每天都会恭恭敬敬站在门口。"

马旺对祁天圣最后一句话不敢完全相信，他觉得现在断言还为时过早，究竟效果如何还是等明天过了再说。

八月十八日，酒店准时开业，前来祝贺的宾客接连不断进来，这个门童必恭必敬，给每一个进来的人都微笑着颔首致意。他在门口老老实实站了一天，晚上马旺问他累不累，他说"我都从地下到了天上了，完全是享受啊，哪里会觉得累呢！"

他这话一出，马旺在心里对祁天圣佩服得五体投地，他主动找到祁天圣，向他认了错"祁总，我服了你了。你能当这么大企业的老总，而我连你手下的一个部长都没当好，不是运气的问题，完全是能力决定了的。今后，我要更加好好地向你学习哩。"

祁天圣拍了拍他的肩膀，说"活人不能让尿憋死。解决任何问题，这条路走不通，就马上走另外一条路。硬要说我比你强，也就强在脑筋会转弯这一点点上。"

（本篇月月评短信代码：0807）

（题图：王申生）

·本刊信息传真·

《解读〈故事会〉》

一本揭示 故事会 40年发展历程的传记

亲爱的读者，为体现与时俱进、求实创新的办刊思想，本刊在《故事会》创刊40年之际，特推出《解读〈故事会〉：一本中国期刊的神话》一书。关于《故事会》这本杂志，你可能有过这样那样的疑问：为什么《故事会》能几十年长盛不衰？高考满分作文与读《故事会》有什么关系？为什么卖《故事会》杂志就能赚钱？……看完这本书，相信你会揭开所有的谜底。

不是故意伤害你

□ 赵希峰

学校里放寒假了，李老师由于赶写一篇素质教育论文，就留在学校没回家。这天上午九点钟，李老师忽然接到北街派出所打来的电话，叫他马上去派出所一趟。

放下电话，李老师开始犯起了疑：难道是昨晚家里被盗了吗？他和妻子一直分居两地，儿子小奔一放假就到他妈妈那里去了，家里唱的可是个空城计啊！

李老师急匆匆赶到派出所，果然不出所料：家中确实被盗了！

接待他的是一个胖乎乎的民警。胖民警告诉李老师：昨晚是他值夜班，半夜时分，他去大街买烟，在李老师家的楼前看见了一名背着旅行包的少年，衣着非常破旧，可是背的却

是一个大半新的"李宁"牌名牌旅行包，形迹很是可疑。当他前去盘问时，少年很紧张，支支吾吾好半天也没解释清楚，于是就把这个少年带到了派出所。在派出所里，少年坚持说旅行包是他自己的，可当胖民警打开旅行包时，却发现里面的暗兜里，缝着一个写有"向阳中学初二(3)班李小奔"字样的小布条。正是通过这一线索，胖民警才辗转找到了李老师。

说完，胖民警递过"李宁"旅行包让李老师辨认。李老师接过来一看：正是儿子今年春游时要钱买的那个，布条上的字还是李老师亲手写上去的呢！李老师正要起身道谢，胖民警又递过来一沓钱，说："李老师，我们在旅行包里还发现了1500元现金，你快拿上，回家看看还丢了其他什么东西没有？"

李老师听了，连忙接过东西，急急忙忙往家里赶。家里并没有想象中的那样凌乱不堪，门窗和衣橱也没有

被撬过的痕迹。李老师把家里的东西仔细查找了一遍，没发现丢失其他什么东西，自己放在家中的钱也分文不少！那么，1500元钱是怎么回事儿呢？

盯着手中的1500元钱，李老师想着想着，突然，脑海中闪现出一个可怕的念头，他不由地打了一个寒噤：难道……难道小奔认识派出所里的少年，是他的同伙吗？他知道，青春期的孩子都有一种强烈的好奇心，一旦经受坏人的诱惑，极容易走上歧途。

李老师坐在沙发上仔细思考了一会儿，然后拿起电话拨通了妻子的号码。他简单地把情况给妻子解释了一下，让妻子先别告诉小奔，马上带他赶回来。

妻子上班的城市离这儿有几小时的路程，利用她们在路上的时间，李老师想好了一套教育儿子的方案。半下午的时候，妻子和小奔回到了家。

"小奔，做错了事情要勇于承认，及时改正，还是好孩子，你明白爸爸的意思吗？"未等她们母子坐定，李老师便开了口。"怎么了爸爸？我刚进门就上政治课呀！"小奔调皮地反问。李老师默不作声，转身从卧室里拿出"李宁"旅行包，往茶几上一放，说："你给爸爸解释一下，这是怎么回事？"小奔看见旅行包，满脸疑惑地问："这包怎么在你这儿呀？我在夏天的时候就已经把它捐给灾区了呀？

怎么……"

"啊……"李老师顿时惊呆了，他似乎明白了什么，片刻之后，抓起旅行包，飞身冲出了家门……

傍晚时分，李老师从派出所领出了那名少年。直到此时，他才知道这少年叫柱子。柱子默默走在李老师身后，一言不发。李老师也不知该怎样安慰他才好。当快走到李老师家楼前时，他们停住了脚步。

李老师从钱包里掏出了300元钱，连同旅行包一齐递给柱子，说："孩子，我们误会你了，快拿上吧！"

柱子接过东西，充满敌意的眼睛中忽然流下了两行泪水。他指着附近一栋行将竣工的商品楼，说："俺在这个工地打了半年工，好不容易攒够了俺重去上学的学费。俺只不过是想在临走前，再看一眼俺们一块儿盖起的楼房，他们咋就恁……"

柱子一边儿哽咽着，一边儿拉开旅行包，拿出了自己的1500元钱，然后把旅行包和李老师给的300元钱又还给了他，说："叔叔，您是好人，可这东西俺再也不要了，俺怕别人再把俺当成小偷！"说完，柱子头也不回，转身跑开了。

望着柱子渐渐远去的背影，李老师心里感到一阵阵地刺痛，他觉得自己的论文可能没办法完成了……

（本篇月月评短信代码：0808）

（题图：安玉民）

□ 丘不让

最后一份千年汤

中原大酒店有一样招牌菜——千年汤，也就是炖王八。据说这道菜的配方是早先皇宫里的不传秘方呢！

这天夜里将近十二点时，客人们都陆续走光了。老板正准备打烊，门外又来了十来位客人，都是四五十岁的中年人。老板瞅了一眼，心里有种怪怪的感觉：按说一份千年汤儿百元钱，来这儿的人不是有钱的就是当官的。迎来送往大都是高级轿车，最起码也要坐个面包车什么的。可眼前这几位竟然都是骑着破自行车来的，咋看咋不像能吃得起千年汤的主儿。有道是"生意人不撵上门客"，老板略一迟疑，还是微笑着把他们迎了进来。

这几个人进了一间雅间，点名要吃千年汤。老板说："各位来得正巧，今天就剩下最后一只王八了。不过……不过这只王八有点大，足有四五斤重，论斤卖一斤一百五十元，你们看？"

一个头发斑白的客人随即说："就要它了，今儿咱们就是来吃王八的，个儿越大越好！"老板心想：这真是人不可貌相，海水不可斗量，说不准"斑白头"还真是一位大款呢！他又接着说："那么各位还要些其他什么菜呢？"

"不用了，我们自个儿带着呢！"说着，"斑白头"和其他几位纷纷从口袋里拿出了酒菜。老板一看，两只眼睛顿时直了：原来，他们拿出的都是些花生米、豆腐干之类的小菜，酒竟

然是大街上随处可见的"一毛辣"！老板这下可真的蒙了，直到他走出雅间，都没能回过神儿来。

没过多久，门外传来"吱"地一声刹车声，随后走进三个大腹便便的客人。原来是老主顾汪毅奇汪局长来了，老板连忙上前去招呼。他们一行三人径直进了二楼雅间，刚一落座，汪局长就对跟来的老板说："一份千年汤，另外配几个拿手菜，再拿两瓶茅台来！"

老板弯着腰赔着笑，低声下气地说："汪局长，真不好意思，您老来晚了一步，最后一只王八刚刚有客人要了，要不您换点别的，我这儿有上好的鱼翅，还有……"

"你小子咋这么笨呢？"没等老板说完，汪局长便打断了他。"你不会去别的地方再买一只？要不借一只也行呀！我这两个朋友可是远道而来，点名要吃千年汤。你想让我丢面子吗？快去快去！"

回到前台，老板一口气儿拨了十几个电话，可找来找去，怎么也找不来。无奈之下，只好给汪局长回话让他换菜。汪局长一听，顿时怒火中烧，指着老板的鼻子喝道："你今天存心和我过不去是不是？为啥非叫我换菜不可？你想想看，以前我当厂长时，哪一年不在你这儿吃上十万八万的？现在我升为局长了，今后的招待费那

可是只会多不会少。你说是我重要还是另一桌客人重要？你不能叫他们把王八让给我吗？我可警告你，今天你要是不给我弄一只王八来，别说以后我再也不来了，就连以前欠的两万块钱饭费，一分我都不会给你了！"

老板吓得大气也不敢出，慌忙走了出来，去找另外一桌客人。不过，一想到"斑白头"几个人的奇怪举止，能不能说服他们换菜，老板心中真是没谱。当他硬着头皮找到他们时，人家正就着自己儿带来的下酒菜，喝得热闹呢！

果然不出所料，任凭老板哭丧着脸央求，这十来个人谁都不同意换菜。这时"斑白头"开了口："大兄弟，你知道我们为啥定要吃这千年汤吗？不瞒你说，咱们老哥儿几个今天都下岗了，今儿大家是凑份子来吃散伙宴呀！我们琢磨着，厂长以前常来这儿吃王八，咱们就不能在分手前也吃上一回？另外我们吃王八还有一层别的含义，就不便说明了！你还是去想别的法子吧！"

听"斑白头"这么一说，老板真不好意思再央求了。他叹了一口气，转过身摇着头，边走边自言自语："哎！看来今后我这儿再也留不住汪局长这个大客户了！"

"老板，你说想让我们换菜的人是谁呀？"当老板走近门口时，"斑白头"叫住了他。老板扭过头说："就是

原先市棉织厂厂长，现在刚调到轻工局当一把手的汪毅奇汪局长呀！"

这时，屋里十来个人都盯着老板，眼睛中透出愤怒的目光。"斑白头"说："哦！是汪局长呀！认识认识！我们同意换菜了，但是有一个条件。""斑白头"身边的两个人正要出声制止，他悄悄使了个眼色"你去请汪局长过来，我们敬他一杯酒，就把王八让给他，怎么样？"老板一听，哪儿有不同意的理儿？忙去请人。

不一会儿，汪局长一脸得意地走了进来，进屋一看，觉得众人非常眼熟，却想不起来在哪儿见过。这时十来个人纷纷站了起来，"斑白头"说："汪厂长，不，汪局长，您老人家不认识了？我们都是棉纺厂的老职工，您的老部下呀！您真是贵人多忘事呀！"说话间，"斑白头"端起一杯酒来到汪局长面前。汪局长觉出气氛不对，正想转身离开，却被"斑白头"一把紧紧拉住了。

"你要干什么？"汪局长的语气显得有些胆怯。"斑白头"微笑着把酒杯递到汪局长面前，说："不干什么！请您老人家喝杯酒呀！怎么？不赏脸吗？"汪局长正要推辞，突然，也不知是"斑白头"故意的，还是真的不小心，一杯酒全都洒在了汪局长的衣领上。汪局长气得直哆嗦，话不成句："你……你们……"

"斑白头"见状，脸色一沉，高声说："怎么？汪局长生气了，你把几千万净资产的厂搞垮，还能一拍屁股高升，这么大的人物，连这点肚量都没有吗？哼！知道我们为啥一定要吃这王八汤吗？告诉你吧，王八、王八，不就是王一加七，汪——毅——奇吗？大家伙恨不得把你炖了吃呀！"说完，"斑白头"猛地松开了他的胳膊。汪毅奇一个趔趄，差一点趴在地上，赶紧灰溜溜地逃了出去。

只听屋里又传来了一声高喊："汪毅奇，要想叫我们换菜，除非你能变成王八！哈哈哈……"

（本篇月月评短信代码：0809）

（题图：张恢）

· 本刊信息传真 ·

2004 年《故事会》开门红读者有奖阅读活动结束
1350 名幸运读者获奖

2004 年《故事会》开门红读者阅读活动已圆满结束。本次活动共收到有效选票八万余张（另有废票四百余张）。经抽奖，广东姚宏生等 1350 名读者分别获一、二、三等及阅读奖。所有中奖者均已专函通知，奖金、奖品也将陆续寄出。读者可登陆 www.slcm.com 查询中奖名单。

感谢广大读者的参与和支持！5 月份，本刊将再度与上海掌上灵通咨询有限公司合作，推出读者有奖调查活动。具体细则，敬请关注下期《故事会》！

绝活

□ 金为冰

北平城什刹海旁有个青年屠夫叫那五，人们都说他有一手绝活，啥绝活？刀枪不入的硬气功。您甭不信，先说件事儿您听听。

这年腊月初三早上，那五给前门"王麻子酒楼"送去半只猪肉，顺便坐在里头喝了一碗茶，完了顺手将茶渣一泼，可巧了，刚好有位爷打他身边过，那茶渣像长了眼似的，全泼在那位爷的绸缎袍子上。要说，那五也不是故意的，只要起身给那位爷赔个不是，这事儿也就结了，可他偏偏是水牛过小巷——转不过弯来，啥也不说，站起身就走。那位爷一把揪住他的肩头，喝道："小子，这就走哇？"那五回头说："那您还想咋的？"只见那位爷牛高马大的个，满脸的横肉，"嘿嘿嘿"冷笑数声，问道："你小子知道老子是谁吗？"那五摇头道"不

知道。"那位爷突然从背上取下一把明晃晃的大刀，"哐"的一声掷在桌子上，大声道："老子就是翟豹！"

此言一出，酒楼里面的人无不凛然一惊。原来，这翟豹乃是袁世凯手下出了名的刽子手，仗着自己武艺高强，经常欺凌弱小。那五听他报上名头后，居然仍是摇头道"不认识。"翟豹几时受过这等藐视，当时就怒不可遏，吼道："你娘的，老子今日个就送你上路。"说完，闪电般抄起桌上的大刀，照着那五脖子就是一刀！他做刽子手几十年了，这砍头的刀法是既精又准，别说这么大个人头，就是小小

的麻雀头，只怕这一刀下去，也是毫厘不爽。

然而只听"嘣"的一声，翟豹手中那把大刀竟被磕出了一个大豁口，再看那五脖子，竟是毫发无损，连点痕迹都没有。翟豹傻了眼："我的妈呀！"扔下大刀，连滚带爬跑了……

这件事一传十，十传百，没多久，整个北平城的人都知道了。

正所谓"人怕出名猪怕壮"，那五出名后，请他助拳的人每天络绎不绝。可那五生来就老实，不爱逞强斗勇，平时有人来请他，他多半都是婉言谢绝。

这天下午，那五正在家闲着，突然"嘭嘭嘭"有人叩响了门。他开门一看，眼前顿时一亮，来的竟是个光彩照人的大姑娘！那五本就木讷，一见是个大姑娘，更是结结巴巴说不出话来，反倒是那姑娘大方利落，主动问道："您就是五爷吧？"那五红着脸道"不敢当，不敢当……"姑娘一笑，道："我叫杨春花，我哥杨德才在醉风楼设宴，要我来请五爷过去，请五爷赏个脸。"那五心想："杨德才？我不认识啊！"当下有些犹豫，杨春花急道："五爷，你无论如何也要去呀，否则我不好向哥哥交差啊。"那五心想："得，免得人家为难，去看看也罢。"

他跟着杨春花来到醉风楼的一间包厢，就见早有一位斯文俊秀的爷在那等着。一见那五进来，那位爷连忙起身作揖，道："五爷赏脸，杨某深感荣幸。"原来这人就是杨春花的哥哥杨德才。杨德才请那五入座，给他斟满一杯酒，这才说道"不瞒五爷，我兄妹俩都是吃百家饭长大的，常年在外卖艺。这次来到北平城，久闻五爷大名，我杨德才平生最爱结交一些热血男儿，因此才冒昧请五爷来醉风楼小聚，唐突之处，还望见谅。"那五见杨德才不是请自己助拳来的，心中舒了口气；又见他谈吐文雅，举止彬彬有礼，心中很是喜欢。两人一边饮酒一边聊些江湖见闻，竟是十分投机。

突然，杨德才轻轻叹了口气，眉宇间涌上一层愁云。那五问道："杨兄，好好的干吗叹气呢？"杨德才黯然道："五爷有所不知，我杨德才孤家寡人行走江湖，倒也惯了，只是我妹妹，眼见已到了出阁的年龄，却成天跟着我东奔西走罢了，我这心里不好受啊。"杨春花叫了声"哥哥……"眼圈一红，扭头跑了出去。

杨德才突然问："五爷，恕我冒昧，你觉得我这妹妹人咋样？"那五脸上一红，不知如何开口，其实他心里头也挺喜欢杨春花的。只听杨德才道："我见五爷是个难得的人物，我妹妹对五爷也是倾慕不已，倘若五爷不嫌弃，我愿将小妹托付于你，不知五爷意下如何？"那五连连道："使不

得，使不得……"杨德才一愣，问道："难道五爷已另有所爱？"那五道："哪里，只是我上无老下无小，家徒四壁，就怕委屈了春花妹子……"杨德才大笑道："不妨不妨。我妹妹可没那般娇气，既然这样，我看这事就这么定了吧！"……

打那，街坊们就发现那五家多了个漂漂亮亮、手脚勤快的小媳妇，小两口恩恩爱爱，相敬如宾，日子过得平淡而充实。

秋去冬来，北平城一天冷过一天。这天，那五在街上称了几斤新絮，打算让胡同口那个新近搬来的大胡子王裁缝帮杨春花做件新棉袄。他来到王裁缝的铺头，却见不到人，等了许久，仍然不见王裁缝回来，他只好回家去。刚走近家门口，那五隐约听见打屋里头传出低低的谈话声，他心中一喜，心想："肯定是大舅子杨德才来

看咱们了。"连忙叫杨春花开门，进屋一看，却只有杨春花一个人。那五纳闷地问："春花啊，你刚才和谁说话呢？"杨春花道："没有啊，我一个人在家，和谁说话啊？"那五心想："噢，可能是我把别人家的说话声当成自家的了。"当下没有在意。

次日早上，那五醒来，刚睁开眼睛就吓了一大跳。只见杨春花的左边脸颊上赫然有一个红肿的手印！他心疼得要命，一边帮杨春花抚摩，一边急着问："春花，这是咋的啦？"

刚开始杨春花什么也不肯说，后来经不住那五软磨硬泡，这才道出原委，她对那五说："这是你在梦游时给打的啊……"那五一听，目瞪口呆，活了近三十岁，还不知道自己有这毛病呢。怎么办？杨春花娇滴滴的，多几条命也不够自己打啊。那五冥思苦想，终于想出一个苦法子：他每天在睡觉前，就让杨春花用绳子把自己的手脚给捆住。这办法虽然苦了那五，但还真管事，打那，杨春花再也没有挨过打了。

这天三更，小夫妻俩正在熟睡，突然有条黑影从梁上跳了下来。那五听到风声，顿时惊醒，却见来人竟是那大胡子王

裁缝。王裁缝拿把刀架在杨春花的脖子上，恶狠狠对那五道："那五，想要保全你老婆的性命，就乖乖的听话。"那五生怕他伤害杨春花，连忙道"有话好说。你要银子么？就在柜子里面，你去拿吧。"王裁缝"嘿嘿"冷笑数声，道："银子？老子多的是，说，那东西在哪？"那五疑惑地道："什么东西？"王裁缝道："少装蒜！说，练刀枪不入的秘籍藏在哪里？"那五听他说完，竟"哈哈哈"笑了起来，说道："王裁缝，原来你就是冲那本破玩意儿来的呀？值得这么费神么？就在你脚下的青砖下面，你快点拿去吧，省得扰了我俩的瞌睡。"

王裁缝将信将疑，用脚尖捻动脚下的青砖，果然有些松动。他拿刀尖一挑，那青砖便飞了开去，下面果真有本面皮发黄的书籍。王裁缝欣喜若狂，抓起秘籍，狂笑数声，穿窗而去……杨春花惶然地道："五啊，都怪我捆住了你的手脚，害得你丢了秘籍，这可怎么办才好啊？"那五微微一笑，道："只要你没事就好了。"杨春花听言，感动得眼泪直流……

转眼间到了第二年春天，杨春花有了身孕，那五高兴得像个孩子似的，成天手舞足蹈，逢人便说自己要做爸爸。然而杨春花却好像有什么心事，时常闷闷不乐。这天夜晚，夫妻俩并坐床头，突然，杨春花眼睛一红，哽咽地说道："五啊，事到如今，

我真的不忍心再瞒你了……

其实，我并不叫杨春花，那个杨德才也不是我的什么哥哥，他是翟豹的师弟。我是天津卫怡春院里的一名妓女，是杨德才帮我赎了身，他要我嫁给你，其实是要我帮他找那本秘籍……我找不到，他就化装成那个大胡子王裁缝来到北平城……说你梦游打我，把你的手脚给捆绑起来，这都是他的主意啊……五啊，你狠狠打我吧，我对不起你啊……"

谁知那五听完杨春花的话，不但不生气，反而开心地笑了起来。原来，他等这一天已经很久了，这证明杨春花的确是爱自己的——其实，他早就觉察出杨春花有点不对劲，那天她脸上的手掌印，一看就不是自己的，自己的手可没那么纤细，不过他真的很爱杨春花，并不想就此拆穿一切。王裁缝就是杨德才化装的，这点倒有些出乎他的意料，不过，他一点也不遗憾杨德才抢走了秘籍，就算杨德才照着秘籍练上一辈子，也练不成那刀枪不入的绝活，为啥呢？因为那五早就预感会有那么一天，老早就准备好了一本假的秘籍放在那里了……

没多久，那五夫妻俩就搬出了北平城，没人知道他们去哪了，人们只知道他们离开的时候，脸上挂着幸福的笑容……

（本篇月月评短信代码：0810）

（题图、插图：黄金昌）

老夫子的艳遇

□ 何休 改编

清乾隆年间，有个姓郎的先生受聘在一家私塾授课。这位先生自恃有才，对学生非常苛刻，动不动就体罚学生。学生背地里都称他为"恶狼"。

郎老夫子没带家眷，白天在私塾里教书，晚上就住在私塾里。私塾后面有个小园子，有月亮的晚上，郎老夫子喜欢去园子里散步。

一个月光皎洁的晚上，老夫子踱着方步来到园子里，见墙下花丛里隐隐约约有个人影。他以为是小偷，小心翼翼地走上前，却见花丛里躲着一位年轻貌美的姑娘。不等郎老夫子开口，那姑娘便风摆杨柳走了出来，近

前深深地施了个万福，说："夫子人品高尚，种的花与别处不一样，小女子想来赏花，又怕扰了先生做学问，只好夜晚悄悄来欣赏芳姿。"

郎老夫子拿眼瞟了瞟眼前这姑娘，在月光的映衬下，可谓是花容月貌，楚楚动人，说话的声音像银铃般悦耳动听，特别是那双眼睛，羞涩中带着妩媚，心里不由地动了一下，长叹一口气说："姑娘夜晚私入他人园中，实在不妥，还是快快请回吧！"

那姑娘却轻轻地抚着一朵花说："先生是爱惜这些美丽的花儿，不愿让我这等俗人的眼光亵渎了它们么？"郎老夫子急忙说不，他望了一

眼数尺开外娇媚可人的姑娘，心里实在不舍得她离开，可嘴上却说："哪里话，姑娘要赏花尽管白天来，此时有诸多不便。"那姑娘却幽幽地看了郎老夫子一眼，低下头怨怨地说："先生以为小女子真的只为花而来吗？"郎老夫子诧异道："那还为何？"姑娘满脸娇羞直视他的眼睛说："先生是正人君子，才华横溢，小女子仰慕您已久，只是不敢接近您。今日不顾忌讳闯入园中，实为见见先生，以慰……相思之苦。"郎老夫子疑惑地问："姑娘家住哪里，怎么会看得起我这样一个教书先生？"

姑娘羞答答地说："先生切勿惊慌，小女子是修炼千年的狐仙。近来日日偷听先生讲学，受益匪浅，深慕先生风采，如不嫌弃，小女子愿为您铺纸研墨，也好读些圣贤之书，早成正果。"说着轻轻拜了一拜。

郎老夫子读过许多狐仙爱慕读书人的故事，所以心中并不害怕，反倒为自己也有此艳遇而庆幸。可想到自己身为人师，若被别人看见与女子私下来往将脸面全无，便沉吟不语。

"先生是怕旁人知道吧？您多虑了，小女子略通变化，会隐形之术，来去了无痕迹，即使有人在旁，也见不着我。再说，我只在晚上来。"

郎老夫子吃下了定心丸之后，胆子就大了起来，说："难得姑娘好学，那就屋里请吧。"到了屋里，那狐仙在书桌旁的椅子上坐下，一张俊俏脸儿被烛光映得更加娇艳，灿若桃花。老夫子心猿意马，强定心神与那狐仙说了会儿之乎者也，脑袋却被她身上袭来的香气熏得像一团糨糊。狐仙似乎看出老夫子无意念书，便要替他宽衣解带，叫他早早歇息。狐仙那纤纤玉手所到之处，无不令老夫子心荡神怡，老夫子壮着胆子要替狐仙宽衣，狐仙半推半就，惹得老夫子欲火中烧，再也顾不上读书人的斯文，一把将狐仙搂进怀里，同入罗帐，亲热了起来……

春宵苦短，转眼天就亮了。郎老夫子推了推怀里的狐仙，狐仙顺势勾住他的脖子，撒起娇来："让我再陪您一会吧。外面来了人再走不迟。我会从窗缝里出去的，我怎能让我仰慕的人难堪呢？"

时间过得真快，眨眼阳光透过窗户洒到床前，学生的脚步声由远而近，老夫子只好起床，狐仙却依旧赖在床上不起来。老夫子心里着急，但想到她会隐形，也就不那么紧张。正在这时，学生敲门，说有个老太婆来找她的女儿，不等老夫子答话，床上的狐仙一丝不挂地从蚊帐里出来，搂着老夫子，大声答应："我在这……"

老太婆在学生的簇拥下，推门进来，眼前的丑态，使学生笑得前仰后合，郎老夫子则无地自容，用袖子遮着脸，恨不得地上有条缝能钻进去。

狐仙穿好了衣服后，拉着郎老夫子的袖子，手掌摊在老夫子的眼前。"你这是为何？"郎老夫子的声音低得像蚊子叫。

老太婆一步三摇过来了，说："哟，郎先生，您真是好眼光呀，小红姑娘是咱醉仙楼最最漂亮的姑娘，色艺双全，您多少也得赏她几个吧？"

这时，郎老夫子才心知上当，叫苦不迭，左手遮面，右手摸出几两碎银塞给那所谓的狐仙——小红。小红不甘，柳眉倒竖，杏眼圆睁，重重地"哼"了一声，大声说："本姑娘从不收碎银！"这时，一个学生掏出一锭大元宝，递给小红。小红松开老夫子，挽着老太婆的手，一边走一边大声说："郎先生，我走了，记得常来醉仙楼看我哟！你们这些做学生的，要好

生孝敬你家先生银两，好让他除去身上的酸腐味。"

郎老夫子从指缝里看见掏钱的是一个叫马超的学生。

马超前些日子因为拉肚子，进出厕所的次数多了，被老夫子指责为不尊重老师，打了他五十板手心，手肿得像个浸泡过的包子。对此，马超怀恨在心，于是，从"醉仙楼"请来一个叫小红的妓女，教她自称是狐仙，来捉弄这老夫子，演出了以上的这一幕闹剧。

这位自以为是的郎老夫子，经学生这么一折腾，自然是没有脸面再呆下去，当学生去上早课时，他卷起被褥偷偷地溜走了……

（本篇月月评短信代码：0811）

（题图：黄全昌）

美德故事

本书汇集的是《故事会》相关故事之精品，所选45则作品分类为"见义勇为、扶危济困、真诚待人、洁身自律、亲情似金、夫妇同心、师生谊重、知过悔改"等八大类，生动形象地讴歌了中华民族传统美德。

生意经故事

故事形象地描述了生意人的思维方式和经商才能。他们或巧做广告而振兴企业，或施展其经营绝招而"妙笔生金"，或审时度势掌握顾客心理而销售产品，或运用《孙子兵法》中的战术而出奇制胜。

杀人画

□ 陈笑海

布朗是加利福尼亚州一个小镇上的普通工人。他自小就酷爱作画，尤其擅长画牡丹。每逢休假日，布朗便自个儿来到小镇一角支起画摊，为路人和参观旅游者现场作画，以挣些钱补贴家用。

这天上午，布朗现场给几位客人各画了一幅《红牡丹》，每作一幅，都会博得围观者的赞赏声。不知何时，他的画摊前来了一位蓄满络腮胡子的中年人，只见他挤到前面，掏出一扎票子往画摊上一扔，牛气十足地说："给我作十幅《红牡丹》，我要一幅一景的！"布朗见来了一宗大生意，就朝对方笑了笑，点点头，然后开始执笔作画。不到一个时辰，十幅姿态迥异的《红牡丹》一气呵成。

众人一见，不禁咋舌惊叹，络腮胡子更是惊呆了，连声称好！

傍晚时分，络腮胡子再次来到布朗画摊前，一直等到收摊才凑近布朗说："小伙子，我观察你已经很久了，真是出手不凡啊！"布朗有些疑惑，顿了顿问道："先生，您是——"络腮胡子仰面微笑，忙从口袋里搜出一张名片送过来。布朗接过名片，不觉一惊，这个络腮胡子居然就是纽约画廊的一代大师弗雷德先生！布朗受宠若

惊，赶紧说："不敢不敢，我早就听说过大师了……""不，你的画作已达到一定境界，并不比我们画廊里任何画家差，尤其是你作的《红牡丹》，更是出神入化，已远非他人可比！"

弗雷德将布朗邀请到小镇最豪华的一家酒吧共进晚餐。两人一边谈画，一边饮酒，酒酣耳热之际，弗雷德捋了捋他的络腮胡子，对布朗吐出真言：近来，纽约画廊正在筹备一次国际性画赛，他想请布朗作画参赛。

布朗听到这个消息欣喜不已，这正是他多年来梦寐以求的事啊。布朗欲开口致谢时，弗雷德又接着说"这次大赛意义深远，你务必竭尽全力画一幅《红牡丹》参赛，以期一举夺冠！"餐毕，他们约定好交画的时间和地点才分手。

自此，布朗闭门作画，但不知何故，以前作画信手拈来，可这次他是画了又撕，撕了又画，转眼三天过去，始终没有画出一幅令自己满意的《红牡丹》。布朗想，这样下去，肯定作不了画，于是停下手中的画笔，前往小镇的花园，在一片灿烂的红牡丹丛中静静地呆了一整天……一周过去，布朗累得胃大出血，终于完成自己的得意之作，并起名为"血牡丹"。

布朗把他的参赛作品《血牡丹》送至预订宾馆时，弗雷德看后眼睛都

拉直了，好半天才缓过神来。弗雷德竖起大拇指夸个不迭："杰作啊，杰作！"弗雷德忙拿出笔，迫不及待地在画作落款处署上"弗雷德荐"。

纽约画廊的画赛如期举行，正如弗雷德所预言的那样，经来自世界各地的画家、教授层层现场评审，《血牡丹》最终荣获此次大赛特等奖。纽约各家媒体竞相报道，《血牡丹》一时成为大街小巷人们议论的焦点。

然而，当布朗看到相关报道后，脑子"轰"的一炸，差点气得昏死，《血牡丹》的作者竟是"弗雷德"而不是"布朗"。布朗赶紧打电话找弗雷德，弗雷德解释说："在国际性画赛中，像你无名之辈的作品根本不可能获奖，甚至还不能入围，可我又害怕《血牡丹》无出头之日，所以，便将你的名字抹去，不过，奖金嘛，我一分钱不要，全归你所有……"

这个解释虽然十分牵强，但是布朗原谅了弗雷德："那就这样吧，既然大赛已完，您就将那幅《血牡丹》还给我吧！"弗雷德一口答应了下来，并约好在哈雷酒吧会面。

几天后，布朗来到那哈雷酒吧。弗雷德依旧还是蓄着满脸的络腮胡子，只是比以前多了几分得意与欣慰。酒喝到深处，他却只字不提那幅画。布朗压抑心中满腔怒火，说："老师，您还我那幅画吧？"

"你是说那幅《血牡丹》？"弗雷

冒充内行不仅需要冷静，有时候还需要你所冒充的内行的全部本领。（卫辉 自荐）

德装聋作哑起来。

"对，那可是我沥血之作啊……"

弗雷德并不在意他的请求，慢悠悠地说："不就是一幅画吗？你再作一幅不就得了！"

"不，那是一幅很特别的画，恐怕我此生此世再也无法作出了。"

"什么很特别的画？《血牡丹》没有我的大名，岂能获奖？"

"老师，我只请求您还给我。"

"还给你可以，但你必须答应我一个条件。"弗雷德诡秘一笑。

"什么条件？"

"剁掉你的右手！"说着，"哐当"扔出一把利刃。

布朗心里一怔，无法相信这话是出自于一位名家之口。布朗的性格也犟，只见他拿起刀，咬着牙，吼道"即便是剁掉双手，我也要索回那幅《血牡丹》！"说完，刀落指断，布朗右手的四个指头齐刷刷斩落下来……

然而，就在布朗坐出租车去医院的途中，出租车遭劫，布朗被劫匪打得头破血流，怀中的画也被抢走……

经过两个多月的治疗，布朗总算保住一命。他做梦也不曾想到，那幅倾心之作

给他带来的竟是杀身之祸！说不定真正的灾难还在后面，于是布朗决定离开这个小镇。

却说弗雷德原是一名画家，青年时代其作品频频获奖，后来不思进取，再也没有新作问世，甘心受聘于纽约画廊做了一位普通教员。那次获得国际大奖之后，《血牡丹》就成了他的最大资本，弗雷德本人也因此红及整个纽约城。数年之后，弗雷德跨入纽约巨富行列，不仅开了十几家画廊连锁店，还拥有三栋高级别墅，养了情妇。而在他常同情妇居住的那栋别墅里，就悬挂着那幅曾获得国际大奖的《血牡丹》……

弗雷德六十大寿喜庆之日，别墅门前窜出一个乞丐。负责保卫的保镖给他钱，不要，撵他走，撵了又来，那乞丐说要见他的主人，如果见不到主人，打死他也不走开。保镖不得已只

墓中的稀罕物（结尾部分）

（4月号上半月刊中说到，那汉子把从于得利身上抄到的金牌子使劲擦了又擦，渐渐地，牌子上的字清楚了……）

那牌子的正中是两个大的字："借牌"，还有几行小字，写的是："为乞长寿，从灵言寺无碍大法师手中借德赎罪，三年偿还。"最后是署名："张德仁"，时间是"乾隆三十二年秋"。牌子的反面还有几行小字，写的内容大意是：张德仁巧取豪夺一生，聚财万贯，但是没想到张家虽然富有，但是家门不幸，先是妻妾相继死去，接着几个儿子也先后亡故，张德仁到了这时才知道了一个道理："缺德败家，短寿"，于是就想用金银去买"寿"，他广做好事，尽散金银，可还是未能买得家门的太平，他的最后一个儿子还是病死了，于是张德仁就去向灵言寺的无碍法师手中借"德"，承诺修桥铺路三年，以苦力偿还。谁料只是过了两年，张家就遭了大火，烧得片瓦无存，张德仁本人也在大火的当天暴死，葬在荒野。这样，张德仁所借的三年"德债"就还欠了一年，这"借牌"上是这样说的：日后挖坟盗墓得此牌者，即为"续债"之人，如不偿还，将会得到同样下场！

那汉子看到这里，吓得魂飞魄散，立刻把牌子扔给了于得利，于得利看了牌子上写的字后说："你扔了也没用，你得了这牌子，就是该还债的人，哪怕逃到阎王老子那里，你还得还，还是按事先说定的四六比例，咱俩老老实实还债吧！"

汉子哭丧着脸，说不出一句话来。从那以后，市场上再也看不到他俩的身影了……

所以，正确答案是：C.（短信代码DC）倒霉的

好报告弗雷德，弗雷德心想，今日既然是自己的大喜之日，也不必败兴，就下楼来到别墅的庭院前，门前果真站着一个蓬头垢面的乞丐。弗雷德因为高兴多喝了几杯酒，走上前问道："你是谁？""你忘了我是谁吗？"乞丐眼里充满仇恨的火光。"我从来就不认识你！"说完，弗雷德转身就走。"慢！你不认识我，大概不会不认识这个吧——"

弗雷德掉过头去，只见乞丐正用双手举着一幅画：《血牡丹》！弗雷德忽然明白了什么，惊骇得浑身发抖，一头歪倒下去，再也没有爬起来……

这个乞丐就是布朗！

为躲避弗雷德的追杀，布朗离开加利福尼亚州的那个小镇后，就长期隐居在一个偏僻小山村，他一边用左手苦练作画，一边靠给村人画人头像谋生。经过近十年的刻苦训练，他终于画出了最得意的一幅《血牡丹》。《血牡丹》完成之后，他便开始四处寻找弗雷德，几经周折，终于打听到弗雷德的住址……

一百多年过去，纽约一家画廊里至今珍藏着两幅一模一样的"牡丹"画，一幅叫《血牡丹》，另一幅被人们称为《杀人画》。

（本篇月月评短信代码：0812）

（题图、插图：箭　中）

找上帝评理去

□ 潘春萍

这个故事发生在东部沿海一个偏僻的岛屿上。有个以打鱼为生的渔民叫水生，他有一个贤惠的妻子，还有一个漂亮的女儿，一家人都住在船上，日子虽然过得艰苦，但人却活得很自在。

但好景不长。这年九月，水生患了严重的风寒，站都站不稳，更不用说下船卖鱼了，老婆就对他说："水生，你还是让我去把鱼卖掉吧，一家人得吃得喝呀！"水生犹豫了半天，才说："那你尽量小心点，千万别碰上了金大腕！"

金大腕是谁？大渔霸，十恶不赦的大坏蛋，尽干些欺男霸女的事。老婆说声知道了，就故意打扮成一个丑渔婆，挑着满满一担鱼下船了。她走

一阵歇一阵，拖到中午才来到鱼场，水生告诉过她，金大腕上午都在鱼场游来荡去，中午一到，就回去休息了。

水生老婆来到鱼场，偷偷一看，金大腕果然不在，才放心地加快步子走进了鱼场。不想过完秤准备拿钱时，有人按住了她的手，左手揭开她的帽子，然后奸笑着说："果然是个女的，想逃过我的眼睛，没那么容易。娘子，我看上你了，老老实实跟我快活去。"水生老婆呆住了，此人正是金大腕！

水生老婆非常愤怒，但她强忍着没有发作，央求道："金爷，我是有夫之妇，你不能强占人妻啊。"金大腕鼻子一哼，说："你情愿了，我就不叫强占了！少废话，快跟我走！"水生老

婆猛地抽出手来，转身就跑，金大腕气坏了，冲手下吼道："这臭娘们反了，给我追！"几个手下像恶狼一样扑过去，眨眼间就把水生老婆按在了地上，金大腕跑到她前面站定，双手叉腰说："看样子你还挺辣啊，老子这回就尝尝辣味道！给我绑起来，押回去！"

手下把水生老婆提了起来，她双眼都喷出了火，破口大骂："姓金的，我奈何不了你，但老天在上，上帝会惩罚你的！"金大腕一愣，说："这个讲法我还是头一次听到呢！不过你错了，上帝是帮有钱、有权、有势的人说话的，怎么可能站到你们穷人一边呢？"水生老婆冷笑道："上帝是最公

正的，它从来都是站在受欺负的人一边的！"金大腕龇牙咧嘴道："我今天就是要把你强奸了，以半个月为限，看上帝惩不惩罚我！"……

水生老婆大哭着跑出了金府，她冲到海滩上，跪在了地上，双手不住地朝天作揖："上帝，你今天就惩罚这个恶魔吧，我求你了！"

傍晚，水生老婆强装笑脸回到了船上，水生关心地问长问短。晚上，水生睡着了，她悄悄下床，来到船头，跪下，祈求上帝严惩金大腕……

这天，水生爬起来走出船舱，意外地发现自己的渔船被包围了，他弄不清是怎么回事，正想揉揉眼睛看仔细，一个声音让他吓了一跳："水生，我是金大腕！半个月前，我跟你老婆有个约定：那天你老婆来交鱼，我强奸了她，她想不通，说上帝要惩罚我，我说那我就等上帝半个月，看上帝惩不惩罚我。如果半个月内上帝不惩罚我，那我就再快活一次！现在期限到了！"水生一听，肺都气炸了，他跳起来大骂金大腕。金大腕狂笑起来，命令手下跳到水生船上去把他老婆抓过来。

水生老婆怕他们发现女儿，赶紧跑出船舱，跳到海里，以死相争。可她根本死不成，只几分钟，就被金大腕的手下抓上了船，水生想冲上去救自己的老婆，金大腕就用刀逼过来，吓得他不敢动了。眼看着妻子又要去

受辱，他扯破嗓子冲天大喊："上帝啊！难道你真的是只帮富人不帮穷人？太可怕了，我不敢相信啊，我一定要当面找你问个明白！"

金大腕一听水生要去向上帝讨说法，又是一阵狂笑，撂下了一句话过来："你一个人找上帝评理有什么意思？上帝只听一面之词，也不好断谁是谁非啊，还是我陪你一起去吧，你的路费我包了！"

周围的渔民听说水生要去找上帝评理，都积极支持他，一个个说："如果连上帝都不帮穷人了，那我们穷人真的没活路了，我看你去当面问明白好！"由于大家踊跃捐款，水生当天就凑足了去天堂的路费。可第二天收拾行囊启程时，一个根本的问题冒出来了：天堂到底在哪里？他颓然地坐在地上，双手不停地抓头发："怎么办啊？怎么办啊？"正在他愁得不可开交时，突然一条路从天上伸到了自己脚前，走下一个人来，他扶起目瞪口呆的水生说："我是上帝派来的，跟我走吧，上帝听到你要当面向他问明白，就给你铺了条路下来了。"水生又惊又喜，跟天使一起出发了。

金大腕得知水生真的上天找上帝评理去了后，心里还真有些害怕，他立即背了一包袱的金银细软，也到天上找上帝来了。实际上，上天的路很好走，一步等于一万步，不久两个人就都到了上帝面前。上帝相貌堂堂，

面目庄严，他们两个都不敢正视，还是上帝先开口："水生，金大腕，你两个大老远从人间来，都给我带什么来了？"水生一听不对，心里的气一下上来了，可他什么都不怕了："我没想到见上帝也要带东西，所以是空手来的，不过也不能说是完全空手来的，因为我毕竟带了满肚子苦水来！"金大腕等水生一说完，就打开包袱，笑眯眯地对上帝说："报告上帝，我在心里对你老人家一直是毕恭毕敬的，所以这次来见你，特意带了人间最贵重的东西来。"上帝对此相当满意，连点了三次头。

接着他又问两人为何事而来？水生张嘴要说，上帝马上打断了他："你这人怎么一点不懂规矩，刚才是你先说的，现在该轮到他了。"金大腕一看上帝全护着自己，好不得意，立即眉飞色舞地告诉上帝：我这人什么都好，就是脾气有时不好，不小心打伤弄死几个刁民；还有，就是色欲太强，看到漂亮女人对我有意思，就成全了她们，本来都是一些挺平常的事情，可他就是看不顺眼，非得上你这里告状，这完全是存心给你找麻烦嘛，叫我真不知道该说他什么才好！

金大腕说完后，水生一言不发，上帝问他怎么不开口了，水生说："你分明站在他一边，我还有什么好说的！"上帝大怒，把惊堂木一拍，吼道："大胆刁民，你竟敢诬陷到我上帝

头上来了。堂上这么多人可以作证，我说过我站在他那一边了吗？"水生把头一昂，说："好！既然你肯主持公道，那我就说给你听！"于是他把金大腕的罪行都控诉了出来，最后竟声泪俱下，强烈要求上帝惩罚这个恶魔。

上帝似乎有些不耐烦，说："你哭什么，我看你说的这些都是你编的，如果金大腕真有你说的这么坏，你们不早把他的皮剥了？我要当面警告水生：回去以后你和你那帮穷人得老老实实听金大腕的，他说往东你们不能往西，他说是黑的你们不能说是白的，如果你们当中还有谁不服，就叫

他来找我好了！"水生大叫一声："连天理都没有了啊！"口吐鲜血栽倒在大殿上……

穷人们都眼巴巴盼望着水生从上帝那里带回好消息，谁知是这样一个结果！水生摇了摇头说："穷兄弟们啊，连上帝都靠不住，还能靠谁？我们只有一条路，那就是站起来跟金大腕斗，把他掀翻在地，我们就可以扬眉吐气了！"一句话惊醒了梦中人，他们纷纷说："对啊，我们早该团结起来，把他整倒了。你就领头吧，我们都跟着你干！"

金大腕比水生晚回来，上帝留他住了好几天。从天上回来后，他立即把手下召集起来，耀武扬威说："我现在有了上帝这个大后台，什么都不怕了，你们跟着我好好干，少不了你们的荣华富贵！"众手下立即欢呼雀跃，金大腕等他们平静下来后，说："你们别只顾高兴了，我这次到天上一路上非常辛苦，你们就给我四处物色，在晚上十二点以前一定给我找个最漂亮的姑娘来慰劳慰劳我，我重重有赏！"众手下马上行动起来。

两个小时后，有几个手下在一处海湾发现了一个弯腰捡拾贝壳的姑娘，他们一个个在心里惊呼：想不到我们这里还有这等绝色美女。他们正准备扑上去抢她时，那姑娘笑着说："我不用猜，就知道你们是金大腕的手下。我为什么会这么聪明呢？因为

上帝既制造天才，也制造天才的理解者，只是它从不同时制造他们。（徐兴忠 自荐）

我是小龙女啊，我还知道金大腕这次从天上回来，得到了上帝的支持。我前几天做了一个梦，梦见他当了国王，我成了他的王后呢。我把这个梦跟我龙王父亲一说，他不但同意我嫁给他了，而且答应帮助他明年就当上国王，你们回去告诉他，他有心娶我，明天早晨就到这里来相亲。"说完她转身跳入水中，钻进了海里。几个手下盯了半天，也没见她从水里冒出来，他们撒腿就跑，向金大腕报喜去了。

金大腕听了手下的报告后，激动得语无伦次了："真、真、真想不到，我、我、我要当、龙王的女婿了！上帝啊，太、太、感、谢你了！"

第二天早晨，金大腕在大队人马的护送下，威风凛凛来到了昨天那个海湾，然而，大半天过去了，却连个人影也没有，正要发怒，海面上突然飘来悠扬的歌声，随后一只扎满了鲜花的花船自己荡过来了。小龙女穿着漂亮的衣裳，坐在船头，到了岸边，她向金大腕笑了笑，说："英雄，快上船来吧，我龙王父亲等着你呢。"金大腕从未看到过这样的绝色美女，早已痴呆了，听她这么一说，不假思索跳上了船，渐渐驶离了岸边。

金大腕色迷迷地看着小龙女，口水直流，小龙女说"英雄，外面风大，咱们进舱去吧。"金大腕成了个听话的乖孩子，低着头跟在身后进了船舱，可他脚还没立稳，背后就冒出两个人，把他双手反剪过来捆了，他知道上当了，大喊"快来人啊，救命啊！"可声音再大，哪有海浪声大，岸上根本就听不到。后面两个人走到他前面，他看清了，一个是水生，另一个也是跟他有血海深仇的渔民。金大腕暴怒道："水生，你们竟敢跟上帝作对，使用美人计害我，上帝是不会放过你们的！"

水生说了声："呸，上帝？什么上帝？我们就是上帝，现在我们就以自己这个上帝的名义，送你上西天！"说完，两个人抬起他把他扔进海里！小龙女见了，拍手称快，向水生跷起了大拇指："爸，你真伟大！"原来小龙女就是水生的女儿。

却说金大腕刚沉下去，一条金光大道就铺在了水生他们面前，上帝来了，说："这回我是不请自来啊。对金大腕这样的恶棍，你们早就该坚决反抗了，所以，当时水生大老远跑到天上去找我评理，我不但不帮你说话，相反，还故意站在他那一边，为的就是激怒你，迫使你自己采取行动。你们这回做得很对。经历了这件事，希望你们明白一个道理：每个人自己的心中都有一个上帝，如果什么事都等着我来管，我是管不过来的，到头来吃亏的还是你们自己啊！"

（本篇月月评短信代码：0813）

（题图、插图：箭 中）

这条小河虽然水不深，可是每年都会淹死人，所以村里的老人们都说这是一条不吉利的河……

稻草人

□ 崔 浩

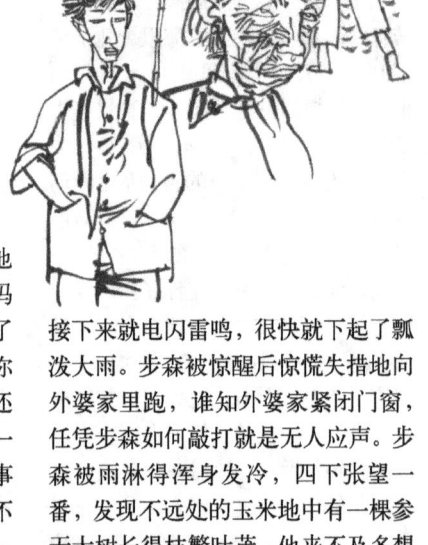

高考一结束，步森就对妈妈说，他要去乡下的外婆家过暑假。妈妈听了没有反对，不过，她也提出了要求："外婆家周围有许多稻草人，你去了后不许走近稻草人，知道吗？还有，在离外婆家一公里远的地方有一条小河，你不许下河游泳。这两件事情你一定要答应妈妈，否则，我是不会让你去的。"步森刚想问个为什么，可话到嘴边就咽了下去，大声说："遵旨！"

第二天一早，步森就乘汽车来到了外婆家，外婆早就炖好了步森最喜欢的排骨汤。喝完汤之后，他坐在外婆家门口的躺椅上，吹着凉爽的田野的风，不知不觉睡着了。

正睡得香甜，忽然风云突变，刚刚还晴朗的天空顷刻之间乌云密布，接下来就电闪雷鸣，很快就下起了瓢泼大雨。步森被惊醒后惊慌失措地向外婆家里跑，谁知外婆家紧闭门窗，任凭步森如何敲打就是无人应声。步森被雨淋得浑身发冷，四下张望一番，发现不远处的玉米地中有一棵参天大树长得枝繁叶茂，他来不及多想就跑向了大树。

大树的枝冠伸展开来有十几平米的样子，大雨到达地面时已经变成了微不足道的细雨。步森暗自庆幸自己的聪明，就在这时，忽然他听到一阵阵细若游丝的声音传来，尽管十分微弱，若有若无，他还是听清楚了这个声音竟然呼唤的是他的名字："步森，你来了！你来了，步森！来了就好，

社会是一个奇怪的地方，你急于要找的人大都地址不详。（韩永成 自荐）

来了就好！"步森吓得一个激灵，有心想离开大树，却好像被魔力牵引一样，不知不觉地朝着声音的方向走去。他深一脚浅一脚地在玉米地中行走，推开一棵又一棵玉米，终于发现声音竟然来自于一个稻草人！

稻草人当然是用稻草扎成的，不过手法很巧妙，扎得十分形象与丰满。尤其是稻草人一双眼睛，似乎还能跟随着步森身体的移动而转动。步森吓得不行，声音颤抖着问："是你，是你在叫我吗？"稻草人说："不是我，我是稻草人，怎么会说话呢？"步森听了这句话，舒了一口气说："就是，稻草人怎么能说话呢？我真是笨呀！"然后步森忽然明白过来这句话就是稻草人告诉他的，他大叫一声："天啊，你就是会说话！"说完，步森什么也顾不上拔腿就跑。身后还传来稻草人细细的呼唤："你别跑，你别跑！快点回来！"……

步森醒来时已经满身大汗，他发现外婆站在自己身边，边给自己扇扇子边关切地问："步森，是不是做噩梦了？不要紧，噩梦只是一场梦，醒过来就好了。"步森被自己的梦吓着了，又想起了妈妈对自己的叮嘱，就问外婆："外婆，妈妈为什么不让我接近稻草人，不让我去河里游泳？"外婆笑眯眯地说："你妈妈小时候有一次晚上出去玩被稻草人吓坏了，她说稻草人抓住了她的衣服不让她走了。其实

是稻草人身上的一个钩子勾住了她的衣服。从此以后她就怕死了稻草人。还有一次她下河学习游泳，差一点被淹死，所以她到现在都很怕水。她这样做也是关心你。"

过了很长时间，步森还是感觉刚才的梦阴森真实和可怕，玉米地一眼望去无边无际，几个稻草人在玉米地深处若隐若现。外婆做饭去了，步森一个人闲着无事就决定到处走走。乡下的空气果然新鲜，步森听着不绝于耳的鸟鸣，看着脚下盛开的不知名的小花，很快就忘记了刚才的不快与不安，高兴地小跑起来。

跑着跑着，步森听到身后好像有脚步声，回头一看，步森吓得够呛，一个女孩在离他身后不到一米远的地方紧紧地跟着他跑。步森急忙站住，问她："你是谁？跟在我身后干什么？"女孩也站住了，笑容中有一丝羞涩："我叫阿嫛，家离你外婆家不远。早就听你外婆说你要来，我就想认识你。因为我还没有一个城里的朋友。"步森向阿嫛伸出了手说："很高兴认识你，阿嫛！"阿嫛和步森握了握手："我更高兴！"

步森跟随阿嫛来到了小河边，阿嫛说"这条小河虽然水不深，可是每年都会淹死人，所以村里的老人们都说这是一条不吉利的河，都叫它死河。还有人说这条河里淹死的人太多了，所以里面有许多水鬼，水鬼要找

到替死鬼他们才能投生，所以老人们不让自己的孩子来河里游泳。不过我不怕，我从来不相信他们的说法。我的水性特别好，水鬼就是想淹也淹不死我。"

阿婴又给步森讲了许多趣事，还给步森讲了不久前发生在村里的一件离奇的命案："前些日子村里的一个赤脚医生晚上去出诊，回来时有些晚了。他以前也没有少走过夜路，所以也没有觉得有什么可怕的。可是，第二天有人在玉米地发现了他的尸体，尸体旁边还有不少稻草和破衣服，很明显是一个撕碎的稻草人。医生是被

人掐死的，一双稻草人的手还留在医生的脖子上。医生死后不久，村里有一个妇女晚上从娘家回来，半路上被一个稻草人追赶。幸亏妇女胆大心细跑得快才没有被追上。这一下村里的人都相信稻草人在闹鬼，有人建议把所有的稻草人都扔掉，不知道谁在传言说谁敢动稻草人谁就会得病死去。结果村里人谁也没有扔掉稻草人，谁也不敢晚上再出门了。"

虽然阳光很强，步森听完阿婴的叙述后还是感觉浑身发冷，好像周围的玉米地全部都冒出阴森森的冷气一样。阿婴"咯咯咯"笑了起来："没想到你这么胆小，我是故意吓你的。虽然有些事情确实有些离奇，不过并不是什么鬼怪闹的。我才不怕鬼呢！我们下河游泳吧！"说完，阿婴脱掉外面的衣服，只穿了一件紧身衣服，"扑通"一下子就跳到了河里。步森在学校里也是游泳好手，才不会怕这样一个小小的河流呢，也脱掉了外面的衣服跳到了河里。

河里的水凉而不冰，很是舒服。阿婴游技不错，一个猛子能扎出老远。步森也不甘示弱，拿出了平时所有的游泳本事。两个人在河里像两条鱼一样快乐地游来游去，把一些传说和闹鬼的吓人的说法早就抛到了九霄云外。游着游着，忽然阿婴大喊："快来救我，有人在拉我的腿！"话音刚落，阿婴就一下子沉到水里不见了。

上帝在赐给我们青春的同时，也赐给了我们青春痘。——马长山

步森大惊，急忙游到阿婴沉没的地方一个猛子扎了下去。河水不太干净，步森在河水中什么也看不到，只好乱摸，希望能够摸到阿婴。结果半天什么也没有摸到。没办法步森只好浮出水面，大喊："阿婴，你在哪里？你在哪里呀，阿婴！"没有人回答他，四周一片寂静，只有风吹过的沙沙的声音。步森害怕极了，猛地扒拉几下游到了岸上，想穿上衣服回去叫人，却发现衣服不见了。

怎么才一天就全是怪事？步森感到头皮发麻，后脑勺嗖嗖直冒冷气。

步森正准备跑回外婆家，眼前人影一闪，只见阿婴笑盈盈地出现在他面前："吓坏了吧，我骗你的。别那么胆小好不好？我其实只是想骗你一下，告诉你不用害怕的，别担心，什么事情都没有！"步森却一点也不觉得好笑："拜托阿婴，你别再这样了好不好？你知不知道这样一点也不好笑，相反还真是有些吓人！好了，现在我们回家吧，你把我们的衣服藏哪里了，快拿出来吧。"阿婴一脸的惊讶："我没有藏衣服呀，我刚刚从水里出来？真的，我不骗你！""那衣服哪去了？"步森四下去寻找一番，还是没有衣服的影子。阿婴也着急了，和步森一起找了半天，衣服好像凭空消失了一样。步森开始害怕起来"会不会是什么水鬼把我们的衣服给偷走了？"

阿婴也变了脸色"这里很少有人来的，到底是谁拿走了我们的衣服呢？真是怪事！"步森知道再找下去也没有什么结果，就和阿婴一起回到了外婆家。

外婆得知步森和阿婴去河里游泳还丢了衣服，训斥了阿婴几句还责怪了步森一番，步森问外婆为什么会丢掉衣服，外婆摇摇头说："这可不好说，说不定是谁家的孩子捣乱给拿走了，也说不定是狗呀猫呀的给叼走了。阿婴你去村里问一问，看看是不是谁家孩子到河边玩拿走了你们的衣服？"阿婴答应着走了。

晚上步森起来上厕所，因为乡下的厕所都在院子里，需要走一段黑路。步森睡得迷迷糊糊的，在月光下一路摸索着走到了厕所。一抬头，步森就看到了不远处黑乎乎的玉米地中似乎有人影在晃动。步森吓得一激灵睡意全消，他睁大了眼睛仔细一看，没错，确实有一个人伸直了双臂在玉米地中走来走去。步森不相信自己的眼睛，向前走了几步。这一下步森看得清清楚楚了，伸开双臂的不是一个人，确切地讲应该是一个稻草人！他身上穿着破旧的衣服，头也是布做的，看不清眼睛，但是可以看清他身下的用来支撑稻草人的一根木棒！步森吓得魂飞魄散，没命地跑回了自己的卧室。步森想叫醒外婆，可是当他再看向窗外时，窗外除了玉米地和月光之外，什么

也没有。步森擦了一把额头上的汗，躺在床上胡思乱想，却再也睡不着了。

一连几天怪事不断，步森感觉自己真的再也无法忍受了，便向外婆提出了要提前回去，外婆同意了，不过她有些伤感地说："步森呀，外婆老了，恐怕你以后再也见不到外婆了。"

真是不幸而言中，回到城里十多天，步森就接到了外婆病逝的消息，他决定与父母一起下乡为外婆送终。外婆平时为人十分善良，所以村里为外婆送终的人很多。步森在外婆的灵前伤心欲绝，这时阿婴走到步森身边，把他拉到一边，悄悄地说"步森，外婆临死前让我把事情的真相告诉你，她说她不想让你心里蒙上阴影，但你要保证不告诉别人。"步森望着阿婴神秘的眼神，点点头："说吧，我保证！"阿婴这才打开了话匣：

那条小河淹死的人并不多，只不过因为我们这里离城市近，许多城里人都喜欢节假日来这里钓鱼、游泳。不过，鱼没有钓到多少，却淹死了一些到河里游泳的人。这里还有块湿地，一些城里人听说后就三五成群到这里来打野兔，为了不让他们来这里破坏生态环境，村里人想了许多办法都不奏效，后来正好一天晚上，村治安委员巡防时在玉米地中发现了医生的尸体，医生就死在稻草人旁边，稻草人也在争斗中被撕坏了。他灵机一动，想出了一个办法，因为医生是被人掐死的，他就把稻草人的两只手臂放在医生的脖子上，造成了被稻草人害死的假象。然后他又偶尔在晚上装成稻草人跑来跑去，让人们相信我们这里有鬼。然后再散布一些河中有水鬼的谣言来吓唬城里人。这一招十分灵验，很少再有人来我们这里钓鱼破坏湿地了。外婆知道事情的真相，本来想告诉你，又担心你破坏了我们苦心营造的效果。

"啊，原来如此！"步森听后长吁了一口气，不过，他心里的疑点并没有全都消失，比如，那个医生到底是怎么死的？

与阿婴告别后回到城里没两天，步森的大学通知书下来了。就在这天，本市晚报上一则不起眼的小消息吸引了步森的眼睛：

本市郊县某村村医被杀一案近日在警方的大力侦破下宣告破案。原来医生在出诊时一个人独自走夜路，被一个流窜犯撞上。流窜犯见医生一人出诊，以为医生身上会有不少钱财，一时心起歹意将医生杀死。近日该名流窜犯在异地作案时落网，供出了当年所犯罪行。

（本篇月月评短信代码：0814）

（题图、插图：魏忠善）

（本栏目欢迎来稿。来稿不拘形式，可从邮局寄发，也可从网上传递。如为电子邮件，请发以下信箱：xiayiming@163.net）

城里没有秤

□范国清

石老汉家养了一只大草鹅，年关来了，石老汉决定进城卖个好价钱。大草鹅正立在猪食盆边伸脖张嘴，石老汉猫着腰扑过去，双手紧紧搂住大草鹅，然后用绳子将大草鹅的双腿捆住，对老伴嚷道："快拿秤来，称一称，看有多重！"

石老汉有一杆秤，很准。村上人称东西都会到石老汉家借用，大家都称那杆秤叫平心秤，无论称啥，不差一两一钱。石老汉的老伴乐呵呵把秤提来了，石老汉将秤钩住大草鹅，称了称，嘿，不多不少，整整十二斤！听说草鹅在城里卖五元一斤，这只鹅可卖六十元！老伴吩咐说："卖了鹅，从城里带些年货回来。"石老汉点着头，一手拎秤，一手抱鹅，走出家门，老伴在背后嚷道："老头，带秤干

啥？"石老汉回头说："不带秤怎么卖鹅？"老伴说："城里没秤？把鹅提到菜场去卖，菜场还没秤？借人家的秤用用不就是了？"石老汉觉得老伴主意很好，就把秤放回家了。

石老汉抱着鹅往城里走，半路上，鹅掉下几团屎，石老汉心一晃：鹅少了一二两！不久，大草鹅又"巴嗒"滴下几团屎，石老汉想：又少了一二两！石老汉走得飞快，一溜烟儿来到县城"大世界菜场"。

菜场可热闹啦，卖东西的人和买东西的人熙熙攘攘。石老汉在一个挑箩筐卖鱼的人身边站下，将大草鹅放在脚边。

一会儿，一个嘴上叼烟穿得挺阔的男人盯着大草鹅走过来，他问石老汉："鹅卖多少钱一斤？"石老汉说：

"五元一斤。"男人点点头:"我买了,称一称吧,看有多重。"他一边说一边掏出钱包。石老汉就向身边卖鱼人借秤。卖鱼人有点不愿意,石老汉忙给他递上一根烟,卖鱼人这才把秤借给石老汉了。

石老汉握着秤将大草鹅钩起来,他把秤砣放在十二斤处,但秤尾巴向上翘。石老汉十分诧异,暗暗地想:鹅屙了两泡屎,难道越屙越重?他把秤砣往前移,在一旁弯腰看秤的买鹅男人说:"好了,好了,十二斤四两。"石老汉准备说啥,买鹅男人丢给石老汉六十二元钱,拎起鹅咧着嘴走了。

石老汉捧着钱蹲在地上愣着。身边卖鱼人说:"老头,卖了鹅还蹲在地上干啥?快走呀!"石老汉说:"稀奇呀,我的鹅在家里过秤只十二斤哩,半路上屙了两泡屎,还十二斤!"卖鱼人对石老汉半笑着"老头,你得感激我,我这秤……反正城里人有钱,你快走吧!"卖鱼人说着,挑起鱼筐换个地方卖鱼去了。

石老汉仍傻乎乎蹲在原地,他没想自己借了一杆黑心秤。鹅多卖了几块钱,这不是得黑心钱吗?石老汉心里不安,他暗想,刚才那个买鹅的男人如果复了秤,一定会来找他的。石老汉呆在原地等着!

果然不错,一会儿买鹅的男人拎着鹅气呼呼地赶来了,张口就骂:"死老头,你找死啊!这鹅只有十一斤七

两,我刚才复秤的,多混了我七两,真是黑心哩!我怕你跑了!"

石老汉立即从地上站起身,说:"我不跑,正等着你哩!刚才是我借的秤有问题,我在家里称了,这鹅十二斤,半路上屙了两泡屎,少了二三两,我退你几块钱。"买鹅男人更生气了:"既然你晓得,为啥刚才不吭声?现在我把你抓住了,你才这么说。这鹅我不买了!"男人把鹅往石老汉面前一丢,将手朝石老汉一伸:"钱给我!"石老汉满脸通红,把钱给了男人,男人"哼"了一声转身走了。

又过了一会儿,一个提篮买东西的女人走过来,瞅瞅石老汉脚边的鹅,说:"这只鹅好大!怎么卖?"石老汉说:"妹子,这鹅五元钱一斤。"女人点点头:"称一称,看多重,我买了。"石老汉搓搓手,扭头,看见不远处有个握秤卖菜的贩子,便走过去借秤,把秤借来后,石老汉将鹅钩起来,将秤砣移到十一斤七两处,今日真是撞上鬼了,秤尾老是往上翘,最后称出十二斤七两。

买鹅女人对石老汉说:"十二斤七两,多少钱你算算吧。"她一边说,一边掏钱包,石老汉暗想,这鹅只能按十一斤七两算钱,便对女人说"除一斤,你只给十一斤七两的钱就行了。"买鹅女人一怔:"为啥除一斤?"石老汉见卖菜的贩子站在身边,他不好说秤有问题,只说:"妹子,我说除

一斤就除一斤。"买鹅女人就仔细打量着大草鹅，大草鹅弯着脖子虚虚地看着女人，女人点点头："我明白了，这是一只病鹅！"

石老汉很生气："我这鹅好好的，你怎么说它病了呢？"

女人把掏出来的钱放回口袋，说："还问我？问问你自己！明明称出十二斤七两，你说除一斤，肯定鹅有问题！不然，你愿除一斤？现在做生意的人将牛肉注水卖，你还除一斤，一定是只病鹅。"

石老汉噎得说不出话。

菜场不少人跑过来围观，大草鹅见很多人围观它，朝它喷着口沫不知说些啥，它从没见过这场面，吓得把脖子缩下来，众人见罢，都点点头："这是一只病鹅。"

很快，菜场里的人都在传着石老汉卖病鹅，可石老汉浑然不知，正准备抱鹅换个菜场卖，冷不丁走来几个戴大盖帽的人。

这是"大世界菜场"工商所人员，板着脸嚷道："老头儿，哪儿跑？听说你卖病鹅！"石老汉一见，慌了，立即把鹅抱在怀中，结结巴巴地说："同志，我这不……不是病鹅！"

"你还抢嘴！"一个人伸手夺石老头怀中的鹅，只几下，那只大草鹅的脖子就捏在大盖帽手里，"走，到所里说清楚！"

石老汉跌跌撞撞被推到工商所，提着大草鹅脖子的人将大草鹅往地下一丢，大草鹅在地上挣扎了几下，腿一伸，嘴里淌出鲜血，死了。

工商所的人愣了愣，冲石老汉嚷道："你看你看，你这鹅这么容易死，还说不是病鹅！"石老汉"呜"地哭了起来："天哪，这不是病鹅！"

直到这天太阳快落山时，石老汉终于说清楚了他卖的鹅不是病鹅。他从工商所里歪歪倒倒地出来，怀中的大草鹅再也竖不起脖子，倒垂着，在半空中一晃一晃的，嘴里还在滴血水。石老汉搂着鹅，一只手一会儿抚摸着鹅，一会儿抹抹自己脸上的泪往家走去……

哲学先生评曰：经济学中有一个著名规律，那就是"劣币驱逐良币"，是指在铸币流通时代，成色好与成色不好的铸币在市场上一起流通，久而久之，成色好的良币将逐步退出流通转为储藏，而留在市场上的却是成色不好的劣币。中国一句话：假作真时真亦假，说的就是这个道理。现实生活中，我们经常看到李鬼侵害了李逵，假文凭侵害了真文凭……故事中的石老汉的悲剧也如此。所以，我们讲，城里不是没有秤，而是假秤太多，弄得人们的心里已经没有一杆准秤了！

（本篇月月评短信代码：0815）

（题图：魏忠善）

彩票不只是有钱人的游戏，还将是聪明人的游戏……

彩票人生

□曾　颖

1．灵感

今天是彩民魏大富玩彩票三周年纪念日。从早上一起床开始，魏大富就觉得有点心神不宁，脑子里总是有几个数字在闪动，挥之不去。中午快下班的时候，接到老婆小金的电话，说是她妈的胃病又犯了，她在照顾着，中午不回家了。魏大富放下电话，心想：老婆不回家，正好给自己腾出个空间，把脑子里的几个数字细细琢磨琢磨，选出个好号来，在今天这个特殊的日子里，博出个好运来。

想到这里，他向经理请了个假，说是岳母病了，就提前下班回家。

说起魏大富啊，在本地也算是个不大不小的彩迷。不大，是指他买彩票一掷千金的"壮举"一次也没有。不小，是说他每期必买，三年如一日，尽管屡战屡败，但还是屡败屡战。三年前的今天，他买的第一张彩票，他专门给它塑了封，放在身边，形影不离。昨天，他偷偷把自己的流水账算了一下，不算不知道，一算吓一跳，买彩票他花的钱差10元就是3万元了。

回想三年玩彩票历程，魏大富心中禁不住有一股酸酸的感觉。想刚开始买彩票，老婆小金也非常支持，因为即使不谈支持国家体育、福利事业这些大道理，他买彩票，就在不断地为全家人播种希望，使夫妻俩始终生活在充满希望的幸福中。可是，随着他买彩票屡战屡败，精明的老婆越来越失去了耐心，她不干了。先是劝阻，再是警告，后是禁止，最后采取了釜底抽薪的措施：要求魏大富将工资奖金一律上交，手里仅留100元的早餐钱。魏大富强烈抗议，说摩托车要维修加油怎么办。小金撇了撇嘴，说是给你联系好了定点维修站和加油站，到时候，她会去结账的。魏大富无话可说了，他只能用这可怜的早餐钱坚持着他的屡败屡战，当然，玩彩活动也就转入地下了。

魏大富回到家里，从储藏室的角落里拎出一只黑色塑料袋，拿出里面用报纸包成的大纸包。在客厅的茶几上把纸包打开，他仅有的一点隐私便暴露无遗。这里有博彩报刊更有自己精心制作的奖号走势图表。魏大富把思绪从以往的追思中拉了回来，从公文包中拿出最近几期的中奖号码走势图，与过去的对接上，开始分析、研究、演算。渐渐的，脑子里已扰了他大半天的几个数字开始定格，清晰地出现了一个连他自己都不相信的号码：1234321。这个号码太怪，前半部为4个顺连号，后半部为4个逆连号，并且顺念倒念是一样的。

面对这个突然跳出来的灵感，魏大富又参照彩号预测理论进行小心求证，结果非常满意。他不禁长长地舒了口气，从心中又一次地升起一股希望。

正当魏大富准备对这个号码进行最后技术性修改时，手机响了，是一个"彩友"打来的："喂，刁德一，你化成灰了我都知道是你。哎呀，现在我来不及了，有事。好好，我马上来。"电话中刁德一让魏大富到007去。007是他们这帮彩迷朋友定点购彩的彩票销售点。

刁德一本不叫这名，他只是姓刁，人长得精瘦，就得了这外号。别人这么叫他他也答应，他说刁德一是个狡猾透顶的反派，其实狡猾从褒义上解释就是聪明、有智慧，而这一点对玩彩票者至关重要。如果他哪天喜中大奖，那肯定与诸位赐给他的外号不无关系。有人骂他恬不知耻，有人说他想中奖想疯了，他不急不恼，反倒朝人嘿嘿直乐。

魏大富看着自己精心选出的怪号，还未下定最后决心，他对这个出自灵感、符合理论的号码是非常满意的，但未作技术性修改，毕竟总觉得毛糙。把它改改吧，又没时间了，因为下午还要上班。他把茶几上的东西重新收好后又藏在储藏室的角落里。做完这些，他便出门了。

2. 中奖

魏大富走进007的时候，这家彩票销售点内已是座无虚席。今晚是本期体彩7位数开奖日，众彩民摩拳擦掌，群

情振奋，恨不得把奖池里的2000万捞个干净。

魏大富朝熟悉的彩民点点头，算是打过招呼。条椅上的人挤出一点点空隙让他勉强坐下，老板给他递过来一杯热茶。这时刁德一手拿一枝红铅笔在墙上挂着的中奖号码走势图上侃侃而谈，活像一位指挥千军万马的大将军。而听他神吹的其他彩民则圆睁双眼，认真得像三年级的小学生。刁德一用笔头打打首位数："第一位我比较看好9。你们看，这几期都是1234的来回走，这次很可能走长线，从3跳到9，从走势图上看，我估计今天至少要出一个零，甚至两个零……"

彩迷们听了老刁的预测，交头接耳议论纷纷，有的点头称是，有的连连摇头，有的则直瞪着双眼不说话。彩民王有为起立发言："老刁说得有理。只是，首位数23期不出7了，这次还不出来？我倒认为这期至少有两个7。"彩民们笑起来。一彩民起身朝王有为直摇手："哎呀老兄，得了吧，这话你都说十几次了。每次我听你的买7字头，结果呢，1000多打了水漂。"王有为有气无力地坐下，底气不足地嘟囔着"这可不能怨我，我只是说有可能。再说，你才1000，我2000都不止了。这摇奖机真太他妈邪门，你想出的数字它偏不出。"旁边的彩民讥笑说："如果你想什么它出什么，那你早成亿万富翁了。"

老刁问魏大富："大富，你怎么看？"彩迷们安静下来，等魏大富发表高见。魏大富却不慌不忙地喝了一口茶，一副胸有成竹的派头："我不同意你的看法，甚至与你的观点恰恰相反。我认为，第一位数还会出小号，且最大不超过5。"刁德一的小眼睛都瞪圆了："还是小号打头？1，2，还是3？"几十双眼睛齐刷刷地望着魏大富，仿佛他知道今晚的中奖号码似的。魏大富看着这一双双眼睛，心里突然升腾起一种莫名的快感，他顿时明白了他们经理为什么总喜欢召集他们开会，为什么总喜欢给他们做报告，经理追求的正是这种居高临下的

凡是对利润感兴趣的人，也不得不对成本感兴趣。（潘方圣 自荐）

快感。不过魏大富此时的快感只是一闪念，因为在座的不是他的下属，而是跟他一样被彩票折腾得有些憔悴的彩迷。他突然觉得自己和这帮哥们很可怜，对彩票的痴迷没有换取丰厚的回报，到头来落得个血本无归的下场。自己如果真知道今晚开出什么号码，一定毫不保留地告诉他们。有了这一想法，他便将自己在家里预测的结果和盘托出。

魏大富不紧不慢地说："我看这次是1打头，2、3跟进，出顺连号，后半段呢还很有可能出逆连号。另外，我估计零还是不会出现。为什么这么多期不出大奖？这是我们的思路有问题，总是被以前出过的号码牵着鼻子走，这样往往就走进了死胡同。很久没有出7，我们认为它非出不可了，可它就是不出来。它什么时候出来？我告诉你们，等到我们对它失去耐心，没了脾气，把它快忘掉的时候它冷不丁地就会站在我们面前。所以，我们必须来个逆向思维，它冷我也冷，他热我也热……"他话未说完，手机响起，他只得接电话："喂，经理，是我。好，我马上就到。"他收起手机，起身对老刁等人说："公司里有急事，我得走了。"老刁问他："这期你不买了？"魏大富说："待会儿再买。"王有为挤过来说："你说得有道理，把你选的号码给我瞧瞧。"魏大富边往外走边说："我还没有最后想好，我去单位转一

圈再来。"魏大富走了，老刁显得非常失落，他想了想，走出007，随着魏大富的背影也走了。

来到公司，经理让魏大富立即赶到市里去，说是由他经手的一笔业务出了麻烦，他必须马上去摆平，不然公司损失巨大。魏大富一听头都大了。到现在为止，他那个充满灵感的选号还没有最后确定呢！可是，这些都只能自己想想，是无法说出口的。魏大富强装笑脸，他请经理放心，自己完全可以把事情搞定。经理说："你坐我的车去，这样你会方便一些。"尽管魏大富心中暗暗叫苦，但他口中还不得不连声道谢。

一出经理室，魏大富的大脑便高速旋转起来。工作要搞，彩票也要买，更何况是今天！经理派车，足见经理的重视，可坐这辆车也在很大程度上限制了他的自由。要知道，司机是经理的侄儿，也是经理的保镖兼间谍。不说自己工作有啥差错，就是有一点对经理不利的议论，司机都会很快汇报给经理的。今天这一出去，有司机在身边，魏大富是绝对不敢进彩票销售点的。魏大富下得楼来，要命，司机早已把车停在楼梯口了，还直向他摁喇叭。魏大富来到车边，对司机说："你等我一下，我马上就来。"说完不等司机回话便向街上走去。司机在后面喊："我送你去。"魏大富回头摆摆手："不用。"他怕司机开车追上来，便

逃也似的跑了。

魏大富此去正是要买彩票，他快步走进公司附近的009彩票销售点。这个销售点离公司只有30米远，平时他担心被公司同事撞见因而很少光顾这里。今天情况紧急，他也就顾不得这么多了。他拿起方桌上的写号牌，写下了号码1234321，他想再改改，但时间紧迫，已容不得他再斟酌了，另外他还让售票小姐机选了4注。

售票小姐看看他唯一的自选号，轻轻念道："1234321，怎么这么个号码！"说完，她顿觉自己失礼，赶紧道歉，"喔，没什么，对不起！"她把打好的彩票递给魏大富，"祝你好运！"魏大富交了10元钱，把彩票小心揣进口袋，匆匆出了009。随着魏大富的人影融进了街上的人流，一个瘦瘦的彩民紧接着闪进了009。

魏大富还没到公司门口，司机已将车迎面开了过来。魏大富上车后司机见他一脸的汗，问"怎么了，你？"魏大富用手揩揩汗："没事。"司机怪笑道："是不是会情人去了？"魏大富面无表情："别瞎说。"司机眨眨眼说"你不用紧张，我知道什么该说什么不该说。"

到了市里，魏大富便马不停蹄地找对方公司核对账目，说明原委，诚恳磋商，最后还在酒店摆了一桌，宴请相关人员。总之，费了九牛二虎之力，才总算把事情摆平。客人走时，已是晚上9点，此时魏大富想起一件事，他拿出手机想打个电话，不料手机已经没电，早已关机，在这之前他还奇怪这半天怎么没有电话找他哩。他用酒店的电话打到007询问今天的开奖结果，老板兴奋地告诉他，中奖号码为1234323。

天哪，特等大奖仅和他的自选号差一个末位数！这就是说，他魏大富中的是一等奖了！

3. 蒙冤

中了，虽然中的不是特等大奖而是一等奖，但他魏大富毕竟中奖了！一阵狂喜占据了他的整个心头。不过，他很快冷静下来，为慎重起见，他又打了本市的声讯电话进一步证实，结果和007告知的一样。心里有了底，魏大富决定不回县城了，当晚就住在市里，明天一早赴省城去领奖。魏大富来到酒店停车场，对司机说他今天不能回去，要等明天对方公司划了账才能走。司机要留下陪他，魏大富赶紧说不用，因为明天用不着车了，躺在酒店的床上打两个电话就成。司机说那你回去打电话不也一样？魏大富说，那不一样，明天还得用酒店的电话打。司机点点头，明白了，他还要说什么，魏大富塞给他一包"三五"香烟他才作罢。司机发动车子，他指指魏大富的鼻子："你小子一定有什么秘密，不然不会这么大方。"

送走了司机，魏大富在酒店开了一间房住下。他躺在床上收看电视台播出的开奖实况录像，欣赏自己的中奖彩票，看着自己选的号码与中奖号码仅一字之差，他懊悔不已。其实今天中午在家里刚刚选出这个号码时，他曾几次想过要把末尾数改掉，后来老刁催命似的叫他，经理不容商量地指派，司机跟屁虫一样地盯紧，让他没有一点时间来斟酌斟酌。如果不听老刁的，不到007去，或者撒个谎让别人顶替到市里来，自己专心改改号码，把末尾数动一动，那情形可能就会大大的不同，也许特等奖是自己的囊中之物。只可惜世上没有后悔药可买，认命吧，不怪张三也不怪李四，自己就这命！

魏大富朝床上擂了两拳，决定不再懊悔。他自己安慰自己，虽然与特等奖失之交臂，但得个一等奖也不错。不过，中一等奖这件事要冷处理，他知道，一旦老婆知道自己中奖，所有的奖金就会马上"姓金"的了，自己可就白白忙活一场。现在把这事瞒下来，用得到的这笔奖金继续偷偷买彩票，说不定下次就能逮住一个特等奖，到时再向老婆报喜，岂不更好！当然，对朋友也不能说。

主意拿定，他关掉电视准备睡觉，可躺下后一点睡意也没有。他知道今晚是无法入睡了，便干脆起来重新打开电视，坐等天亮。

清晨5点30分，魏大富坐上了开往省城的大巴。7点30分，工作人员还未上班，他就等在省体彩中心门前了。8点20分，他办完兑奖手续，揣着一张银行通兑卡踏上了回家的旅程。11点20分，他满面春风地坐在经理办公桌前将工作汇报完毕，经理表扬了他。恰在这时，不远处传来铿锵有力的锣鼓声，像是有意祝贺他似的。不过他心里明白，这肯定又是哪家门店开业，与己无关。

在回家的路上，魏大富发现009彩票销售点门前围着一大群人，他不知出了什么事，挤进人群。这时有人吆喝了一声什么，震耳欲聋的锣鼓声便又响起来。魏大富这才明白先前的锣鼓声是怎么回事。只见一张大红纸贴在告示牌上，上面写着："本销售点中出一注特等奖，奖金5000000元。"还特意把6个"0"画成了6张极度夸张的笑脸。老板和售票小姐正在向围观的人添油加醋地宣讲这里中出特等奖的故事。魏大富这才明白，昨天这个销售点不仅中出了他的一等奖，还中出了一个不知是谁的特等奖。围观者纷纷猜测是什么人中了大奖，魏大富可没这兴趣，昨晚一夜没睡，今天又忙了半天，睡意一阵阵向他袭来，他想赶回家去，趁老婆孩子不在家，好好睡上一觉。

魏大富用钥匙打开了门，不料老

婆小金笑容满面地迎上来:"回来了!"儿子也从他的房间里钻出来:"爸爸。"魏大富一愣,瞌睡虫都给吓跑了:"你们怎么回来了?"小金接过丈夫的包:"等你啊!"魏大富问:"等我?那你妈谁陪着?"小金说:"你不是不知道,我妈不喜欢让人照顾。"魏大富在沙发上坐下:"你妈不能再拖了,不然会拖出大病的。""那你这次出点血,让我妈好好住院。"魏大富一听老婆话中有话:"我出点血?"小金说:"你都可以当演员了,这么大的事情你装得跟没事一样。"魏大富只能继续装糊涂:"到底什么事?"小金伸出一只手:"恭喜发财,奖金拿来!好,吃了

饭再说,我做了你最喜欢吃的菜。"

饭厅里,老婆已经将一顿丰盛的午餐准备就绪。老婆亲自给魏大富倒上酒,又给自己和儿子倒上饮料,她端起杯子:"儿子,来,我们敬你爸一杯。"一家三口碰碰杯,各喝一口。小金给儿子夹菜,又给魏大富夹菜:"以前我反对你买彩票,是让你有所节制。其实玩彩票只要量力而行,既可以为国家微笑纳税,又能为自己增加财富,这样的好事何乐而不为?"魏大富赶紧申明:"我早就金盆洗手,根本没碰过彩票。"小金笑笑:"得了,你没碰过彩票怎么会中奖?一中还中这么多?"她伸出五根手指。魏大富心里暗暗叫苦:完了,老婆不仅说他中了奖,还说他中了500万。现在就是想坦白也不能坦白了,不然就会更说不清楚,他说:"我真的不知道什么中奖的事。"小金瞪他一眼:"昨天晚上起,就有好多人找你,说你先去007预测,又赶到009买了彩票……"魏大富支吾着说:"昨天的一些事真的很巧,也难怪别人会这么想。"小金的脸色渐渐由晴转阴:"你还想瞒?"魏大富预感暴风雨即将来临,但他没有退路,只得说:"没有的事我怎么承认?"小金丢下碗筷,跑进储藏室,把那只塑料袋提了出来:"你说烧了扔了的东西怎么还在这?你说你没有碰彩票,这里面怎么还有前天的彩票?"又一把从魏大富脱下的外衣口袋里翻

出了去省城的车票，质问道："到市里出差你跑到省里去做什么？你还要不要证据？"

老婆的话似晴天霹雳，震得魏大富目瞪口呆，他自认为做得神不知鬼不觉的事，老婆竟然了如指掌。老婆开始拷问他的灵魂："我知道你的心思，一旦承认中奖，你就不好意思不拿钱给我妈治病。魏大富，我今天才算认识了你，你没良心！你不是人！你和你的奖金去过吧！"她怒气冲冲地拉上儿子摔门而去。

魏大富独自呆坐在餐桌前，他被冤枉得只想跳黄河，可惜黄河离这太远。门铃响了，他以为老婆儿子又回来了，赶紧去开门，却是老刁、王有为等七八个彩迷。

老刁满面春风，一把拉住魏大富的手："快让我握握你的手，让我沾点仙气。"其他彩迷也纷纷上来与魏大富握手。闹完了，老刁得意地对同伴们说："我说的没错吧？这小子不会开手机，吃饭也不会上酒店，准一个人猫在家里，怕露富，怕蚀财。"王有为凑到桌前："我看看百万富翁吃的什么？哎呀还真不错。"魏大富招呼众人坐下："你们说什么呢？我听不懂。"老刁拍拍魏大富的胸："你放心，我们不是来吃公饭，打土豪的。"魏大富说："你们不会以为那个500万是我中的吧？"王有为："不是你还能是谁？这次中的号码跟你分析的一模一

样。"一彩民跟着说："还有，奖开了，你的手机关了，你的人也失踪了。"老刁拍了拍魏大富的肩讪笑着说："你不肯在007买彩票，却躲到009去买，大奖就出在009了哇！"魏大富说："哎哟，你们都说些啥？这期彩票我没有买成。昨天我们公司有急事要我赶到市里去了，今天中午才回来。手机关机是因为没电了。"他从茶几上拿起手机，打开，"你们看，有没有电？"他要把手机给朋友们看，他们都不看，魏大富只好把手机重新放在茶几上。老刁怪异地看了魏大富好一阵子，脸上的表情酷似刁德一。他对彩民们挥挥手："走吧，别自讨没趣！"然后率先走了出去，其他人也纷纷起身走了，把魏大富一个人晾在屋内。

沙发旁的座机响了，魏大富无精打采地接听电话，没听上两句，他就忍不住大喊起来："你们听谁说的？我没中500万，真的没有！"

他狠命地挂断电话："我真他妈的比窦娥还冤啊！"

4. 下岗

下午一上班，魏大富就被同事团团围住。有的要他讲讲那个号码他是怎么想出来的，有的要他说说中了大奖后的感受，有的问他500万准备怎么花，有的则叫嚷着要他请客。魏大富把"我没有中奖"说了一万遍，就

是没人信。正在这时，经理来了，责问道："干什么呢你们，还上不上班？"众人这才散了。经理拍拍魏大富的肩膀"行啊你，这下真的大富大贵了。"魏大富无可奈何地说："也不知道他们听谁说的，经理，我没有……"经理"大度"地说："好，行了，我知道应该保密。"

经理不容魏大富解释，转身刚走，司机来了，一把抱住魏大富的肩膀说："你小子胆挺大的，今天就敢到公司来！我说你还上什么班啊！对了，你要不要保镖？我两哥们刚武警转业，可以保护你和你家人。"司机喋喋不休，魏大富一手扶着头，一手朝他摆摆"你饶了我吧，幸亏我没中大奖，不然的话，会被你们逼疯的。""你骗得了别人可骗不了我。昨天去市里之前，你急急忙忙去009买了彩票，昨

晚你不回来是为了今天一早赶到省城去领奖，对不对？"魏大富说："我明白了，难怪他们都说我中奖了，原来是你在造谣。"司机说："天大的冤枉，是他们说你中了奖，我才想起的。"手机响了，魏大富掏出手机，他接电话眼睛闭着："喂，哥，有事吗？又是这事！哥，你不要听别人的，我没中奖，真有了500万我还不告诉你们？唉，这事你是听谁说的？有人找我？他还把电话打到你们那去了？哥，我真没中奖，你跟爸、妈，还有老家的人都说说。好，再见。"魏大富收起电话，司机同情地说："你不承认是对的，不然有你烦的时候。"有人把司机叫走了，魏大富用双手捧住头……

正当魏大富头痛欲裂、烦躁不安之时，有人通知他去人事部经理王女士那里。魏大富随即来到她的办公室。王女士让魏大富坐下，看看他那张僵着的脸笑了："你紧张什么，我不向你借钱，也不会让你请我吃饭。好了，咱们谈正事。是这样，公司的人事将有一些变动，你们销售部的经理年龄偏大，影响了销售业绩。你年轻有为，敢想敢

一个杰出的经济学家必须有勇气对同一组数字做出两次以上不同的解释。（赵功义 自荐）

干,公司准备给你加担子。"魏大富脸上这才有了一些笑容:"我行吗?"王女士说:"这可不是谦虚的事。还有,我可以给你透露一点消息,公司现在不太景气,可能要裁员。这些你暂时不要对别人说,自己知道就行了。"魏大富连连点头:"我明白。"

回到自己的办公室,魏大富回味起王女士的话,他是越想越糊涂:既然要提拔自己,怎么又要讲什么解聘人员呢?他此时头昏昏沉沉的,想不明白也就干脆不想了。

下班后,魏大富发现儿子回家了,他惊喜地问儿子:"妈妈呢?"儿子说:"妈妈把我送回来就又去外婆家了。"魏大富空欢喜一场,他让儿子做作业,自己赶紧睡觉。没睡多大一会儿,儿子叫他:"爸,我饿,我要吃饭。"魏大富翻了个身,觉得眼睛都睁不开,就说:"儿子,你吃点饼干对付一顿吧,爸爸实在没精神做饭。"

第二天早晨魏大富起床后,一人忙着替儿子洗脸吃早点送学校。要不是儿子在跟前,他真想大哭一场:朋友形同陌路,老婆负气回了娘家,自己已是众叛亲离。

上班后,他被叫到经理室。经理一看见他便起身笑脸相迎,并热情地与他握手寒暄。两人刚一坐定,经理谈话便直奔主题:"人事部找你谈过话吧,我们想把你的工作调整一下。"魏大富说:"谢谢领导的关心和信任。"经理摆摆手说:"这是应该的。你现在没有离开公司,说明你对公司是有感情的。你知道,现在公司很困难,资金周转有问题,我找你想点办法,当然,我们会按银行贷款利率给你计息。"魏大富这才明白公司的真正意图,他只得再次申明,有人说他中奖纯属误会。经理不听他解释,说:"只借50万,六个月之后连本带息一次性还清。"魏大富苦着脸,摇摇头。经理退了一步:"那就40万。"魏大富说:"经理,您借4000还差不多。"经理恼怒地说:"魏大富,公司有难处请你帮一把,你怎么见死不救?这样,我的话说出口了,你借就借,不借就只当我什么也没说。你可以走了。"魏大富还要说什么,经理挥挥手,让他出去。

两天后,公司召开改革动员大会,全面实行优化组合,竞争上岗,减员增效。七天后,改革圆满结束,魏大富被裁员了。据说被裁的原因是不务正业,自私自利。

5. 离婚

对于下岗,魏大富一点也不害怕。他相信,凭自己的能力很快就会找到一份工作。现在他最大的心病是后院着火:老婆不仅与他分居,还把儿子送回来"折磨"他,逼他"投降"。

魏大富没法投降,他出去到几家单位应聘,一时没有结果,他便索性

好好放松一下自己，除了照顾儿子，他什么也不想什么也不做。他给儿子做饭烧菜，儿子嫌不好吃，宁愿吃方便面。无奈，他从批发部批回两箱方便面，准备与老婆打持久战。可儿子不能持久，都快10岁的人了，一到晚上就向他要妈妈。他先是骗，总说妈妈过两天就回来，可不知过了多少个两天，儿子也没见到妈妈的面。再是哄，他给儿子买玩具，买零食，租动画片看。儿子以前看到这些都会心花怒放，现在却不屑一顾。魏大富看着儿子直纳闷：老婆的心怎么这么狠了，这么长时间也不回来看看儿子？他哪里知道，儿子每天都在学校和他妈妈见面，他妈给他买好吃的，儿子则向他妈汇报他爸的有关情况。

魏大富改变策略，开始同老婆软磨。他亲自到岳母家去接老婆，老婆不让他进门。他又使用苦肉计，晚上儿子哭着喊着要妈妈的时候，他接通老婆的电话，企图用儿子的泪水和哭声把老婆逼回来，居然也不见效。

魏大富的损招不仅没有达到目的，倒让儿子受了刺激。这不，深更半夜睡梦中，儿子还在哭叫妈妈。为了儿子，为了这个家，也为了解放他自己，魏大富决定说出真相。主意拿定，他给老婆打电话，说"你回来吧，我把一切都告诉你。"

不出30分钟，老婆就回来了。魏大富把那张卡交给老婆："奖金全在这，我一分未动。"看得出老婆很高兴也很激动，但她努力不让自己表现出来。魏大富将自己如何买彩票，如何领奖以及如何要隐瞒的原因从头至尾讲了一遍。说完之后，他长长呼出一口气来，他觉得自己终于解脱了，他从未感到如此轻松。小金定定地看着他，脸上没有一点表情："你是说，这里面才2万块钱？"魏大富点点头说"是啊。我不是说了吗？中奖号码是1234323，我选的号是1234321，最后一位数字错了，所以我只中得一等奖，奖金只有2万多。"小金把卡扔给魏大富："你骗小孩啊！奖金500万，扣去税金100万，剩400万，你最少也得给我200万，而不是这2万。"魏大富耐心地说："看来我给你讲了半天白讲了，你还是以为我中了特等奖。"小金说："你把我叫回来挤牙膏？我一挤你抛出2万，我再挤你就会拿出200万，我又一挤……"魏大富恼火了："你再怎么挤也没有了。""那等到有了再找我。"小金说着就要出门。魏大富一看不由火起"你还要走？你走了就别再回来。"小金也不是省油的灯："你以为我愿意回来？"魏大富想吓唬吓唬她："不回来就干脆离婚算了。"小金心想，你又来这一套，我就陪你玩："这可是你说的，离就离，现在就离。"魏大富知道小金只是说说，他装腔作势地站起来："那走

富人的财产减去他们的需要，其差额可以称之为"声望"。（赵缨 自荐）

啊。"小金演得更逼真:"走!"说着向外走去。老婆走了,魏大富只好跟上,他断定老婆是决不会同意离婚的,路上她一定会找个理由溜掉。

来到大街上,魏大富招停一辆出租车,他上去后等小金上来,小金却上了另外一辆车。魏大富让司机开快点,以向老婆显示离婚的"决心",同时也有意让老婆在后面开小差。

到了婚姻登记所,魏大富下车一看,老婆坐的车也飞快地赶来了。魏大富心想:你不过是争争面子,到时等工作人员把离婚证拿出来,你就会乖乖地举手投降。小金的想法跟魏大富的差不多:我知道你不是真想离婚,只是想让我开口求你。真要这样,以后的日子还怎么过?我非得让你主动要求结束这场游戏不可。

两人都以为对方会退却,于是都不让步。他们进到所里,工作人员按程序登记、调查、调解,规劝双方还是不离婚的好。最后,工作人员问魏大富:"你是男同志,你先表个态。"魏大富想:正因为我是男人,我才不能说不离啊!都这个时候了,老婆一定会说不离的。于是,他硬着头皮说:"离。"小金瞪大了眼睛,她没想到魏大富刚有了钱就这么绝情,还有什么值得留恋的?本不打算离婚的她没等工作人员发问,一连说了三个"离、离、离"。

于是乎,假戏真唱了。工作人员让他们填写离婚协议,处理儿子的抚养和财产的划分等问题。很快,工作人员向他们颁发了离婚证,从法律上解除了他们的婚姻关系。两人拿着离婚证,都呆了,好不容易组成的家庭就这么散了?离婚怎么容易?临走,小金对魏大富说:"你别以为离了婚奖金就归你一个人了,告诉你,这是婚前共同财产!有200万是我的,我懂法!"

魏大富看着老婆,不,不能说是老婆了,只能说看着小金离去的背影,又看看手中的离婚证,他觉得自己像在做梦一样。

6. 大悟

不出一天，魏大富就感觉到和以前不一样了，首先是无家可归。房子及房子里的财产在订立离婚协议的时候，他全给了小金，他只得暂时住在一个单身朋友那里。其次是儿子的抚养监护权也在小金手里，他能做的就是每个月给儿子送去300块钱。每次去他还得买上一些儿子喜欢的玩具和图书，因为他担心儿子把他这个老爸给忘了。

即使到了这种地步，魏大富仍然认为小金是不会和他离婚的，过一段时间她就会来找他。可不知过了多久小金也没来，他这才慌了，这才知道自己彻底输了，输了个精光，没有了任何讨价还价的资本。他假借看儿子的名义，企图破镜重圆，不料小金心如止水，面如冰霜。魏大富软缠硬磨，小金总算"退"了一步，她开出先决条件：交出奖金400万，否则一切免谈。可魏大富哪有400万？

魏大富独自坐在门窗紧闭的屋子里，不开灯，让黑暗拥抱自己。他认为这样有助于思考问题。他真弄不懂自己为什么这么倒霉，别人中奖是好事，对自己来说却成了坏事。只中一等奖，他们怎么硬说自己中了特等奖？还有，中奖、领奖没告诉任何人，别人是怎么知道的？却似乎一夜之间全城人都知道了。他隐隐感觉到这件事被一种神秘的力量控制着，究竟怎么回事，他百思不得其解。他认为，当务之急是要找到摆脱困境的办法。而要摆脱困境就得证明自己真的没有中大奖。如何证明呢？既然口头解释已经不起任何作用，那就得拿出实实在在的证据。哎，对了，可以让省体彩中心出证明啊！早怎么没想到呢！

第二天，魏大富就赶到了省体彩中心。他找到中心主任，诉说了自己的种种遭遇，恳请中心给出个证明。主任听完他的故事后，非常惊讶，说："还有这回事？不过出证明这件事，以前我们从未经历过。这样，我们开会研究一下再答复你，好吧？"魏大富连忙感激地说："好，好，好。"

半个小时后，主任回来对魏大富说："为彩民服务是我们的义务。考虑到证明你未中大奖，不会泄密，同时又能为你排忧解难，我们决定给你出具证明。"魏大富连声称谢。很快，工作人员为魏大富出具了省体彩中心的证明：

证　　明

2003年10月18日的一注特等奖得主，并非魏大富先生，特此证明。

省体彩中心（章）

2003年12月20日

魏大富拿着证明如获至宝，对主任及其工作人员千恩万谢后立即往回赶。他跑到小金单位里，把证明往小金办公桌上一拍"你看你看，我没骗你吧。"小金不屑一顾："你是谁呀？我不认识你。请你马上离开，别妨碍我工作。"

在小金那里碰了一鼻子灰，魏大富又来到曾经工作过的公司，对经理坦白自己上次的确中了奖，但只是个小奖。他顺势拿出那张证明："这不，省体彩中心还专门给我出了证明。"他还反复强调自己到公司来只是作作解释，并不是要求恢复工作。经理说，你能来公司我很高兴，但说这些已经毫无意义，你给我看"证明"更是多此一举。

魏大富跌跌撞撞从公司出来，正好碰到王有为，他又把证明给王有为看。王有为瞟了一眼后说："嘿，你以为这个印章能唬人？给我100块钱，你要什么章我给你刻来！"说完，头也不回地走了。

最后的努力失败了，魏大富感到自己仿佛掉进了冰窟窿，全身寒冷刺骨。他觉得是如此的孤独与绝望。他从口袋里拿出那张证明，发现自己又干了一件更加愚蠢的事。他把证明撕碎，抛在空中，碎片便飞舞着随风而去。

为了麻醉自己，他走进了小酒馆，躲在角落里喝闷酒。客人走了一批又一批，时间过了几小时，一瓶高度白酒见了底，他还要老板拿酒。老板早瞄上他了，知道他今天不正常，再喝下去十有八九要出事。就劝他："小伙子，你喝了一斤，差不多了，我看今天酒别喝了。"魏大富的目的是要把自己灌醉，现在不仅没醉，大脑反而更加清楚。他说："你怕我不给钱？你知道我是谁吗？我就是魏……"老板摆摆手："你是谁不重要，重要的是你的身体受不了。这样吧，你别喝了，我给你打九折，一共80块钱，你给70。"魏大富终于听到了一句温暖的话，他不再坚持，拿出100元钱放在桌上，说："不用找了。"

他从小饭馆出来，才知道已是晚上10点多钟。这里比较偏僻，街上行人车辆稀少。几名小青年迎面走来，与魏大富擦肩而过，而后在一起交头

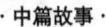

接耳，朝他指指点点。魏大富对这种情形早已司空见惯，谁让他是"大款"呢！

走了一段路，魏大富发现那几个小青年仍然尾随其后，他知道遇上了街上的小混混，他们一定认出了自己。果然不出所料，在一个没有路灯的地方，小青年们截住了他。一个为首者问："你就是魏大富？"魏大富没拿正眼瞧他："是又怎么样？"为首者说："你中了大奖，这意外之财不能独吞，给我们借点钱用用。"魏大富说："我是有500万，但一分钱都不会给你们。"他正要找人打架，好好发泄发泄，以出出怨气，除除晦气，现在有人送上门来，这么好的机会怎能错过？他有意激将他们："挣钱的机会会有的是，你们怎么不要脸，找别人要钱！"小青年们果然被激怒，一拥而上。魏大富求之不得，与他们打成一团。

两辆警车赶来，他们一个也没能跑掉。统计"战果"，双方战成平局。魏大富手臂被划一刀，头部被砸起一个大包。对方为首者牙齿被打掉两颗，屁股被同伙误刺一刀。其他人身上也多少留了一点纪念。

零点整，魏大富作为受害者被警方释放。他到医院对伤口进行处理后回到朋友那里，朋友大吃一惊，急问："你怎么啦？"魏大富轻松地说："没事。"朋友奇怪地问："你受了伤怎么心情反倒变好了？"魏大富心满意足

地说："你说得一点不错，今天太痛快了！"朋友交给他一个信封："有人从门缝里给你丢进来的。"魏大富接过信封，见上面除了用打字机打了"魏大富"几个字外什么也没有。他把信封撕开，里面有一张66000元的定期存单，存款人是他魏大富。另外还有一张便条，上面用打字机打着两行字：

实在对不起！没有想到，让你当了我的挡风墙，给你带来这么大的伤害！

存单密码为6688

魏大富一下全明白了，原来这一切的一切都是有人故意造成的。他气啊，恨啊！破口骂道："这他妈的都是谁干的？太缺德了！"随手要将存单和便条撕掉，却被旁边的朋友抢了过去，说道："不能撕！这可比省体彩中心的证明管用得多，至少嫂夫人看后会回心转意了！"

他掂了掂手中的存单，叹了口气："本该这家伙遭的罪，你替他受了！大富啊，就当做一场梦吧。"说完，当场拨通了小金的电话……

（本篇月月评短信代码：0816）

（题图、插图：杨宏富）

（本栏目欢迎来稿。来稿不拘形式，可从邮局寄发，也可从网上传递。如为电子邮件，请发以下信箱：xiayiming@163.net）

青春读本 1

——感动中学生的 100 个故事

这是我国第一部由中学生全选、推选和评选而成的作品集。它来自全国各地的中学生之手，是从数万件推荐作品中大浪淘沙，筛选出一千来份，然后又特邀上海市的几所重点中学的同学们组成"读书会"，依其多数同学的公认，最后才集镌了这 100 个故事。

据先睹为快的同学们坦言，读了这些作品，才知道什么叫轻松阅读，体会到愉快教育的真正魅力；因为它不但使人学会了感动，而且还让人在感动中留下生命的暗记；用不着逐字逐句地诵读，这些故事已完全潜入了意识领地，在需要的时候喷薄而出。

当然对于其他读者来说，看这些作品，一方面，可以了解我们中学生到底喜欢什么样的作品，另一方面，也可以从中探究他们的心理世界和价值取向。

* * * * * * * * * * * * * * * * * *

滴水藏海

——300 个 3 分钟典藏故事

我们常有这样的生活经验 有时，想说出一番道理容易，而想让人接受这番道理则难，但如果你借助一个精彩的故事来述说道理，借事寓理，托事言志，情况则完全改观。

这就是故事的魅力。

本书收录的 300 则作品正是这样魅力洋溢的精彩故事。这些故事内容精深，构思精巧，篇幅精短，形式精致。学者撰文，教师授课，干部讲话，家长训导，学生作文，都可从中得心应手地广征博引，如同置一架书橱于身边。

本书会是你的良师益友。

出手不凡

□ 黄　胜　搜集整理

汤姆是清华大学的一名美国留学生，暑假期间来到一家烤鸭店打工，在大堂当服务员。

这一天，饭店来了一位胖老头，刚刚坐定，就点名要吃正宗的北京烤鸭。汤姆应声将鸭子送到老头面前，拿起刀就要切下去，老头说声"慢"，他先扳开鸭子的嘴看了看，点点头，说："是当年的鸭子。"接着又伸手摸了摸鸭子的屁股，摇摇头，对汤姆说"端回去换一只，你们不能这样糊弄顾客！"

汤姆奇怪道："怎么了？"

"这是一只南京产的鸭子，南京鸭只适合做板鸭，做烤鸭味道不正！"

汤姆半信半疑地将鸭子端到后厨，一问，这炉鸭子果然是从南京运来的。

汤姆又端了一只鸭子来到老头跟前，请他过目后，拿起刀刚要切，老头又拦住了他，扳开鸭子的嘴看了看，摇摇头说："这是只老鸭子，四岁

了，"又伸手摸了摸鸭子的屁股，生气地说，"你再端回去吧，这还不是正宗的北京鸭子。"

汤姆张大嘴巴："还不是？"

"这是一只白洋淀湖鸭，下蛋腌着吃最佳，做烤鸭就差了许多。"

汤姆只好端回去，一打听，一点不错，昨天是有个小贩送来一批湖鸭，老板贪便宜，买下了。汤姆心里不由佩服极了，赶紧换只鸭子端出去，恭恭敬敬地呈到老头面前。

老头扳开鸭子的嘴看了看，又伸手摸鸭子的屁股："这还不是正宗的北京鸭，是山东肥鸭，炖着吃鲜美无比，做烤鸭就……"

有的人碰上一个钉子以后就能碰上一个经验，有的人碰上一个钉子以后又能碰上一个钉子。(李世民 自荐)

情书 (文: 张永乐; 图: 枫 叶)

1. 阿勇暗恋漂亮阿梅已经两年了，经常在背后偷偷地注视着她。

2. 在朋友的怂恿下，阿勇给阿梅写了一份火辣辣的情书。

3. 这天，阿勇终于鼓足勇气把情书塞进阿梅手中，然后急忙跑开。

4. 很快，阿梅就打来电话："阿勇，刚才你塞给我一百块钱干吗？"

没等老头说完，汤姆二话没说，抄起盘子掉头跑着送了回去。这次过了很长时间，他还没露面，直到老头都等急了，汤姆才端了一只鸭子气喘吁吁地回来，放下后，他顾不得擦额上的汗，两眼眨也不眨地看着老头。老头照例先扳开鸭子的嘴，说："第二年的鸭子。"再摸屁股，老头脸上显示出不敢相信的神情，"咦，这好像是只……美国印第安纳鸭子，最适合炸着吃，怎么，你们饭店还从国外进鸭子？"

"太神奇了！老人家，你连美国鸭子的产地也分得出！太好了！太伟大了！"

汤姆激动万分，这只鸭子的确是他刚刚从麦当劳买回来加工的，他对老头佩服得五体投地，兴奋地弯下身，张开嘴巴，手指着嘴巴语无伦次"老人家，你快看看我的嘴！"然后又转过身去一撅屁股，"老人家，你摸摸我的屁股。"

老头吓了一跳，莫名其妙地看着他。

汤姆热泪盈眶"老人家，我自小是个孤儿，老家在哪里，多大岁数都不知道，求求你了，摸一摸吧……"

(本篇月月评短信代码: 0817)

还是酒糟饼

□ 许 晟 编写

崔大化家境贫寒，没钱买酒，但酒瘾却不小，老婆想了个办法，每天让他吃两个酒糟做的饼子，寻找那种辣辣的滋味和晕乎乎的感觉。

一天出门，崔大化在路上碰到一位朋友，朋友随口问道："脸红扑扑的，一大早就喝酒了？"

崔大化脸更红了，说："不瞒老兄，只是吃了两个酒糟做的饼子。"

回到家里，崔大化和老婆说起了这件事，老婆说："你真傻，人家怎么问，你就怎么答？以后你就说喝酒了，别提'酒糟'两个字。"

过了几天，崔大化真的在路上又碰到那位朋友，朋友问他有没有喝酒，他就按照老婆的话说了一遍，朋友似乎不相信，就追问了一句："是吗？那是烫了喝呢，还是喝冷酒？"

"当然是煎的。"

那位朋友笑笑说："吃的还是酒糟饼。"

回家后，崔大化又和老婆说了这件事，老婆用手点着他的鼻子，责备道："酒怎么能煎着喝呢？应该要说是烫热了喝的。你这脑子，哼，可要多多注意了。"

崔大化点点头。

几天后碰上那位朋友，这回，崔大化主动说："这酒，我是烫了喝的。"

这个朋友问："烫了多少？"

崔大化说："两个。"

朋友听了大笑不止："还是酒糟饼啊！"

（本篇月月评短信代码：0818）

节约新概念

□安　迪　编译

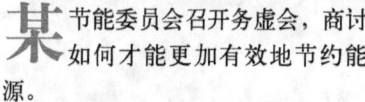

某节能委员会召开务虚会，商讨如何才能更加有效地节约能源。

会议快结束时，有位委员站起来发表自己的高见："当前，我们首先要在丧葬方面进行改革，我建议以后死者不准使用棺材，怎么办？用塑料袋来代替。这样的话，可以节省许多木材。"他的发言博得会场上一片掌声。

第二位委员不甘示弱，站起来说"我建议，尸体以后也不要横着放，而是竖着放。这样做的好处是可以节省土地！"会场上掌声雷动。

第三位委员迫不及待地补充道："我也有个建议。除了把尸体装在塑料袋中以及竖着放以外，还可以让尸体一半埋在地下，另一半露出地面。大家想想看，这样有什么好处？"大家听了摇摇头，这个委员得意地说："可以节省立墓碑的费用！"

此言一出，大家先是一愣，最后会场上爆发出最热烈的掌声，会议圆满结束。

（本篇月月评短信代码：0819）

16岁故事

在人生漫长的旅途中，16岁是一个最展辉煌、最富朝气、最显青春的花季。本集收入的36则故事，是为16岁少年编织的一支支动人的歌谣，一个个扑朔迷离的美梦，一首首催人泪下的诗篇。

口才故事

口才即说话的才能，当今社会人们演讲、论辩、访谈、讲解、教学以至主持节目、说相声、讲故事等等，都十分讲究口才，口才好与不好，其效果大相径庭。此书收入103则故事，集中表现了千百年来中华民族一些帝王贤臣、文人名士和民间机智人物的智慧、幽默以及其思维的敏捷和即兴论辩的才能。

没事别聊天

□ 盛立中 供稿

一个周末，郑三到一个博物馆去参观，俗话说人有三急，半小时后，郑三只觉得自己肚子咕咕乱叫，心想不好，便急匆匆跑到男厕所里。到了那里，郑三"砰"地把小间锁上，准备方便。突然，隔壁的小间里，传来了一个男人的问话：

"喂，伙计，你好吗？"

郑三通常是不在男厕所和其他人搭话的，但那天不知道怎的，就随口答道："还好吧。"

隔壁又发话了：

"你待会儿想干些什么？"

郑三觉得，这个老兄也友好得过分了，哪有这样在厕所单间和人家套近乎的呢？也许他比较孤独吧？郑三虽然不情愿，但还是回答他"看完展览，就回家。"

"你待会儿可以到我这里来一下吗？"

这下，郑三似乎明白遇上什么人了：要么是个变态的同性恋，要么就是个神经病。郑三再也受不了，紧接着狠狠地回敬了他一句：

"无聊！请你别再烦我了。"

隔壁的男人一言不发，郑三终于舒了一口气。对这样的人，说话就不能太客气，要把话说得重一些。

突然，隔壁又传来了说话声：

"对不起，哥们，我先挂了，待会儿再给你打过去。我这隔壁有个变态的人，我问什么，他总是答什么，这电话没办法打下去了……"

（本篇月月评短信代码：0820）

选择惩罚

□ 佚 名 供稿

三个囚犯在监狱里，一个是老大，一个是老二，一个是老三，三个人企图越狱，但很快就被抓了回来，按条例他们必须受到惩罚。

在一间审讯室，监狱官对三个囚犯说："监狱长已经下达了对你们每人处罚三鞭的命令，不过，你们可以选择一样东西遮在背上。老大，你先说，你想要什么东西遮在你的背上？"

老大想了想，说"我要涂点油。"

监狱官对一个狱卒说："好，给他的背上倒些油，很好。现在开打：一！"

老大："啊！"

监狱官说："二！"

老大："噢，上帝！饶恕我吧！"

监狱官："三！"

老大："啊，啊，啊……"老大疼

得晕了过去。

监狱官接着对老二说："轮到你了，你的背上也要涂点油吗？"

老二身体特别强壮，只见他把头一挺，说："不，我什么也不要。"

监狱官说"有种，就照你说的，"然后转过身对狱卒说，"来，给我狠狠地抽：一！"

老二："没感觉。"

监狱官："二！"

老二："真惬意！"

监狱官："三！"

老二"打得好，有点挠痒痒的感觉。"没把监狱官气死。

最后剩下老三了，监狱官瞪了他一眼"老三！"老三吓得腿肚子一发软，"你要把什么遮在你的背上？"

老三："我要老二。"

（本篇月月评短信代码：0821）

逃跑的兔子

□ 叶淦荣

　　一天,有只兔子费了好大的劲,才从实验室逃了出来。这只兔子是在实验室长大的,当它的小脚踩到嫩草上时,那感觉真是太美妙了,说真的,它还是第一次看到太阳呢。

　　不久,它来到一排篱笆前,就从底下钻了过去,这时,它立刻被另一番美丽的景象迷住了,只见很多小野兔在自由自在地吃那些绿葱葱的嫩草。在实验室只有讨厌的大烟鬼霍金博士,把它折腾来折腾去的,它什么时候见到过这么多小同伴啊!

　　"嗨,"它喊道,"我是一只刚从实验室逃出来的兔子,请问你们都是野兔吗?""是的,过来和我们一起吃草吧。"小野兔们回答道。

　　它一蹦一跳地跑了过去,和它们一起吃草,这草的味道真好啊!

　　它问:"你们野兔们还有其他东西可吃吗?""噢,"一只小灰兔说,"你看见前边那块地吗?那里种植了一些胡萝卜,我们也吃它。"

　　它无法抗拒胡萝卜的诱惑,就跑过去吃。啊,味道美极了,它在那儿足足吃了一个小时。之后,它又问小野兔们:"你们还吃什么呢?"

　　"你看见了前边那块地吗?那里种了一些莴苣,我们也吃那个。"

　　莴苣的味道也很好,它肚子撑得快贴着地了。

　　"外面的世界太奇妙了!"它兴奋得狂叫起来,接着和小野兔子们你追我赶,在田地里撒了一回野。但过了一阵子,它却低着个头,显得有些委靡不振,一只小白兔见了,忙问:"怎么啦,谁惹你啦?难道你不愿意跟我们一起玩吗?"

　　"当然愿意,不过,我要回家了。"

　　听到这话,所有的野兔都惊讶地瞪着它:"为什么?我们都觉得你喜欢这里。"

　　"我确实喜欢这里,但我必须回到实验室去,我的烟瘾上来了。"

　　(本篇月月评短信代码: 0822)

"是"令人愉快,但"不"更值钱。(张再勇 自荐)

亲笔的尴尬

□ 黄少烽

县文化馆的徐老师在本地可是个名人，可他有个致命的弱点，那就是"字丑"。

徐老师自己觉得没救了，只好把希望寄托在下一代身上。从女儿10岁起，便买来各种字帖叫她临摹，有道是功夫不负有心人，数年之后，女儿便写得一手娟秀的行书。为了充分发挥她这一特长，徐老师便叫女儿帮他抄写文稿，甚至连自己的书信，也是让女儿誊抄一遍再发出去。

有个书法家协会的朋友一次偶尔看到了他的文稿，像发现了一颗新星一样，非拉他进书法家协会不可。也甭说，做了书法家之后，徐老师也着实风光了好几年。

但是最近他为一件事情犯了愁。

什么事？他侄子的事。侄子从技校毕业好多天了，迟迟未联系到接收单位，徐老师相帮着想办法，后来终于打听到有位朋友在一家国有企业做秘书工作，于是他亲自找上门去。朋友答应帮忙，叫他先给他们老板写封信说明情况，他再从中使劲。

徐老师不敢怠慢，精心撰写了一封信，言辞恳切，用语考究，正想叫女儿照老规矩誊抄一遍，老婆见了，拦住他说："孩他爸，这次事关重大，你得亲笔写信。"他细想想，老婆的话有道理，是呀，这么重要的事怎么能让孩子代笔？于是他亲自动手，全神贯注，一丝不苟地将信抄好。

一个月后，朋友来找他，一脸沮丧地对他说："这事砸了！"他大为惊诧，忙问原因。朋友叹了口气，埋怨他说："这信你为什么不亲笔写呀！人家说你架子大，要人家办这么大的事，也随便支个娃儿代你写信。"

他赶紧声明这是他自己亲手写的。朋友说："人家能相信吗？一个书法家的字会是这样的？何况人家又不是没见过你的字。老实说，我看了这字之后，也不相信啊……"

（本篇月月评短信代码：0823）

扔破烂

□ 段海斌

王老汉的子女都在外地工作，老两口独住一处三间房的独门小院，要说住得也够宽敞的了，可家里用不着的旧东西实在太多了，三间房仍显得拥挤不堪。

这天是星期天，王老汉和老伴商量："干脆今天咱俩啥也别干了，下定决心把破烂全扔了算了。"老伴也正有此意，一听老王的提议，嘴一撇，说："今天你总算做对了一件事，这屋里乱七八糟的东西早该扔了。"

老两口都是急性子，说干就干。王老汉首先搬起老伴那把中间早已烂了一个洞的破藤椅给扔到了院门外，前几天老伴就是站到这张破藤椅上拿东西，一不小心从上面摔下来的；老伴也不甘示弱，抱着王老汉那台早没声没影的破黑白电视机扔了出去……老两口你一件我一件地折腾到下午，才总算把家里没用的破烂给清理到了院门口。好家伙，就像堆了一座小山似的。老两口拍拍身上的灰尘，总算松了一口气，心想：这下可扫荡彻底了，就只等收破烂的来收了。

王老汉站到门口，四处望了又望，也没见收破烂的过来。老两口一

鼓作气，又把屋里重新打理了一番。屋里顿时变得宽敞明亮起来，虽说累得腰酸背疼，可看看家里彻彻底底变了个样，老两口心里就甭提多美了。

这时，王老汉看了看院门外那堆破烂，忽然想起了什么，连忙跑了出去。不一会，抱着那台破黑白电视机进了屋。老伴挺纳闷："你把它抱回来干啥？"王老汉说："等回头找人修修，说不定还能凑合着看呢。"老伴一咧嘴"得了吧，都找人修过几次了也没修好，没听人家说再换换零件比买一台新彩电还贵呢！"王老汉一仰脖，不服气地说："那是没碰上能人，我就不信那个邪！"

王老汉把破电视机刚搁好，低着头正要出门，迎面撞上了个人，定睛

忙碌者也有假日，但他们把自己的假日弄得比平时还要忙。（宋元勇 自荐）

·快乐辞典·

读者推荐：值得关注的流行语

◇ 迟到定律：离单位越近的人，上班越爱迟到；越是爱迟到的人，就越是爱早退。
◇ 办事定律：总是匆匆忙忙的人，其实没办什么大事；办大事的人从来不会匆匆忙忙。
◇ 时髦定律：某种服饰一旦被大家认为时髦的时候就不时髦了。
◇ 喝酒定律：酒桌上越是说自己醉了的人越有酒量，越是说自己没醉的人越没酒量。
◇ 言谈定律：在正式的场合，越是文化高的人越是爱讲粗俗之语，越是文化不高的人越是爱堆砌辞藻。
◇ 失误定律：越是怕失误的时候，失误越是会找上门来。
◇ 危险定律：遇到危险时，你越是不敢面对，就越容易受到伤害。
◇ 面子定律：越是在乎面子的人越容易丢面子。
◇ 逞能定律：逞多大能，出多大丑。
◇ 耐心定律：耐心总是在你坚持到百分之九十九的时刻失去。
◇ 合伙定律：合伙做生意，朋友会变成仇人；合伙去历险，仇人会变成朋友。
◇ 会议定律：参加会议的人越多，会议的内容就越不重要。　　**（推荐者：李玉涛）**

（欢迎读者为本栏目推荐新鲜有趣的幽默格言、俏皮话和顺口溜，来稿请寄：上海市绍兴路74号《故事会》杂志社，邮编：200020。请写明姓名和联系方法，并请在信封上注明"快乐辞典"字样。电子邮件请发 xiayiming@163.net）

一看，老伴正搬着那把破藤椅往屋里走哩。王老汉不解地问道："你还要它干啥？还嫌摔得轻？"老伴把破藤椅摆好，拍了拍手上的土，说："等再过几年，咱老两口手脚都不灵活了，咱上茅房不还能在这上面坐着'拉'嘛。"王老汉一听，忙说："那咱不会再买把新的？"老伴一叉腰，不高兴地说道："咋？兴你捡回来，就不兴我捡回来了？再说，啥叫废物利用？现在社会上不都兴这？就说你们单位，哪次说要改要革的，费那么大劲弄了一堆新规章新制度，可哪回不是把老规章老制度一条一条地又给'请'了回来？"老伴当过居委会干部，这一席话，噎得王老汉哑口无言。

等重新把家拾掇好，两口子却不禁掩鼻笑了——费了半天劲，扔出去的破烂竟一样不少地物归原处了。

正在这时，忽然听见院外有人喊，王老汉两口子忙跑了出来，只见一个中年妇女正满头大汗地推着一辆堆满破烂的三轮车停在门口，两口子心想：你早不来晚不来，不想卖了你却来了。你这时来，我们还不卖了呢！于是，忙挥手喊道："你走吧，走吧，我们家的破烂不卖啦！"

"啥？"中年妇女一愣，扯着嗓门尖声叫道，"闹了半天，我还以为你们这儿是收破烂的呢！"

（本篇月月评短信代码：0824）

（本栏题图：李　加）

漂亮发夹

□武　沐　搜集整理

阿P和小兰结婚好多年了，虽然也知道疼爱老婆，可他却从未在外面给老婆买过一样东西。这次出远差去海南半个多月，阿P在外面像个忽然变懂了事的孩子，特地花300元钱给小兰买了一只漂亮的水晶发夹。为了给老婆一个意外的惊喜，他使劲憋着没在电话里提这事儿。

兴冲冲地回到家打开门，见小兰还没下班，阿P先脱下西装挂上衣架，接着从包里掏出那只水晶发夹，心里痒痒的就想着把它放个好地方，待会儿逗一逗老婆。他转着脑袋在客厅里琢磨了一圈后，便拉开饮水机下面的茶具柜，将发夹摆在了茶具柜的杯子旁边。因为老婆有个生活习惯，下了班进门总是先要奔这里拿杯子喝水。可转而一想，不行，放这儿让她一回家就很容易地发现了，这太不够刺激了。所以他又将那发夹拿出来，塞到了左边的沙发垫里面。但再一推敲，也不妥当，老婆回家进门后，如果身子往沙发上一躺给压坏了咋办？于是他又从沙发垫里拿出发夹，走到对面的挂衣架前重新选地方。正在这时

候，门锁"喀嚓"一下，是老婆回来了！阿P灵机一动，顺手将发夹揣进了衣架上自己的西装口袋里。

小兰进门后，阿P坏坏地扑上去就要亲热，老婆却笑着将身子闪开了。想象着怎样让老婆意外地发现那只水晶发夹，然后又怎样惊喜地对着镜子别在头发上，最后又怎样撒娇扑进自己的怀里，阿P激动极了。他竭力控制着自己的表情，故意拿起一根香烟叼在嘴上，指着对面的挂衣架吩咐说："去，把我那件西装口袋里的打火机拿出来。"

小兰却笑着朝他面前的桌上努了努嘴："打火机不就在那儿搁着吗？"阿P没辙儿，接着又故意说："哎，这次我在外面掉了500块钱呢，都怪那

西装口袋上破了个洞！你给补一补吧？"小兰一听这话，果然走到衣架前伸手就要提那件西装……

谁知就在这时，搁在衣架旁的电话突然"嘀铃铃"响了起来，小兰没拿西装顺手就先拿起了电话。只见她对着电话一边听着一边说着劝慰的话儿，一边还陪着流起了眼泪。

等老婆接完了电话，阿P一打听，这才知道是一个叫慧芳的小姐妹家里闹离婚。小兰气呼呼地说："慧芳她老公不是个东西，这次出差居然偷偷给情人买了一条漂亮的水晶项链，回家后先是藏进鞋子里，接着又藏进写字台的抽屉里，最后又藏进挂衣架上的西装口袋里，结果都被慧芳盯了个一清二楚。"说着，小兰就抹着泪问阿P，"你说，现在的男人咋这么花心，咋这么没良心呢？"

妈呀，怎么世界上有这么巧的事情？怎么竟然跟自己现在做的差不多是一个套路？

见阿P愣在那儿，小兰扑闪着两只大眼，心事重重地又问："阿P，你不是那种人，你不会做那种事吧？"

"我……不会，不会！"阿P前胸冒汗，后背发凉，心中忽然莫名其妙地发起怵来：我的妈，自己买回的这只水晶发夹，现在要是拿出来的话，老婆她会不会……这么想着，他一下子就改变了原先的念头：不行，西装口袋里的水晶发夹，可不能拿出来

了！于是，现在他满脑子想的是，怎样才不会让老婆发现这只背时的水晶发夹！

可是越怕事就越有事，这工夫，小兰放下电话已转身走到挂衣架跟前，伸出手又要拿他的那件西装。

阿P见势不妙赶忙挡了上前，支吾着说："小兰，这西装口袋你就别、别忙补了，其实没、没破……""口袋没破？没破那是怎么掉了钱的？""掉了……掉了不是500元，才100元多一点。""这口袋到底是怎么了？我看看？""算了，算了，"阿P边说边蹭上前，抓过那件西装就胡乱往身上套，"这天气，真冷！""冷？"小兰伸手在他的额上捋了一把，"你这明明热得满头都是汗，怎么还嫌冷呀？"阿P边往后退让着边又搪塞说"可能是，是感冒！你快给我去拿几颗感冒通来。"

小兰狐疑地盯了他一眼，又朝他身上的西装口袋瞄了几瞄，便转身拿感冒通去了。

显然，这西装口袋已经引起了小兰的严重注意，必须赶紧将里面的水晶发夹转移到别处！趁小兰转身的当口，阿P当机立断，迅速将手伸进了藏着发夹的那只口袋……

哪料就在这节骨眼儿上，小兰却突然转过身来，两眼直视着他的手："你，你这口袋里有什么东西？"说着她上前一把捉住那只口袋，妈呀，水晶发

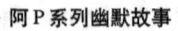

夹终于被慢慢从口袋里面掏出来了!

小兰将那水晶发夹仔细打量了一遍,吃惊地瞪起两只杏仁眼:"好哇,难怪你今天遮遮掩掩神色不对,说话前言不搭后语,想不到你们这些男人真是一样的毛病!告诉我,这么好的水晶发夹,是给哪个情人买的?"

砸了,这下全砸了!阿P慌忙解释说"小兰,是给你买的,我花了300多元钱,真的,是特意给你买的呀!"

"给我买的?给我买的还用得着东塞西揣藏起来吗?""不不,藏起来就是为了给你的,我是想给你……"

小兰讥讽地笑了笑:"干脆我替你说吧,你把它藏起来,是为了给我一个意外的惊喜,对不?"

"对,对对!是这样,是这样呀!"阿P鸡啄米似的点头。

"哼!结婚这么多年了,你每次出差在外,从来都没有给我买过一样东西,怎么今天突然会有了这副好心肠?你以为我是三岁小孩?"小兰的目光咄咄逼人。

"小兰,你听我说,我真的是给你买的呀!"阿P已是热汗滚滚,满脸紫涨,"就因为从前,我一直没给你买过什么东西,我感到很愧疚,想好好补偿你,所以这次出差我才……我真的是想给你一个惊喜……"

小兰一拍桌子:"别再给我编故事了!事情已经明摆在这儿,你还想狡辩?"说着她泪珠滚滚地指着自己的一头短发:"阿P,你睁开两眼再仔细看看,你明明知道你老婆已经剪掉了长发,你还会特地花300多元钱,给你老婆买这只根本用不上的发夹吗?"

嗨哟!阿P捶胸顿足蹲在地上,恨不得要将头朝墙上撞:老婆这头短发,是自己出差前那一天,亲自陪着她去美发店剪掉的呀,可自己怎么偏偏就把这事儿给忘了呢?现在是无论如何也说不清楚了!

(本篇月月评短信代码:0825)

(题图:李 加)

·本刊信息传真·

欢迎投稿

人类天生就有讲故事的才能,在讲述自己的故事时往往下意识地把"悬念"当作一种必不可少的要素,为此,本刊特推出"悬念故事"栏目,以强化作品的"悬念"色彩,满足人们与生俱来的"悬念"愿望。来稿要求:1. 要有新奇性,不能让读者观其头而凭经验就能知其尾;2. 要有暗示性,不可故弄玄虚,让读者摸不着头脑。3. 要有诱导性,步步为营,充分调动读者的兴趣。4. 本栏目题材不限,字数以3000字以内为宜。

来稿必须注明投稿人的真实姓名、地址及一般联系方式(如电话、手机等)。来稿若没有采用,恕不奉还。投稿地址:上海绍兴路74号《故事会》杂志社,邮编:200020;请在信封上注明"悬念故事栏目"收。本期责任编辑E-mail地址:xiayiming@163.net.

爱情是一道可口的菜,加一点醋会更加可口。(李德建 自荐)

www.ingramcontent.com/pod-product-compliance
Lightning Source LLC
Chambersburg PA
CBHW051929220626
47052CB00004B/635